KB073819

예수의 할아버지

예수의 할아버지 이름이 복음서마다 다르다. 누가 진짜 할아버지인가?

예수의 할아버지

최원영 지음

좋은땅

서문

이 소설은 수감 생활 중에 쓴 글입니다.

2012년 늦가을, 미국에서 귀국한 저를 공항에서 기다리던 검찰 수사관은 종이 한 장을 바지 주머니에서 꺼내더니 '미란다 원칙'을 읽어주었지요.

변호사를 선임할 권리가 있고, 묵비권을 행사할 권리가 있었으나, 이후 몇 년간의 수감생활을 피할 수는 없었습니다. 시간은 더디 갔지만, 감옥에서 제가 할 수 있는 일을 묵묵히 하는 자유를 누렸습니다.

글을 쓰는 것도 그중의 하나였습니다.

저는 글을 서서 썼습니다. 오래 앉아 있으면 허리가 아팠고, 서 있으면 작은 방이 조금 더 크게 보였지요. 어렵게 구한 책받침에 초록색 노트를 왼손으로 받치고, 연필로 눌러 쓰는 방법이 익숙해지자 소설의 진도가 나갔습니다.

글을 쓰는 것은 지난 세월 동안의 아쉬움과 잘못을 되돌아보는 작업이기도 했습니다. 저는 '새사도신경'을 먼저 쓰고 주인공들과 책의 스토리를 구상했지요. 소설의 내용 중 이즈니크(옛 니케아) 호수에서 2014년 발견된 성당은 역사적 사실이고, 거기서 발굴된 새사도신경은 픽션입니다.

이 책에 나오는 기독교 개혁 이야기는 대부분 국내외 신학자들이 하신 말씀입니다. 저는 그러한 생각을 소설이라는 틀을 사용하여 전개했을 뿐입니다.

이 책을 10년 전 돌아가신 어머니에게 바칩니다.

2020. 6.

서울, 작은 책상에 앉아서

저자 최원영

목차

예수님의 할아버지

참으로 이상한 일이었다. 성경에 예수님의 할아버지 이름이 서로 다르게 기록되어 있는 것이다. 마태복음에는 '야곱', 누가복음에는 '헬리'로 쓰여 있다니! 서준은 고개를 갸웃했다. 혹시 성과 이름을 따로 써서 그럴 수도 있을 것이다. 하지만 살아계신 하나님의 말씀인 성경, 일점일획도 바뀔 수 없다는 성경인데, 적어도 예수님의 족보에 대한 의문은 풀어야 했다.

서준은 열흘 전 문화부로 발령이 났다. 본인은 정치부를 원했지만 문화부 선배 한 사람이 결혼과 함께 갑자기 퇴사해 그 자리를 메꾸게 되었다. 문화부는 종교 기사도 한 달에 서너 쪽 정도는 실어야 하기 때문에 서준은 몇 년 만에 성경을 꺼내 읽어 본 것이다. 서준이 다니는 『주간시사』는 한국의 대표 주간지인데, 창간 후 2~3년은 정기구독자만 10만 명에 이르러 일간 신문 못지않은 영향력이 있었다. 지금은 포털사이트와 수많은 TV 채널로 발행 부수가 많이 줄었지만, 아직도 깊이 있는 정치, 사회 기사가 종종 터져 나왔다.

충무로의 필하모니 고전음악감상실에서는 서준이 자주 듣던 음악이 흐르고 있었다. 유태인 작곡가 브루흐의 〈콜 니드라이[1]〉라는 첼로 협주곡인데, 엄숙하고 신비한 악상의 흐름이 '신의 날'이라는 제목에 딱 어울렸다. '신의 날'의 신은 연주자에 따라 엄숙하고 거룩해지기도 했고 자애롭고 부드러워지기도 한다. 첼리스트 야노스 스타커의 기계같이 정확한 왼손가락이 현란하게 움직이며 신의 날이 저물고 인간의 평안이 찾아왔지만 친구 방주의 모습은 아직 보이지 않았다. 휴대 전화를 꺼내 확인해봐도 메시지는 없었다. 일요일은 방주가 가장 바쁜 날이다.

최서준과 신방주는 초등학교 때부터 남대문의 새빛교회를 같이 다녔다. 중등부의 성가대에서도 키가 큰 두 사람은 맨 뒤에서 나란히 찬양을 했다. 방주의 아버지 신종일 장로는 새빛교회의 재정 담당 장로이고, 방주는 서울신학 대학원을 마치고 미국의 뉴저지 신학원을 다녀온 후 반년 전부터 새빛교회를 섬기고 있었다. 휴대 전화를 다시 꺼내보는데 필하모니 입구로 방주가 들어오는 것이 보였다. 손을 들어 위치를 알리니 눈이 마주친 방주가 미안한 표정으로 와서 앞자리에 앉았다.

"미안해, 30분이나 늦었네. 갑자기 장례예배가 생겨서…."

오랜만에 만나는데 시간을 안 지킨다고 한마디 하려던 서준은 장례예

---

1 Max Bruch(1838-1920), Kol Nidrei Op.47

배라는 말에 목소리가 부드러워졌다.

"아, 그랬구나. 목사님인데 장례예배부터 잘 인도하셔야지. 나 때문에 서둘러 나온 건 아니지?"

"응, 그건 아냐. 담임 목사님이 주관하시고 나는 옆에서 참석만 했어."

오늘 따라 방주의 얼굴이 꽤 피곤해 보였고, 몇 주 못 본 사이에 머리도 조금 벗겨진 듯했다.

"목사님 하기 힘들지? 나는 웬만한 직업은 다 할 거 같은데 목사님은 자신 없더라."

방주가 대답 대신 씨익 한 번 웃었다.

"오죽하면 '성령 못 받고 새벽기도 인도해라'라는 말이 있겠어. 장로님도 안녕하시지?"

방주가 또 고개만 끄덕였다.

"나 이번에 회사에서 문화부로 발령 났어. 정치부에서 국회의원들 인터뷰 하며 어깨에 힘 좀 주려고 했는데 김샜다. 그래서 너한테 부탁해서 이번에 하나님 인터뷰 좀 하려고 해. 문화부에 종교난이 있는데 언제쯤 기사 쓸 수 있을까?"

서준의 목소리가 의외로 진지했다.

초등학교 때부터 교회를 열심히 다녔지만 Y대 정치학과에 입학한 후, 서준은 교회 생활에서 멀어졌다. 훤칠한 용모에 팝송을 잘 부르던 그는 학생들에게 인기가 많았다.

"요즘 하나님이 어디 계신지 잘 몰라서 인터뷰 어려워."

방주가 혼잣말처럼 대답했다.

"목사님이 잘 모르면 안 되는데. 그럼 명동성당 신부님께 가봐야겠네."

방주는 별명이 '어린 목사님'이었다. 본인은 싫어했지만 초등학교 때부터 신약성경을 거의 다 외우고, 적절히 적용하는 그에게, 그보다 더 잘 어울리는 별명은 없었다.

"하나님이 어디 계신지 수배 때려서 곧 알려줘야 해. 그리고 그전에 질문 하나 할게."

문화부로 발령 나기 전, 신입 기자 필수 코스인 두 달간의 경찰서 출입이 서준의 언어 구사에 변화를 주고 있었다.

서준이 침을 한 번 삼키고 성경에서 예수님의 할아버지 이름이 서로 다른 이유를 물었다. 방주가 동그랗고 맑은 눈으로 서준을 바라보더니 입을 열었다.

"마태복음의 야곱은 아버지쪽 족보고, 누가복음의 헬리는 어머니쪽 족보라는 설명이 내가 아는 대답 중 하나야."

"그럼 헬리는 성모 마리아의 아버지라는 거야?"

어이없어 하는 서준의 목소리가 커졌다. 한 템포 쉬고 대답하는 방주의 목소리에 힘이 없었다.

"그렇다고 주장하는 신학자들이 있었지…."

방주의 자신 없는 대답에 서준의 질문이 이어졌다.

"어린 목사님, 아니 어른 목사님 생각은 어때? 마태복음과 누가복음 중 어느 것이 먼저야?"

"마태복음이 약간 먼저라지만 확실하지는 않아. 할아버지 이름이 다른 이유에 대한 내 개인적 생각은 나중에 말해줄게."

서준은 4복음서 중 마가복음이 가장 먼저, 요한복음이 가장 늦게 작성됐고, 또 신약성경 중 가장 먼저 써진 글은 복음서가 아닌 바울 사도의 글이라고 들은 기억이 났다.

예수님 족보에 대해 별 진전이 없자 서준은 화제를 돌렸다.

"요즘 기독교의 위상이 많이 추락한 것 같아. 심지어 개독교라는 말까지 듣고 있으니… 그래도 한때 교회에서 성가대를 열심히 한 사람으로서 기분이 안 좋아."

서준은 문화부 데스크인 이 차장이 어제 퇴근하며 언급한 K신문 종교 기사를 보여줬다. 최근 기독교 단체에서 자체 조사한 결과 한국 사람의 75%가 교회와 목사를 신뢰하지 않는다는 충격적인 내용이었다. 몇 사람을 대상으로 한 조사인지 또 조사 대상 중 기독교인은 몇 %인지는 나와 있지 않았다.

기사를 읽어본 방주가 가볍게 한숨을 내쉬었다.

"신 목사님 생각에는 교회를 신뢰한다는 25% 중 기독교인이 몇 %나 될 거 같아?"

잠시 눈을 깜빡거리던 그가 입을 열었다.

"적어도 반은 넘을 거야. 많을수록 더 큰 문제고…."

많을수록 더 문제라는 방주의 말이 금방 이해가 되었다. 그만큼 기독교인들만의 배타적인 자아도취로 볼 수 있기 때문이다.

대한민국 국민 대다수가 기독교나 불교를 믿고 있다고 생각하기 쉽지만 2015년 통계로는 비종교인이 전체 국민의 56%나 차지하고 있었다.

2005년 47%에서 10년 사이에 9%나 늘어난 것이다. 대단히 빠른 속도다.

“기독교 아니 개신교가 다시 신뢰를 회복할 방법이 없을까? 특히 비종교인들이 보는 개신교 이미지가 좀 바뀌면 좋겠어. 옛날 선교사들의 희생적 공헌은 물론이고 그동안 훌륭한 목사님들도 많았잖아. 지금도 그럴 것이고.”

방주가 진한 눈썹을 살짝 모으며 무슨 말을 하려다 말았다.

“데스크에서는 교회의 비리나 뭐 그런 걸 특종으로 가져오면 좋아하겠지만, 난 그래도 개신교의 현실을 비난만 하지 않고 좀 따스한 눈으로, 긍정적으로 쓰고 싶어. 지금도 작은 교회 목사님들 중 노숙자 사역을 하거나 말기 암 환자들을 열심히 돌보는 분들이 많잖아. 그런 분들을 신 목사가 좀 알려주면 좋겠어.”

“그런 분들도 물론 계시지. 그러니까 그나마 이 정도 유지되고 있을 거야. 그런데 교회에는 더 중요한 문제가 있어.”

“우리 여기서 이럴 게 아니라 오랜만에 저녁이나 같이 하자. 길 건너 동락이라는 일식집 알지? 거기 사시미가 좋아. 사케도 한 잔 하면서. 내가 쏠게.”

서준이 엉덩이를 반쯤 들었는데 신 목사가 고개를 가로저었다.

“미안하지만 오늘 저녁은 선약이 있어. 한 10분만 더 있다가 일어나야 해.”

“아쉽네. 옛날 성가대 얘기하면서 한 잔 하고 싶었는데… 교회의 더 중요한 문제가 뭔지 5분 내에 말하면 용서해줄게.”

시간을 말해서 그런지 방주가 손목에 찬 시계를 다시 보았다.

"정직에 대한 문제야."

"정직?"

서준은 그의 말뜻을 얼른 이해하기 어려웠다.

"오늘 장례예배에서 기도를 할 수 없어 힘들었어."

방주의 말이 계속되는 동안 글렌 굴드의 〈모차르트 피아노 소나타 11번[2]〉 1악장이 느리게 전개되고 있었다. 오늘 치러진 장례예배의 주인공은 새벽기도를 나온 지 일주일밖에 안된 50대 초반 어느 아주머니였다. 새벽기도 가는 길에 과속 택시에 변을 당한 것이다. 어두운 내리막 도로에서 파란불에 길을 건너다 그리 됐는데 가족이라곤 대학생 딸 하나밖에 없었다. 두 모녀에게 새벽기도를 나오라고, 새벽을 주 하나님의 말씀으로 깨우라고 인도한 사람은 방주 자신이었다. 장례예배는 30분 만에 끝났고 아무도 교통사고에 대한 언급을 하지 않았다. 마치 이런 일이 일어났다는 것을 빨리 잊고 싶은 듯 형식적이었다. 교회 당직자들도 서로의 얼굴을 정면으로 바라보지 않았다.

"담임 목사님은 무슨 말씀을 하셨어?"

방주가 말한 정직의 의미를 이해한 서준의 질문이었다.

"세상 고생 끝나고 영원한 천국에서 안식할 거라는 말씀과 인간이 어찌 하나님의 뜻을 알겠냐고 하셨지."

방주의 목소리는 허탈했고 자조 섞인 느낌이었다. 서준도 예전에 자

---

2 Wolfgang Amadeus Mozart(1756-1791), Sonate für Klavier No. 11 'Alla Turkischer Marsch' K. 331

주 들었던 이야기다.

“어쩐지 오늘 네가 좀 우울해 보이더라. 목사님 하다 보면 앞으로도 비슷한 일이 있을 텐데, 너무 마음 아파하지 마라.”

서준은 자신의 말이 큰 위로가 되지 않을 거라는 걸 알았다.

“개신교가 신뢰를 회복하려면 이런 때 미안하다고 말할 수 있어야 해. 그것이 정직한 마음이니까. 인간의 진정성에 대한 문제이고.”

방주는 침착하고 온순한 성격이었지만 어려서부터 자기주장이 뚜렷했다.

“그래도 어쩌겠어. 모두가 하나님의 뜻이고, 그것이 기독교의 교리잖아.”

“이제 개신교도 다시 바뀔 때가 됐어. 루터가 종교 개혁을 한 지 5백년이 지났어. 이대로 계속 가다간 더 심각해질 거야.”

“기독교의 교리를 바꾸는 건 이단 아냐?”

“이단이 아니라 정직한 교회로 돌아가는 거지. 큰 교회가 아니라 정직한 교회. 미안하지만 이제 그만 일어나야겠어.”

방주가 악수도 안 하고 서둘러 필하모니를 나갔다.

“정직한 교회라….”

서준은 반쯤 남은 미지근한 커피를 한 모금 마시며 방주가 했던 말을 곱씹었다. 새벽기도를 나오다 불행을 당한 신도에게 교회가 미안하다고 해야 한다는 건데, 언뜻 그럴 수 있다는 생각이 드는 한편 석연치 않은 부분도 있었다. 치료를 위해 병원에 오다 교통사고가 나는 경우에 병원은 사과를 하지 않는다. 본인의 과실이거나 운이 나쁜 것으로 치부하는데 교회도 마찬가지 아닌가? 방주는 개인적으로 미안할 수는 있지만 그것을 교회 전체의 문제로 삼는 것은 과민한 반응이라 생각됐다. 신문에는 별로 나지 않았지만, 사실 새벽기도를 가다 당하는 교통사고는 종종 발생했고 주일예배의 경우는 훨씬 많을 것이다. 그런 것까지 목사님들이 사과를 할 수는 없는 일 아닌가. 기도원 가다가 일어나는 사고는 왜 없겠는가.

하지만 또 마음 한구석에는 방주의 말이 옳다는 생각이 있었다. 그렇다면 과연 무엇이 병원에 오는 길에 나는 사고와 새벽기도의 사고를 다르게 만드는 걸까? 병원에는 의사나 간호사가 늘 대기하고 있는 것과 달리 새벽 교회에는 전능한 하나님이 존재하지 않는 건가. 혹시 목사님들은 오래전부터 하나님이 새벽기도를 나온다고 무조건 복을 주시는 분이 아닌 걸 알면서도 교회의 발전과 운영을 위해 새벽기도를 하고 있는 건가. 새벽기도가 집에서 드리는 기도보다 하나님이 더 잘 들으신다는 일말의 확신은 있는가? 새벽기도는 전 세계적으로 한국 교회에만 있는 현상인데, 오직 교회를 위한 새벽 모임이라면 방주가 지적한 인간의 정직과 진정성의 문제가 거론될 수 있을 것이다.

서준은 초등학교 2~3학년 때 어머니를 따라 새벽기도를 나갔던 일이 생각났다. 영하 10도가 넘는 추운 겨울 새벽 4시 반, 조용히 집에서 나와 어두컴컴한 골목길을 15분쯤 걸어내려 가면 하얀 건물에 십자가가 높이 달려 있는 새빛교회에 도착했다. 어머니는 서준의 얼굴을 당신의 두터운 머플러로 덮어 눈만 나오게 감싸주셨다. 머플러는 칼날같이 차가운 겨울바람으로부터 얼굴을 보호하는 든든한 방패가 되었다. 눈이라도 내린 날에는 꽁꽁 언 길바닥이 매우 미끄러웠고 사람의 모습은 교회 입구 가까이에서나 볼 수 있었다.

서준이 먼저 어머니께 새벽기도를 한 번 따라가 보고 싶다고 말했다. 왜 그렇게 한겨울 이른 새벽, 어두운 길을 나서서 교회를 가시는지, 또 새벽예배는 어떻게 진행되는지 궁금했었다. 6시 반쯤 집으로 돌아오시는 어머니의 눈이 기도하면서 많이 우신 듯 부어있는 것도 걱정됐었다. 어머니는 서준에게 졸리면 안 가도 된다고 하면서도 내심 기특한지 한 달 정도를 막내아들의 작은 손을 붙잡고 새벽기도를 다니셨다.

교회의 작은 예배당에 들어가면 어머니는 항상 뒤에서 세 번째 장의자에 앉아 기도를 시작하셨다. 눈을 살짝 뜨고 옆을 보면 어머니는 무언가 간곡히 간구하는 게 있으신 것 같았다. '주여, 아버지' 하는 소리가 작게 들리지만 기도의 내용은 짐작하기 어려웠고 간혹 '용서' '회개' 같은 단어가 섞여 나왔다.

어머니가 평소에 서준에게 자주 언급하시던 성경 구절은 구약의 잠언 말씀이었다. '지혜를 얻는 것이 은을 얻는 것보다 낫고 그 이익이 정금보다 나음이니라'는 말씀과 '지혜의 오른손에는 장수가 있고 그의 왼손에는 부귀가 있다'는 구절은 잘 이해할 수 있었다. 그런데 아직 어린 서준에게 조금 당황스러운 구절도 말씀하셨다. '지혜가 또 너를 음녀에게서, 말로 호리는 이방계집에게서 구원하리니 음녀에게 빠지지 말라. 그녀의 입술은 꿀같이 달콤하지만 결국엔 지옥에 간다'는 내용이었는데 어머니가 이 말씀을 하실 때는 은근히 노기까지 띄어 음녀가 무슨 뜻인지 물어볼 엄두조차 내지 못했다. 여하튼 나쁜 여자를 조심하라는 뜻이라고 생각했다.

서준은 어머니 옆에서 손을 모으고 같이 기도했다. 어머니가 뭘 저렇게 간절하게 비는지 모르지만, 대단히 중요한 일 같으니 하나님이 꼭 들어달라는 기도였다. 이렇게 각자 10분쯤 기도를 하고 있으면 목사님이 들어오셔서 짧은 설교를 하셨다. 이때쯤이면 늦게 오는 사람들까지 합쳐 30~40명 정도가 좌석의 반을 채웠다. 목사님의 설교가 끝나면 서준이 싫어하는 통성기도 시간이었다. 모인 사람 대부분이 눈물을 흘리며 기도를 하고, 시간이 좀 더 지나면 방언 하는 사람들의 혀 짧은 주문 같은 소리도 들렸다. 옆 사람과 대화가 불가능할 정도로 시끄러운 통성기도는 20분 정도 이어지는데, 이쯤 되면 서준은 어머니가 빨리 일어났으면 하는 마음뿐이었다. 6시쯤 예배당을 나와도 아직 사방이 깜깜했지만 추위는 좀 풀려 머플러를 안 하고 집으로 향할 때가 많았다. 출근하는 사람들의 모습도 여기저기 눈에 띄었다.

어머니가 기도에서 행동으로 방법을 바꾼 것은 서준이 새벽기도를 슬금슬금 빠지기 시작할 무렵이었다. 아직 추위가 한창이던 어느 겨울 새벽, 어머니는 서준을 깨워 같이 나가자고 하셨다. 머플러로 무장하고 걸어 내려갔지만 교회로 들어가지 않고 큰길까지 나가 택시를 잡으셨다. 찬송가와 성경책이 든 어머니의 회색가방은 그날따라 유난히 무거워 보였다. 여간해서는 택시를 안 타시는 살림꾼인 어머니에게 오늘은 다른 교회 가시냐고 물었다. 고개만 가로젓는 어머니의 얼굴이 심각해서 더 이상 물어보지 않았다. 무언가 막중한 일이 기다리고 있을 듯한 예감과 어머니가 어린 나를 참여시켰다는 자부심에 은근히 가슴이 설렜다.

새벽 택시는 찬 공기를 가르고 거침없이 달려 한강변 주택가로 접어들었다. 손에 든 작은 지도를 보며 장소를 확인한 어머니가 어느 골목 안쪽에 택시를 멈춰 세웠다. 새벽 공기는 하얗고 차가웠지만 상쾌한 느낌이 들었고, 골목 저편에서는 구둣방 아저씨가 벌써 점포 셔터를 올리고 있었다. 어슴푸레 동이 트기 시작했고, 어머니는 성큼성큼 골목 안쪽 집들의 주소를 확인하다 어느 빨간 대문 집 앞에 멈춰 섰다. 그러곤 가방을 열어 신문지 크기의 하얀 종이를 몇 장 꺼내 대문에 붙이기 시작했는데, 나도 얼른 거들었다. 반듯이 잘 보이게 붙인 후 한 걸음 떨어져 글자를 읽어보니 '이 집은 음녀의 집, 첩년의 집이다'라는 글씨가 빨갛게 쓰여 있었다. 벽에도 몇 장 붙인 후 어머니는 가방에서 작은 돌멩이를 꺼내 집을 향해 던지기 시작했고 내 손에도 한 개 쥐어 주셨다. 약간 걱정은 됐지만 나는 학교 운동장에서 야구하던 솜씨를 발휘해 열심히 몇 개 던졌다.

잠시 후 '와장창~' 유리창이 깨지는 소리가 들리고 아래층 어느 방에 불이 켜지는 순간, 우리는 황급히 철수했다. 날이 훤하게 밝아오고 있었다.

*

Y 신학 대학 문익진 교수는 자신의 연구실에서 심각한 고민을 하고 있었다. 아직 50대 중반이지만 눈처럼 희고 긴 머리카락이 검은 뿔테안경과 산뜻한 조화를 이뤘고 반듯한 이마와 안경 넘어 예리한 눈길에는 저명한 신학자로서의 깊이가 엿보였다. 문 교수는 미국 뉴욕 신학 대학

에서 박사 학위를 받은 후 영국 케임브리지의 세계적 신학자 폴 로빈슨 교수의 유일한 한국인 제자가 되었다. 문익진의 박사 학위 논문이 사도 신경에 대한 연구였는데 로빈슨 박사가 그 논문을 보고 먼저 연락을 했다. 이후 10여 년간 고대 이집트어인 콥트어를 강의하며 정교수까지 오른 후 귀국하여 Y 신학 대학의 교단에 선 게 벌써 3년째다.

사건은 얼마 전 서울의 큰구원교회 장로님이 몰래 경기도 비운사의 법당에 들어가 불상의 목을 자르고 우상숭배를 반대한다는 시위를 함으로써 시작됐다. 이에 대해 Y 신학 대학의 시간강사 한 사람이 비운사 주지스님에게 정중히 사과하고 훼손된 불상의 복원을 위한 모금 운동을 유튜브에서 벌였다. 오늘 아침 교수 회의에서 문제의 시간강사를 당장 징계하자는 주장에 문 교수가 반대의 목소리를 높였다. 시간강사의 이름은 신방주였고 그가 새빛교회 유년부를 다닐 때 문 교수가 교회학교[3] 전도사로 잠시 만난 인연이 있었다. 문 교수가 방주의 징계를 반대한 것은 개인적 친분 때문이 아니었다. 그가 20여 년 만에 귀국해 돌아본 한국 교회와 신학 대학의 모습은 예전과 전혀 달라지지 않았다. 대형 교회가 더 많아지면서 세계 최다 신도 수 50위의 교회 중 반 이상이 한국에 있으나 대부분 문자주의적 신앙에서 벗어나지 못하고 있었다. 비운사의 불상을 훼손한 장로는 교회에서 배운 바를 그대로 실천했을 뿐이고 '살면 전도, 죽으면 천당'을 외치며 그의 믿음에 긍지를 느끼고 있었다. 문 교수는 신학을 공부하고 가르치는 사람으로서 부끄럽고 참담한 기분이

3 교회학교: 주일학교

었다. 나름대로 공부를 많이 한 교수나 목사라는 사람들이 기독교 안에서 예수님의 참뜻보다는 로마시대의 교리를 문자 그대로 전달하고 있으니 아직도 많은 기독교인들이 중세 시대처럼 다른 종교를 원수로 여기는 것이다. 연구실 창문으로 빗줄기가 세차게 몰아치기 시작했고 문 교수는 책상 위 컴퓨터를 켰다.

방주가 벌이고 있는 모금 운동은 생각보다 많은 사람들의 관심을 끌었고 총 2천만 원의 모금 목표 중 반 정도가 이미 차 있었다. 문 교수도 20만 원을 이달 말까지 내겠다고 약정한 후 댓글들을 읽어보았다. 대부분이 불상을 훼손한 장로와 기독교 자체를 비난하는 내용이었다.

"서울시만 하나님께 드려도 충분하다. 비운사는 경기도다"

"다음에는 성당의 성모 마리아 목을 냉큼 자르는 장로님을 기대하며 건투를 빕니다"

"천당이 이런 장로들이 가는 곳이라면 천당일 리가 없다"

댓글 몇 개를 더 읽어보고 컴퓨터를 껐다. 빗줄기가 가늘어졌으나 먹구름이 낀 하늘은 금방 또 폭우를 쏟아낼 것 같았다. 문 교수는 기독교 재단에서 세운 중고등학교를 다녔는데, 일주일에 한 번씩 성경 시간에는 예수님의 생애나 이집트로 팔려간 요셉의 이야기를 배웠다. 그때는 문 교수도 지금의 교회학교 학생들처럼 하나님은 높은 하늘나라에 계시면서 우리의 모든 마음과 행동을 아시는 할아버지 정도로 생각했다. 그러다가 점차 마음에 걸리는 부분이 생겼다. 예수님의 동정녀 탄생이나 부활 같은 교리는 감히 의문을 품을 수 없었지만, 성경에는 사람이 죽으면 반드시 심판을 받고 천국이나 지옥으로 간다는데 예수님을 몰랐던 옛날사람들이나 아프리카에서 평생 예수님에 대해 들어본 적 없는 사람들은 조금 억울한 게 아닌가 하는 것이었다. 하지만 거기에 대한 대답을 교목 선생님은 이미 준비해 놓고 있었다. '바로 그러니까 우리가 땅끝까지 복음을 전해 한 사람이라도 더 예수 믿고 구원 받도록 해야 한다. 역사적으로 훌륭한 사람들도 예수를 몰라 천당에 못 갔는데, 우리는 하나님의 은혜로 구원받았으니 그 크신 은혜에 감사하라'는 것이었다. 일단 안심이 되어 그냥 넘어가면서도 흔쾌하지 못했다. 어린 마음에도 하나님이 어딘지 하나님답지 않았고, 신학자들이 말하는 값싼 은혜에 거부감이 들었기 때문이었다.

문 교수의 컴퓨터 화면에 열어보지 않은 이메일이 여섯 개 있다는 표시가 떴다. 대부분이 스팸 메일이고 마지막은 이 학장에게서 온 것이었다.

문 교수님, 저 이동구입니다. 오늘 아침 교수 회의에서 말씀하신 선배님의 깊으신 뜻을 저는 충분히 이해합니다. 지금 연구실에 계신 듯한데 시간이 되시면 잠깐 가서 뵙도록 하겠습니다.

문 교수는 카톡을 사용하지 않았고 주변 사람들과 대부분 이메일을 통해 연락을 주고받았다. 학장은 문 교수 연구실의 「재실」 표시를 확인한 후 이메일로 먼저 방문을 알린 것이다. 이동구 학장은 문 교수의 대학 3년 후배인데 성격이 원만하고 누구에게나 극도로 친절해 싫어하는 사람이 없었다. 잠시 후 크지도 작지도 않게 세 번의 노크소리가 들렸고 이 학장이 들어왔다.

"선배님이 통 불러주시지 않아서 오늘은 제가 쳐들어왔습니다."

그의 손에 작은 인사 파일이 들려 있었고 그것이 신방주의 것이라 직감했다.

50대 초반의 이 학장은 머리가 많이 빠져 있었다. 옆머리 몇 가닥을 길게 넘겨 덮은 통통한 얼굴에 늘 그렇듯 싱글싱글 웃음을 띠고 있었다.

"혹시 신방주 강사를 개인적으로 잘 아시나요?"

부드럽고 친근한 목소리와 달리 그의 질문은 직선적이었다. 오래전 새빛교회 교회학교에서 가르칠 때 그를 만난 적이 있지만 이번 사태는 순수한 신학자의 양심으로 처신한 것이라는 설명을 했다. 이 학장은 눈썹을 살짝 찌푸리면서도 방주와 문 교수의 관계가 그다지 깊지 않은 것에 안심하는 눈치였다.

"저는 선배님이 반대하시는 한, 신 강사를 당장 해촉하거나 징계할 생각이 없습니다. 방금 전, 신 장로라는 분이 전화를 주셨는데 신 강사의 부친이라고 하시더군요."

문 교수의 기억 한구석에 방주의 아버지 신 집사, 지금은 신 장로의 얼굴이 어렴풋이 떠올랐다. 학장의 설명이 계속되었다. 신 장로는 아들이 교회 부목사 직분에 더욱 충실키 위해 학교 일은 그만둘 것이고 곧 사퇴서를 우편으로 보낼 거라고 했다는 것이다.

*

서준은 일요일 아침이지만 회사에 나와 마감이 임박한 「명화의 재탄생」 기사를 쓰고 있었다. 얼마 전 새로 나온 〈벤허〉가 60년 전의 오리지널 각본과 어떻게 다르며, 어떠한 새로운 문화적 해석이 있는지 짚어보았다. 영화의 줄거리에서 가장 큰 변화는 마지막 부분, 즉 쥬다 벤허가 전차 경기에서 승리하고 친구였으나 원수가 된 메살라를 죽이는 장면을, 이번 영화에서는 화해를 하는 것으로 끝을 맺었다는 점이다. 원작과 너무 다르고 자연스럽지 못해 공감하기 어려웠다. 스토리 전개 과정에서 예수님이 네 번이나 얼굴을 보이는 장면도 새 벤허의 다른 부분인데, 세 번째 나타나 돌멩이에 맞는 장면은 연출이 쉽지 않아 보였다. 처음에는 착한 동네 목수, 두 번째는 쓰러진 벤허에게 물을 주는 장면, 마지막으로 십자가에 달리시는 모습이다. 60년 전의 〈벤허〉에서는 예수님이 한 번만 나오는데, 벤허에게 마실 물을 주는 장면이었고 그나마 예수님의 얼굴은 보이지 않게 처리되었다. 새 벤허에서는 예수님에 대한 인식이 친근해지고 그의 신성에 대한 경외감이 줄어든 것 같다고 글을 정리하고 있는데 바지 주머니에서 휴대 전화가 울렸다. 지난 주 쓴 글에 대한 독자의 제보인가 하고 통화 버튼을 누른 서준의 귀에 카랑카랑한 목소리가 들렸다.

"최서준 기자님?"

목소리가 낯설지 않았다.

"네, 그런데요. 누구시죠?"

"저 남대문 우 계장입니다."

얼마 전까지 서준이 출입했던 남대문경찰서 형사계장이었다.

"혹시 신방주라는 목사가 친구분입니까?"

그렇다는 대답에 형사계장이 쏟아낸 말은 놀라웠다. 방주가 성폭행 혐의로 지금 경찰서 유치장에 수감되어 있다는 것이다. 보호자에게 연락하라 했더니 서준의 이름을 댔고 그를 기억하고 있던 형사계장이 직접 전화를 한 것이다. 서준이 부랴부랴 사무실을 나섰다.

취재가 아닌 개인적인 일로 방문한 남대문경찰서는 입구부터 느낌이 달랐다. 긴장감에 무의식적으로 가벼운 한숨이 나왔다. 한 뼘 정도 간격을 두고 늘어선 창살 안 네모난 유치장 바닥에는 방주가 덩그러니 고개를 숙이고 앉아 있었다.

"신 목사, 어떻게 된 거야?"

방주가 고개를 들고 천천히 일어났다.

"바쁜데 와줬네. 고마워."

밤새 잠을 못 잤는지 머리가 헝클어져 넓은 이마가 드러났고 눈은 약간 충혈 돼 있었다. 창살 사이로 손을 잡으려 했지만 옆에 있는 형사가 제지했다. 혹시 자해할 물건이나 약을 전달할 우려가 있고 피의자는 증거인멸을 시도할 수 있기 때문이다.

형사계장이 서준을 우선 자기 방으로 안내했다.

"연락 주셔서 고맙습니다. 우 계장님."

짧게 깎은 스포츠머리를 한 우순남 계장은 백 킬로그램이 족히 넘어 보이는 육중한 체구였지만, 소파에 앉을 때 고무공처럼 가볍고 부드러웠다. 추진력 있고 상황정리도 잘해서 매주 화요일 오전 경찰서 출입기자 브리핑도 그의 몫이었다. 어젯밤 형사 두 명이 신 목사를 긴급체포해 경찰서로 끌고 올 때만 해도 우 계장은 목사란 사람이 성폭행을 했다는 사실에 분노했다. 하지만 오늘 피의자의 조서를 읽고 방주를 만난 후 우 계장은 판단을 보류했다.

"방주, 아니 신 목사는 제가 20년간 친구로 봐 왔는데 절대 그런 짓을 할 사람이 아닙니다. 뭔가 오해가 있거나 모함을 받았을 거예요."

서준의 목소리가 자신의 귀에도 다소 흥분된 듯 들렸다.

피해자 이름은 오선희였다. 신촌에 있는 Y대 연극영화과 2학년인, 21살의 대학생이었다. 고소장 내용은 신 목사가 단둘이 만나자더니 자신을 어느 조용한 칸막이 식당으로 데리고 들어가 성추행을 했다는 것이다. 저녁식사로 파스타를 먹을 때까지는 점잖던 신 목사가 학비에 보태라고 돈을 준 후 갑자기 자신에게 덤벼들어 키스를 했다며 그에게 받은 5만 원 권 현찰 100만 원을 증거물로 제시했다. 우 계장이 이상하게 생각한 점은 그 돈을 본인이 줬다고 신 목사가 순순히 시인한 것이다. 현찰이 증거물로 제시되면 피의자는 부인하는 게 상식이다. 더욱이 그는 돈을 준 이유에 대해서도 변변한 해명을 내놓지 않았다. 최근 성범죄에 대한 처벌이 강화되면서 여성 피해자의 주장에 힘이 실리는 추세이다 보니 여러모로 신 목사에게는 불리한 상황이었다.

우 계장은 특별히 자기 방에서 신 목사와 서준을 만나게 해줬다. 규정상 유치장 밖을 나오면 수갑을 차야 하기 때문에 방주는 양 손목에 수갑을 늘어뜨린 채 방으로 들어왔다. 우 계장이 자리를 피해주며 말했다.

"화장실 좀 다녀올게요. 한 10분 걸릴 겁니다."

서준이 방주의 손을 잡으며 보니 어렸을 때 가지고 놀던 장난감 수갑과 똑같은 모양이었다.

"아침밥은 먹었어?"

"해장국 먹었어. 단무지도 나오고 생각보다 괜찮더라."

신 목사의 여유 있는 대답에 서준의 언성이 높아졌다.

"오선희가 누구야?"

방주가 금방 대답을 안 했다.

"그 여자가 고소취하를 안 하면 몇 년간 감옥에서 썩을 수도 있어. 돈은 왜 백만 원이나 준 거야?"

방주가 오선희를 만난 건 2주일 전 필하모니에서 서준을 만난 날 저녁이었다. 새벽기도를 나오다 참변을 당한 선희의 어머니 장례예배를 끝내고 그녀를 위로해주고 싶어서 저녁 때 나오라고 한 것이다. 식사를 다 끝내고 백만 원을 줄 때까지만 해도 눈물을 글썽이며 고맙다고 하던 선희가 며칠 후 자신을 성폭행으로 고소한 이유는 전혀 알 수 없고, 키스는 커녕 악수도 하지 않고 헤어졌다는 것이다.

"그 여자 주소는 알고 있어? 내가 만나서 설득해볼게."

"새빛교회 새신자 등록명부에 있을 거야."

방문 열리는 소리가 살짝 들리며 우 계장이 들어왔고 뒤따라 들어온 비쩍 마른 형사가 방주를 데리고 나갔다.

"나로서는 기소 의견으로 검찰에 송치할 수밖에 없어요. 돈은 왜 줬다고 합디까?"

그녀의 어머니가 새벽기도에 나오다 변을 당했고, 신 목사가 미안해서 자신의 돈을 위로금으로 주었다는 설명에 우 계장이 어이없다는 듯이 서준을 바라보았다.

"세상에 그런 목사가 어디 있어요?"

우 계장의 말을 뒤로하고 서준은 새빛교회로 향했다.

새빛교회는 11시 예배가 막 시작됐다. 교회 사무국에 들어가 주소록을 찾아보니 오선희라는 이름의 등록신자는 있지만 70대 권사님이었다. 커피나 한 잔 하고 다시 올까 했는데 귀에 익은 찬송 〈복에 근원 강림하사〉가 그의 발걸음을 예배당으로 끌어당겼다. 뒷좌석은 이미 꽉 차버려 중간쯤 빈자리를 찾아 앉은 후 손에 들려있는 주보를 펼쳐보니 마침 오늘이 교회 장로를 선출하는 장립예배였다. 장로 출마자 세 명의 이력이 주보에 간략하게 나와 있었다.

그날 추운 새벽, 한강변의 빨간 대문 집을 응징한 이후 어머니는 새벽기도에 자주 빠졌고, 서준도 더 이상 일찍 일어나지 않았다. 초등학교 5학년 때쯤에는 교회학교 예배에 가지 않고 만홧가게로 새는 경우가 많아졌다. 하지만 무슨 설교 말씀을 들었는지 가끔 물어보는 어머니에게 대답하기 위해 서준은 교회에 먼저 가 주보만 챙겨 만홧가게로 가는 요령을 익혔다. 유치원 때부터 교회 설교를 들은 서준은 주보 제목만 봐도 목사님의 말씀을 대강 어머니에게 전할 수 있는 수준이었는데, 어느 때는 자신의 의견도 적당히 가감했다. 크리스마스를 앞둔 어느 일요일, 주보에 「헤롯과 동방박사」라는 제목이 나왔다. 황금과 몰약과 유황을 가져온 동방박사가 지금의 페르시아나 이집트에서 온 사람들일 거라는 이야기에 어머니는 신기한 듯 입을 오~ 하고 동그랗게 벌리셨다. 헤롯 대왕이 어디선가 태어난 메시아, 어린 예수를 죽이기 위해 2살 이하의 어린이는 모두 죽이라는 명령을 내린 것은 너무 잔인했고, 예수님이 나중에 자신 때문에 수많은 어린아이가 죽은 사실을 알고 얼마나 가슴이 아프셨을까를 이야기할 때, 어머니는 처음에는 조금 놀라더니 나중에는 고개를 끄덕이셨다.

귀를 울리는 악기소리가 서준을 지금의 새빛교회로 돌아오게 했다. 십여 년 전부터 찬송가보다는 복음성가를 교회에서 더 많이 불렀고, 다윗 왕이 춤추며 하나님을 찬양했다며 각종 율동과 온갖 악기가 동원되었는데, 지금도 마찬가지였다. 주보를 보니 방주의 아버지 신종일 장로는 그동안 명예장로가 되었는데 예배당 앞자리 어디쯤에 앉아계신 듯했다. 방주가 어젯밤 안 들어왔고 오늘은 교회도 안 나왔으니 걱정이 많으실 것이다.

목사님의 간단한 설교는 10분도 채 안 걸렸고 장로가 되기 위해 입후보한 사람들이 자기소개 겸 앞으로의 계획을 나와서 발표하기 시작했다. 세 사람이 10분씩만 해도 30분은 들어야 한다는 생각에 서준의 입에서 저절로 한숨이 새어 나왔다. 처음 강단에 올라온 사람은 통통한 얼굴에 밝은 미소가 호감을 주는 인상인데 예배당을 좌우로 몇 번 둘러본 후 점잖은 목소리로 입을 열었다.

"저는 어릴 적, 부족한 것 없는 넉넉한 가정에서 자라다가 9살 때 아버지가 돌아가시고 어머니마저 다음 해에 교통사고로 돌아가셨습니다. 그러자 갑자기 학교에서 급식을 지급받는 학생이 되었습니다. 어린 나이였지만 저는 그때 어려운 사람들에게 무엇을 해줄 수 있는지에 대한 생각을 깊이 하다가 국회의원이 되겠다는 결심을 했습니다."

국회의원에서 장로로 결심이 바뀐 과정이 별로 궁금하지 않았으나 계속 들어야 했다.

"그 후 저는 4학년 때 학급 반장이 되고 5학년 때는 학생회장이 되었습니다. 중고등학교 때도 계속 학생회 일을 하고 신학 대학에 진학했는데 성경을 읽으면서 저의 꿈이 하나님의 종이 되는 것으로 바뀌었습니다."

그를 지지하는 듯한 사람들이 고개를 끄덕였다.

"성경을 통해 전능하신 하나님을 인격적으로 만나고, 순종하게 되고, 제 한 목숨 그분의 도구로 하나님께 영광 돌리는 삶을 살고 싶었습니다."

여기저기서 몇 사람이 박수를 쳤으나 많은 호응을 얻지는 못했다.

"저는 지난 20여 년간 밥을 안 먹은 날은 있어도 성경을 안 읽은 날은 없습니다. 바로 이 성경이야말로 진리고 하나님의 말씀이기 때문입니다. 제가 가장 좋아하는 찬송도 〈나의 사랑하는 책〉입니다. 나의 사랑하는 책 비록 헤어졌으나, 어머니의 무릎 위에 앉아서~"

찬송가 1절을 부르는 그의 눈에 살짝 눈물이 맺히는 듯싶었다. 서준도 잘 아는 찬송이었고 3절인가 4절의 "주의 선지 엘리야, 병거 타고 하늘에, 올라가던 일을 내가 기억합니다"라는 구절이 아득하게 떠올랐다. 잠시 후 두 번째 후보자가 연단 위로 올라왔다. 눈꼬리가 조금 쳐지고 무테안경을 쓴, 나이를 짐작하기 어려운 사람이었다. 차렷 자세로 허리를 90도로 숙이며 인사를 한 후 할렐루야를 크게 외쳤다.

"할렐루야! 저는 하루의 시작을 기도하고 성경 보고 찬송하면서 시작합니다. 독실한 신앙의 가정에서 자란 덕분이지요. 저희 사남매는 매일 저녁 가정예배를 부모님과 같이 보면서 성경을 한 장씩 돌아가면서 읽고 기도를 했습니다."

서준이 시계를 보니 벌써 12시가 넘었고 투표까지 끝내려면 1시는 족히 지나야 할 듯싶었다. 아침 일찍 회사에 나와 커피 한 잔밖에 집어넣지 않은 뱃속이 꼬르륵~ 소리를 냈다.

"지금 우리 사회는 여러 모양으로 분열되어 있는데 이러한 현상 앞에서 우리, 믿는 사람들이 먼저 화합하고 화해해서 초대교회의 정신으로 돌아가야 합니다. 특히 동성애 문제 등 하나님을 거역하는 이 세대를 향해 저는 예레미야의 심정으로 통곡하고 싶습니다."

그의 목소리가 끝에서 울먹거렸지만 곧 침착을 되찾았다.

"1517년 마틴 루터는 34살의 젊은 나이에 '오직 성경'을 외치며 종교개혁을 이루어 냈습니다. 지금 많은 사람들이 한국 교회를 걱정합니다. 이제 우리의 개혁과제는 모든 교회에서 '성경 한 권이면 충분하다'라는 고백을 하게 하는 것입니다. 이것이 우리에게 들려주는 하나님의 말씀이고 명령입니다. 할렐루야!"

그가 내려가고 세 번째 올라온 키가 작은 사람은 5분도 채 안 되는 짧은 소개를 했고 별로 호응을 얻지 못하는 성싶었다. 서준이 예상하지 못한 것은 장로를 투표로 뽑는 것이 아니고 제비뽑기를 하는 것이었는데 이것은 초대교회의 전통이었다. 유다의 빈자리에 맛디아가 뽑힌 사례를 목사님이 간단히 설명한 후 제비뽑기로 뽑힌 장로는 마지막 사람이었다. 하나님이 다 들으셨으니 모든 것이 하나님의 뜻이라는 것이다. 예배는 생각보다 조금 일찍 끝났다.

거의 10년 만에 보는 방주의 아버지 신종일 장로는 흰머리만 조금 늘었을 뿐 얼굴은 그대로였다. 표정의 변화가 거의 없는 길고 가는 눈, 갸름한 얼굴에 호리호리한 몸매가 강인한 느낌을 줬다. 새로 선출된 키 작은 장로와 대화를 끝낸 신 장로에게 다가가 인사를 한 후 경찰서에서 방주를 만난 이야기를 했다. 잠시 침묵을 지키던 신 장로가 목소리를 낮추며 말했다.

"어떤 남자가 오늘 아침 전화를 했는데 방주 건으로 합의를 하려면 오천만 원을 내일 오후까지 준비하라고 했네."

"전화한 남자가 누구라고 하던가요?"

"피해자의 친척 오빠라 하더군."

신 장로의 목소리가 덤덤하게 들렸다. 방주가 꽃뱀에게 물린 것이다.

"그놈을 잡으면 되겠네요. 어디 조용한 데 가셔서 말씀을 좀 나누실까요?"

두 사람은 교회 건너편에 있는 죽 전문점으로 들어갔다. 전복죽 끓이는 고소한 냄새가 서준의 코를 자극했고, 자리에 앉자마자 까만 앞치마를 두른 종업원이 주문을 받으러 왔다.

"아버님, 오늘은 제가 모시겠습니다. 너무 오랜만에 뵈었는데 하나도 안 변하셨습니다."

신 장로의 얼굴에서 가느다란 미소가 흘렀다.

"방주에게 얘기 들었네. 자네가 『주간시사』 기자가 되었다고. 교회는 어디 다른 곳을 다니고 있나?"

"요즘은 기사 마감이 주일날일 때가 많아서 잘 못 나가고 있습니다."

교회 이야기가 더 나오기 전에 서준이 얼른 궁금했던 질문을 했다.

"그래서 그놈에게 뭐라고 하셨나요?"

"내가 뭐라고 말할 사이도 없이 전화를 끊더군."

"내일 또 전화 오면 녹음을 해놓으세요. 공갈사기범으로 혼을 내줘야 합니다."

죽 두 그릇을 주인아주머니가 직접 들고 나와 테이블 위에 올려놓았고, 장조림과 깍두기도 따로따로 잔뜩 담아 내왔다. 신 장로의 식사 기도가 끝나자 두 개의 숟가락이 거의 동시에 전복죽을 향했다. 서준은 달걀 노른자를 죽에 반쯤 밀어 넣어 깨뜨린 다음 휘휘 저었다. 두 사람의 대화가 중단되었고 새로 들어온 손님들이 신 장로를 알아보고 정중히 목례를 했다. 죽을 먹는 '쩝쩝~' 소리와 깍두기를 먹는 '춥춥~' 소리가 양쪽에서 들렸다. 그릇을 반쯤 비운 후 어색한 침묵을 깨기 위해 서준이 말했다.

"요즘은 교회 음악에 드럼, 전자기타, 신디사이저 같은 악기까지 동원돼 제가 어릴 때 하던 성가대 음악과 많이 달라진 것 같습니다."

신 장로가 입가를 종이 냅킨으로 닦은 후 입을 열었다.

"그게 요즘의 추세라니 어쩌겠나. 나도 처음에는 반대했는데 안 그러면 젊은이들이 교회에 오지를 않는다네."

"옛날 독일 교회에서 처음으로 오르간 반주를 할 때도 극렬한 반대가 있었답니다. 악기 소리는 하나님의 거룩함을 가리니 오직 인간의 목소리만 순순하게 드려야 한다는 거였죠."

신 장로가 숟가락으로 장조림 국물을 떠서 전복죽 위에 부었다.

"그래도 지금처럼 너무 자극적인 음악은 젊은 세대인 저도 듣기가 좀 그렇습니다. 예전에 부르던 그 좋은 찬송가는 거의 안 부르고, 노래하기 쉬운 복음성가만 부르는 교회도 많은데 이러다 찬송가는 교회박물관에서나 볼까 걱정입니다."

그의 말이 기특한 듯 신 장로가 고개를 몇 번 끄덕였다. 서준도 얼른 남은 그릇을 비우고 디저트로 수정과를 시켰다. 잠시 후 종업원이 죽 그릇을 치웠고 서준이 본론으로 들어가 사태의 심각성을 언급했다. 성폭행은 무조건 구속이고 피해자가 합의를 안 할 경우 적어도 2~3년의 실형을 받으며 가석방도 없다는 말에 신 장로의 미간에 깊은 주름이 잡혔다. 그렇다고 돈을 주고 합의하면 범행을 시인하는 꼴이 될 뿐 아니라 계속 더 많은 요구를 할 수 있는 빌미를 제공하게 되는 것이다. 속히 고소 당사자인 오선희를 만나 설득해보겠다는 말에 신 장로는 주머니에서 메모지를 꺼내 서준에게 내밀었다. 오선희의 주소와 전화번호가 적혀 있는데, 아침 일찍 교회에 나와 알아보신 모양이다. 주소는 마포구 공덕동 롯데캐슬 부근이었다.

"아침 10시쯤 이 번호로 내가 전화를 걸어봤네. 메시지만 남기라고 하더군. 물론 아무 말도 안 했지."

서준이 휴대 전화를 꺼내 즉시 걸었다. '메시지를 남겨주세요' 하는 소리와 함께 '삐-' 소리가 났다.

"오선희 씨. 나는 방주, 아니 신 목사의 친구 최서준이라고 합니다. 신 목사 문제로 급히 만나고 싶은데 이 메시지를 듣는 대로 바로 연락 좀 주세요. 부탁합니다."

서준이 자신의 번호를 남기고 전화를 끊었다.

"조금 기다렸다가 연락이 안 오면 집으로 찾아가보겠습니다."

고등학생 같은 여종업원이 계핏가루가 듬뿍 담긴 자주색 수정과를 식탁 위에 올려놓았다. 잠시 아무 말 없이 두 사람이 수정과를 마신 후 신 장로가 헛기침을 한 번 하고 입을 열었다.

"자네가 이렇게 자기 일처럼 도와줘서 참 고맙네. 우리 신 목사가 친구 하나는 좋은 사람을 뒀구만."

"당연히 제가 도와야죠. 지금은 서로 바쁘지만 신 목사가 미국 유학 가기 전에는 일주일에 한두 번은 꼭 만났습니다."

그 말을 들은 방주 아버지의 안색이 어두워지며 고개를 살짝 숙였다.

"미국 유학을 가지 말았어야 했어. 자네 지금 방주에게 왜 이런 일이 일어나고 있는지 아는가?"

무슨 말씀을 하려는 건지 알 수 없는 서준이 눈을 깜박이며 다음 말을 기다렸다.

"하나님께서 우리 신 목사를 엄히 경고하고 계시는 걸세. 방주가 유학을 가서 잘못 배운 진보적 신학 때문에 귀국한 후 많이 흔들렸지. 최근까지도 아슬아슬했어. Y대 강사도 곧 그만두게 될 거야."

"우리는 사람이 아닌 하나님을 의지하며 믿음으로 용기를 내야 하네. 그러니 자네도 이번 일을 너무 초조하게 생각하지 말고 무리하지도 말게. 오래전 유대민족을 벌하셔서 회개하도록 하신 것처럼 이번에 신 목사를 사랑으로 징계하셨는데, 또 하나님이 때가 되면 모두 회복시켜 주시고 더 좋은 것으로 주실 걸세."

신 장로의 목소리는 부드럽고 여유 있었다. 서준이 무어라 할 말을 찾고 있는데 바지 주머니에서 휴대 전화가 부르르 울렸다.

"네. 최서준입니다."

"야, 최서준, 너 지금 미쳤냐? 어디서 뭐하고 자빠져 있는 거야! 편집부에서 벤허 기사 안 넘긴다고 난리야. 3시까지 안 넘기면 기사 빠진다."

문화부 데스크 이영숙 차장의 화가 잔뜩 난 목소리를 앞에 앉은 신 장로도 들을 수 있었다.

호수 속의 대성당

서준이 급하게 택시를 잡아타고 회사로 돌아왔다. 로비의 엘리베이터가 2층을 가리키며 올라가고 있어 문화부가 있는 3층까지 계단으로 뛰어 올라갔다. 시계를 보니 2시 40분이었다.

"이 선배, 미안해요. 10분 안에 기사 넘길 수 있습니다."

다행히 컴퓨터를 끄지 않고 나가, 바로 기사를 이어갈 수 있었다. 1959년 찰턴 헤스턴의 벤허와 2017년의 잭 휴스턴의 벤허를 스토리면에서 비교한 후, 60년 전에 만든 오리지널 벤허의 완벽한 각본과 엄청난 스케일에 다시 한 번 놀라움을 금치 못한다는 글로 마무리했다. 기사를 처음부터 얼른 다시 읽은 후 파일을 이영숙 차장에게 보냈다. 시간이 촉박해 이 차장도 내용은 손대지 않고 몇 군데 단어만 수정해 바로 편집부로 보냈다.

이 차장은 미인이라고 할 수는 없으나 사람을 끄는 매력이 있었다. 마흔이 내일모레지만 소녀같이 맑은 눈에 소탈한 성격, 활짝 웃는 웃음이 주위 사람들을 편하게 했다. 기자 근성도 강해서 한 번 기획한 기사는 인터뷰에 실패하는 일이 거의 없었고 S대 국문과를 수석으로 나온 영재답게 글은 힘이 있으면서 산뜻했다. 데스크의 손을 한 번 떠난 기사는 신경을 안 쓰는 그녀가 다른 기사를 서준에게 던졌다.

"이『로이터통신』기사 재미있네. 최 기자가 심층취재해서 2~3주 내에 다뤄봐. 어쩌면 특집기사로 키워서 4~5쪽으로 확대할 수도 있겠어. 얄라차!"

처음 입사한 서준이 '얄라차'가 무슨 소리인지 물었다가 국어사전을 찾아보라는 핀잔을 들었다. 얄라차는 순우리말 감탄사로 어떤 것을 재미있게 느낄 때 내는 소리라고 적혀있었다. 이 차장이 넘겨준 기사는「1300년 동안 호수 속에서 잠자던 대성당, 웅장한 모습을 드러내다」라는 제목으로 터키의 이즈니크에서 발견된 호수 속 성당에 대한 것이었다. 서준도 속으로 '얄라차'라고 외친 후 기사를 계속 읽어 내려갔다.

영국의 고고학자들이 터키 북서부 지중해 연안의 관광도시 이즈니크의 호수 밑에서 4세기에 세워진 대성당을 발견했다. 이 대성당 유적은 케임브리지 대학의 신학자 폴 로빈슨 교수가 이즈니크 근처에 사라진 성당이 있다는 주장을 하며 탐사를 시작한 지 4년 만에 호수 동북부 연안 30m 지점에서 찾아냈다.

이즈니크는 바로 기독교 최초의 공의회가 개최된 고대도시 니케아의 새로운 이름이다. 니케아 공의회는 AD 325년 당시 신학자들이 예수님에 대한 치열한 교리적 다툼을 계속하자 로마황제 콘스탄티누스가 직접 회의를 주재하여 결론을 낸 니케아신경으로 유명하다.
로빈슨 교수는 이 성당이 3세기의 순교자 성 네오피토스를 기리기 위해 건축된 것으로 보고 있으며 터키 관광청은 이 일대를 수중박물관으로 지정했다.

사도신경은 익숙하게 알고 있으나 니케아신경은 처음 들어본 서준은 호수 기슭에서 모습을 드러낸 대성당의 사진을 보며 알 수 없는 전율을 느꼈다. 검푸른 대리석과 네모난 화강암을 모자이크해 만든 성당의 중앙 통로가 맑고 얕은 호수물 아래에서 길게 모습을 드러낸 사진인데, 누군가 막 호수에 돌멩이를 던진 듯 표면에 크고 동그란 파문이 일고 있었다. 서준의 눈이 계속 기사로 향했다.

로빈슨 교수는 기독교 고문서 기록 중 성 네오피토스가 이단과 싸우기 위해 니케아를 방문했다가 순교했고, 약 백 년 후 그를 위한 성당을 건축했다는 부분을 역사적 사실로 보고 꾸준히 발굴을 추진했었다.
이 성당이 물에 잠긴 것은 AD 740년 니케아에 발생한 대지진 때문으로 추정되며, 성당을 수중 탐색 중인 조사팀이 기독교 역사의 새로운 기록들을 발굴하고 있는 중이다.
아직 공식적으로 발표하지는 않았지만 이 중에 신학자들의 관심을 끄는 것은 새로운 버전의 사도신경인데 로빈슨 교수팀이 그 내용을 세밀히 조사하고 있는 것으로 알려졌다.
기독교 역사의 가장 중요한 분수령인 니케아 회의 직후 그곳에 건축된 대성당이 1300년 세월의 신비를 품은 채 호수에 숨어 있다가 이제야 세상에 모습을 드러낸 것이다.

기사는 이렇게 끝나 있었다.

서준의 관심을 끄는 것은 새로운 버전의 사도신경이라는 부분과 니케아신경이었다. 우선 인터넷에서 니케아신경을 찾아보았다.

니케아신경

우리는 한 분 하나님, 아버지, 전능자, 보이는 것과 보이지 않는 모든 것을 만드신 자를 믿는다. 또한 한 분 주 예수 그리스도를 믿으며 이는 아버지로부터 특유하게 나시었고, 즉 아버지의 본질로부터의 참 하나님으로서 출생하시되 만들어지지는 아니하시었고 아버지와 동일 본질이시다.

예수님이 아버지와 같다는 선언이니까 예수님이 곧 하나님이 된 것이다. 이어지는 부분은 사도신경과 흡사한 내용이었다.

그는 우리 인간들을 위하여 그리고 우리의 구원을 위하여 내려오시고 성육신 하시고 사람이 되시었다. 그는 고난을 받으시고 사흘 만에 다시 살아나시어 하늘에 오르사 산 자와 죽은 자를 심판하러 오신다. 또한 성

령을 믿는다.

여기까지 보면 당시 회의에서 예수님을 어떻게 정의하느냐가 가장 중요한 문제였다는 것을 알 수 있는데 이후에 부록처럼 달려있는 말이 서준에게는 섬뜩하게 들렸다.

그러나 다음과 같이 말하는 자들 즉 '그가 나시기 전에는 그는 계시지 아니하셨다거나, 그는 없는 것들로부터 생겨나셨다거나, 또는 하나님의 아들은 창조되었다거나, 변할 수 있다거나, 달라질 수 있다' 고 주장하는 자들은 저주 받을 것이다.

1700년 전, 당시 분열되었던 로마 제국의 단일 황제가 된 콘스탄티누스가 자신의 뜻에 어긋나는 신학자들에게 엄중히 경고하는 모습이 잘 나타나 있었다. 서준은 복음서의 어느 구절인지는 모르지만 예수님께서 "선한 분은 오직 하나님 한 분뿐이다"라고 제자들에게 하신 말씀이 생각났다. 복음서 기록이 사실이라면 니케아신경은 예수님이 스스로 하신 말씀과 좀 다른 것이 아닌가 생각하고 있는데 휴대 전화가 부르르 떨렸다. 번호를 보니 모르는 번호였다. 서준의 목소리가 긴장됐다.

"네, 최서준입니다."

"메시지 듣고 전화 하는데요…."

젊은 여성의 조심스런 목소리였다.

"네, 오선희 씨인가요?"

잠시 침묵이 흐른 후 짧게 "네." 하는 소리가 들렸고, 서준은 즉시 만나자고 제의했다. 방주를 빨리 빼내려면 일단 그녀가 재판부에 고소취하 서류를 제출해야 하기 때문이다.

"실례지만 신 목사님 변호사이신가요?"

"신 목사 친군데 최서준이라고 해요. 여하튼 충무로 엘리제호텔 커피숍에서 기다릴 테니 가능한 빨리 나오세요."

2~3초 후 저편에서 "네." 하는 소리가 자그맣게 들렸다.

*

문익진 교수가 예배당 강단에 올라섰다가 "오늘은 도저히 설교를 못 하겠습니다. 미안합니다." 하고 다시 내려온 것은 Y 신학 대학의 톱뉴스였다. 그의 설교는 학생들뿐 아니라 Y대학 인근에 사는 주민들도 많이 참석해 예배당이 늘 꽉 찼다. 문 교수는 무조건 믿으라는 말보다 신도들에게 신앙적인 질문을 통해 스스로 생각하고 해답을 찾는 설교를 했다. 기독교의 시대적 변천을 짚어가며, 지금 이 시대를 사는 한국인에게 예수님은 누구인지, 우리는 그를 어떻게 따를 수 있는지가 그의 중심 질문이었다. 또 문 교수는 「이 세상에서 종교는 왜 이렇게 혼란스럽고 서로 대립하는 세력이 되었는가? 한편으로는 사랑과 평화를 그토록 부르짖고 가르치면서, 다른 한편으로는 엄청난 죽음과 파멸의 원인이 되고 있다. 인류에게 해결책은 있는가?」라는 주제를 교양학부 학생들에게 첫 학기의 과제물로 주었다. 여기에 대한 교회의 대답은 이미 나와 있다. 기독교만이 참 종교이고 유일한 생명과 구원의 길이기 때문에 세상 끝까지 전도해 모든 인류를 기독교인으로 만들면 해결된다는 것이다. 문 교수는 이런 식으로 설교를 할 수는 없었다. 2천 년 전 세상 끝은 스페인이었고, 그들이 알던 우주의 지식과 유대의 역사를 바탕으로 정리한 기독교의 정체성은 이제 21세기 인간이 납득하고 소통할 수 있는 언어로 다시 태어나야 한다고 생각했다.

유럽이나 미국의 기독교 인구 감소는 회복 불능 상태이고 크고 아름다운 교회나 성당이 신도가 없어 마켓이나 심지어 이슬람 사원으로 탈바꿈하는 경우도 허다하다. 아직 명맥을 유지하는 대도시 교회들은 신도 수가 예전의 반도 안 되고 그나마 거의 70대 이상이다. 교회 행사 중 유아세례나 결혼식은 자취를 감추었고 한 달이 멀다하고 까만 옷을 입고 참석하는 장례식이 대부분이다. 인기 있는 젊은 목회자가 간혹 나타나지만 로버트 슐러 목사가 이끌던 크리스털 교회가 재정난으로 파산선고를 한 것은 미국 기독교의 내리막을 여실히 보여주는 사례다.

한국도 이미 10여 년 전을 정점으로 기독교 인구가 계속 감소하는 추세다. 기독교 내부에서도 이대로 가면 안 된다는 자성론과 위기감이 고조되고 있으나 뚜렷한 대책이나 변화가 없는 실정이다. 기독교가 사회적인 지탄을 받는 가장 큰 이유는 기독교인들의 삶이 설교 내용과 다른 경우가 많아서인데, 특히 심심치 않게 터지는 교회의 재산 분쟁이나 성추문이 화약고 역할을 하고 있다. 그렇다면 이런 문제들이 자체적으로 정화되고 자제되면 다시 30~40년 전의 전성기로 돌아갈 수 있을 것인가?

문 교수의 대답은 부정적이었다. 기독교가 근본적으로 변하지 않으면 곧 한국도 유럽이나 미국 못지않은 위기에 처할 것이라는 게 문 교수의 생각이다. 이미 교회에 나오는 젊은이들의 숫자가 급속히 줄고 있다. 갈릴레오와 뉴턴, 다윈을 학교에서 열심히 배운 한국의 청소년들에게 '이브를 꼬신 뱀 이야기', '노아의 방주 이야기' 등은 점점 더 믿기 어려운 이야기가 되어가고 있었다. 이런 위기를 극복하기 위해 기독교는 '창조과학'이란 자체 이론을 도입해 성경이 문자 그대로 사실임을 입증하기 위한 많은 노력을 기울였다. 역사학자나 고고학자들을 동원해 지구 생성이 과학적으로 6천 년밖에 안 되었고, 에덴동산은 현재 이락의 어느 지방이며, 진화론은 틀렸다는 주장을 내세웠지만 대중의 관심에서는 점점 멀어지고 있었다.

문 교수는 무엇보다 자신의 삶의 진정성을 유지하고, 신학자로서 스스로에 대한 자괴감을 없애기 위해 이러한 기독교의 문제들을 정면으로 다루기로 했다. 왜냐하면 가장 중요하고 기본이 되는 신앙의 문제를 계속 적당히 넘기면 인생의 다른 신념들마저 점점 희미해지고 의미를 잃기 때문이다.

전통 기독교는 배타성이 강하다. 유대부족신으로 출발한 야훼신의 복수하고 질투하는 모습이 남아있기 때문이다. 그런데 놀라운 사실은 마틴 루터의 개혁으로 큰 상처를 입은 가톨릭교회가 교회 밖에도 구원이 있다는 방향으로 입장을 선회한 것이다. 가톨릭은 교황 요한 23세가 시작한 제2차 바티칸공회를 분수령으로 교회 밖에는 구원이 없다는 교회중심주의와 타 종교에 대한 배타주의를 상당 부분 포기했다. 그리스도의 복음을 어쩔 수 없이 듣지 못했어도 하나님을 진실로 찾고 하나님의 은혜로 자기 양심에 귀를 기울임으로써 하나님의 뜻을 따르려고 애쓰는 사람은 구원을 얻을 수 있다고 선언한 것이다. 이러한 개념은 사실 오래 전에도 있었다. AD 473년 알즈 공의회에서는 '그리스도가 죽음을 당한 것은 오직 그를 믿는 사람들만을 구원하기 위함이었다'고 말하는 사람을 저주하며 "그리스도는 누구도 멸망하기를 원치 않았다"고 선언했다. 지금보다 더 폭넓은 교리가 그 당시에는 정통 교리였다. 그러나 이러한 고대 교회의 교리는 중세에 이르러 오히려 철저한 배타주의로 바뀌어 1215년 라테란 공의회에서 "교회 밖에는 전혀 구원이 없다"고 그 방향을 바꾼 것이다. 이후 몇 번의 변화를 거쳐 1965년 가톨릭 교리가 다른 종교를 포용하는 정책으로 다시 전환한 후 세계적으로 가톨릭에 대한 인식이 서서히 바뀌었고 한국에도 영향을 미쳤다. 1985년도 인구 센서스 발표를 보면 당시 한국의 가톨릭은 약 180만이었고 개신교는 약 650만이었다. 20년 후인 2005년에 가톨릭은 520만, 개신교는 860만으로 가톨릭 인구가 개신교에 비해 폭발적으로 늘어났다. 가톨릭의 획기적인 포용정책과 무관하지 않을 것이다.

*

엘리제호텔 커피숍은 진달래색 카펫 위에 고급스런 누런 가죽소파가 듬성듬성 놓여 있었고 신맛이 도는 코나 커피 향이 서준을 맞이하고 있었다. 손님들이 몇 테이블 있는데 혼자 앉아있는 여자는 없었다. 서준은 구석에 있는 소파에 앉아서 선희가 나오면 어떻게 설득해야 할지를 생각했다. 천장에 달린 동그란 스피커에서는 잔잔한 음악이 흐르고 있었다.

"실례지만 최서준 님이십니까?"

갑작스레 옆에서 들리는 굵은 남자 목소리에 고개를 들고 쳐다보니 키가 큰 젊은이가 혼자 서 있었다.

"네 그렇습니다만…."

"지는 선희의 친척 오빠입니다. 선희 대신 나왔습니다."

볼펜 스타일 녹음기를 가지고 나왔어야 했다는 후회가 번쩍 들었다. 당황스럽고 불쾌한 심정을 애써 감추며 서준은 앞좌석에 털썩 앉는 청년을 바라보았다. 나이는 많아야 20대 중반 같았고 미끈한 얼굴이 꽃뱀 뒤에 있는 제비였다.

"선희 씨와 친척이라면 얼마 전 돌아가신 분과 어떤 관계이신지?"

"김혜순 씨가 저의 이모님이십니다."

서준도 모르는 선희 엄마의 이름을 대며 대답했다.

"최서준 님은 신 목사의 친구분이라고 들었는데, 실례지만 무슨 일을 하십니까?"

상대방이 반격하듯 질문했다. 신분을 밝히는 것이 좋을 것 같아 사실대로 말한 후 약간 긴장하는 상대방에게 계속 물었다.

"오늘 아침 신 목사 아버님께 전화한 사람이 본인입니까?"

"네 그렇습니다."

상대방의 말투가 칭찬을 기다리는 어린아이 같았다.

"명함 있으면 하나 주시죠."

서준이 사무적으로 말했다.

"명함은 없고 제 이름은 손준기라고 합니다."

본명이 아닌 성싶었고 이 바닥의 제비치고는 외우기 쉬운 이름이었다.

"손준기 씨는 무슨 일을 합니까?"

"헬스클럽 개인 트레이너로 일하고 있습니다."

"이봐요, 손준기 씨. 무고죄도 큰 죄인데 거기다가 공갈로 금품을 갈취하려 했으니 죄질이 상당히 안 좋아요. 지금이라도 고소를 취하하면 맞고소 하지 않겠지만 그렇지 않으면 엄중한 형사처벌을 받게 될 거요."

"무고죄라고 하셨는데 그건 판사가 결정하는 거 아니겠습니까. 우리는 젊은 목사님의 앞날을 생각해서 합의를 할까 했었는데 그런 말씀을 하시니 억수로 섭섭하네예."

손준기의 강력한 반발에 서준이 대꾸를 못했다.

"성경책을 보면 곧 세상이 끝난다카는데, 맞긴 맞네. 젊은 목사님이 여학생을 성추행하는 세상이니까. 그라믄 최 기자님 생각대로 맞고소를 하시던 맞키스를 하시던 맘대로 하시소. 지는 이만 가보겠심더."

손준기가 벌떡 일어나 말릴 새도 없이 뚜벅뚜벅 나가버렸다. 처음부터 너무 강하게 몰아붙였나 후회도 들었지만 어차피 깨질 대화였다. 선희를 직접 만나 설득을 해야겠다는 생각에 휴대 전화를 꺼냈다. 한참을 울리다 '삐-' 소리와 함께 메시지를 남기라는 음성 안내가 나오자 서준은 그냥 끊어버렸다. 선희의 집으로 바로 찾아가는 것이 좋을 성싶었다. 시간은 저녁 6시가 조금 못 되었다. 교회에서 장로님께 받아온 그녀의 주소를 다시 확인했다. 마포의 아파트니까 택시를 타면 30분 안에 도착할 수 있을 것이다.

서준은 이번 일을 하나님의 징계라고 했던 신 장로님의 말이 떠올랐다. 하지만 방주가 한 일이 징계 받아야 할 일이라면 손준기 같은 사람은 어찌 돼야 하는가. 이래서 사람들이 천당과 지옥이 있다고 믿는구나 싶었다. 이번 일은 나 혼자 서둘러서 될 일은 아니고, 방주가 적어도 몇 달간 감옥에서 고생을 할 수도 있겠다는 생각이 들었다. 손준기가 말했듯이 젊은 목사로서 방주는, 무죄판결이 나지 않는 한 다른 직업을 찾는 편이 나을 것이다.

택시가 마포의 캐슬 아파트 입구로 들어서 선희의 집인 15동 앞에 멈췄다. 누런 금빛으로 외관을 치장한 특이한 건물이었다. 지은 지 3~4년밖에 안 된 새 아파트 같았고 현관은 굳게 닫혀 있었다. 쪽지에 적힌 1203호를 확인하고 서준이 벨을 눌렀다. 대기음이 길게 이어졌지만 아무 인기척도 없었다. 한 번 더 눌러본 후 기다렸지만 역시 어떤 소리도 들리지 않았다. 서준은 경비실로 향했다. 찌든 담배 냄새가 상자갑 같은 공간에 배어 있었다.

"1203호에 사는 오선희 씨를 찾아왔는데 지금 집에 아무도 없나 보네요?"

60은 넘어 보이는 깐깐하게 생긴 아저씨가 안경 너머로 서준을 훑어보았다.

"나중에 다시 오겠습니다."

"그러시구려. 늦게 다니는 학생은 아니니까 9시 전에는 올 거요."

서준이 인사를 하고 나가는데 아저씨의 말이 이어졌다.

"아, 지금 저기 오고 있네."

그가 손가락으로 가리키는 방향에는 청바지에 노란 티셔츠를 입은 젊은 여자가 고개를 약간 숙인 채 천천히 걸어오고 있었다. 늘씬한 키에 나이보다 성숙해 보였다.

"저 학생입니까?"

아저씨가 고개를 끄덕였고 서준이 급히 다가가 15동으로 들어가려는 선희를 뒤에서 불렀다.

"오선희 씨!"

뒤돌아보는 그녀의 얼굴이 약간 당황하는 듯싶었다.

"왜 본인이 안 나오고 다른 사람을 보냈어요?"

꾸짖는 듯한 서준의 말에 그녀의 어깨가 움츠러들며 시선이 아래로 향했다.

"나하고 어디 가서 얘기 좀 해요. 이 근처 커피숍, 어디 아는 데 없나요?"

서준을 올려다보며 잠시 망설이던 그녀가 입을 열었다.

"밖으로 좀 걸어 나가면 스타벅스가 있어요."

차분한 목소리였다. 두 사람이 아파트 단지를 나란히 걸으며 빠져나갔다.

유난히 무덥던 여름이 일찍 끝나고 아침저녁으로 선선한 날씨가 계속되던 9월 초였다. 늘씬한 키에 다리가 길어 청바지가 어울리는 선희는 일류 패션모델 같았고 얼핏 누가 보면 다정한 연인이 저녁 산책을 하는 것으로 착각할 듯했다. 아무 말 없이 2~3분쯤 걸어 나가니 초록색 스타벅스 마크가 보이기 시작했다. 이때 서준의 코가 어디선가 풍기는 매콤한 냄새에 끌렸다. 떡볶이와 김밥을 파는 분식점을 막 지나친 것이다.

"저녁 안 했으면 커피 대신 떡볶이로 할까요?"

"네. 저도 떡볶이 좋아해요."

그녀의 볼에 작은 보조개가 생겼다.

일요일 저녁이라 손님은 몇 사람 없었고, 서준은 맥주 한 병과 매운 떡볶이 두 접시, 참치 김밥 두 줄을 시켰다.

"날씨도 안 더운데 맥주보다 소주가 어때요?"

앞자리에 앉은 선희가 아무 스스럼없이 말했다. 종업원에게 주문을 다시 하면서 서준은 오늘 조심해야겠다는 생각이 번뜩 들었다. 방주와도 맛있게 파스타를 먹은 후 이런 사달을 일으킨 아이 아닌가.

'선희 씨, 아무리 철이 없어도 그렇지. 어떻게 그렇게 많은 위로금을 준 신 목사를 성폭행범으로 신고할 수가 있나?'

대뜸 이런 말이 튀어나오려는 걸 꾹 참았다. 손준기에게 처음부터 너무 강하게 나가서 대화 자체를 결렬시켰으니 이번에는 천천히 부드럽게 접근하기로 했다.

"선희 씨는 소주 한 병 정도 마셔요?"

"아니요. 반 병 정도가 딱 좋아요."

회식 자리에서 술을 많이 마셔 본 여직원 같은 대답이었다.

종업원이 술을 탁자에 올려놓고 가자 서준이 선희의 잔에 한 잔 따르고 자신의 잔에도 따랐다. 만나서 반갑다는 말을 할 상황도 아니어서 그냥 잔을 들고 서로 눈을 마주친 후 입안으로 털어넣었다. 선희는 눈을 꼭 감고 천천히 반쯤 마신 후 잔을 내려놓았다. 김이 모락모락 나는 떡볶이가 하얀 접시에 담뿍 담겨 먼저 나왔고 한 입 먹어보니 생각보다 맵지 않았다. 어색한 침묵을 먼저 깬 것은 선희였다.

"준기 오빠 만나보셨죠?"

"네, 영화배우 같이 잘생겼는데 성질은 좀 급하더라고요."

서준이 입술 가장자리에 묻은 고추장을 혀로 살짝 닦아냈다.

"네. 사람은 좋은데 가끔 욱할 때가 있어요. 사실 저는 고소는 생각도 안 했는데, 준기 오빠가 듣더니 제게 알리지도 않고…."

선희가 말을 끝내지 않은 채 남은 반잔을 천천히 마시는 모습이 갑자기 가증스러웠다.

"아니 그럼 신 목사가 선희 양을 추행하려고 했다는 게 사실이란 말이에요?"

서준으로서는 최대한 감정을 억누르며 한 말인데 그녀의 큰 눈이 금방 발개졌다. 그냥 놔두면 울음을 터뜨리며 뛰어나갈 듯해서 한마디 보탰다.

"내가 신 목사와 20년 친구인데 도저히 믿을 수가 없어서 한 말이에요."

그녀가 고개를 푹 숙이고 있는데 참치 김밥이 나왔다.

"김밥 위에 떡볶이 국물을 좀 부어서 드시면 맛있어요."

종업원의 친절한 설명이었다. 선희는 뛰쳐나가는 대신 젓가락으로 천천히 김밥 하나를 집어 입에 넣었다.

"지금 신 목사가 구속되어 있는 건 알죠?"

그녀가 서준과 눈을 마주치지 않으면서 고개를 끄덕였다.

"방주, 아니 신 목사의 구속 영장이 떨어진 결정적 이유가 뭐냐면…."

선희는 계속 고개를 숙이고 김밥을 우물우물 먹었다.

"선희 양에게 준 백만 원이에요. 그러니까 돈을 주고 그런 짓을 하려 했다는 합리적 의심을 충족시킨 거죠."

서준이 앞에 있는 그녀의 빈 잔에 소주를 따라주고 계속 말했다.

"하지만 그 돈은 신 목사의 진심에서 우러나온 위로금 아니었나요?"

"네. 그건 저도 그렇게 생각해요."

의외로 선희가 선선히 수긍을 했다. 어쩌면 일이 잘 풀릴 수 있겠다는 희망이 마음 한구석에서 살짝 고개를 들었다. 목젖으로 넘어가는 소주 맛이 부드러웠다.

"선희 씨가 그렇게 생각해줘서 참 다행이네요. 신 목사는 정말, 이런 말하면 어떨지 모르지만 요즘 보기 드문 순수한 목사입니다."

선희가 앞에 있는 소주잔을 들고 반쯤 마신 후 가벼운 한숨을 내쉬었다.

"최 선생님도 목사님이세요?"

"나는『주간시사』기자예요."

서준이 명함을 꺼내 그녀에게 건네주었다.

"아, 문화부 기자님이시군요. 저도 학교 졸업하고 신문사 기자가 되는 게 꿈이었어요."

그게 꿈이었는데 지금은 꽃뱀 활동을 하고 있냐고 묻고 싶었다.

"여하튼 신 목사가 나오려면 당사자인 선희 씨의 도움이 꼭 필요해요. 구속적부심은 지나갔고 이제 보석 신청을…."

선희가 말없이 휴대 전화를 꺼내 귀에 대는 바람에 서준의 말이 중단됐다.

“응, 오빠.”

손준기의 전화인 것 같아 은근히 긴장이 됐다. 그녀의 눈동자가 좌우로 몇 번 빠르게 움직인 후 서준을 살짝 바라보았다.

“잠깐 집 앞에서 친구 만나고 있어.”

상대방이 무언가를 열심히 설명하는 듯했고 서준은 입을 크게 벌리고 떡볶이를 한 개 통째로 집어넣었다.

“응, 알았어. 내일 다시 상의해. 오늘은 좀 늦을 것 같아.”

전화를 끊은 선희가 먼저 말했다.

“준기 오빠예요. 최 기자님 만난 이야기를 하네요.”

“그 사람이 신 목사 아버지에게 합의금을 요구한 사실은 알고 있어요?”

“어머, 무슨 합의금요?”

합의금에 대해 전혀 몰랐다는 그녀에게 자세한 설명을 해주었다. 아무 말 없이 우울한 표정으로 듣고 있는 선희의 모습이 신문사 기자보다는 탤런트가 더 어울릴 성싶었다. 갸름한 얼굴에 쌍꺼풀 없는 맑은 눈, 끝이 살짝 올라간 오똑한 코, 화장품 선전에 나오는 것 같은 하얀 피부는 화장을 안 해도 주위 사람들의 시선을 끌 만했다.

“준기 오빠가 저를 위해 그랬나본데, 그 문제는 걱정 안 하셔도 돼요.”

“손준기가 친척 오빠인가요?”

“네.”

선희가 짧게 대답하고 숟가락으로 김밥 위에 떡볶이 국물을 끼얹었다. 점심에 전복죽밖에 먹은 게 없다는 생각에 서준도 갑자기 시장기를 느꼈다. 지금까지는 대화가 잘 풀리고 있으니 서두르지 말고 식사를 좀 하면서 처벌불원서를 다시 언급하는 게 좋을 것 같았다. 잠시 아무 말 없이 김밥과 떡볶이를 먹다 보니 접시가 거의 비워졌다.

"이 집 음식이 맛은 있는데 양이 너무 작네. 1인분씩 더 시킬까요?"

"저는 김밥만 해도 될 것 같아요. 떡볶이 소스가 많이 남았으니까 이거 찍어 먹을게요."

서준이 음식을 시킨 후 무겁게 입을 열었다.

"순서가 바뀌어서 미안해요. 상을 당한 사람에게 위로의 말도 못했네. 갑자기 그런 불행한 일을 당해 너무 힘들었죠?"

금방 다시 눈가가 벌게지면서 선희의 목소리가 기어들어갔다.

"어차피 얼마 못 사셨을 거예요."

선희 엄마 김혜순 씨는 당뇨와 고혈압이 심했다. 반년 전 정기 검진에서는 위암도 발견됐는데 이미 다른 장기까지 퍼져 1년을 넘기기 어려웠다는 것이다. 방사선 치료를 3~4번 했지만 암이 줄어들지 않았고 화학요법을 몇 번 받은 후 시골에 가서 요양을 하다가 새빛교회를 나가게 된 것이다. 병원에서 시한부 인생을 통보 받으면 어떤 사람은 정신적 충격이 너무 커 그 자체로 삶이 단축되는 경우가 있다. 반대로 마음을 비우고 단순한 생활과 철저한 식이요법으로 의사의 예상보다 훨씬 오래 살거나 기적적으로 완치되는 경우도 있다. 이때 가장 중요한 것이 살 수 있다는 믿음과 희망이다. 현대의학에서 밝혀진 것은 이러한 긍정적인 생각이 뇌에 화학작용을 일으키고, 이러한 변화가 환자의 몸에 그대로 전달되어 치유가 일어난다는 것이다. 플라시보(가짜약) 효과도 같은 이론인데 환자가 약을 복용하면서 약이 진짜라고 믿으면 약 25% 정도가 효과를 보게 된다.

"그러니까 병을 고치러 새벽기도에 나가셨군요. 선희 씨도 같이 갔었나요?"

"네, 사실은 그 교회에 제가 먼저 나갔어요."

그녀가 무슨 말을 더 하려는데 참치 김밥이 나왔고 대화가 중단됐다. 커다란 유리창에 가는 빗줄기가 점점이 흐르는 것이 서준의 눈에 띄었다. 오늘 비 온다는 예보는 없었는데…. 잠깐 지나가는 비인 것 같았다.

"사고가 나기 전날 설교 제목이 '모든 것이 합력해 선을 이룬다'는 말씀이었어요."

느닷없이 성경 말씀이 그녀의 입에서 튀어나왔다. 서준이 김밥을 꿀꺽 삼키면서 그녀를 바라보았다.

"지난번 신 목사님을 만났을 때 여쭤봤어요. 엄마의 교통사고도 하나님의 뜻이고, 그게 선이라면 신 목사님과 택시기사, 딸인 저까지도 합력한 거냐고요."

빗줄기가 거세지면서 유리창을 때리는 소리가 나기 시작했다.

"어머, 나 우산 안 가지고 왔는데…."

그녀가 몸을 돌려 창문 쪽을 바라보았다.

"걱정 말아요. 바로 옆에 편의점이 있던데, 내가 나중에 우산 사올게요. 그래서 신 목사가 뭐라 하던가요?"

"아무 대답도 안 하셨어요. 그러다 잠시 후 미안하다며 돈을 주셨어요. 처음에는 사양했는데 목사님의 마음에 감동돼, 받았어요."

이후 방주가 자신을 추행했다는 말을 하기는 부끄러운 듯 다소곳이 고개를 숙였는데, 그 모습은 남성의 보호 본능을 자극하기에 충분했다. 신 목사를 잘 모르는 사람이 보면 그녀를 믿을 수밖에 없을 것이고, 방주가 국민 참여 재판을 신청한다면 틀림없이 질 것이다. 하지만 지금은 사실 여부를 거론하는 것이 사건 해결에 도움이 되지 않는다. 서준이 반쯤 남은 소주잔을 비우고 천천히 입을 열었다.

"선희 씨가… 여하튼 신 목사의 따스한 마음을 생각해서, 처벌불원서를 좀 써주면 고맙겠어요."

짧게 한숨을 내쉬고 그녀가 대답했다.

"네, 그렇게 할게요. 신 목사님이 좋은 분인 거, 저도 잘 알아요. 내일 오빠와 상의하고 곧 연락드리겠습니다."

상의한다는 말이 마음에 걸렸으나 일단 큰 고비는 넘긴 듯했다.

"정말 고마워요. 빨리 좀 부탁해요."

긴장이 풀려서 그런지 쏟아지는 빗소리가 크게 들리기 시작했다. 잠시 후 가게 주인에게 빌린 우산을 쓰고 30m쯤 떨어진 편의점에 가서 접는 우산을 사왔는데 생각보다 작았다. 선희를 데려다주기 위해 함께 우산을 썼다.

"최 기자님도 교회 다니시나요?"

그녀의 목소리가 바로 귀 옆에서 들렸다.

"잘 안 다녀요."

"〈빗속의 여인〉이란 노래 아세요?"

서준이 고개를 갸웃하자 선희가 목소리를 한번 가다듬은 후 부르기 시작했다.

“잊지 못할 빗속의 여인~ 그 여인을 잊지 못하네~ 노오오~란 레인코트에~ 검은 눈동자 잊지 못하네~”

우산 손잡이 옆으로 살짝 보이는 그녀의 동그란 이마에 뽀얀 솜털이 나있었다.

“가수 해도 되겠네요. 나도 이 노래 귀에 익어요.”

“우리 엄마 18번이에요. 저는 노란 레인코트 대신 노란 티셔츠를 입었네요.”

우산이 가리지 못하는 서준의 왼쪽 어깨가 축축해졌으나 지금 그것을 신경 쓸 수는 없었다.

감옥 첫날

안성구치소는 지은 지 40년이 넘었다. 2차 대전 영화에 나오는 폭탄 맞은 포로수용소 같은 입구를 지나, 일렬로 한참 걸어 들어가 썰렁한 강당에서 신체검사를 받은 후, 방주는 수용수복으로 갈아입었다. 사이즈 280이 없다며 건네준 하얀 고무신은 발가락에 꽉 끼었다. 신체검사 마지막은 선거 때 투표하러 들어가는 작은 천막 같은 곳에서 팬티를 벗고 알루미늄을 댄 바닥에 쭈그리고 앉는 것이다. 항문에 뭐가 들어있는지 X-ray로 확인하는 것인데 예전에는 손으로 했다니 피차 고생이 많았다. 지갑에 있는 11만 3천 원과 스와치 시계, 하얀 손수건을 출소할 때 돌려받는다는 서류에 지장을 찍었다. 주위를 돌아봐도 벌건 인주가 묻은 엄지손가락을 닦을 휴지는 없었다. 오늘 새로 들어온 수용자들 30여 명이 한 방에 모여 몸무게와 키, 혈압을 쟀다. 팔이나 등에 문신을 한 사람들이 7~8명은 되는 것 같았다. 감색 수술복 같은 옷을 입은 젊은 남자가 방주의 혈압을 잰 후 "혈압이 좀 높네, 어디 다른 데 아픈 데 있어요?"라고 물었다. 많이 높은가 물으려다 "아니오."라고 대답했다. 바로 뒤에 있던 사람은 피부병이 있다고 하니 다른 쪽 줄에 세웠다.

담당 교도관을 따라 바닥이 여기저기 깨진 시멘트 복도를 한참 지나 어느 회색 철문 앞에 섰다. 문짝이 높지가 않아 거의 머리가 닿을 것 같았다. 간수가 묵직한 열쇠 하나를 골라 열쇠구멍 속으로 깊게 쑥 집어넣은 후 힘겹게 돌렸다. 방문이 끼익~ 소리를 내며 열림과 동시에 방주를 바라보는 눈동자가 어둑어둑한 방 안 여기저기서 번뜩였다.

"신입 새로 왔어요. 사이 좋게 지내요."

교도관이 우리에 강아지 집어넣듯이 등을 손바닥으로 살짝 밀며 말했다. 방주는 길게 숨을 한 번 내쉰 후 허리를 약간 숙이며 천천히 안으로 들어갔다. 주위를 돌아보니 세 사람이 각각 벽에 등을 대고 앉아있었다. 3~4평 되는 방에 긴장된 공기가 찌르르 흘렀다.

"안녕하세요. 잘 부탁드립니다."

짧은 적막이 흐른 후, 그중 제일 젊어 보이는 사람이 심드렁한 표정으로 말했다.

"쩌어기 화장실 옆에 앉으소."

방주가 조용히 그의 손가락이 가리키는 곳에 가서 앉았다.

"한 일주일은 편히 자나 했는데 이틀 만에 또 들어와뿌렀네. 싸게 자기소개 좀 해보시오."

네모진 턱에 검은 뿔테안경을 쓴 단단한 인상의 젊은이였다.

"네, 제 이름은 신방주이고 나이는 31살, 직업은 대학교 시간강사입니다."

"이름이 신방주라고?"

젊은이가 눈을 동그랗게 뜨고 계속 말했다.

"방주라면 노아의 방주가 생각나는디… 이름 디게 웃기다. 그러지요, 대표님?"

긴 벽에 기대어 앉아있는 머리가 좀 벗겨지고 눈이 개구리 같은 40대 사내에게 젊은이가 동의를 구했다. 사내가 말없이 크고 얇은 입술 한쪽을 실룩 올렸다 내렸다. 젊은이의 질문이 계속되었다.

"대학에서 무엇을 가르치고 계신고?"

"인문학을 강의하고 있습니다."

기독교개론을 가르친다는 얘기는 하고 싶지 않았다.

"호, 인문학이라… 그건 나중에 천천히 듣기로 하고 여기는 어쩌다 오셨소?"

방주가 조금 망설이다가 사실대로 말했다.

"성추행 피의자 혐의로…."

"지가 척 보니까 꽃뱀에게 물리셨구만… 신 사장님 인상은 절대 그런 일을 하실 분이 아닌디…."

잠시 어색한 침묵이 감돌았다.

긴 벽에 기대앉은 개구리눈이 갑자기 팔을 쑥 내밀고 악수를 청했다.

"이 방에 잘 왔소. 나는 김을수요."

그의 손이 작고 따스했다.

건너편에 앉은 얼굴이 길고 바짝 마른 사내가 입을 열었다.

"나는 손철."

나이는 제일 많아 보였고, 씩 웃는데 앞니가 하나 빠져 있었다.

"지는 무혁이라고 하는디 이 방의 막내지라. 나이는 23살이고… 잠깐 통장 빌려줬는디, 잡것들이 보이스피싱으로 엮어서… 여하튼 신 사장님, 아니 신 교수님은 대표님 말씀대로 이 방에 아주 잘 오셨소. 원래 신입이 무조건 화장실 앞에서 자야 하는디, 지가 나이도 어리니까 계속 막내 노릇 하겠소."

"음, 그렇게 하면 무혁이가 복 받지."

개구리눈의 칭찬이었다. 삐걱~ 소리가 나며 철문 아래쪽 네모난 구멍이 열리고 파란 담요가 쑥 들어왔다.

"오늘 신입 모포."

법무부 마크가 선명하게 찍힌 파란색 모포를 무혁이가 재빨리 받아서 방주를 주었다.

"그놈은 깔고 내가 새 모포 하나 줄 테니 덮고 자시오."

개구리눈 김을수가 친절하게 자신의 사물함에서 누런 모포를 하나 꺼내주었다.

"우리 대표님은 변호사법 위반인데, 제대로 수임료 못 내는 어려운 사람들 여러 명 도와주다가 거꾸로 피해를 보셨수다."

손철이라는 사람의 설명이었다.

"그러시군요. 고맙습니다. 어느 변호사 사무실에 계셨었나요?"

"변호사는 아니고 서초동에서 변호사 사무장을 몇 년간 했었지."

김을수는 고시공부를 4~5년 하다가 포기하고 작은 변호사 사무실에서 사무장으로 일을 시작했다고 한다. 서초동 법조타운은 무한경쟁 시대에 돌입한 지 오래고, 사무장의 능력은 얼마나 많은 손님을 끌고 오느냐에 달려있다. 자칫 사기꾼 소리를 듣기가 십상인데 김을수가 그런 일에 얽힌 듯 보였다.

손철이 자기소개를 했다. 나이는 쉰셋이고 충남 서천에서 과수원을 하는데, 서울 친척 결혼식에 왔다가 노래방에서 술에 취해 앰프와 마이크를 부수고, 출동한 경찰을 폭행했다는 것이다. 그때 앞니 하나가 부러졌고 지금은 맞고소를 한 상태였다. 현행범으로 체포됐는데 곧 있을 1심에서 나갈 기대를 하고 있었다.

"우리 얘기는 이 정도로 하고 피곤할 테니 우선 좀 씻으시오. 화장실 벽 아래 수도꼭지가 있는데, 대야에 물을 받아 씻으면 돼요. 천천히 하고 나오시오. 찬물만 나오니까 감기 조심하고."

김을수의 큰 눈이 어찌 보면 선량하게 생겼다.

화장실은 다행히 수세식이었지만 쭈그리고 앉는 식이었다. 벽에는 검은 곰팡이가 여기저기 덮여있었고, 동그란 구멍이 중간에 뚫린 길쭉한 변기 바닥 색깔이 누렇게 변해있었다. 청소를 한다고 깨끗해질 환경이 아니었다. 수도꼭지는 타일이 여기저기 깨진 화장실 바닥에서 20㎝ 정도 위에 붙어있는데 왜 이렇게 낮게 달았는지 이해할 수가 없었다. 방주는 일단 신고식 아닌 신고식은 이만하면 잘 치른 것이란 생각에 긴장이 풀리면서 저절로 긴 한숨이 새어 나왔다. 찬물을 몸에 천천히 끼얹으면서 감옥도 사람이 사는 곳이고 하나님이 계신 곳이란 생각에 방주는 시편 23장 "내가 사망의 음침한 골짜기로 다닐지라도 해를 두려워하지 않을 것은 주께서 나와 함께 하심이라. 주의 지팡이와 막대기가 나를 안위하시나이다."라는 글귀가 떠올랐다.

목욕을 대강 끝내고 보니 주위에 몸을 닦을 수건이 없었다. 도움을 청하려 문을 조금 열었더니 노란 수건을 잡은 손이 쑥 들어왔다.

"이거 오늘 아침 빤 수건인디 사장님 쓰시오. 여기는 호텔이 아닝께."

잠시 후 방주가 나오니 방에 TV가 켜 있었다. 조금 전 들어올 때는 눈에 띄지도 않았는데 요즘 감옥에 TV까지 있구나 생각하며 자기 자리에 슬며시 기대앉았다. TV에서는 요즘 한참 유행인 먹방 프로가 나오고 있었다. 이름이 꽤 알려진 통통한 남자 요리사가 탕수육을 만드는 방법을 설명하는데, 노란 튀김에 부글부글 끓는 고기가 화면 가득했다.

"대표님, 채널 돌리시오. 저런 거 보면 신경질만 느는디…."

"그래도 〈6시 내 고향〉보다는 이게 낫다."

무혁의 불만에 손철이 한마디 했다.

"지금 생방송으로 나오는 건가요?"

방주가 손철을 바라보며 물었다.

"오후 3시에 〈6시 내 고향〉이 나올 리 없지. 여기는 〈7시 뉴스〉 한 번 빼고는 모두 녹화방송이요."

"채널이 몇 개 있나요?"

"일반방송과 여성방송 합해서 2개, 내용은 비슷하고 드라마는 같은 것을 2~3주 차이로 내보내요. 뉴스는 평일엔 KBS, 토요일엔 MBC, 일요일은 SBS인데 뉴스 생방송도 시작한 지 몇 달 안 되었소."

그의 말을 듣고 있던 김을수가 입을 열었다.

"그래도 10년 전에 비하면 지금은 살 만해. 그때는 교도관들이 가끔 폭행에다 반말지거리하고 신입신고식도 세게 했지. 지금도 반말하는 옥졸은 가끔 있지만…."

옥졸이란 말에 방주는 슬며시 웃음이 나왔다.

"신 교수가 눈치챘겠구만. 나는 이번이 두 번째요."

전에는 왜 들어왔는지 물을까 하다가 그냥 고개만 끄덕였다.

TV에서는 군만두가 노릇하게 지져지고 있었다. 모두 아무 말 없이 TV에 시선을 고정하고 있지만 속으로는 각자 다른 생각을 하고 있는 것 같았다. 방안에 시계가 없어서 무혁에게 시간을 물었더니 손가락으로 벽 아래 한쪽을 가리켰다. 손목시계 하나가 파란 플라스틱 집게에 걸려있었다.

"4시에 TV 꺼지고 5시에 폐방 점검이오."

"인원 점검인가요?"

당연한 말을 물어본 것 같았다.

"그러지. 여기는 대가리 수 맞추는 게 제일 중요한 일이니께. 그동안 없어진 놈 없나, 아파서 누워있는 놈 없나, 싸워서 다친 놈 없나."

김을수가 애국가가 나오는 TV를 손가락으로 눌러 끄며 방주에게 시선을 돌렸다.

"여기 하루 일과는 6시 반, 아침 점검으로 시작하지. 우리는 6시에 일어나서 이불 개고 세면하는데… 신 교수 혹시 코 많이 고시나?"

"별로 안 곱니다."

세 사람의 얼굴이 안도하는 모습이었다.

"다행이네. 그저께 나간 영감은 따발총도 쏘고 수류탄도 터뜨려서 나는 전쟁영화 꿈만 꾸었소. 아침 배식이 6시 45분에 시작되고 8시에 또 한 번 점검."

"6시 반에 했는데 8시에 또 하나요?"

"8시는 일과 시작 점검이라고 하는데 일하러 나가는 사람들, '출력'하는 사람들은 이때 방에서 나가지."

"아, 그렇군요. 이 방은 출력 안 하나요?"

"우리는 미결수라 원하지 않으면 출력 안 하지. 11시 반에 점심 배식, 5시에 폐방 점검, 5시 반에 저녁 배식, 9시에 취침."

그의 발음에 콧바람 소리가 섞여 나왔다.

"신 교수, 우선 여기서 구입할 물건들을 알려줄 테니 영치금이 들어오는 대로 구매하시오."

무혁이 얼른 방주에게 메모지와 검정 볼펜을 건네주었다.

"잘 때 까는 침낭, 수건 2장, 손목시계, 내복, 운동화… 이런 것들이 당장 필요하고 액수로 한 10만 원이면 될 거요. 수용복은 관에서 지급하는 것 말고 좀 더 좋은 것을 사 입을 수 있는데, 5만 원. 무죄추정의 원칙에 의해 미결수만 사 입을 수 있지."

방주의 시선이 세 사람이 입고 있는 똑같은 누런 옷으로 향했다.

"춘추복까지는 괜찮은데 동복은 관에서 주는 것이 좀 얇아서 사복을 사 입는 사람도 많아요. 최순실이 입었던 연한 하늘색 옷이 바로 그건데, 겨울 전에 나갈 거면 신경 쓸 거 없고."

무혁이 옆에서 거들었다.

"신 교수님이 언제 나갈지는 그 뭐냐, 성추행 사건을 쪼매 더 자세히 얘기하시면 대표님께서 아주 정확히 판결을 내려주실 것이오. 며칠 전에 나간 영감님도 1심에서 나간다더니 딱 그렇게 되아부렀소. 요즘 성추행은 억울한 경우가 많은디… 혹시 상대방이 미성년자는 아닌가?"

무혁이 안경 너머로 호기심 많은 눈동자를 반짝였다. 어제 오후 경찰서 유치장으로 서준이 찾아왔었다. 그동안 선희를 만난 이야기를 하면서 며칠 내에 처벌불원서를 받아낼 테니 감옥 구경한다 생각하고 내일부터 2~3주만 고생하라며 위로했다. 동창 중에 변호사 친구와도 연락을 하고 있고, 며칠 내에 구치소로 면회를 오겠다고 했다.

"고소한 여자가 대학생인데 미성년자는 아닙니다."

방주가 교회 이야기를 빼고 대강의 이야기를 해줬다.

"음, 그럼 그 오빠라는 놈이 합의금을 요구했을 것인디?"

"아버지께 요구했는데 주시지 않았답니다."

"그건 잘 하셨소. 주기 시작하면 계속 당하니께. 본인이 결백한디 줄 수도 없고."

무혁이 김을수에게 물었다.

"돈 준 게 없으면 무고로 맞고소하는 게 맞지라?"

김 대표가 큰 눈동자를 좌우를 몇 번 빠르게 굴리고는 입을 열었다.

"내가 사무장 하면서 배운 게 하나 있다면 재판은 안 할수록 좋은 거야. 일단 맞고소한다고 위협하면서 고소를 취하하도록 하거나 처벌불원서를 쓰게 해야지. 가장 빨리 나가는 길은 보석 신청 이전에 합의서를 제출하는 건데 그래도 가능성은 50% 정도밖에 안 되네."

천장의 동그란 스피커에서 나오는 노랫소리가 김 대표의 말을 중단시켰다.

"폐방 점검 시간이오. 일렬로 창문 앞에 죽 앉아 있다가 교도관이 지나갈 때 '안녕하세요'라고 인사하면 끝이오."

방주도 쇠창살이 한 뼘 정도씩 나란히 박혀 있는 창문 쪽에 서둘러 앉았다. 들리는 노래는 '법은 어렵지 않아요. 법은 불편하지도 않아요. 법은 우리를 지켜주어요~'처럼 법에 대한 이야기였고 후렴에는 어린아이들 합창도 나왔다. 노래가 2~3번 반복되자 복도 끝에서 '가악빵~ 차려어엇!' 하는 소리가 크게 들렸다. 곧이어 '1방, 2방, 3방' 하는 소리가 가까워지고 방주가 있는 7방을 두 사람이 슬쩍 보며 빠른 걸음으로 지나갔다. 14방까지 점호를 마친 후 아까보다는 작은 소리로 '각방~ 쉬어엇' 하는 구령이 들렸다. 이와 동시에 모두 자기 자리로 돌아가 벽에 기대앉았다. 손철은 판타지 무협소설을 손에 들었고 김을수는 눈을 감고 명상을 하는 듯했다. 잠시 후 방주가 무혁과 눈이 마주쳤다.

"천장 스피커 소리를 좀 줄일 수 없나요?"

무혁이 천장을 한번 올려다보고 씩 웃었다.

"우리 맘대로 줄일 수 있으면 여기가 내 안방이지라."

방주가 겸연쩍은 미소를 짓는데 복도 끝에서 '배애애시이익~' 하는 소리가 약간의 음률에 맞춰 들렸다. 모두 벌떡 일어나 수용복 상의를 옷걸이에 걸었고, 무혁은 사물함 뒤에서 밥상을 꺼내 다리를 펴고 방 중간에 놓았다. 밥상은 네 사람이 간신히 둘러앉을 수 있는 크기였는데 모두 앉으니 방이 꽉 찼다.

"교수님, 숟가락 젓가락은 이걸로 쓰시오."

무혁이 건네주는 초록색 플라스틱 젓가락 중간에 톱으로 쓸어낸 표시가 2개 있었다. 숟가락이 깨끗한 지 자세히 들여다 볼 새도 없이 철문 아래쪽에 있는 네모난 구멍이 털컹 열리고 자동차 기름통 같은 하얀 플라스틱통이 쑥 들어왔다. 무혁이 잽싸게 받아 작은 뚜껑을 열고 빈 페트병에 물을 따르는데, 뜨거운 김이 모락모락 올라왔다.

"오늘 저녁은 뭐가 나오나요?"

방주의 질문에 무혁의 손가락이 벽 한쪽을 비스듬히 가리켰다. 거기에는 〈수용자 생활 안내문〉이라는 가로세로 1m 정도의 초록색 알림판이 있었고, 그 아래 9월 식단표가 붙어있었다. 수요일 저녁 메뉴는 오징어무국, 감자조림, 배추김치 3가지였다.

"오징어무국이 나오네요! 요즘 오징어 값이 많이 올랐다던데."

"오징어가 목욕하고 무만 남긴 국이요. 운 좋을 때는 오징어 파편을 조금 발견할 수도 있지."

김 대표가 설명을 하는데 밥그릇이 문구멍을 통해 들어왔고 무혁이 주걱으로 공기에 적당히 나눠줬다. 곧이어 국과 반찬이 들어왔는데 언뜻 보기에도 국에는 오징어가 없는 성싶었다.

"저 문구멍으로 모든 것이 들어오는군요."

"문구멍이 아니라 배식구라고 하지. 예전에는 식구통이라 했는데 어감이 나빠서 그런지 이름이 바뀌었소."

무혁이 밥과 국을 순서대로 상 앞에 놓으며 방주에게 말했다.

"내일부터는 교수님이 지금 지가 하는 걸 해야 하니께, 잘 보시오. 식사 당번과 설거지 당번은 교대로 하는 것인디 지가 주로 설거지를 할 거니께."

"아. 내가 설거지를 해도 되는데, 미안해요."

무혁이 보일락말락한 미소를 띠며 자기 자리에 앉자 김 대표가 먼저 숟가락을 들었다. 밥은 그런대로 따끈하고 뜸이 잘 들었는데 콩이나 현미는 전혀 없고 보리가 좀 섞인 백미였다. '콩밥 먹는다'가 '감옥살이를 한다'와 동의어로 쓰였는데 오래전 이야기인 성싶었다. 오징어뭇국에서는 역시 오징어를 전혀 발견할 수 없었다. 다른 사람의 국도 마찬가지였는데 한 끼 식사비가 1,443원이고 이것은 주식, 부식, 연료비, 소모품비를 모두 포함한 것이라니 그럴 만도 했다.

"김 하나 꺼냅시다."

손철이 말하자 기다렸다는 듯이 무혁이 벌떡 일어나 TV 뒤 작은 공간에서 포장된 맛김을 한 개 꺼내왔다. 화투 패 나누듯 세 사람에게 4장씩 주고 무혁이 3장을 자기 앞에 놓는다. 아마 이런 김은 따로 구입을 하는 듯싶었다.

"우리가 주로 빵, 김, 커피 같은 건 따로 사먹는데 신 교수는 개인구매 하겠소?"

무슨 말인지 잘 몰라서 물어보려는데 대표의 설명이 계속되었다.

"그러니까 원칙은 자기가 먹고 싶은 것만 따로 시키는 건데, 그렇게 해도 되고 아니면 이 방에서 공동으로 먹는 것을 같이 시키는 거지."

"저는 상관없으니 편하신 대로 하시죠."

"음, 그럼 공동구매 하도록 합시다. 무혁이는 형편상 빼주고 우리 셋이

서 하는 거요. 그러니까 3만 원어치 시키면 1만 원씩 영치금에서 나가는 겁니다."

무혁이 스스로 막내를 자처하며 궂은일을 하는 이유를 알 것 같았다. 대표가 말을 마치고 국에 밥을 마는 것을 보고 방주도 서둘러 수저를 움직였다. 오징엇국 국물이 좀 싱거웠고 입맛도 없었지만 설거지하는 사람을 생각해서 공깃밥을 비우기 시작했다. 10분도 채 안돼서 식사가 모두 끝나자 각자 일어나 자기 밥그릇을 개수대 위 설거지통에 넣었고 조금 남은 김치와 감자는 짬통에 부었다. 이것을 대표가 식구통에 올려놓자마자 복도 오른쪽 끝에서 '짜암' 하고 외치는 소리가 들렸다. 수용복을 입은 젊은 사람이 파랗고 둥그런 통이 실린 쇠달구지 같은 것을 덜컹거리며 끌고 와서, 식구통에 나와 있는 짬을 통 안에 부었다. 대표가 하는 일은 짬 처리뿐이고 손철은 밥상 위를 행주로 깨끗이 닦은 후 식탁을 접었다. 각자 하는 일이 정확히 정해져 있는데 방주에게 우선 보여주는 것 같았다. 무혁이 설거지를 하는 동안 대표가 식사 전 들어온 물로 커피를 타서 방주에게 권했다.

"나는 블랙으로 마시는데 신 교수는 설탕을 넣어줄까요?"

"저도 블랙이 좋습니다."

개수대에서는 물소리와 수세미 소리가 섞여 나왔고, 능숙한 솜씨로 설거지하는 무혁의 뒷모습이 보였다.

"실례지만 '대표님'이라는 호칭은 이 방의 대표라는 의미인가요?"

방주의 질문에 김갑수가 가볍게 대답했다.

"그렇지. 옛날에는 방장이라고 했는데 그러면 신입식이 연상돼서…."

손철이 얼른 끼어들었다.

"대표님은 직업이 많으셔. 변호사 사무장 말고 두 개나 더 있걸랑."

방주가 궁금한 표정으로 손철을 바라보았다.

"김밥 가게를 운영하는 사장님, 또 하나는 작은 개척 교회 목사님이시지."

*

Y 신학대 문익진 교수의 연구실은 학장실 다음으로 크고, 햇빛이 잘 드는 본관 3층에 위치해 있었다. 넓은 창문으로 인왕산 봉우리가 한눈에 보이고 잔디밭을 거니는 학생들의 모습이 평화로웠다. 문 교수가 지난 주일예배 때 설교를 하지 않고 강단에서 내려온 후 그를 비난하는 소리가 여기저기서 들려왔다. 이동구 학장이 전화를 걸어와 어디가 편찮으시냐는 걱정을 하며, 교단에서도 화제가 되고 있다고 넌지시 불만을 표시했다. 기독교 보수 단체에서 내는 주간 신문에도 기사가 꽤 크게 났다. 문 교수의 이름을 밝히지는 않은 채 '군인은 나라를 지키기 위해 전장에서 죽을 각오를 해야 하고, 목사는 하나님의 말씀을 전하기 위해 강단 위에서 설교하다 죽는 것 이상의 영광이 없다'는 내용이었다.

문 교수는 Y 신학대의 교수를 오래하고 싶은 마음이 없었다. 학교에서 가르치고 있는 문자주의 신학은 한국과 미국 남부에서만 명맥을 유지하고 있는데, 이런 식의 설교가 점점 힘들게 느껴졌다. 강단에 올라가서 전능하신 하나님을 믿으면 복을 주신다는 이야기를 해야 하는데, 믿음은 하나님이 나를 믿으셔야 해결되기 때문이다. 어제는 교양학부 학생이 자신의 솔직한 심정을 하소연하는 이메일을 보냈다. 문 교수가 컴퓨터를 켜서 그의 메일을 다시 읽었다.

문 교수님 저는 지난 주일예배에 참석했던 1학년 학생입니다.

교수님께서 설교를 안 하시고 그냥 내려오셔서 깜짝 놀랐습니다.

무언가 어려운 문제로 고심하시는 것 같은데, 저의 개인적 신앙 문제까지 말씀드려서 송구합니다.

저는 부모님을 따라서 어릴 때부터 교회에 다녔습니다.

중고등학교 때는 대학 입시에 전념하느라 설교 말씀에 대해 별로 생각할 겨를이 없었는데, 지금은 솔직히 목사님들의 말씀을 예전처럼 듣기가 어렵습니다.

학교 잔디밭 쪽에서 여학생들이 깔깔거리며 지나가는 소리가 들렸다.

저 높은 하늘에서 우리를 내려다보시며 인간의 길흉화복을 주관하시는 하나님을 경외하고, 그분께 모든 영광을 돌리라고 하는데 저는 그 말을 믿을 수도, 이해할 수도 없습니다.

이런 하나님을 믿는 척하고 교회에 앉아 있는 것이 점점 힘들어졌습니다.

수많은 인공위성이 푸른 하늘 위를 돌고 있는 것과 아름다운 무지개가 왜 생기는지를 이제 모두 알고 있습니다.

저 높은 하늘 보좌에 앉아 계신 하나님을 문자 그대로 믿고, 그분께

복을 비는 곳이 교회라면 이제 저에게는 별 의미가 없습니다.

서울광장에서 집회를 하는 어떤 목사님은 "우리가 쎄게 기도해서, 그 소리로 하나님의 보좌를 흔들면 하나님이 기도를 들어주신다."고 합니다.

사람들은 열광적으로 두 손을 들고 "할렐루야, 아멘."을 외칩니다.

교회를 다닌다는 것이 부끄러웠습니다.

그러던 중 문 교수님의 설교를 듣기 시작하면서 성경 말씀을 문자 그대로 믿을 필요가 없고, 믿을 수도 없다는 것을 배웠습니다.

작은 희망이 생겨 교회를 떠나려는 것을 잠시 보류했습니다.

교회의 교인이면서 동시에 생각하는 사람으로 남아있는 것이 점점 더 어렵다고 느끼며 침묵하는 친구들이 주위에 여럿 있습니다.

어릴 때부터 다니던 교회에 대한 향수도 남아 있습니다.

교수님께서 계속 설교를 해주시면 좋겠습니다.

- E대학 사회학과 드림 -

짧지 않은 글을 천천히 다시 읽은 문 교수는 긴 한숨을 내쉬었다. 이 학생의 진솔한 마음이 그대로 느껴졌고 자신도 오래전 이런 고민을 했던 기억이 났다. 어쩌면 이런 학생이 아직 교회에 남아있는 것이 그나마 다행이란 생각도 들었다.

지금 한국 교회의 위기는 기성 교회에 대한 불신에서 시작되었지만, 장기적으로는 교회학교에 참석하는 학생들이 크게 줄어드는 것이 더 심각한 문제다. 대한 예수교 장로회의 통계에 의하면 2016년 한 해 동안 교인 수가 약 6만 명이 감소했는데, 이는 100명이 모이는 교회 600개가 문을 닫은 셈이다. 전년 대비 0.8%의 감소인데 매년 그 폭이 점점 커지고 있다. 이 중에 교회학교 학생들이 2만 6천 명 넘게 감소하여 전체의 45%를 차지하고 있다. 즉 한국 교회의 신도 수 감소를 주도하는 것은 교회학교다. 이러한 통계를 저출산이나 종교 인구 감소에 따른 사회적 현상으로 돌릴 수만은 없다.

지금 우리 사회의 젊은이들은 교회에서 듣는 목사님의 설교를 문자 그대로 받아들이기 어려운 세대이고, 이런 상태로 방치되면 대부분의 한국 교회는 머지않아 교인 평균 연령이 60을 넘기게 될 것이다. 이렇게 되면 한국의 교회도 역사적 건물로 남을 수밖에 없을 것이다.

문 교수는 기독교 신앙에 대한 웹사이트를 만들어 좀 더 자유롭게 말할 수 있는 온라인 강의를 개설해야겠다고 생각했다. 자칫 엄청난 비난을 한 몸에 받고 어쩌면 이단으로 몰릴 수도 있지만, 다행히 지금은 지구가 태양을 돈다는 주장을 거두어야 생명을 건지는 시대는 아닌 것이다.

갑자기 노크 소리가 들렸다. 올 사람이 없는데 누굴까 생각하며 문을 여니 점잖게 생긴 노신사 한 분이 서 있었다. 분명히 아는 사람인데 언뜻 생각이 나지 않았다.

"연락도 없이 실례가 많습니다. 저는 신방주의 아비 신종일이라고 합니다."

"아, 신 장로님이시군요. 들어오시지요."

"저를 아시나요?"

문 교수가 자리를 권하며 오래전 새빛교회에서 잠시 전도사로 있었다는 말을 했다. 두 사람의 눈이 마주쳤고 신 장로가 무거운 목소리로 입을 열었다.

"제가 지금 방주의 사직서를 학장님께 제출했습니다."

왜 벌써 사직서를 냈냐는 말이 입안에서 맴돌았다. 그러나 신 장로는 방주의 사직서에 대해 전혀 아쉬움이나 유감이 없는 표정이었다. 흰머리만 걷어내면 20년 전 강인한 신앙인의 모습 그대로였다.

"방주 군이 직접 안 오고 왜 어르신께서…."

"신 목사는 지금 직접 올 수가 없소이다."

신 장로가 남의 말 하듯 방주가 구속된 내용을 설명했다. 얼마 전 있었던 방주의 잘못된 행동을 하나님께서 오묘한 방법으로 징계하셨고, 이 연단을 거치면 정금같이 되어 나오리라는 것이다.

"신 목사가 그럴 사람이 아닌데요… 변호사는 뭐라고 하나요?"

"변호사를 따로 쓰지는 않았고 재판 때 국선변호사가 변론을 할 겁니다. 우리 방주가 젊은 여신도를 그렇게 했을 리 없으니 재판과정에서 진실이 밝혀지면 무죄로 나오겠지요."

"아, 네… 그럼 신방주의 잘못된 행동이라는 건 무슨 말씀이신지요?"

신 장로의 눈이 가늘어지며 그걸 몰라서 묻느냐는 듯한 표정을 지었으나 문 교수는 아무 말도 하지 않았다.

"방주가 얼마 전 어느 절의 우상숭배 하는 사람들에게 사과한 것도 모자라 인터넷에서 모금 운동까지 한 것을 모르셨소이까?"

신 장로의 음성에서 노기가 느껴졌다.

"알고 있었습니다만 신 교수도 나름대로 생각이 있어서 한 일 아닐까요?"

"그 생각이 미국에서 자유주의 신학자들에게 잘못 배운 것입니다. 그런 자유주의 신학 때문에 유럽이나 미국의 기독교가 무너졌고 지금 우리나라에도 악영향을 미치고 있어요. 어서 회개하고 정통 신앙으로 돌아와야 합니다."

문 교수가 짧게 한숨을 내쉬고 물었다.

"정통 신앙이란 어떤 신앙을 말씀하시는 건가요?"

소파에 약간 기대었던 자세를 곧추 세우고 신 장로가 정면으로 문 교수를 응시했다.

"정통 신앙이란 복음주의적 교리를 중심으로 특별히 성서의 문자적 영감을 철저하게 신앙하는 신학이지요. 성경은 하나님의 말씀으로서 정확무오하며 우리의 구원도 하나님의 영원한 예정 속에 나타나는 섭리인 것입니다."

새빛교회 장로님다운 말씀이었다.

"네, 잘 알겠습니다. 그럼 자유주의 신학은 왜 나쁘다고 생각하시나요?"

문 교수가 내친 김에 계속 질문했다.

"자유주의 신학은, 한마디로 인간중심적 신학입니다. 인간의 지성으로 성서를 비판적으로 해석하고 사실을 신화로 치부하면서 복음의 본질적 요소를 거부했어요. 오직 믿음, 오직 성경으로 다시 돌아가야 합니다. 5백 년 전 루터처럼."

신 장로의 말이 이어졌다.

"남미의 해방 신학, 한국의 민중 신학, 여자가 목사 되자는 여성 신학,

심지어는 동성 간의 결혼을 합법화하라는 주장까지… 모두 자유주의 신학의 영향을 받은 겁니다. 성경에는 분명히 동성애자는 죽이라고 했고 여자는 남자 앞에서 입을 다물라고 했지요. 물론 죽일 수도 없고 여자의 입을 막을 수도 없지만, 정말 큰일입니다."

이러한 대화를 계속할 필요가 없다고 생각한 문 교수가 화제를 바꿨다.

"요즘 사회적으로 성범죄에 대한 인식이 좋지 않습니다. 신 교수는 억울한 경우지만 변호사를 따로 선임하시는 것이 어떨까요?"

"걱정해주셔서 고맙습니다만 관선 변호사로도 충분합니다. 무죄로 나올 게 뻔한데 2~3천만 원을 변호사 비용으로 쓰면 안 되지요. 방주의 변호를 맡을 관선 변호사에게 놀라운 능력이 임할 것입니다."

"네, 저도 그렇게 되면 좋겠습니다. 무죄로 나오면 학교에 복직할 수 있으니 사표는 일단 수리하지 말고 가지고 있으라고 제가 이동구 학장에게 부탁하겠습니다. 이번 학기는 어차피 얼마 안 남았으니 큰 문제는 없을 겁니다."

신 장로의 얼굴에 순간 묘한 웃음기가 나타났다 사라졌다.

"방주는 이번 사건이 해결되면 교회 부목사로서의 사명만 감당할 것입니다. 문 교수님께 실례되는 말씀이지만 투철한 믿음에 불타던 젊은이들이 신학 대학에 들어가서 1~2년만 지나면 자유주의 신학에 물드는 경우가 많습니다. 심지어는 다른 종교로 개종하는 경우도 있는데 정말 한심한 일이지요."

"네, 저도 학교에 있는 사람으로서 책임을 느끼고 있습니다. 하지만 그런 문제가 모두 자유주의 신학 때문만은 아닙니다. 5백 년 전 루터의 주장이 지금은 보수적이듯이 앞으로 백 년 후의 기독교는 지금 자유주의자들의 주장이 보수적일지도 모릅니다."

문 교수의 말에 충격을 받은 듯 신 장로의 입이 몇 번 열리려다 말았다.

"지금 방주는 어디에 있나요?"

"남대문경찰서에서 어제 안성구치소로 옮겼소이다."

"면회가 되면 저도 곧 가보도록 하겠습니다."

"면회는 매일 한 번밖에 할 수 없는데 보석으로 곧 나올 테니 굳이 가실 건 없습니다. 제가 안부 전해주겠습니다."

신 장로의 표정과 목소리가 냉랭해졌다. 문 교수의 정체를 이제 알았다는 듯 적개심이 엿보였다. 한두 마디 더 나눈 후 신 장로가 자리에서 일어났다.

"문 교수님, 우리 새빛교회에 오랜만에 한 번 와 보시오. 건물 본당을 새로 지었지만 교회 자체는 옛날 초대교회의 정신을 그대로 이어가고 있습니다. 세월이 흐른다고 변하는 것은 진리가 아니올시다."

"네, 초대교회라는 의미는 예수님 시대의 그분 말씀과 가르침을 따르는 교회라는 뜻인가요?"

"물론이지요. 그럼 이만. 오늘 실례 많았습니다."

방주의 아버지가 깍듯이 머리를 숙이고 연구실에서 나갔다. 잠시 동안 그와의 대화를 다시 떠올리며 문 교수는 기독교 신앙에 대한 자신의 웹사이트를 빨리 만들어야겠다고 생각했다.

BC 4004. 10. 22.

서준은 주 기자와 문화부 편집 회의를 준비하고 있었다. 주 기자는 이름이 주기남이고『주간시사』5년 차 기자인데, 입사 전 환경 운동가로 활동하다가 20일 동안 구속된 경력이 있었다. 문화부 데스크인 이영숙 차장은 아직 회의실에 들어오지 않았다. 주 기자가 자신의 최신 휴대 전화를 서준의 얼굴에 들이밀었다.

"이 얼굴 보기가 좀 민망하네."

박근혜 전 대통령이 재판정에 앉아있는 사진이었다. 화장기 없이 부은 눈, 흐릿한 눈동자는 돌아가는 현실이 믿어지지 않는 듯 초점이 없었다. 대통령 시절, 환하게 웃던 모습과 너무 달랐다. 주 기자의 허스키한 목소리가 들렸다.

"박근혜가 발가락을 찧어서 아프다는 것은 사실일 거야. 옛날에 지은 구치소는 화장실 문턱이 높아서 나도 발가락을 여러 번 부딪쳤어. 되게 아픈데 별거 아닌 것 같아서 말도 못 해."

면도 자욱이 구레나룻까지 이어진 퉁퉁한 얼굴을 잔뜩 찌푸리며 주 기자가 아픈 표정을 지었다. 방주도 지금 화장실 문턱에 발가락을 찧고 있을지 모른다는 생각을 하는데 이 차장이 회의실 문을 벌컥 열고 들어왔다. 그녀가 자리에 앉자마자 주 기자에게 물었다.

"주기남. 세계 77억 인구 중 가장 많은 사람이 믿는 종교가 뭘까?"

왜 또 나에게 묻느냐는 듯 주기남 기자가 눈썹을 살짝 찡그리며 말했다.

"나는 종교 전문이 아니니까 최서준이 답해."

이 차장이 한마디 하려다가 서준에게 시선을 돌렸다.

"이슬람교가 제일 많죠."

"그래? 기독교가 아니고?"

이 차장의 질문에 주 기자가 '킁~' 하고 코웃음을 치며 말했다.

"아니, 이슬람교가 제일 많은 지가 언젠데 그래요?"

이 차장의 눈이 위로 찢어지며 주 기자를 쳐다봤다.

"이 차장 말씀도 맞습니다. 기독교를 가톨릭과 개신교 그리고 그리스 정교까지 다 합치면 24억 정도로 단연 세계 1위죠. 기독교라는 말이 개신교와 같은 뜻으로 쓰일 때가 많아서 늘 혼선이 있습니다."

서준이 얼른 분위기를 무마하고 휴대 전화를 보면서 설명을 이어나갔다.

"제가 마침 세계 종교 분포에 대한 글을 쓰려고 자료를 준비하고 있었습니다. 1위가 이슬람교로 약 17억인데 이중 수니파가 14억이고 2위가 가톨릭으로 12억인데 3위가 개신교가 아니고 힌두교입니다."

"아니 그럴 리가 있나? 그건 나도 좀 이상한데?"

주 기자가 동의를 구하는 듯 이 차장을 쳐다보았고 서준의 말이 계속되었다.

"이 통계는 2013년 통계인데 힌두교가 엄청 늘어난 것은 사실입니다. 인도의 인구가 13억이 넘는데 그중 80% 정도만 힌두교라고 봐도 간단히 10억이 넘어요. 개신교는 9억 5천만으로 나옵니다. 이슬람의 급격한 확산은 인도네시아, 말레이시아의 인구 팽창 때문입니다. 기독교 내에서 가톨릭과 개신교의 순위가 바뀐 것도 남미의 인구는 급격히 늘어나고, 유럽과 미국의 인구는 거의 정체되어 있기 때문이에요. 불교에 대한 통계는 나와 있지 않은데 공산 국가인 중국의 불교 인구를 가늠하기 어렵지만, 우리나라와 일본, 동남아 국가들을 합치면 5위가 될 겁니다."

이 차장이 고개를 끄덕이며 말했다.

"세계적으로 개신교보다 가톨릭 신자가 그렇게 더 많은지 몰랐네… 주 기자도 최서준처럼 평소에 자기 분야에 대한 공부를 게을리 하지 말아야지."

주 기자가 마른 침을 한 번 삼키고 무슨 말을 하려는데 이 차장이 얼른 다음 안건으로 넘어갔다.

"어제 국회 청문회에서 M 후보자의 '창조과학'에 대한 믿음이 화제가 되었어. 창조과학은 성경에 나와 있는 과학적 지식을 문자 그대로 믿어야 한다는 것인데, 대표적으로 이 세상은 BC 4004년 10월 22일 만들어졌다는 주장이지. 장관 후보자는 신앙적으로는 그것을 믿는다고 했어.

그렇다면 여성은 남성이 잠자는 사이 그의 갈비뼈로 만들어졌다는 것도 믿는가본데, 나는 그렇게 생각하지 않아.”

주 기자가 서준을 바라보며 슬쩍 말했다.

“내가 일일이 손으로 확인은 안 했지만 원래 남자의 갈비뼈가 여자보다 하나 적지 않나?”

이 차장이 능청을 떠는 주 기자의 말을 무시하고 서준에게 시선을 돌렸다.

“네, 저도 그 뉴스 보고 창조과학에 대해 좀 알아봤습니다. 지금은 그 발언에 대한 비판이 많지만 2백 년 전만 해도 대부분의 사람들이 천지창조가 6천 년 전이라고 믿었죠. 종교와 과학이 거의 분리되어 있지 않은 때였습니다.”

이 차장이 고개를 끄덕였고 서준의 말이 계속됐다.

“아일랜드 대주교 제임스 어셔가 1650년 당시 지구가 5654살이라는 놀라운 연구 결과를 발표했습니다. 이것은 창세기부터 등장하는 인물들의 나이를 일일이 합산한 정확하고 설득력 있는 숫자였죠. 그렇게 역산해 보면 천지창조는 BC 4004년 10월 22일이었습니다. 당시로써는 대단한 업적이었지만 이후 19세기 초에 지구의 나이와 천지창조의 시간이 획기적으로 길어지기 시작했어요. 결정적으로 미국의 과학자 패터슨이 1953년 운석의 나이를 우라늄으로 측정하는 방법을 개발해 지구의 나이가 약 45억 년으로 밝혀졌고, 이것이 현재 정설입니다. 앞으로 지구의 나이가 더 늘어나거나 줄어들 수도 있고, 다윈의 진화론도 누군가에게 깨질 수 있지만, 그런 일이 일어난다면 그것이 과학의 진보이고 인류

문명의 발전이겠죠. 달라이 라마는 신앙과 과학이 상충될 때는 서슴없이 과학을 택하겠다는 선언을 했습니다. 스스로에 대해서도 본인은 어떤 특별한 능력이 있는 사람이 아니라 평범한 수행승이라고 했는데, 그런 열린 마음이 그의 존재를 더욱 부각시킵니다."

이 차장이 손뼉을 치면서 고개를 끄덕였다.

"다음 문화부 데스크는 최서준이 해야겠다."

"아닙니다. 주 선배가 계신데요."

얼굴이 벌게진 주 기자를 곁눈으로 슬쩍 보며 이 차장이 마무리를 했다.

"아니야, 주 기자는 맛집 취재를 계속하는 것이 적성에 맞아. 창조과학을 신봉하는 그 장관 후보, 최 기자가 만나서 인터뷰 하고 장관 말도 인용해 멋진 기사로 만들어봐. 얄라차!"

이 차장이 먼저 회의실을 나가자 주 기자가 목소리를 낮추며 서준에게 말했다.

"저 여자 갈비뼈가 나보다 한 개 더 많아서 제정신이 아니네. 음… 우리 마나님도 잘 만져 보면 갈비뼈 숫자가 나보다 하나 더 많을지도 몰라."

문화부 데스크에 대한 언급으로 서준이 미안해할까 봐 농담으로 분위기를 풀어주는 주 기자가 고마웠다.

자기 자리로 돌아온 서준은 취재 계획표를 살펴봤다. 지난번 이 차장이 지시한 니케아 호수 밑의 성전 취재가 급하다. 성전 탐사를 주관하는 영국의 폴 로빈슨 교수와 Y대의 문익진 교수가 사제지간이라니까 곧 문 교수를 만나서 연결을 해봐야 한다.

선희는 비 오는 날 만나고 4~5일이 지났지만 연락이 없다. 오늘까지만 기다려보고 내일은 처벌불원서를 대신 써가지고 그녀를 만나러 가는 게 좋겠다. 은근히 불안한 느낌이 들면서 선희에게 자신도 속은 것 같았다. 서준의 휴대 전화가 울렸고 모르는 번호가 떴다. 혹시 선희의 전화인가 기대를 했지만 남자 목소리였다. 서준의 고등학교 동창으로 일찍 사시를 합격해 서초동 대형 로펌에 스카우트된 허일만이었다. 서준이 방주일을 상의하고 싶어서 어제 메시지를 남겼는데, 연락이 온 것이다. 일만하는 친구라 얼마나 바쁘냐고 농담을 한 후 방주의 사건을 간단히 알려주었다.

허변 의견도 현재로써는 보석으로 나오는 것이 최선이라는 것이었다. 곧 판사들의 인사이동이 있으니 담당 판사가 결정되는 것을 보고 변호사를 선임하라는 조언이었다. 판사가 확정되면 인맥을 살핀 후 어느 변호사가 좋을지 2명 정도 추천할 테니 그중에서 고르라고 했다. 물론 가장 중요한 것은 피해자의 처벌불원서라는 것을 허일만도 강조했다. 그 소리를 듣자 마음이 다급해지며 저장해 놓은 선희의 전화번호를 손가락으로 눌렀다. 전화벨이 2~3번 울리자 기다렸다는 듯이 밝은 목소리가 튀어나왔다.

"최 기자 선생님. 저도 막 전화 드리려고 했는데, 텔레파시가 통하나 봐요."

그녀의 목소리에 반가움이 묻어있어 일단 마음이 놓였다. 간단히 안부 인사를 하고 처벌불원서에 대해 물었다. 선희의 대답은 처벌불원서를 쓰는 것은 문제가 없는데 신 목사님이 그것을 원하는지 다시 한 번 확인을 해달라는 것이었다. 왜냐하면 처벌불원서는 피의자가 잘못을 시인한 후 그것을 용서하겠다는 피해자의 의사인데, 방주가 잘못을 부인하면 선희의 입장이 오히려 이상해진다는 것이다. 듣고 보니 맞는 말이었다. 선희가 손준기와 상의한 듯했다. 물론 방주는 그런 일을 한 적이 없기 때문에 선택의 기로에 놓이게 된다. 빨리 나오려면 없는 죄를 있다고 해야 하고, 사실대로 재판을 하려면 반년 정도는 적어도 구속을 각오해야 한다. 외국의 어느 소설가가 '벌은 마침내 죄를 찾아낸다'는 말을 했는데 그 의미를 이제 어느 정도 알 것 같았다. 방주의 의사를 속히 들어야 한다.

안성구치소에 접견 예약 시간보다 30분 일찍 도착한 서준은 보안 출입 초소로 들어와 주민등록증을 보여준 후 휴대 전화를 보관함에 넣었다. 대기실에서 잠시 기다리자 '1427번 접견인은 1번방으로 들어가세요'라는 방송이 나왔다. 접견실은 한 평 정도의 방들이 십여 개 나란히 붙어있는데 바로 옆방에서 고성이 흘러나왔다.

"야, 이 X년아 왜 이렇게 늦게 왔어? 내가 여기 들어왔다고 이제 딴맘 먹은 거지?"

여자가 흐느껴 우는 소리만 들리는데 방주가 면회실 안으로 들어왔다.

"바쁜데 왔네."

강화유리 건너편에서 말하는 방주의 목소리가 이쪽 스피커로 나왔다.

"얼굴이 좀 말랐네. 식사는 어때?"

“생각보다 괜찮아. 어차피 나는 주로 채식이지만.”

접견실 벽에는 〈수용자와의 대화는 녹음되고 있습니다〉라는 빨간 글씨의 주의사항이 붙어 있었다. 서준이 조심스러운 단어를 사용하며 방주의 의사를 타진하기 시작했다.

“자네가 억울하게 당한 사건인데 이런 말을 하면 이상하지만, 일단 법적다툼이 시작된 이상 피해자가 처벌불원서를 쓰면 빨리 나오는 데 큰 도움이 될 거야.”

방주가 무표정한 얼굴로 유리벽 건너편에서 듣고만 있었다.

“그런데 처벌불원서 자체의 성격이… 그러니까 피의자가 사건을 약간 인정하는 의미가 있어. 그래서 조금 신경이 쓰이는 면이 있어.”

방주가 넓은 이마 위로 헝클어진 머리를 한 번 쓰다듬더니 입을 열었다.

“무슨 말인지 알겠는데 사건 자체를 왜곡할 수는 없지. 처벌불원서를 쓴다면 고소한 사람이 뭔가 착오가 있었다고 사실대로 써야 하지 않을까?”

‘그럼 선희가 무고죄가 될 텐데….’ 하는 말이 입안에서 맴돌았다. 서준이 화제를 바꿨다.

“신 장로님은 다녀가셨지?”

“어제 오셨어. 학교에서 내 사표가 수리됐대. 곧 무죄 선고를 받고 교회 목사 일을 열심히 하게 해달라고, 지금 자네가 앉아있는 곳에서 기도하셨어.”

“그러셨구나. 아, 근데 Y대학 문익진 교수님을 내가 좀 만날 일이 있는데 자네 얘기를 해도 괜찮겠지?"

"물론이지. 사실은 나도 연락을 드렸어야 했는데 경황이 없었네. 심려 끼쳐 드려 죄송하고 곧 찾아뵙겠다고 말씀드려줘. 그분이 우리 유년부 교회학교 때 전도사님으로 잠깐 계셨던 것은 알지?"

"아, 그렇구나. 어째 이름이 좀 익숙하다 했어."

스피커에서 '삑~' 소리가 났다. 1분 남았다는 신호음이다.

"방에 같이 있는 사람들 중 혹시 괴롭히는 사람 있으면 알려줘. 내가 소장에게 직접 항의하고 안 되면 인권위원회에 말할 거니까."

"그런 사람 없어. 옛날하고 많이 달라진 것 같아. 걱정 안 해도 돼. 시간이 없으니 그럼 다른 이야기는 내가 곧 편지로 연락할게."

서준이 대답을 막 하려는데 스피커가 꺼지면서 "접견시간이 끝났습니다. 다음 민원인을 위해 속히 퇴장해 주시기 바랍니다."라는 안내방송이 나왔다.

방주가 일어나 손을 한 번 가볍게 흔들고 들어왔던 문으로 나갔다.

*

문 교수는 자신의 웹사이트 이름을 '21C기독교광장'이라고 정하고, 이를 만들게 된 이유를 먼저 쓰기 시작했다. 책으로 말하면 일종의 서문인데, 전체의 내용을 개관하고 뜻을 밝히는 선언문으로 볼 수도 있을 것이다.

어스름한 새벽, 에덴동산을 나왔다. 찬송가 〈저 장미꽃 위에 이슬〉을

흥얼거리며 좁은 길을 따라 걷는다. 때로는 길을 잃을 때도 있었고 자신의 몸을 숨기고 싶을 때도 있었다. 모르는 것을 아는 척, 심지어 믿는 척할 때도 많았다.

이 길을 계속 걸어가기 위해 귀에 은은히 들리는 예수님의 음성을 들어야 했다. 도착한 곳은 21C기독교광장이다. 이곳에 이미 와 계신 분들도 많지만 앞으로 더 많은 분들이 오실 것이다.

솔직한 마음으로 무슨 질문이든 할 수 있는 광장, 열린 마음으로 무슨 대답이든 할 수 있는 광장, 그러나 말로는 말을 다 할 수 없음을 헤아리는 광장. 이러한 21C기독교광장을 많은 분들과 함께 거닐고 싶다.

여기까지 쓰고 따끈한 블랙커피를 한 모금 마신 문 교수는 좀 더 구체적인 내용으로 들어갔다.

우리는 새로운 시대의 문지방을 건넜다. 새로운 시대는 성서 연구와 신학의 탐구가 눈부시고, 교파적 해석보다는 폭넓은 에큐메니칼(교파 통합) 운동으로 향하고 있다. 서구 세계가 주도하던 경제 발전이 쇠퇴하면서 기독교의 교리가 예전의 호소력을 상실하고 있다. 문자주의를 고수하는 사람들은 '예수가 하늘에 오르사 전능하신 하나님 우편에 앉으셨다'라는 선언에 대해 명확히 설명하기가 어려워졌다.

천당과 지옥, 천사와 사탄에 대한 해석도 같은 장벽에 부딪쳤다. 특히 젊은 층들은 이러한 고대 세계관을 납득하기 어렵고 이런 단어는 상징적 의미라고 생각하기 시작했다. 기독교 신앙의 과거와 미래에 대해서도 정직하고 용기 있는 대화가 오고간다.

이대로 가다가는 그들의 교회가 소멸될 것 같은 절박한 위기감 때문이다. 한국의 기독교도 그러한 조짐이 여기저기서 나타나고 있다. 한국의 비종교인들 중 개신교에서 이탈한 사람이 불교나 천주교에서 이탈한 사람보다 월등하게 많고, 그중에서도 젊은 층과 고학력자들의 비율이 높다.

한국 교회는 21세기 들어서 양적으로는 물론 질적으로도 쇠퇴했는데 그 이유는 주로 내부적인 몇 가지 문제 때문이다. 첫째로 한국 교회는 지난 수십 년간 개별 교회 성장에만 몰두하여 교회 건물은 커졌지만 사회적 지탄을 받는 일도 늘어났다. 엄청난 건물을 짓고서 바로 무너지기 시작하는 모습들이다. 구원 받으려면 우리 교회가 바른 교회니까 다른 교회를 가면 안 된다고 하는, 심한 교회 자폐증을 앓고 있는 것이다. 한국 개신교가 재정 수입 중 평균 약 4%만을 불우이웃돕기 등 대외적인 사회봉사 활동에 사용하는 것도 공개하기 부끄러운 수치이다.

두 번째 문제는 5백 년 전 루터가 가톨릭의 면죄부를 반대하며 '오직 믿음으로'라고 한 뜻을 과잉해석 하여 '묻지마 신앙'을 강요하는 것이다. 성경과 기독교 역사를 이해하고 실천하기 위한 질문 자체를 무력화하고 심지어 불신앙적 태도로 간주한다. 검증된 과학적 사실보다 성경에 나와 있다는 이유로 하늘의 구조나 지구의 역사를 문자 그대로 믿는 것이 '오직 믿음'은 아니다. 이성과 상식을 기본으로 하지 않는 신앙은 이성과 상식을 초월할 수 없는 이유가 여기에 있는 것이다.

세 번째 문제는 예수님을 하나님으로 믿기만 할 뿐 그분의 삶을 따르려 하지 않는다. 믿었으니 구원은 이미 받은 것이고, 놀라운 세상의 복도 받았거나 받을 것이고, 죽으면 천당 간다는 '만사 신통 신앙'으로 뭉쳐 있다. 한국 대형 교회의 삼위일체는 돈, 미국, 하나님이란 우스갯소리가 더 이상 우스갯소리가 아니다. 나만, 우리 가족만 잘 되면 된다는 극단적 이기주의에 다름 아니다. 2천 년 전 유대 땅에서 예수님이 왜 복음서에 나오는 삶을 살았는지, 그분의 진정한 뜻이 무엇인지, 역사적으로 문화적으로 별로 관심이 없고 생각하기도 싫기 때문이다. 나는 조금 잘못한 일이 있어도 곧 회개하면 된다. 예수 안 믿는 사람들이 많이 사는 인도네시아나 일본에 지진이나 해일이 나서 수만 명이 죽는 것은 하나님이 노하신 것이다. 예수만 믿으면 천당 가니까 굳이 그의 어려운 삶을 따를 필요도, 이유도 없는 것이다.

여기까지 간단히 짚어본 세 가지 문제, 즉 교회 제일주의 신앙, 묻지마 신앙, 예수 없는 신앙 중 가장 개혁이 필요한 것은 '묻지마 신앙'이다. 이것이 풀리면 다른 문제도 모두 해결되기 때문이다. 오병이어의 기적에 대해, 물 위를 걸은 것에 대해 2천 년 전 유대인들이 왜 그런 식으로 예수님을 기록하였는지…. 예수님께 무엇을 느꼈기에 그를 하나님의 아들로 믿었는지가 중요한 것이다.

신앙에 대한 단어는 상징으로 표현할 수밖에 없고 그 자체로 충분한 것이다. 21세기를 사는 우리가 고대, 중세 시대의 교리를 믿을 수 없는 것은 당연하고 정직한 일이다. 설령 잠시 믿는 것 같아도 속으로는 늘 애매하고 불안한 상태를 면할 수 없기 때문이다. 예수에게 무엇이 있었기에 하나님이 예수 안에 현존해 있다고 당시의 제자들이 믿게 되었을까? 바로 이것이 우리가 역사적으로 살펴볼 메시아 예수의 모습이다. 과연 무엇

이 있었기에….

여러분들의 많은 참여를 바랍니다.

문익진이 21C기독교광장의 서문을 마무리 지었다.

*

예술의전당 음악홀은 피아니스트 A선생의 베토벤 소나타를 듣기 위해 모인 사람들로 빈자리가 거의 없었다. 서준은 연주회 전에 가서 그를 인터뷰하려 했는데 토요일 오후라 길이 너무 막혀 간신히 시작 시간에 맞춰 도착했다. 맨 뒷자리에 앉자마자 실내가 어두워지고 피아니스트가 무대로 천천히 걸어 나왔다. 4년 만에 보는 그의 모습은 더욱 중후해지고 머리숱이 좀 빠진 듯싶었다.

어렸을 때 피아노를 잠깐 했지만 너무 어려워 다른 악기로 바꾼 서준은 피아니스트에 대해 늘 경탄하는 마음이 있었다. 현악기나 관악기도 끝이 없는 훈련과 집중의 과정을 거쳐야 하지만 열손가락을 써야 하는 피아노가 더 특별하다고 느껴졌다. 피아니스트 A선생은 서울 연주뿐 아니라 그의 음악을 듣고 싶어 하는 팬들을 위해 산골이나 섬 마을 음악회도 자주 열었다.

넥타이 대신 하얀 터틀넥을 입은 그가 피아노 앞에 서서 관중을 향해 고개를 숙이자 세찬 박수가 터져 나왔다. 짧은 침묵이 길게 느껴지는 순간 그의 손가락에서 한 음 한 음이 제자리를 찾아 생산되기 시작했다.

베토벤의 초기 소나타 〈템피스트[4]〉 1악장 선율이 곧바로 청중들의 마음을 헤집으며 폭풍이라는 제목에 걸맞게 연주홀을 흔들었다. 그의 연주는 안 들리는 음 없이 골고루 균형 잡혀 있었고 현란한 전개 속에서도 관조하는 여유로움이 느껴졌다. 분위기가 전혀 다른 2악장의 한가로움을 그의 피아노는 베토벤 특유의 깊은 사색으로 노래해주었다. 3악장에서는 그동안 일부러 축적해 놓은 듯한 강철 같은 터치를 분출하며 격렬한 폭풍우 속을 휘몰아쳐 들어갔다. 대단한 연륜의 힘이었다. 잠시 후 3악장이 모두 끝나자 박수소리와 함께 여기저기서 환호성이 터져 나왔다.

중간 휴식 시간에 서준은 커피를 한잔 마시러 로비로 나갔다. 커피를 파는 카운터 앞에는 벌써 긴 줄이 늘어서 있어 기다리는 데만 휴식시간이 다 지날 성싶었다. 다시 연주회장으로 들어가려는데 로비 한편에 서서 담소를 나누고 있는 낯익은 얼굴이 눈에 띄었다. S대 음대 학장을 지낸 피아니스트 K 교수였다. 그녀는 뛰어난 연주자이자 오랫동안 젊은 영재를 많이 길러낸 교육자였다.

"교수님, 안녕하세요? 저『주간시사』의 최서준 기자입니다."

"아, 네. 안녕하세요?"

그녀가 밝은 미소로 대답했다.

"작년 연말에 슈베르트의 〈겨울 나그네[5]〉, 노래도 피아노도 참 좋았습니다. 〈겨울 나그네〉는 피아노 반주가 차지하는 부분이 노래 못지않게

4 Ludwig van Beethoven(1770-1827), Tempest Op.31-2
5 Franz Peter Schubert(1797~1828), Die Winterreise D.911

중요해서 반주라기보다는 2중주에 가깝다고 하던데요. 매년 하고 계시죠?"

"네, 올해도 12월 17일에 할 거예요."

"저는 역시 〈보리수〉가 제일 좋은 것 같아요. 슈베르트가 가까운 친구들 몇 명만 불러놓고 처음 이 곡을 발표할 때도 〈보리수〉가 관심을 끌었다는 기록이 있지요."

K 교수 옆에서 서준이 말하는 것을 쳐다보는 머리가 하얀 점잖게 생긴 분과 눈이 마주쳤다. 그녀가 친절하게 소개를 해주었다.

"여기는 Y 신학대의 문익진 교수님이세요."

"문 교수님. 저 방주 친구예요. 옛날에 새빛교회에도 나갔었어요. 저는 주일날 교회보다 만홧가게에 많이 가서 잘 기억 못 하실 거예요."

"아, 이제 생각나네. 방주하고 같이 성가대 하던 친구로군."

"문 교수님. 그렇지 않아도 연락드리려고 했어요. 어제, 방주 면회 다녀왔어요."

문 교수의 눈썹이 올라갔고 서준이 자세한 말을 하려고 하는데 휴식 시간이 끝났다는 종소리가 울렸다. 사람들이 종종걸음으로 연주회장으로 들어가기 시작했다. 문 교수의 연락처를 급하게 받은 후 곧 찾아뵙겠다는 말을 하고 서준도 안으로 들어갔다. 올해 말에도 〈겨울 나그네〉를 들으러 가겠다는 말을 미처 못 하고 K 교수와는 눈인사만 나눴다.

후반부 연주에서도 A선생의 피아노는 관중들의 호흡을 리드해 나갔다. 〈월광 소나타[6]〉의 1악장은 간결하면서도 우수가 느껴졌는데, 이렇게 너무 잘 알려진 곡을 연주하기가 훨씬 더 신경이 쓰일 것이다. 20년 만에 여기서 문 교수를 만나고 방주의 일을 상의할 생각을 하다 보니 선희의 모습이 떠올랐다. 월광의 1악장과 그녀의 해말간 얼굴이 잔잔히 겹치며 달빛을 받은 그녀의 모습이 어른거렸다. 꽃뱀치고는 분위기가 있는 여자였다. 1악장이 끝나고 사람들이 숨을 깊게 몰아쉬는 소리가 들렸다. 서준도 숨을 길게 내쉬었다.

2악장의 우아하면서 깊이 있는 선율이 서준을 음악으로 다시 돌아오게 했다. 하루에 얼마나 많은 연습을 하는지는 모르지만 피아니스트 A 선생의 음악에 대한 열정과 헌신은 그야말로 구도자의 삶을 연상케 했다. 때로는 너무 힘들어서 연주 생활을 그만두고 싶은 유혹도 있을 것이다. 우스갯소리로 피아니스트란 직업은 피아노만 안 치면 꽤 괜찮은 직업이란 말이 있다. 엄청난 스트레스에도 불구하고 피아니스트는 음악가 중에서도 장수한다는 통계도 있다. 20세기 대표적 피아니스트 루빈스타인이 97세, 호로비츠, 아라우 등도 거의 90세의 장수를 누렸다. 그들의 엄청난 손가락 움직임이 뇌와 상호 작용을 일으켜 건강에 도움을 주는 것 같았다. 아마 의학적으로 증명이 될 수도 있을 것이다.

음악이 3악장으로 접어들었고 열광적으로 두드리는 피아니스트의 손끝에서 땀방울이 몇 방울 튀는 듯한 착시 현상이 일어났다. 다시 한 번 모아두었던 마지막 힘을 쏟아붓는 느낌이었다. 시인 릴케는 말년의 시

---

6 Ludwig van Beethoven(1770-1827), Sonate für Klavier No.14 'Mondschein' Op.27-2

〈두이노의 비가〉에서 예술가란 족속은 일반 사람보다 조금 더 하염없는 자들이라고 했는데, 조금이 아니고 상당히 하염없는 경지에 이르러야 예술을, 음악을, 피아노를 평생 할 수 있을 것 같았다. 연주자는 베토벤이 느끼고 창조한 인간의 고뇌와 기쁨, 영원과 찰나, 사랑과 절망을 하염없이 재창조해야 하기 때문이다.

감방에서 예배 보기

"화장실 수도꼭지는 왜 저렇게 벽 밑에 달려 있을까."

바닥에서 30㎝도 떨어지지 않은 수도꼭지에 대해 방주가 혼잣말처럼 중얼거렸다.

"수도꼭지에 목매달면 곤란항께."

무혁이 두꺼운 책에서 눈을 떼지 않고 말했다. 방 가운데 식탁을 펴고 세 사람이 성경을 앞에 놓은 채 앉아 있었다.

"신 교수도 같이 예배 보려면 이리 오시오. 이 방에서는 그동안 주일 아침 9시에는 간단히 예배를 보았소."

김 대표의 말에 방주도 슬그머니 식탁 한쪽에 가서 앉았다. 시계를 보니 아직 5분 전이었다. 손철이 자신의 성경을 방주 쪽으로 반쯤 밀어 놓으며 물었다.

"신 교수는 교회 나가시나?"

"네, 저는 교회 다닙니다. 손 사장님은 기독교이신가요?"

"아니, 나는 불교요. 근데 이번에 바꾸려고. 다음주에 1심 재판이 있는데 풀려나면 바꾼다고 김 대표님과 약속했지. 근데 우리 마누라가 반대할 것 같아서 좀 걱정이야."

손철이 슬쩍 곁눈으로 김 대표를 보았다. 김을수는 아무 표정 없이 눈을 감고 명상을 하고 있는 것처럼 보였다. 무혁의 목소리가 옆에서 들렸다.

"나는 혼자 성경 읽었으면 큰일 날 뻔했지라. 마태복음인가에 외식하지 말라는 말이 자주 나와서 예수 믿으면 이제 밥은 집에서만 먹는 거구나 싶었소. 대표님이 설명을 해주셔서 알았는디 겉으로 꾸미지 말라는 뜻이라네. 예수님이 바리새인인가 그런 사람들 야단치신 거라고… 신 교수님은 아셨소?"

"외식의 식자가 꾸밀 '식(飾)'자예요. '장식' 할 때 '식'. 그러니까 '위선'과 비슷한 뜻이지요."

"와, 교회 겁나게 열심히 다니셨네! 외식은 여간해서 사람들이 잘 모르는디."

벽에 걸린 손목시계가 9시를 가리켰고 안 보고도 시간을 아는 것처럼 김 대표가 큰 눈을 번쩍 뜨더니 목소리를 가다듬고 엄숙히 말했다.

"예배 시작하겠습니다. 하나님은 영이시니 신령과 진정으로 예배드릴지어다."

김을수가 다시 눈을 감고 기도를 시작했다.

"거룩하신 아버지 하나님, 이 시간, 여기 작은 방에 모인 우리 네 사람,

주님을 만나러 나왔습니다. 저희를 받아주시고 그동안 지은 허물과 죄를 용서해 주시옵소서. 하나님을 더욱 가까이할수록 비록 몸은 쇠창살 안에 갇혀 있지만 저희들 마음은 자유롭습니다. 〈옥중에 갇힌 몸이나 마음은 자유 얻었네〉라는 찬송가 그대로 되게 하여 주옵소서. 그리하여 끝까지 승리하는 성도가 되게 인도하여 주옵소서."

김 대표의 기도를 들으니 개척 교회 목사라는 말이 사실인 것 같았다.

"사랑의 하나님, 내주에 우리 손철 사장님의 1심 재판이 있습니다. 주님께서 담당 판사의 마음을 뜨겁게 감명시키사, 냉큼 풀려날 수 있는 놀라운 은혜를 허락하여 주옵소서. 그리하여 손 사장님이 다른 우상을 섬기지 않고 주님의 성전으로 곧바로 나아갈 수 있는 역사를 이루어 주시옵소서. 며칠 전 새로 온 신 교수님께도 은총을 베푸사, 억울한 누명을 하루속히 벗고 예수님을 나의 구주로 맞이하는 계기로 삼아주시기 간절히 원하옵나이다. 또한 이 방의 막내인 고무혁 씨에게도 사랑의 손길을 뻗으사, 이제 하나님을 절대 떠나는 일없이 그분의 도구로 쓰일 수 있는 귀한 은혜 허락해주옵소서. 하나님 아버지. 날씨가 추워지고 있습니다. 여기는 방에 불이 들어오지 않는 11월이 제일 춥습니다. 김진홍 목사님이 감옥에서 뜨겁게 경험한 성령의 불을 보내주시사, 우리 모두 따스하게 이 겨울을 나게 하옵시고 아무도 감기에 걸리지 않도록 보호하시고 인도하여 주옵소서. 이 모든 말씀 아무 공로 없사오나 우리를 십자가 보혈로 구속해주신 주 예수님 이름 받들어 간절히 기도 드렸사옵나이다. 아멘~"

곧이어 김 대표가 사도신경을 조금 큰소리로 외우기 시작했다. '전능하사 천지를 만드신 하나님 아버지를 내가 믿사오며 그 외아들 우리 주 예수 그리스도를 믿사오니 이는 성령으로 잉태하사…'. 방주가 눈을 살짝 뜨고 보니 손철과 무혁은 성경책을 보면서 따라 읽고 있었다.

"하늘에 오르사 전능하신 하나님 우편에 앉아 계시다가 저리로서 산 자와 죽은 자를 심판하러 오시리라. 성령을 믿사오며 거룩한 공회와 성도가 서로 교통하는 것과 죄를 사하여 주시는 것과 몸이 다시 사는 것과 영원히 사는 것을 믿사옵나이다. 아멘."

무혁이 아멘을 크게 했다.

"찬송가는 〈내 주의 보혈은〉 하겠습니다. 내 주의 보혈은 정하고 정하다. 내 죄를 정케 하신 주, 날 오라 하신다. 내가 주께로 지금 가오니 골고다의 보혈로 날 씻어 주소서~"

네 사람이 부르는 찬송은 크지는 않았지만 복도에 충분히 들릴 정도였는데 이래도 괜찮은지 약간 걱정이 되었다.

"2절까지만 하겠습니다. 성경 말씀은 시편 119편입니다. '고난당한 것이 내게 유익이라. 이로 말미암아 내가 주의 율례들을 배우게 되었나이다. 교만한 자들이 거짓으로 나를 엎드러뜨렸으니 그들이 수치를 당하게 하소서. 나는 주의 법도들을 작은 소리로 읊조리리이다.' 아멘."

김 대표가 천천히 세 사람과 눈을 맞추고 다시 입을 열었다.

"음, 그러니까 여호와께서 우리를 괴롭게 하심은 그분의 성실하심 때문인데, 우리가 이 땅에서 당하는 고난은 악으로부터 돌아서고 회개함을 이루게 하시는 그분의 뜻입니다. 고난을 통하여 우리는 하나님을 다시 찾게 됩니다. 고난당하기 전에는 잘못 행하는 일이 많았으나 고난 후에는 주의 율례를 배우게 되어서 주의 법도를 지키게 되는 것입니다."

고무혁이 손을 살며시 들었고 김 대표가 말을 중단하고 고개를 끄덕였다.

"병들고 아픈 것도 우리가 악해서 그런 건가요?"

"인간은 모두 악하지요. 하나님이 언제 누구를 어떻게 징계하실지 우리는 몰라요."

무혁이 서준을 바라보며 말했다.

"그래도 그런 징계는 좀 이상한디… 예수님처럼 병을 고쳐주셔야지, 징계한다고 사람을 병들게 하실 수 있나요?"

김 대표가 다시 점잖게 말했다.

"여하튼 모두 하나님이 하시는 일입니다. 하나님이 병들게 하셨으니 하나님이 고쳐주시겠지요."

"그러다 죽으면요? 우리 할머니는 세상 착했는디 갑자기 병으로 돌아가셨지라."

옆에서 손철이 끼어들었다.

"얘가 또 그런 쓸데없는 질문을 한다… 믿음 떨어지게시리… 그냥 듣기만 해라."

김 대표가 조금 더 설교 비슷한 설명을 보탠 후 주기도문으로 예배를 마쳤다.

"감사합니다. 김 목사님."

방주의 입에서 자연스럽게 '목사님'이란 단어가 나왔다. 새우깡 한 봉지를 뜯어서 커피와 함께 식탁 위에 올려놓으며 무혁이 말했다.

"우리 예배는 헌금 시간은 없는데 친교 시간에 과자도 나오고 참 좋아요."

방주가 새우깡을 한 개 입에 넣은 후 질문을 했다.

"여기서 찬송가를 그렇게 크게 불러도 되나요?"

김 대표 대신 손철이 얼른 입을 열었다.

"그러니까 놀라운 일이지. 얼마 전 있던 주임은 찬송가 소리를 싫어했는데 김 대표님이 세게 기도를 하셨어. 그러자 곧 새 주임이 왔는데 교회 집사님인 거야. 더 크게 불러도 된다고 하는데 우리가 살살 부르고 있지."

잠시 침묵이 흐른 후 무혁이 김 대표를 보며 손을 들었다.

"지가 궁금한 게 있는디… 이런 질문해도 쓸란가 모르갔소…."

김 대표가 고개를 한 번 끄덕였다.

"음… 하나님은 왜 죄인들을 그냥 용서해주시지 않고 자신의 외아들인 예수님을 십자가에 못 박히게 하셨을까나… 예수님이 무슨 양이나 염소도 아닌디…."

김 대표가 목을 한두 번 가다듬고 입을 열었다.

"그것을 대속 교리라고 하네. 그리스도라는 말은 히브리어 메시아를 희랍어로 번역한 것인데 '기름부음 받은 자'를 뜻하며 동시에 죄를 대신 속죄한다는 대속자의 의미가 담겨있지. 기독교의 기독이 그리스도를 한문으로 쓴 것이니 기독교의 중심 교리는 대속론일세."

"음… 그러니까 왜 하나님이 직접 용서 안 하셨을까요?"

무혁이 또 같은 질문을 했다.

"교리라고 하시지 않니."

손철이 옆에서 핀잔을 줬다.

"교리는 무조건 믿어야 하는 거야. 불교에서도 '나무아미타불' 하면 서방정토에 간다고 믿는 거나 같은 거지."

"글씨, 찬송가 가사처럼 예수님이 나 때문에 피 흘리시며 십자가에서 돌아가셨다는 생각을 하면 감동 때리고, 나가 더 죄인 같은 생각이 들긴 하는디… 그 뭐냐, 대속론이라는 것이 하나님이 정한 것이라면 무조건 믿어야 쓰것지요."

무혁이 일단 수긍을 하면서 고개를 끄덕였다.

"성경에 나와 있네. 구약 이사야서에 예수님이 우리를 위하여 희생 당하셔서 우리가 구원을 받게 된다고 분명히 적혀있지. 자, 우리 다 같이 이사야서 53장을 펴 봅시다."

김 대표가 자신의 성경을 먼저 펴고 다른 사람들이 찾을 때까지 잠시 기다렸다.

"그가 찔림은 우리의 허물 때문이요. 그가 상함은 우리의 죄악 때문이라. 그가 징계를 받음으로 우리는 평화를 누리고 그가 채찍에 맞음으로 우리는 나음을 받았도다."

손철이 감동 어린 목소리로 그의 성경에 시선을 고정시키고 말했다.

"이 대목은 참 가슴이 찡하네요. '그가 채찍에 맞음으로 우리는 나음을 받았도다.'"

"그래요. 손 사장님은 이제 확실히 크리스천이 되셨네요. 할렐루야! 내주에 나가시면 곧바로 동네 교회를 찾아 가세요."

김을수의 큰 입이 더 커지며 만족한 미소가 가득했다.

"근디 이사야서는 하나님 말씀인가요?"

무혁의 질문이 다시 도전적이었다.

"하나님이 이사야 선지자를 통해서 쓰도록 하신 거니까 당연히 그렇지."

"이사야서는 예수님 태어나시기 전에 나온 책 같은데, 거기에 나온 '채찍에 맞은 그'가 예수님이라고 쓰여 있나요?"

"음, 예수님이라는 이름은 없지만 이사야서를 잘 보면 알 수 있어. 영의 눈으로 읽으면 환히 보이는 거야."

"예수님도 이사야서에 나온 '채찍 맞은 그'가 자신이라고 하셨나요?"

무혁의 질문이 끈질겼다.

"예수님이 그런 말씀을 직접 하신 적은 없지만 이사야서의 놀라운 예언은 그것만이 아니네. 이사야 선지자는 BC 700년경 사람인데 150년 후에 이스라엘을 해방시킬 왕, 고레스의 이름을 정확하게 밝혔지. 또 하나님은 열왕기상에서 300년 후에 태어날 요시야 왕의 이름과 그가 어떤 일을 할 것인지 이미 예언해 놓았어요."

마지막 새우깡 한 개가 무혁의 입안으로 들어갔다.

*

선희를 만나기 위해 서준은 그녀의 아파트 근처 분식집을 다시 찾았다. 지난번 비가 올 때와는 실내 분위기가 달라져 혹시 다른 집인가 했는데 구석 자리에 선희가 앉아 있는 모습이 보였다. 서준이 참치 김밥을

2인분 시킨 후 먼저 방주 문제를 꺼냈다.

“신 목사와 처벌불원서 문제를 상의해봤어요.”

서준이 조심스레 방주의 생각을 전했다. 처벌불원서를 고소인의 오해로 써주면 좋겠다는 말에 그녀의 얼굴이 약간 굳어졌다. 방주는 반드시 무죄로 나와야 하고 집행유예만 돼도 목사로서의 활동이 어렵기 때문에 그러한 서류가 필요하다는 설명과 혹시 무고죄를 걱정한다면 그런 일은 없을 거라고, 그 부분은 자신이 책임지겠다고 했다.

“예수님이 오른뺨을 맞으면 왼뺨을 내밀고, 겉옷을 달라면 속옷까지 주라고 말씀하셨죠. 그런 일을 할 수 있는 사람이 얼마나 될까요.”

역시 사건의 본질에 대한 문제가 걸려있는 한 선희를 설득하는 건 어려울 듯싶었다.

“최 선생님 말씀대로 할게요. 준기 오빠는 무고로 맞고소를 걱정하지만 그런 일은 없을 테니까요.”

갑작스런 그녀의 말에 서준의 얼굴이 환해졌다.

“정말 고마워요. 어려운 결심을 해줘서.”

“신 목사님이 저 때문에 목사님을 못 하시는 일은 없어야 해요. 제가 왼뺨을 한 번 더 맞아서 무죄로 나오신다면 그렇게 해야죠. 요즘 교회 목사님들이 비난을 많이 받는 것 같은데 이런 일이 언론에라도 나면 더 안 좋겠죠.”

“그럼요, 방주가 대단히 고마워 할 거예요. 어려운 부탁을 해서 정말 미안해요. 나중에 내가 도울 수 있는 일이 있으면 뭐든지 알려줘요.”

선희가 웃으며 얼른 그의 말을 받았다.

"나중이 아니고 지금 부탁드릴 일이 있어요."

서준이 물을 마시려다가 얼른 잔을 테이블에 내려놓았다.

"엄마가 한때는 은막의 스타였는데, 불행한 사고를 당한 걸 사람들이 잘 모르고 있어요. 최 선생님이 문화부 기자로서 엄마에 대한 기사를 내주셨으면 해요."

"그렇게 할게요. 엄마가 출연하신 영화, 같이 연기한 배우들, 영화제에서 상 받으신 것 등 이런 자료들 모아주면 좋겠네요. 그리고 결혼생활이나 뭐 그런 사생활 이야기도 있으면 더 재미있고."

"네, 우선 엄마 사진 몇 장 가지고 왔어요."

선희가 가방에서 사진을 꺼내 건넸다. 국제 영화제에서 트로피를 받고 활짝 웃는 모습이었다. 10여 년 전 사진인데 선희의 언니라고 해도 믿을 만큼 젊은 미모를 발산하고 있었다. 마늘쪽 같은 코의 선과 볼에 생기는 보조개가 그대로 10년 후 선희의 모습이었다. 이렇게 한때 은막을 누비던 여배우가 60도 안되어 택시에 치여 숨졌다는 사실이 서준의 마음을 무겁게 했다.

"다른 자료들은 좀 더 정리해서 보내드릴게요. 감사합니다."

"내가 감사하죠. 선희 양은 효녀니까 복 많이 받을 거예요."

식사를 마치고 선희가 가방에서 맥심커피 한 개를 꺼내 뜨거운 물에 저어 서준에게 권했다.

"엄마가 맥심커피를 좋아하셨어요. 제가 좋아하는 치즈케이크 큰 거 한 판이랑 이거 100개들이를 두 박스나 사셨는데 그 다음날…."

서준이 종이 컵을 천천히 입술에 대었다.

"다른 사람에게 무심코 한 말이 제가 그들에게 남긴 마지막 말, 유언이 될 수 있다는 걸 알았어요. 그래서 되도록 따스하게 말하려고 해요. 엄마는 그날 새벽에 잠이 덜 깬 저에게 '금방 다녀올게' 하고 나가셨죠."

선희가 나이보다 훨씬 성숙한 말을 했다.

"선희 씨 말이 맞아요. 우리는 언제 사랑하는 사람과 이별할지 모르면서 살고 있어요. 부모님과의 이별은 더욱 가슴 아픈 일이고… 부모는 내가 이 세상에 태어나기 전에 입었던 옷이라는 말이 있잖아요…."

서준이 마신 커피는 생각보다 강하고 씁쓸했다.

*

21C기독교광장의 서문에 이어 문익진 교수는 주요 신학적 개념과 단어들에 대해 간단히 설명하기로 했다. 사람들은 삼위일체나 사도신경 같은 종교적 교리가 어느 날 하늘에서 뚝 떨어졌다고 생각하기 쉬운데, 사실은 그 시대의 문화적 배경과 역사적 사건이 씨줄과 날줄로 치열하게 엮여서 이루어진 것이다. 먼저 근본주의와 자유주의로 크게 나누어지는 근대 신학적 갈래에 대한 발자취를 객관적으로 써 나가기 시작했다.

기독교가 AD 313년 로마 제국의 합법적인 종교가 되고, 325년 니케아 회의에서 콘스탄티누스 황제의 주도로 하느님과 예수님이 동격으로 선포된 후 기독교는 결국 로마 제국의 국교가 되었다. 이후 두 번의 큰 역사적 변화는 1054년 기독교가 가톨릭과 동방 정교로 분리된 사건과 1517년 루

터가 가톨릭에서 개신교 혁명을 일으킨 사건이다. 현재 기독교는 이 세 개의 종교로 크게 나뉘어 있다. 이후 개신교는 캘빈이나 웨슬리 같은 분들이 장로교, 감리교 등을 설립하면서 여러 교파로 나뉘게 되었다. 하지만 이러한 교파 분열보다 천문학, 생물학 등 과학의 발전이 기독교의 위기를 더욱 가중시켰다.

17세기 갈릴레오의 천문학적 발견은 1세기 사람들이 문자 그대로 진리라고 생각한 우주관을 허물어뜨렸다. 성경이 쓰인 시대에는 우주가 지구를 중심으로 3층 구조라고 믿었고, 하나님이 계신 천국에 가기 위해서는 예수님이나 에녹, 엘리야가 승천한 것처럼 하늘로 높이높이 솟아오르면 되었다. 또한 여호수아가 넉넉한 햇볕으로 암몬족을 살육할 수 있도록 태양이 지구를 도는 것을 정지시킨 여호와의 전능하심을 믿고 찬양했다.

하지만 지구가 태양을 돌고 있다는 갈릴레오의 비성서적 주장에 대해 화형으로 위협하던 가톨릭교회는 지난 1991년 12월 갈릴레오가 옳았고 그에게 유죄 판결을 내린 것이 잘못되었다고 시인했다. 고대의 우주관이 무너지면서 하늘에 계시던 하나님의 거처가 공개적으로 애매하게 되었다.

또 다른 큰 충격은 18세기 초 생물학에서 왔는데 인간의 수태 과정에서 여성의 난자가 중요한 역할을 하는 것이 확인된 것이다. 중세 시대까지 인간의 새 생명은 오직 남자의 씨 속에 있고 여성의 공헌은 9개월간의 보호와 성장을 위한 자궁의 역할뿐이라 생각했었다. 마치 농부가 땅속에 씨를 심으면 어머니 대지가 그 씨를 기르는 작용과 같다고 믿은 것이다. 당시로서는 자연스러운 생각이었고 동정녀 잉태에 대한 믿음을 이론적으로 뒷받침했다. 아담 이후 모든 인간은 원죄가 있다는 교리에서 남성의 죄

있는 씨 대신 성령의 씨로 잉태한 분은 아무 죄가 없다는 논리가 성립할 수 있었기 때문이다. 그러나 여성의 난자가 정확히 새 생명의 반을 책임지고 있다는 것이 밝혀지면서 가톨릭에서는 성모 마리아가 아담 이후 처음으로 아무 죄 없는 인간이라는 선언을 1854년에 하게 되었다. 그렇지 않으면 예수님도 반은 죄인의 몸을 받았다고 볼 수 있기 때문이다. 교리를 보호하기 위한 부득이한 조치였다. 그러나 이러한 충격과 변화는 다윈의 진화론에 비하면 찻잔 속의 태풍이었다. 다윈 이전에는 인간의 위상이 천사보다 약간 못했는데, 알고 보니 인간은 원숭이보다 두뇌가 조금 더 큰 동물이라는 불유쾌한 생물학적 이론이 성립된 것이다.

여기까지 과학의 발전이 기독교에 미친 충격과 변화에 대해 간략히 쓴 문 교수는 의자에서 일어나 기지개를 크게 한번 켜고, 목을 몇 번 좌우로 돌린 후 다시 자리에 앉아 계속 써내려갔다.

이러한 과학적 발전이 인간의 사고 체계를 근본적으로 뒤흔들었고, 기독교 세계에도 어쩔 수 없는 변화를 가져왔는데 바로 자유주의 신학의 태동이었다. 과학이 자유주의 신학의 디딤돌이었다면 데카르트 이후의 서양 철학은 자유주의 신학의 기반을 다지는 영양분을 공급했다. 스피노자, 칸트, 헤겔 등으로 대표되는 철학자 겸 신학자들의 사상과 삶의 자취가 한 시대를 풍미한 것이다.

자유주의 신학은 독일의 슐라이어마허가 1799년 『종교론』을 출판하면서 시작되어 1930년대까지 유럽과 미국의 신학계를 이끌었다. 1906년 독일의 슈바이처 박사도 『역사적 예수의 탐구』라는 책을 써서 이 대열에 적극 합류했다. 자유주의 신학은 문자 그대로 어떤 교리를 절대시하지 않으며 개방된 마음, 다른 주장에 대한 관용, 진리에 대한 겸허한 태도를 중요시했다. 이것은 결국 19세기의 과학적이며 합리적인 시대정신에 근거하여 기독교 신앙을 재해석하고 변호하려는 노력이었다. 그러나 한편으로 자유주의 신학은 하나님이 아닌 인간 중심의 신학이 되었다는 비판을 받게 되었고 제1차 세계 대전이 끝나면서 여기에 반대하는 신학들이 나타났다. 유럽에서는 신 정통주의 신학, 미국에서는 근본주의 신학이 새로운 신학을 형성하게 된 것이다. 자유주의 신학은 인간의 이성과 과학의 발전에 대한 낙관적 자신감으로 시작되었다. 하지만 1차 세계 대전과 경제 대공황을 겪으면서 인간의 합리적 행동과 역사의 진보주의에 대한 신뢰가 크게 무너지면서 자유주의 신학도 같이 쇠퇴하였다.

여기까지 자유주의 신학에 대한 설명을 마치고 이제 미국에서 20세기 초에 일어난 근본주의 신학에 대해 쓰려는데 컴퓨터에서 새로운 이메일이 왔다는 신호가 울렸다. 보낸 사람은 문 교수의 은사인 케임브리지 대학의 폴 로빈슨 교수였다. 반가운 마음에 얼른 메일을 열어 보았다.

친애하는 문 교수에게.
우리가 만난 지도 벌써 1년이 넘은 것 같소.
나는 이제 성당 발굴 작업이 거의 끝이 나서…

그의 이메일 끝에 니케아 호수 아래 성당에서 발굴한 유적의 사진이 첨부되어 있었다. 로빈슨 박사는 올 11월에 89세가 되는데, 젊어서는 아프리카에서 5년간 슈바이처 박사를 도왔다. 이후 이집트의 나그함마디 문서에 대한 독보적인 해석과 로마시대 기독교 유적 발굴로 많은 업적을 이뤘다. 그는 문익진을 10년간 가르치고 같은 대학의 교수로까지 이끌었다. 문익진이 영국에 남아 신학 연구를 계속하기를 바랐지만 귀국을 결심하자, 매우 섭섭해하면서도 학교로 돌아오면 언제든지 자신의 자리인 종교철학 종신 교수직을 물려주겠다고 했다. 버틀란트 러셀이나 비트겐슈타인 같은 세계적 철학자들의 자취가 남아있는 교정에서 종신 교수로 재직하는 것은 큰 영광이었으나 문익진은 고국에서 후배들을 가르치는 선택을 했다.

로빈슨 박사가 보낸 성당 벽 사진은, 물속에서 촬영돼 선명하지 못했지만, 콥트어로 된 사도신경에 대한 기록이었다.

콥트어는 고대 이집트에서 쓰던 문자인데 만약 발굴한 사도신경의 내용이 우리가 지금 외우는 사도신경과 다르다면 이것은 2천 년 기독교 역사에서 가장 큰 사건이 될 수 있을 것이다. 로빈슨 선생이 보낸 자료는 언뜻 보기에도 그러한 가능성을 충분히 내포하고 있었다. 문익진의 가슴이 뛰기 시작했다.

문 교수는 로빈슨 선생의 이번 발굴로 사도신경의 새로운 해석이 가능하겠다는 축하 메일을 보냈다. 지금도 개신교와 가톨릭의 사도신경이 약간 다르고 십계명도 조금씩 다르다. 가톨릭은 '십자가에 못 박혀 죽으시고' 다음에 '저승에 내려가시어'라는 말이 있는데 개신교 중 한국에 가장 많은 장로교는 이 말이 없다. 사도신경 원문에도 '저승에 내려가시어'가 있는데 보수적인 장로교에서는 놀랍게도 이 부분을 삭제했다. 큰 차이가 아닌 것 같지만 교리상 예수님이 돌아가신 후 3일 동안 어디에 계셨냐는 것도 대단히 중요한 문제이다. 또한 왜 저승에 가셨냐는 질문도 당연히 나올 수 있겠다. 십계명은 전체적으로는 비슷하지만 분류가 조금 다른데 '살인하지 말라'가 개신교에서는 제6계명이지만 가톨릭에서는 제5계명으로 되어있다. 5백 년 전 루터를 시작으로 개신교가 분리되어 나왔지만 앞으로 5백 년 후에는 다시 가톨릭과 개신교가 합쳐질 수도 있을 것이다. 종교의 변화는 매우 느리다. 문 교수는 자유주의 신학에 이어 근본주의 신학에 대해서도 정리하기 시작했다.

근본주의 신학이 신성불가침으로 천명한 5개의 조항은 다음과 같다.

1) 성경 무오설

성경은 하나님의 영감을 받아서 쓴 책이므로 어떤 종류의 오류도 없다. 즉 신학적으로는 물론 역사적, 과학적, 문자적 과오도 없다는 개신교 신학의 본질적인 부분이다. 이렇게 성경에 대한 권위를 앞세운 후 다음 4개 조항으로 예수님에 대한 전통적 교리를 다시 확인했다.

2) 동정녀 잉태 3) 십자가 대속 4) 육체적 부활 5) 육체적 재림

19세기 이후 전통 기독교는 자유주의 신학과 진화론의 발표로 상당한 혼란을 겪게 되었다. 이러한 도전에 대해 강력한 거부감이 일어나면서 아무리 세상이 변해도 기독교는 위의 5개 조항을 믿고 지켜야 한다는 것이 근본주의 신학이다. 여기서 1번 성경 무오설만 주장하면 나머지 4조항

이 성경에 다 들어 있는데 왜 굳이 5개 조항을 명시했는지 언뜻 의문이 생길 수 있다. 하지만 동정녀 잉태나 십자가 대속은 처음 기록된 복음서에는 정확히 나와 있지 않고 몸의 부활이나 재림도 여러 해석이 나올 수 있기 때문이다.

근본주의자들은 자신들이 보수적 복음주의자로 불리는 것을 좋아하는데, 사실 근본주의는 보수주의지만 보수주의가 모두 근본주의는 아니다. 근본주의는 어떤 특정 집단을 가리키는 명칭이라기보다 니케아신조를 수호하는 종교적 흐름이다. 보기에 따라 전혀 새로운 것이 아니고 1700년을 이어온 기독교 자체의 전통 교리를 다시 천명한 것이다. 간혹 근본주의자들 중 광신주의 현상이 나타나는데 이것은 종교에만 국한되지 않는다. 광신주의자들은 다른 사람을 억지로 변화시키고 싶어 한다. 그들은 대부분 이기적이지 않고 오히려 이타주의자들로 자신보다 타인의 일에 더욱 관심을 기울인다. 주위 사람을 더 나은 인간으로, 배우자를 더 훌륭한 사람으로, 자식을 더 올바른 길로 이끌어주고 싶은, 요컨대 타인을 도와주고 싶어 하는 경향이 있다. 이러한 이타주의가 그 한계를 넘으면 염려스러운 사태가 발생한다.

이슬람 광신자인 빈 라덴이 9.11 테러를 일으킨 것은 미국을 증오해서만은 아니다. 그는 서구사회의 물질만능주의, 도덕적 퇴폐와 빈부격차, 종교의 다원주의로부터 많은 사람을 구원해주고 싶었던 것이다. 그의 최종 목표는 온건한 무슬림들도 자신 같은 진정한 신자로 거듭나 지금 미국이 주도하는 잘못된 가치관에서 해방되기를 바란 것이다. 빈 라덴은 자신의 방법으로 인류를 사랑하며 구원하고 싶었던 것이다.

광신자들은 그들이 믿는 정의가 생명보다 중요하다. 그리고 종교적 목표를 위한 순교자들의 죽음에 매혹되어 있다. 어떤 광신주의는 흔히 가정에서 시작된다. 끔찍이 아끼는 자식들을 위해 자신은 안 먹고 안 쓰고 희생하겠다는 마음도 자칫 잘못하면 숭고한 본래의 뜻과는 달리 결과가 안 좋을 수 있다. 오히려 사랑하는 자식들에게 마음의 상처와 무거운 짐으로 돌아올 수 있는 것이다.

광신주의자는 대개 독서의 폭이 좁다. 자신들의 경전이나 관련 서적만을 보면서 세상일을 오직 성경에 빗대어 해석하는데, 좀 더 폭넓은 문학작품을 보는 것이 그들을 치유하는 한 가지 방법이 될 것이다. 또 광신주의자는 유머 감각이 별로 없는데, 유머는 스스로를 비판적으로 돌아볼 수 있어야 생기기 때문이다. 9.11보다는 훨씬 작은 규모지만 낙태 반대 운동을 한다며 낙태 시술 병원을 폭파하거나, 자신이 믿는 종교와 다른 종교는 모두 지옥에 간다고 외치는 사람 중 유머가 통하는 사람은 드물다.

광신주의 자체는 기독교나 이슬람교, 유대교보다 더 뿌리가 오래된 인류의 DNA에 새겨진 폭력의 상징인지도 모른다. 다른 사람을 모두 나와 똑같이 생각한다거나 주위 사람과의 절충이나 타협을 극도로 싫어한다면 광신주의가 아닌가 돌아볼 필요가 있다. 물론 근본주의 신학이 언제나 광신자를 만드는 것은 아니다. 아직도 근본주의 신학이 왕성한 곳은 미국 남부 지역과 대부분의 한국 교회인데 특히 대형 교회들은 보수적 복음주의 혹은 근본주의 신학으로 무장하고 있다.

근본주의 신학은 성경의 창세기부터 요한계시록까지의 모든 역사와 계시를 신앙의 궁극적인 최종 권위로 받아들이고 신화나 상징으로 해석하는 것을 극렬히 반대했다. 그들은 에덴동산이나 노아의 방주 이야기가 고대 메소포타미아 설화에서 유래되었다는 학설 자체를 교회의 적으로 간주했다. 따라서 현대인이 이해할 수 있도록 성경을 다시 해석하고자 하는 학문적 노력을 거부했고 종교 문제에 이성의 개입을 단호히 배격했다. 성경에 쓰여 있는 그대로 믿는 것이 믿음이고 정통 기독교라는 것인데 1920~1930년대 그들의 열정과 순수성은 시대적으로 충분한 당위성이 있었다.

여기까지 쓴 문 교수는 잔잔한 호수 아래 모습을 드러낸, 로빈슨 선생이 보낸 사도신경의 사진을 다시 한 번 보았다.

판사에게 보내는 반성문

낮 12시부터 천장에 붙은 스피커에서 나오는 라디오 소리가 너무 크다. 감옥에서는 듣고 싶은 음악을 적당한 소리로 들을 수 있는 권리가 없고, 듣기 싫은 음악을 큰 소리로 들어야 하는 의무가 있다. 귀마개를 해 봐도 별 효과가 없다.

영화배우 신성일 씨는 국회의원을 하던 중 갑자기 구속돼 약 2년간 감방 생활을 했었다. 그가 수감생활 중 가장 고통스러웠던 것은 좁고 추운 방, 제한된 식사, 갇혀 있어야 하는 부자유가 아니라 바로 머리 위 스피커에서 크게 들리는 음악소리였다고 한다. 감방에서도 운동을 열심히 했지만 정상이었던 혈압이 1년 후 고혈압이 된 것은 소리 고문 때문이라고 믿었다.

"신 교수. 이것 좀 읽어보고 고쳐주시오."

점심식사 후 벽에 기대앉아 쉬고 있는 방주에게 손철이 항소이유서를 몇 장 내밀었다. 뒷면을 보니 판사에게 보내는 반성문이 쓰여 있었다. 수용수들은 법원에 보내는 반성문을 늘 항소이유서 뒷면에 쓰는데 이것만큼 크고 그럴듯한 용지를 구할 수 없기 때문이다.

존경하는 판사님
안녕하십니까. 저는 안성구치소에 있는 손철이라고 합니다.
저는 충남 서천에서 과수원을 30년 넘게 하면서 농약도 거의 안 치고 오직 국민들의 건강을 생각하며 살아온 시골 사람입니다.
공부는 많이 안 했어도 농약 문제가 심각하고 그 패해가 고스란히 소비자들께 돌아가고 있는 것을 잘 알고 있습니다.
제가 사는 근처의 어떤 사람은 딸기밭에 농약을 치고는 그다음 날 바로 따서 시장에 내다 팝니다.
물론 자신의 가족은 먹지 않지요.
저는 한 번도 그런 짓을 안 했고 약을 치고 적어도 삼 일 정도 비도 맞고 햇빛도 맞게 한 후 시장에 냅니다.
이렇게 착하고 성실하게 살아온 제가 서울 친척의 결혼식에 참석하여 술을 좀 과음한 후, 싸가지 없는 노래방 종업원의 멱살을 잡고, 마이크를 던져서 방안의 TV와 기물을 약간 파손하고, 종업원의 이빨을 분지르고, 경찰까지 출동하는 큰 잘못을 저질렀습니다.
핑계는 아니지만 제가 서울에 올라오기 전날, 그동안 심었던 고구마 줄기를 두더지란 놈이 여기저기 굴을 파고 망가뜨린 사실을 알고 열불이 났었습니다.

갑자기 노래방의 종업원 놈이 두더지처럼 보였습니다만, 모두 저의 잘못이고 제가 모두 안고 가겠습니다.

즉 다시는 죄물 손개를 하지 않겠습니다.

판사님의 넓으신 아량과 선처를 부탁드리며 이만 줄입니다.

다 읽은 방주의 눈과 손철의 눈이 잠시 마주쳤다.

"잘 쓰셨네요. 순수하게 느껴져요. 맞춤법만 두 군데 고치시면 될 것 같아요. '패해'를 '폐해'로, '죄물 손개'는 '재물 손괴'입니다."

"아, 그렇구나. 나는 내가 죄지은 물건이라 죄물인지 알았지."

손철이 싱글거리며 얼른 다시 쓰기 시작했고 라디오에서 귀에 익은 음악이 나오기 시작했다.

"The old home town looks the same as I step down from the train and there to meet me is my mama and my papa~"

톰 존스의 〈그린 그린 그래스 오브 홈[7]〉은 아버지가 좋아하시던 노래였다. 중학교 들어가자 영어는 팝송으로 배우는 게 쉽다며 가사를 적어주고 들려주셨던 기억이 방주의 가슴을 흔들었다. 이 노래를 여기서 들을 줄은 몰랐다.

"신 교수, 이 노래 내가 참 좋아하는데 제목만 알고 가사를 잘 몰라. 누가 고향에 오랜만에 돌아오는 내용인가?"

---

7 Tom Jones(1940~), Green Green Grass of Home

방주가 고개를 끄덕이며 설명을 해주었다.

"돌아와 보니 고향은 옛 모습 그대로였고, 자신을 기다리던 부모님이 두 팔을 벌려 반기시고, 금발머리에 체리 같은 입술의 메어리가 달려오고, 옛날에 뛰어놀던 큰 느티나무도 그대로 서 있다는 가사예요."

옆에서 무혁이 한마디 했다.

"금발머리에 체리 같은 입술은 영화로만 봐서 실감이 안 나네이~"

"음… 그런데 그가 고향에 간 건 꿈이었어요. 노래 중간에 이런 가사가 나와요."

"then I awake and look around me

그런데 잠에서 깨어나 사방을 둘러보니

at four grey walls that surround me

네 개의 회색 벽이 나를 둘러싸고 있네.

and I realize, yes, it was only dreaming

나는 깨달았네. 이것이 그저 꿈이라는 것을

for there is a guard, and there is a sad old padre

왜냐하면 교도관과 슬픈 얼굴의 늙은 신부가 방안에 있었기 때문이네

arm in arm, we will walk at daybreak

이제 우리가 서로 팔짱을 끼고 새벽에 걸어 나가면

Again, I touch the green green grass of home

나는 다시 고향의 잔디를 어루만지게 될 거야."

"아! 사형수가 사형집행 날 새벽에 꾼 꿈이었구만!"

김 대표의 말에 반성문을 다시 쓰던 손철도 고개를 들었다.

"Yes, they all come to see me
in the shade of that old oak tree
as they lay me, neath the green green grass of home
그 오래된 느티나무 그늘, 고향의 푸른 잔디 밑에 내가 묻힐 때 모두 나를 보러 올 거야."

"이렇게 끝나는 가사인데 저도 여기서 이 음악을 들으니 마음이 뭉클하네요."

방주의 말이 끝나자 잠시 먹먹한 침묵이 작은 방을 감싸고돌았다.

*

감옥에서의 운동 시간 30분은 수용자들에게 황금 같은 시간이다. 직사각형 운동장은 가로 10m, 세로 30m 정도인데 70~80명 정도가 한꺼번에 쏟아져 나와 시계 반대 방향으로 돌기 시작한다. 하늘에서 보면 작은 수조 안에 지저분한 물고기들이 떼를 지어 한 방향으로 도는 것처럼 보일 것이다. 운동 시간은 작은 방안에 감금되어 있던 육신이 걸을 수 있고, 햇볕을 쬘 수 있는 행복한 순간이다. 운동 못지않게 중요한 것은 개인적인 대화를 할 수 있고 옆방 사람들을 합법적으로 만날 수 있는 자유다. 혼거방에서는 어떤 대화를 하거나 무엇을 먹거나 방귀를 뀌더라도 같은 방 4~5명의 귀와 코를 벗어날 수 없다. 운동 시간은 마음이 맞는 두 사람이 개인적인 이야기를 하거나 평소의 불만을 토로하는 시간으로 활용된다. 간혹 모르는 사람들끼리 언성이 높아질 때도 있고 빽빽하게 걷다 보니 옆 사람과 부딪치면서 싸움이 나는 일도 있다. 사람들이 도는 방향과 반대 방향으로 뛰면서 자신의 존재감을 과시하는 사람들도 있는데 대부분 무기수들이다. 감방에서 무기수는 일종의 갑이다. 모두 그렇지는 않지만 줄을 설 때도 그들은 그냥 맨 앞에 서고 음식을 먹을 때도 먼저 먹는다. 그들은 무서운 게 없기 때문이고 간수들도 암묵적으로 그들의 존재를 인정한다. 유일한 희망은 무기징역이 30년 유기징역으로 감형돼 언젠가는 나갈 수 있는 혜택을 받는 것인데, 최근 그들의 심기가 몹시 불편하다. 박근혜 정부 들어 최장 유기징역 30년이 35년으로 늘어났기 때문이다. 무기수는 최장 유기수보다 먼저 나올 수는 없기 때문에 30년형으로 감형될 수 있는 기대가 35년으로 늘어난 것이다.

운동장 한편에서 햇빛이 잘 비치는 방향으로 얼굴을 약간 올리고 눈을 지그시 감고 있는 방주의 옆으로 덩치가 큰 사람이 살며시 다가왔다.

"신 목사님."

방주가 움찔하며 고개를 돌렸다. 어디서 분명히 본 사람인데 생각이 나지 않았다.

"저 기억 못하시죠?"

"네. 죄송하지만 누구…?"

"저 한석호입니다. 택시…."

30대의 남자는 네모난 얼굴에 동그란 뿔테안경을 끼고 있었다. 택시라는 말이 방주의 기억을 확실히 되살렸다. 새벽기도에 나오는 선희의 엄마를 친 택시 기사였다.

"제가 교회에서 잠깐 뵌 적이 있는데… 목사님 맞으시죠?"

한석호는 교회 장례예배에 참석해 선희에게 용서를 빌었고 내내 합의를 해달라며 매달렸었다. 여기서 이 사람을 만날 줄은 꿈에도 몰랐고 자신이 신 목사가 아니라고 할 수도 없었다. 방주가 주위를 살피며 고개를 살며시 끄덕였다.

"목사님이 어떻게 여기에…?"

헛기침을 한 번 하고 방주가 거꾸로 질문했다.

"선희가 합의를 해주지 않았나요?"

운동장을 반대 방향으로 뛰는 머리가 허연 사람이 방주를 부딪치듯 지나가며 눈살을 찌푸렸다.

"네, 합의를 해주셨지만 신호위반 과속치사는 무조건 구속이네요."

한석호가 감기에 걸렸는지 콧물을 훌쩍거리며 계속 말했다.

"그래도 잘하면 1심에서 집행유예로 나올 수 있어요. 합의서가 없으면 보통 4~5년이래요."

잘됐다는 말을 하려다가 입안으로 삼켰다.

"목사님은 어떻게 여기에?"

너무나 궁금한지 그의 입에서 같은 질문이 다시 나왔다. 성추행 혐의로 들어왔는데 상대방이 바로 선희라는 말을 할 수는 없었다. 바로 대답을 못하는 방주를 보고 그가 다시 입을 열었다.

"제 방에 스님이 한 분 있는데 그분도 억울하게 들어왔어요. 오갈 데 없는 계집애 하나를 절에서 먹여주고 입혀주며 심부름을 시켰는데, 이것이 느닷없이 스님을 성추행으로 고소를 했다네요. 스님이 아침 염불을 마치고 어깨를 좀 주물러 달라고 했는데, 마침 TV에서 어느 목사님이 성추행으로 구속되는 것을 보고 이 계집애가 바로 경찰서로 갔다는군요. 15살 때 들어와서 3년이나 스님의 은덕을 입었다는데 말예요. 하여튼 머리 검은 짐승이 제일 무서워. 합의를 해줄 테니 3천만 원을 달라고 한대요."

방주가 고개를 숙이고 아무 말도 안 했다. 운동장을 반대로 뛰는, 머리에 빨간 수건을 동여 맨 사람이 땅바닥에 침을 '퉤~' 뱉었다.

"그런 계집애가 있는가 하면 천사도 있어요. 선희 씨는 제가 돈을 들고 갔는데도 그냥 합의를 해줬어요. 얼마냐고 묻지도 않고요. 세상에 그런 천사가 어디 있어요. 저는 여기서 나가면 이제 새빛교회에 다니려고 해요. 근데 목사님은…."

간수가 저쪽에서 운동 시간이 끝났다는 호루라기를 세차게 두 번 불었다.

*

21C기독교광장에 대한 비판과 비난의 댓글이 벌써부터 올라오기 시작했다. 이미 각오한 일이었고 이러한 관심이 오히려 토론의 장을 넓혀줄 것으로 문 교수는 생각했다. 그중 하나는 비교적 점잖은 편으로 대형교회 부목사가 보낸 성싶었다.

문익진 교수님, 저는 서울 강남의 대형 교회를 섬기는 젊은 목회자인데

21C기독교광장을 잠시 둘러본 소감을 말씀드리겠습니다. 먼저 교수님께서 오늘날 한국의 대형 교회가 자폐증을 앓고 있다고 하셨는데 모든 교회가 그런 것은 아닙니다. 오히려 대형 교회 목사님들의 평생에 걸친 공과 업적은 과소평가 되고, 그분들의 인간적인 과오는 침소봉대되고 있습니다. 감히 말씀드리건대 그분들도 인간이고 때로는 실수를 하거나 고집을 부릴 수 있습니다. 로마서에 나와 있듯이 인간은 누구나 죄인이고 늘 회개하며 살고 있지만 하나님께서 용서해주신 은혜로 의인이라 불릴 따름입니다.

서울 강남에 대형 교회를 세운 어느 목사님은 장로님이 선물로 주신 외제차를 타고 다닌다는 이유로 인터넷에서 매도 당했습니다. 어느 대형 교회의 목사님은 후계자로 아들을 세웠다고 크게 비난을 받고 있습니다. 왜 유독 한국에서는 유능하고 자격을 갖춘 분들이 오직 목사님의 아들이라는 이유로 배척당해야 하나요? 엄연한 역차별이 아닙니까! 미국의 경우만 보더라도 크리스털 교회 슐러 박사의 아들이 그의 교회에서 후계자로 목회를 훌륭히 했습니다. 전설적인 부흥사 빌리 그레이엄 목사님도 아들뿐 아니라 딸도 목사님으로서 그분의 사역에 동참해 전 세계 전도 여행을 함께 다니며 힘을 보태고 있습니다. 얼마나 아름다운 하나님의 은혜입니까!

또 한 가지 말씀 드리고 싶은 것은 대형 교회 목사님들의 설교도 덩달아 동네북처럼 두들겨 맞는데, 설교는 독립된 강연이 아니고 예배의 일부분이므로 예배 안에서 들어야 합니다. 인터넷 TV 방송이나 설교집의 경우는 녹음된 음악처럼 현장감이 없는 불완전한 것입니다. 즉 교회에 나오지는 않고 집에서 목사님들의 설교를 보면서 자신들의 취향과 신학적 경향에 어긋나면 가차 없이 난도질 하는 행위는 정당하지도 공정하지도 못합니다. 설교에 참석하는 신도는 내가 설교를 비판하는 게 아니라 설교가 나를 비판하도록 허용해야 합니다. 문 교수님의 21C기독교광장이 공정하고 넓은 광장이 되기를 바랍니다.

- 서울 강남 K교회에서 김 바울 드림 -

이 정도는 나름 일리가 있는 말이다. 노골적으로 적대감을 드러낸 댓글도 있었다.

문 교수, 미안하지만 내가 보기에 당신은 이단이오. 당신 같은 사람이 유명 대학 교수로 있으면서 자유주의 신학이니 근본주의니 이런 얘기를 하니까 한국의 젊은이들이 교회를 안 나오는 거예요. 역사는 하나님이 홀로 주관하시는 것인데 쓸데없이 역사 이야기나 하면서 신앙이 굳건한 사람들의 마음을 흔드는 행위는 죄를 짓는 것과 같소이다.

지금이라도 회개하고 자복하고 우리 주님에게 용서를 비시오. 우리 교회 신도들은 21C기독교광장은 얼씬도 안 할 것이오.

- 여리고성 H목사 -

어디나 있는 일이지만 대화 자체가 필요 없다는 사람도 있었다.

성경이 역사적으로 진짜면 어떻고 가짜면 어때요.

그런 거 생각하지 않고 그냥 믿고 따르는 사람들이 넘쳐나요.

어차피 성경대로 매일 사는 사람도 없잖아요.

그저 자기, 자기 가족에게만 놀라운 축복을 내려달라는 기도 말고 뭐가 있겠어요.

문 목사님, 괜히 힘 빼지 마세요.

한국 교회 사람들 절대로 안 변해요.

- 일산 막걸리 -

간혹 호의적인 댓글도 있었다.

21C기독교광장을 발견하고 대단히 기뻤습니다. 제가 10여 년 교회를 다니면서 근본주의자라는 말은 간혹 들었지만 그들이 주장하는 5가지 신조가 무엇인지 처음 알았습니다. 알고 보니 제 주변은 거의 근본주의거나 혹은 그런 척하는 사람들이네요. 믿을 수 없지만 믿는다고 하지 않으면 믿음이 없는 자가 되니까요. 현실생활과 5가지 믿음의 신조가 너무 동떨어져 있기 때문이죠. 어려서부터 사실이라고 들었던 친숙한 교리들이 사실이 아닐 수도 있다고 생각하면 어쩐지 불안하고 두렵습니다. 이런 때는 생각하기를 멈추고 속으로 '믿습니다'를 외칩니다.

하지만 해결이 안 되고 여기서 어디로 가야 할지 방향을 모르겠습니다. 저같이 흔들리며 고민하는 젊은이들이 상당히 많을 것입니다. 21C기독교광장에 큰 기대를 걸며 문 교수님께 감사의 말씀을 드립니다.

- 필하모니 DJ -

문 교수가 주목한 부분은 이 학생이 문자주의를 벗어나는 것에 두려움을 느끼는 것과 동시에 여기서 어디로 가야 할지 새로운 방향도 모른다고 고백한 점이다. 21세기 '쿠오바디스, 도미네(주여, 어디로 가시나이까)'를 외치는 사람들은 생각보다 많은 듯싶었고 그들의 걱정에 공감됐다. 문 교수도 여기서 어디로 가는 것이 좋을지 두려울 때가 있지만 아무 생각 없이 이대로 머물 수는 더욱 없었다.

변심한 황제

'과거를 돌아보며 새로운 것을 배운다'는 뜻의 '온고이지신'은 기독교 역사에서도 적용될 수 있을 것이다. 문익진은 AD 325년 니케아 공의회에서 있었던 일과 그 후 전개된 상황을 21C기독교광장에 간단히 올리기로 했다.

성경에는 삼위일체라는 말이 나오지 않는다. 하지만 성부, 성자, 성령이 한 하나님이라고 믿는 삼위일체는 기독교 교리의 근본이자 가톨릭, 동방정교, 개신교의 공통된 믿음이다. 이슬람은 이를 정면으로 반박하며 시작하는데, 하나님은 아버지가 없으니 아들도 없고 기독교는 일신교가 아니라 다신교라 비판한다. 기독교의 뿌리 깊은 논쟁은 '성부와 성자가 본질상 완전히 같냐, 그렇지 않냐' 로부터 시작됐다.

가장 치열하게 싸운 사람은 아리우스와 아타나시우스인데 먼저 아리우

스에 대한 간단한 소개가 필요하다. 그는 AD 250년경 리비아에서 태어나 알렉산드리아로 이주해 기독교 사제가 되었다. 아리우스는 당시 저명한 신학자이자 인기 있는 설교가였는데 그의 사상체계의 근본은 하나님의 유일성과 초월성이었다. 따라서 아버지가 아들을 창조했으며, 아들은 피조물이며 시작이 있고, 하나님만이 시초와 기원이 없다고 주장했다. 즉 아들을 하나님이라고 부를 수는 있지만 진정한 하나님은 아니고, 만물이 하나님과 본질적으로 다른 것 같이 아들 역시 아버지의 본질 및 속성과 동일할 수는 없다고 했다. 요컨대 아들은 모든 다른 피조물을 무한히 초월한 존재지만 본질상 하나님은 아니란 주장이다.

여기에 대해 평생을 투쟁하며 반대한 사람이 아타나시우스였다. 그는 AD 296년 알렉산드리아에서 태어나 좋은 환경에서 교육을 받고, 그의 스승 알렉산더 감독과 함께 니케아 공의회에서 아리우스파를 몰아내는 데 앞장섰다. 그러나 곧 상황이 역전돼 감독직에서 축출되고 다섯 차례에 걸쳐 16년의 유배 생활을 하게 된다. 아타나시우스는 신학자라기보다 신실한 목회자였다. 그의 최대 관심은 인간의 구원이었고 이를 위해 말씀이 인간이 되었고 죽으셨다는 것을 강조했다. 그가 보기에 아리우스는 구원의 확실성이 약했다. 아들이 하나님과 본질상 동일하지 않다면 그리스도를 통한 구원은 불가능한 일이었다. 아타나시우스는 그리스도 예수는 하나님으로부터 온 하나님이며, 하나님의 말씀이며 지혜이며 능력이므로, 아버지와 아들은 둘이지만 그 신성의 단일성은 분리되지 않는, 즉 예수 그리스도는 하나님 자신이라고 주장했다.

아리우스와 아타나시우스의 정면충돌은 320년경 알렉산더 감독이 교회 회의를 소집해 아리우스를 정죄함으로 시작됐다. 알렉산드리아 교회의 알렉산더 감독은 이집트와 리비아 감독들의 동의를 얻어 아리우스를 알렉산드리아에서 추방해 버렸고 당시 20대 중반의 아타나시우스가 그를 도와 큰 역할을 했다. 그러나 아리우스는 여기에 굴하지 않고 오히려 자신을 지지하는 감독들에게 편지를 보내 반격을 시작했다. 두 파의 싸움이 치열해지자 로마 제국의 황제 콘스탄티누스가 자신의 오랜 친구이자 종교 문제 자문관인 호시우스를 보내 두 파의 화해를 시도했으나 여의치 않았다. 이 문제를 해결하기 위해 황제는 325년 니케아에서 감독들의 총회를 소집하게 된다. 이것이 3백여 명의 감독들이 참석한 역사상 최초의 세계적인 교회 회의였다. 이 회의의 최대 쟁점은 그리스도 성자의 본질이 성부 하나님과 같은 것인가 다른 것인가 하는 문제였다. 여기서 황제의 종교 고문이었던 호시우스의 역할이 대단히 중요했고, 그가 알렉산더 감독을 만난 후 황제에게 다음과 같이 보고했다.

"폐하, 지금 로마 제국 시민들은 그들이 믿는 예수가 자신들과 같은 인간이라는 주장보다는 하나님이라고 믿음으로써 구원받고 위로받고 싶어 합니다. 더욱 중요한 것은 이러한 결정이 폐하의 위상과도 직결됩니다."

호시우스는 이미 아타나시우스 편에 서기로 마음을 굳혔고 그 이유를 자세히 설명했다.

"이 세상에는 동등한 위치의 주님이 두 분 존재하고 있습니다. 한 주님은 바로 로마 제국의 황제이시고 또 한 주님은 종교계를 대표하는 그리스도 예수입니다. 지금 열리는 종교 회의에서 그리스도 예수의 위상이 하나님과 같아지면 황제 폐하께서도 신의 반열에 같이 오르시게 됩니다."

귀를 기울여 듣고 있는 황제에게 호시우스의 말이 계속되었다.

"또한 이미 기독교가 공인되었으니 보이지 않는 종교의 끈으로 로마 제국을 하나로 묶으려면 훌륭한 인간 예수보다는 하나님 예수가 한층 더 강력할 것입니다."

황제가 아리우스파의 주장은 무엇인지 물었다.

"그들의 주장은 만약 아들인 그리스도 예수가 하나님과 동일한 분이라면, 기독교가 다신교가 되는 것이고, 예수에게 나타난 위대한 인간성이 신성으로 가리게 된다는 것입니다."

호시우스의 설명을 들은 황제는 예수를 신과 동격으로 결정했다. 다분히 정치적인 판단이었다.

마침내 AD 325년 5월 20일, 역사적 회의가 시작됐다. 호시우스가 사회를 보고 콘스탄티누스 황제가 직접 회의에 참석했다. 나이가 일흔이 넘은 아리우스는 회의장 밖에서 대기하고 있었으나 회의 참석자들의 반 이상은 아리우스를 지지했다. 아리우스파의 입장을 묵묵히 듣고 있던 황제가 입을 열었다.

"다른 사람의 의견을 더 듣기 전에 내 생각을 먼저 말하겠소. 다 좋은데 한 가지만 수정합시다. 나는 예수와 하나님은 '동일 본질'이라고 생각하오."

황제가 이미 논쟁의 핵심을 알고 있으며, 자신의 입장을 관철시키려고 회의에 참석했다는 것을 눈치 챈 사람들은 모두 입을 다물었다. 결국 동일 본질(Homoousios[8])이라는 말을 채택하게 되었고 '예수님은 참 하나님으로부터의 참 하나님이다' 라는 표현이 확정됐다. 회의에 참석한 젊은 아타나시우스의 신념에 찬 연설도 동일 본질을 선택하는 이론적 근거가 되었다.

이것으로 회의는 끝났고 이 신조를 받아들이지 않으면 정죄하고 파문하고 유배 보낸다는 말도 회의록에 덧붙였다. 아리우스는 서명을 거부해 알바니아 지방으로 유배당했고 끝까지 그를 지지했던 리비아의 두 감독은 처형됐다. 325년 6월 19일, 호시우스가 니케아신조를 반포하면서 니케아 공의회는 막을 내렸고 아리우스의 저서들은 모두 불태워졌다.

하지만 이런 결정이 논쟁을 끝내지는 못했다. 황제 앞에서는 숨을 죽이고 있던 감독들이 각자의 교회로 돌아가서는 아리우스주의를 계속 견지했기 때문이다. 극단적으로 아리우스를 지지하지는 않았지만 대부분 징계 받지 않는 선에서 아리우스 노선을 유지했고 아타나시우스는 더욱 고립됐다. 이러한 상황이 계속되자 콘스탄티누스 황제는 마음을 바꿔 다수의 편을 들게 됐다.

니케아 회의 이후에도 교회의 분열은 계속 됐고 니케아신조가 오히려 더 큰 논란을 야기시키자 황제는 아리우스를 유배지에서 불러 변론의 기회를 줬다. 그리고 그를 만난 황제가 열성 지지자로 돌변하면서 이번에는 아타나시우스를 감독직에서 파면하고 유배를 보냈다. 이렇게 아리우스파는 강성해졌지만 아이러니하게도 아리우스파의 내부 분열도 발생했다. 반면 계속되는 박해에도 아타나시우스는 불굴의 정신으로 계속 투쟁했

8 Homoousios: 희랍어로 Homo는 동일, Ousios는 본질을 뜻한다.

고 전부터 그를 지지하던 서방 교회들은 한마음으로 뭉쳤다.

20대 중반에 논쟁의 중심에 뛰어들어 오랜 세월 유배를 당하면서도 50여 년을 투쟁한 아타나시우스. 그는 박해를 당하며 세상을 떠났지만 그를 지지하는 세력은 분열되지 않았다. 반면에 아리우스파는 미묘한 교리상 차이로 3~4개로 분열돼 혼란을 거듭했다. 그때 제국에 큰 변화가 생겼다. 새 황제 테오도시우스가 아타나시우스를 지지한 것이다. 당황한 아리우스파는 황제에게 반발했으나 이미 구심점을 잃은 터라 별 힘을 쓸 수 없었다. 새 황제는 381년 콘스탄티노플에서 제2차 공의회를 소집했다. 약 2백 명의 감독이 모인 가운데 아타나시우스의 삼위일체 교리가 다시 정통으로 확정된 것이다.

여기까지 서술한 문 교수는 잠시 1700년 전의 아리우스와 아타나시우스의 심정과 신념을 각각 떠올려본 후 나머지 글을 올렸다.

두 사람 모두 자신들의 믿음이 절대로 옳다고 믿었다. 아리우스는 예수님이 하나님이 되면 기독교가 다신교가 된다고 생각했고, 아타나시우스는 예수님이 하나님이 아니면 예수님을 통한 구원이 어렵다고 생각했다. 두 사람 다 절대로 물러설 수 없는, 하나님을 위한 목숨 건 투쟁이었다. 사실, 삼위일체는 지금도 설명하기가 쉽지 않다. '하나님은 본질에 있어서는 하나이지만, 위격(Person)에 있어서는 셋이다'라는 추상적 선언에 대해 질문하기도 어렵고 대답하기도 어렵다. 삼위일체가 정통 교리가 된 후 신학자들은 설명을 위해 피라미드 형태의 삼각뿔 모형을 제시했다. 삼각뿔 맨 위의 정점을 하나님이라고 설명했고 아래의 세 꼭짓점까지 연결된 세 선을 성부, 성자, 성령이라고 했다. 이 삼각뿔 모형은 하나와 셋이 함께 연결돼 공존하는 모습을 눈으로 확인할 수 있어 삼위일체를 이해하는 데 많은 도움이 됐다. 또 다른 설명으로 음악적 화음도 있다. 한 화음 안에서 도, 미, 솔을 동시에 들을 수 있는 것처럼 삼위일체는 그런 것이라고 했다. 독일의 바흐는 평생 교회 음악을 작곡했고 그 가운데 삼위일체론을 표현한 작품도 있다.

이러한 삼각뿔이나 화음이 하나이면서 동시에 셋일 수 있는 것처럼 삼위일체도 그 안에 조화의 관계가 있다는 설명이다. 어느 신학자는 삼위일체 안에 하나님과 인간, 인간과 인간, 그리고 인간과 세상의 조화가 들어있다는 멋진 설명도 했다.

문 교수는 니케아 공의회와 그 이후 60년의 역사를 나름대로 정리해 21C기독교광장에 올렸다.

*

서준은 Y 신학대의 문 교수를 찾아가 니케아 호수에서 발견된 성전에 대한 기사를 써야 했지만, 잡지 마감에 몰려 틈을 낼 수 없었다. 내주 문화부 심층취재 기사로 선희 엄마에 대한 글을 3쪽 먼저 내보내고 바로 Y 신학대의 문 교수를 찾아가기로 순서를 정했다. 선희가 보낸다는 엄마의 자료는 아직 오지 않았다.

그의 주머니에서 휴대 전화가 부르르 울렸다.

"최 기자님, 남대문의 우순남입니다."

침착한 목소리의 남대문경찰서 형사계장이었다.

"혹시 오선희라는 학생 아시나요?"

"네, 잘 아는데요."

서준의 입에서 '잘'이라는 단어가 바로 튀어나왔고 이어진 우 계장의 설명은 서준의 맥박을 뛰게 했다. 방주를 고소한 오선희의 무고죄가 성립돼 지금 경찰서에서 그녀를 조사하고 있다는 것이다. 그녀를 무고로 고소한 사람은 방주의 아버지 신종일 장로라고 했다.

"제가 그 내용을 잘 아는데, 오선희 학생은 선의의 피해자입니다. 곧 그리 갈 테니까 잠깐만 기다려주세요."

서준이 후다닥 자리를 차고 나가는 모습을 주 기자가 멀뚱히 쳐다보았다.

택시는 급할 때 타지만 급할 때는 늘 차가 막히는 현상이 발생한다. 남대문경찰서 입구의 계단을 뛰어올라가 유치장 안을 살폈으나 선희의 모습은 보이지 않았다.

"오선희 학생은 조사실에 따로 있어요. 혐의가 확실치 않고 최 기자님이 잘 안다고 해서…."

우 계장이 서준의 등 뒤에서 말했다. 곰 같은 몸매지만 부드러운 목소리에 미소 띤 모습이 늠름하고 훌륭하게 느껴졌다. 우 계장의 방에 들어간 서준이 그녀가 쓴 처벌불원서는 자신의 부탁이었다는 것을 강조하면서, 친구인 방주를 빨리 빼내기 위한 것이라고 설명했다. 긴 숨을 한 번 내쉬더니 우 계장의 입술이 움직였다.

“일이 아주 복잡하게 되어버렸네요. 잘못하면 최 기자님도 위계에 의한 위증 교사죄에 해당돼요. 공범이나 공동 정범도 될 수 있으니, 조금 전 말은 못 들은 것으로 하겠습니다. 이제 신 목사와 선희, 두 사람 중 누가 사실을 말하고 있는지는 그야말로 판사의 판단에 맡길 수밖에 없어요. 참고로 무고죄는 최장 10년 징역입니다.”

난감해하는 서준에게 그의 말이 이어졌다.

“오선희는 학생이고 도주 우려도 없을 것 같으니 긴급 체포는 하지 않을게요. 최 기자님이 데리고 나가셔도 됩니다.”

서준이 우 계장에게 고개를 꾸벅 숙였다.

잠시 후 선희와 남대문경찰서를 나란히 걸어 나가면서 서준이 사과를 했다.

“정말 미안해요. 나도 모르는 사이에 신 목사 아버지가 고소를 하셨나봐요.”

옆에서 걷는 선희의 표정이 생각보다 밝아 보였다.

“네, 저도 그렇게 들었어요. 최 선생님 잘못이 아니에요.”

“내가 시켜서 처벌불원서를 썼다고 얘기했죠?”

“아니요, 안 했어요. 최 선생님께 해가 될 것 같아서요.”

선희가 고개를 저으며 가볍게 말했다.

“내가 어떻게든 신 장로님이 고소를 취하하시도록 만들게요.”

선희가 아무 말 없이 몇 발자국을 걸은 후 화제를 바꿨다.

“안 바쁘시면 점심 좀 사주세요. 긴장이 풀려서 그런지 배고프네요.”

그러고 보니 2시가 거의 다 됐고 서준도 시장기를 느꼈다. 두 사람이 택시에서 내린 곳은 충무로의 작은 이탈리안 레스토랑이었다.

"이 집이 명란파스타도 맛있고 어니언수프가 정말 맛있어요. 지난번에 신 목사님과 여기에 왔었어요."

네모난 까만 간판에 하얀색으로 '베로나'라고 쓰여 있는 식당에는 시간이 조금 늦어서인지 손님이 몇 사람 없었다. 방주와 그 사달이 난 곳을 다시 오는 선희의 심정이 이해가 안 됐지만 물어보기도 어색했다. 종업원이 안내한 자리에 앉은 후 메뉴를 들여다보는 서준에게 선희의 목소리가 들렸다.

"여기서는 아까 제가 말씀드린 걸로 시키시면 돼요."

"그래요. 와인도 한잔 하고 안주로 칼라마리도 좀 시키죠."

"아니에요. 튀김은 몸에 안 좋아요. 그리고 와인은 저녁에 한번 사주세요. 대신 제가 좋아하는 뉴욕치즈케이크 먹을게요. 그런데, 지난번 신 목사님과 앉은 자리도 이 자리였어요."

대수롭지 않게 말하는 선희였으나 서준은 저절로 사방을 둘러보았다. 약간 구석진 자리이긴 했지만 칸막이 방도 아니고 성추행을 할 만한 곳이 못됐다. 역시 선희가 꾸며낸 이야기가 틀림없다는 생각을 하는데 그녀의 목소리가 들렸다.

"엄마에 대한 자료는 내일까지 보내드릴게요. 출연 작품 중 엄마가 제일 좋아했던 〈사랑의 시간〉 자료를 정리하고 있었는데 경찰서에서 오라고 하는 바람에… 혹시 그 영화 보셨나요?"

"못 봤어요. 제목은 들어 본 것 같은데."

"20년 전 영화라 못 보셨을 거예요. 내용을 간단히 말씀드릴게요."

선희의 얼굴이 금세 평론가처럼 진지해졌다.

"〈사랑의 시간〉에서 엄마는 여주인공 유정미 역으로 나와요. 고등학교 2학년 때 기차 여행 중 만난 가난한 대학생 박준과 열애를 하게 되는데, 나중에 박준이 판사가 된 후 재벌 집 딸과 결혼을 하지만 유정미를 계속 만나요."

선희의 말이 계속됐다.

"유정미는 대학을 마치고 전공인 바이올린을 계속하기 위해 줄리아드 음대로 떠나요. 떠나기 전날 박준과 함께 지낸 그녀는 뉴욕에 가서 임신한 사실을 알게 되는데, 배가 불러오자 한 학기를 쉬고 아무도 몰래 출산을 해요. 딸이었는데 박준에게 알리지 않고 혼자 키우며 바이올린을 계속하죠."

종업원이 어니언수프를 가져오자 선희의 설명이 잠시 멈췄다. 입천장이 데일 정도로 뜨거웠지만 국물이 맑으면서 시원했다. 서준의 몸이 수프처럼 따스해지는 것을 느꼈다.

"그 영화에서 왜 엄마, 유정미가 아이를 낳은 사실을 남자에게 알리지 않았죠?"

"박준이 국회의원으로 출마하는데 혹시라도 피해를 줄까 봐 말을 안 한 거죠."

그녀의 눈이 반짝였고 서준이 고개를 끄덕였다.

"박준은 국회의원으로 4선까지 하게 되고 유정미도 세계적인 바이올리니스트로 명성을 쌓은 후 귀국해 S대 교수가 돼요."

선희가 상체를 앞으로 살짝 기울이고 막 다음 말을 하려는데 파스타가 나왔다. 그녀가 화제를 음식으로 돌렸다.

"명란파스타는 일본 사람들이 먼저 개발했는데 이제 우리가 더 잘 만들어요. 마늘과 파슬리를 적당량 넣는 게 맛의 비결이죠. 물론 너무 짜지 않은 최상품 명란을 쓰는 게 제일 중요하고요."

선희가 영화 평론과 먹방 해설을 동시에 진행했다. 순식간에 파스타 접시가 모두 비워졌고 디저트로 치즈케이크와 커피를 주문했다.

"그래서 두 사람은 다시 만나게 되나요?"

선희가 기다렸다는 듯이 입을 열었다.

"네. 박준 의원이 모든 사실을 알게 되고 15살 먹은 딸 선희와도 만나죠."

"잠깐, 지금 딸의 이름이 선희라고 했나요?"

"영어 이름이 Sunny인데 선희로 들리죠?"

그동안 유정미에게 미안한 마음과 진정한 사랑에 대한 고민 끝에 박준 의원은 한번만 더 출마를 한 후 부인과 이혼하기로 결심해요. 2년만 기다려달라고 유정미에게 부탁하죠."

하얀 본차이나 커피잔에 가득 따라온 커피를 두 사람이 동시에 한 모금씩 마시고 이야기가 계속됐다.

"유정미는 마음을 정하지 못한 채 바이올린 연주와 학교 수업을 계속해요. 그렇게 거의 2년이 지났는데 놀라운 소식을 신문에서 읽게 돼요."

서준이 눈을 깜빡거리며 그녀의 다음 말을 기다렸다.

"박준 의원 마포 지역구 출마 포기, 알츠하이머 증상으로."

"이런 제목이 일간지에 크게 실렸고 박준 의원은 가족과 함께 스위스로 요양을 떠났다는 기사였어요."

이야기를 듣는 순간 서준은 오래전 어느 국회의원이 치매로 선거를 포기했다는 기사를 읽은 기억이 났다.

"큰 충격을 받은 유정미는 모든 것을 운명으로 생각하고 바이올린 연주에 더욱 몰두하며 연주여행을 다녀요. 세월이 5년쯤 흘러 베를린교향악단이 방한해 차이코프스키의 바이올린 협주곡을 유정미와 협연하게 되지요. 그녀는 연주회 당일 음악회 팸플릿을 보고서야 박준의 회사가 스폰서라는 것을 알게 돼요. 연주회장에 박 회장이 올 것이고 연주가 끝나면 2층 로비에서 오케스트라 단원들과 함께하는 칵테일파티에 참석할 거라는 것도 듣죠."

"아, 차이코프스키의 바이올린 협주곡[9] 2악장이 그 영화에 정말 잘 어울리겠네요. 박 회장은 옛날 기억을 모두 잃었죠?"

"네, 박준은 연주를 끝내고 기립박수를 보내지만 그녀를 전혀 기억 못 해요. 무대 위에서 객석을 두리번거리다 맨 앞자리에서 박수를 치는 그를 찾아낸 유정미는 눈물이 나려는 걸 꾹 참아요. 그리고 곧바로 앵콜곡으로 크라이슬러의 〈사랑의 슬픔[10]〉을 연주합니다."

"아, 그 곡도 좋죠. 엄마가 바이올린을 좀 하셨나요?"

"네, 초등학교 1학년 때부터 5년간 했고 영화 대본을 받은 후에도 3개월간 매일 연습하셨대요."

"그러셨구나. 연주회 끝나고 칵테일파티는 어떻게 됐어요?"

---

9 Piotr, Ilyitch Tchaikovsky(1840~1893), Violin Concerto D major Op.35
10 Fritz Kreisler(1875~1962), Liebesleid

"박 회장이 파티 도중 비서를 불러 오늘 연주한 바이올리니스트를 어디서 본 것 같은데 누구냐고 물어요. 비서가 유정미를 소개하지만 악수를 하는 박 회장의 얼굴에 아무런 감정도 안 나타나요. 영화는 차이코프스키의 〈바이올린 협주곡 1악장〉의 화려하고 우수에 찬 멜로디와 함께 끝납니다."

"〈사랑의 시간〉이 무슨 뜻인지 이제 좀 알겠네요."

잠시 후 서준이 화장실로 향했다. 손을 닦고 나오는데 벽 모서리에 붙은 작은 CCTV가 눈에 들어와 지나가던 종업원에게 물었다.

"식당 다른 곳에도 CCTV가 있나요?"

"네, 있습니다."

서준의 가슴이 뛰기 시작했다.

*

인간은 사랑할 때와 기도할 때 그리고 죽을 때 솔직해진다는 말이 있다. 베토벤이 죽으면서 '연극은 끝났다'라고 했다는데 방주는 그런 말을 할 수 없을 것 같았다. 목사님은 그런 말을 하면 안 되기 때문이다. 괴테가 했다는 '좀 더 많은 빛을~' 정도가 어울리지 싶었다. 방주는 아버지가 기도하시던 대로 신실한 믿음으로 교회를 섬기는 목사가 되었고, 몇 년이 지나자 맡은 바 연기가 점점 능숙해졌다. 심지어 연기도 능력이란 생각마저 들었다. 인생은 어차피 큰 연극무대이고 목사뿐 아니라 누구나 자신의 상황에 맞는 연기가 필요하고 또 그렇게 살아야 남들보다 앞서나가는 법이다. 세련되고 차분한 연기는 특히 어려운 일을 당한 신도들을 위로해줘야 할 때, 목사 역할을 성공적으로 수행하는 큰 자산이 됐다. 방주의 연기가 흔들린 것은 선희 엄마의 장례식을 치르고부터였다.

인간은 하나님의 뜻을 알 수 없으나 그녀가 하나님의 품 안에서 영원한 안식을 누리고 있다는 목사님의 판에 박힌 설교는 너무나 무기력했다. 방주는 성경이 그대로 하나님의 말씀이라는 것을 신학대에 들어간 이후 믿지 않게 됐다. 성경은 하나님을 가리키는 손가락은 될 수 있을지언정 하나님은 아니다. 어떤 상징도 상징의 기능을 잃고 그 자체가 되면 바로 우상숭배가 되는 것이다. 마틴 루터가 교황과 사제들의 부패한 실태를 고발하며 성경으로 돌아가자고 한 선언은 성경을 하나님으로 만들자는 것이 아니었다. 마틴 루터도 주위 사람들이 그의 말을 지나치게 해석해 성경을 신성시하자, 이에 대한 우려를 표시했었다.

'철컥' 하는 쇳소리가 방주를 현실로 돌려놓았다. 감방 문이 열리고 김 대표가 안으로 들어왔다. 며칠 전 1심에서 출소한 손철이 면회를 왔는데 그를 만나고 온 것이다.

"손 사장님 의리 있소이. 나가자마자 냉큼 오셨네. 양복 입은 모습을 나도 봤어야 했는디."

고무혁이 호기심 넘치는 얼굴로 김 대표에게 계속 말했다.

"접견물은 과일 좀 많이 넣으라고 하셨지라?"

고개를 천천히 끄덕이는 김 대표의 얼굴이 별로 밝지 않았다.

면도를 깨끗이 하고 양복을 입은 손철의 모습은 말쑥하면서 생소했다. 신 교수와 무혁에게도 안부를 전해 달라는 그에게 김 대표가 당부의 말을 했다.

"손 사장님은 하나님의 은혜로 잘 나가셨으니 앞으로는 욱하는 성질로 또 실수하지 말고, 고향에 내려가서도 주일날에는 꼭 하나님의 성전에 나가도록 하세요."

그가 얼른 그러겠다고 안 하고 입술을 몇 번 달싹거리더니 어렵사리 말했다.

"김 대표, 아니 김 목사님께 면목이 없지만 교회는 못 나갈 것 같소이다. 우리 집사람이 내가 여기 있던 넉 달 반 동안 매일 새벽 공양을 드렸다네요. 나도 여기서 매 주일 예배를 드렸다고 했는데 통 먹히지를 않아요. 이번에 잘된 것은 순전히 부처님 가호라고 하니까, 우선 절에 좀 다녀보고 나중에 바꿔 보겠소이다."

김 대표의 입에서 자신도 모르게 '도로아미타불'이란 말이 튀어나왔는데, 손철은 못 들은 것 같았다는 말로 김 대표의 면회 보고가 끝났다. 방주는 아무 말도 안 했고 잠시 후 고무혁이 혼잣말처럼 중얼거렸다.

"아, 이제 또 어떤 인간이 들어오려나… 한 1주일만 있다 오면 좋겠는디…."

한 방에 세 명이 사는 것과 네 명이 사는 것은 큰 차이다. 4평 정도의 방에 사물함이 3개 있으니 정원이 셋이라는 말인데 대부분 4명을 채우고 어떤 때는 5명도 집어넣는다. 개인 소지품을 사물함 하나에 나눠 써야 하고, 화장실 입구에 누워 자는 사람이 있으니 밤에 화장실을 가게 되면 깨워야 하고, 어떤 때는 이불 속 안 보이는 다리를 세게 밟아 싸움도 심심치 않게 발생한다. 독거에만 있어 본 사람들은 사르트르의 '타인은 지옥이다'란 말의 의미를 잘 모른다. 감옥에서는 사람들과 끊임없이 부딪치는 것이 가장 괴로운 일이다. 옆에 누워 잘 사람을 선택할 수 없고, 누가 느닷없이 들어와 다리를 밟히며 싸우게 될지 모르는 일이다. 또한 타인의 시선은 나를 인간이 아닌 한 방에 같이 있는 물건으로 고정시킨다. 실존적 주체에서 한낱 사물 같은 대상으로 떨어지는 고통이다. 불교에서도 여러 괴로운 지옥을 지나 가장 마지막으로 가는 것이 무간지옥, 서로 간격이 없이 붙어사는 지옥이라 했다.

처음부터 독거로 배치되는 사람들이 있다. 국회의원, 차관급 이상 공무원, 판검사, 재벌, 연예인, 조직폭력배 두목 등이다.

그들은 다른 사람들을 선동할 수 있고, 다른 사람들에게 폭행을 당하면 문제가 커지기 때문에 격리 수용이 원칙이다. 간혹 혼거로 가기 원하는 사람들도 있는데 같은 방 사람들에게 영치금을 주면서 빨래 등 잔심부름을 시키기 위해서다. 폐소공포증이 있는 사람들도 혼거로 가는데 독거는 누워서 두 팔을 완전히 벌릴 수 없을 정도로 좁다.

'덜커덕' 하더니 쇠문이 다시 열렸고 모두의 시선이 집중됐다.

"신방주 씨, 치과 진료 연출!"

감옥에서만 들을 수 있는 단어가 몇 가지 있는데 '연출'이 그중 하나다. 방주도 처음에는 TV 드라마를 찍는 것도 아닌데 왜 연출이라는 말이 여기저기서 들리나 했다. 수용자가 접견을 가거나 의무과를 갈 때 절대 혼자서는 갈 수 없고 간수와 같이 연결시켜서 나간다는 뜻인데, 일제강점기 감옥에서 쓰던 말을 아직도 쓰는 것 같았다. 또 '사약'이라는 말이 있는데 개인적으로 구매하는 비타민이나 소화제 등을 말한다. 개인 私가 아니라 죽을 死로 들리기가 쉽다. '보고전'이라는 단어도 있는데 수용자가 담당 교도관에게 부탁이나 질문을 하고 싶을 때, 매일 아침 메모처럼 써서 제출할 수 있는 가장 중요한 대화 수단이다. 방주가 이빨이 아프다는 보고전을 쓴 것은 구속된 다음날이었다. 무혁이 친절하게 혹시 이빨 아픈 데 없냐고 묻더니 치과 진료 보고전을 대신 써줬다. 치과 진료는 빠르면 1달 어떤 때는 2달 이상 걸리니까 하루라도 빨리 보고전을 내야 한다는 거였다. 아직 한 달이 채 안되었는데 비교적 일찍 연출을 하게 된 셈이다. 오른쪽 아래 어금니에 크라운을 씌운 것이 몇 달 전부터 살살 아파왔는데, 갑자기 이곳에 들어왔고 그동안 간혹 쑤시긴 했었다. 복도에 나가니 치과 진료 가는 사람들 10여 명이 2열로 기다리고 있는데, 방주를 바라보는 얼굴들이 왜 이리 늦게 나오냐고 문책하는 듯했다. 방주가 슬그머니 맨 뒤에 섰고 행렬은 곧바로 담당 교도관을 따라 나란히 의무실로 이동했다. 처음 들어가 보는 의무 대기실은 교회 예배당처럼 긴 나무의자가 나란히 7~8개 있고, 작은 책상 앞에 머리가 벗겨진 교도관이 앉아 있었다. 이미 30~40명이 순서를 기다리고 있는 것 같았다. 맨 뒤에 앉은 방주의 눈에, 교도관 어깨 넘어 맞은편 벽에 걸려 있는 액자가 보였다.

「사랑하는 자여 네 영혼이 잘 됨 같이 네가 범사에 잘 되고 강건하기를 내가 간구하노라」

방주가 새벽기도에서 자주 인용하던 요한 사도의 말이었다.

방주는 슬그머니 주머니에서 파란 마스크를 꺼냈다. 바로 뒤에서 심하게 기침하는 사람이 있었다. 마스크가 작아서 한쪽 귀를 잡아당겨야 했지만 이미 익숙해진 부분이다. 안성 구치소는 교도소와 같이 있어 수용인원이 국내 최다인 반면 의료 시설은 부족해 기결과 미결이 같이 진료를 받는다.

사람들이 모이는 곳의 최대 화제는 당연히 가석방에 대한 여러 루머들이다. 슬슬 연말이 가까워올수록 X-Mas 사면과 함께 진원지를 알 수 없는 희망 섞인 기대가 수용자들의 마음을 흔들고 들뜨게 한다.

"취장에 있는 덕구 알지? 걔가 80%도 안됐는데 이번에 나간대."

"와! 취장이라도 그 정도는 없었는데. 덕구 새끼 좋겠다."

얼굴이 검고 손등에 문신을 한 30대 초반의 덩치가 끼어들었다.

"얼마 전에 법무부 장관이 여기 시찰 왔었잖아. 그때 장관이 앞으로 가석방을 대폭 확대하라고 지시했대."

대기실의 분위기가 갑자기 천장부터 훤히 밝아지는 느낌이다.

"박근혜가 자기 들어올 건 모르고 그동안 가석방을 안 해줬잖아. 특별사면이라고는 매년 돈 많이 준 재벌 총수 한 놈씩만 해주고 말이야. 예전처럼 80% 넘으면 내보내줘야지."

"거기 조용히 하세요. 여기는 잡담하는 장소가 아니에요!"

머리가 벗겨진 교도관이 모자를 쓰고 일어나더니 한마디 했다. 잠시 대화가 멈췄지만 얼마 안 가 다시 웅성거렸고 그 소리가 커지면 다시 교도관이 모자를 반듯이 쓰고 일어나 주의를 주는 일이 반복되었다.

치료실 문이 열리고 하얀 가운에 안경을 낀 메뚜기같이 생긴 사람이 나와, 이름을 부르면 세 사람씩 동시에 들어갔다. 이런 속도로는 오늘 안에 치료받기 어려울 것 같은데 조금 전 들어갔던 머리가 하얗고 바짝 마른 노인이 1분도 안돼 도로 나왔다.

"왜 그냥 나오셨어요?"

할아버지 옆의 젊은이가 물었다.

"영치금이 없다고 치료를 안 해주네. 내일 돈이 들어온다고 해도 믿지를 않아."

이빨이 몇 개 없는지 발음이 새어 나왔다. 뒤에서 어떤 거친 목소리가 "그럼 당연하지. 여기도 대한민국인데, 노인네가 그것도 몰라?"라고 했고 아무도 토를 달지 않았다. 눈을 감고 있으니 긴장이 풀리면서 살살 졸음이 오는데 신방주라는 이름이 들렸다. 벌떡 일어나 하얀 가운을 입은 사람을 따라 들어가니 10평쯤 되는 방에 길고 하얀 치과 의자가 2개 있었고 간호사 2명과 의사 1명이 의자에 누워있는 사람을 치료하고 있었다. 익숙한 소독약 냄새에 치료기구도 제법 그럴싸하게 갖춰져 있어 안심이 됐다. 그러고 보니 간호사도 오랜만에 보는 여자 사람이었다. 구석 책상에 하얀 가운을 입고 앉아있는 사람이 의무교도관인 듯한데 가까이에서 보니 더 메뚜기 같았다.

"신방주 씨, 어디가 아파요?"

그가 컴퓨터를 들여다보면서 귀찮은 듯 물었다.

"어금니 크라운 씌운 것이 좀 아픕니다."

메뚜기가 굳은 표정으로 컴퓨터에서 눈을 떼지 않았다. 영치금이 있는지 확인하는 것 같았다.

"잠깐 기다려요."

고속터미널 대기실 의자처럼 3개가 나란히 붙은 의자의 마지막 빈자리에 엉덩이를 붙였다. 언제 들어도 친근감 없는 이빨 가는 기계 소리와

'칙칙~' 물이 튀어 나오는 소리가 감옥 안의 침울한 분위기와 겹쳐졌다.

"아이, 이거 또 물이 안 나오네!"

얼굴이 통통하고 허스키한 목소리의 치과의사가 메뚜기 들으라는 듯 짜증스럽게 말했다.

"또 안 나옵니까? 잠깐 기다리시소."

메뚜기가 급히 어색한 미소를 지으며 방문 밖으로 나갔다. 이빨 치료 중 입안으로 물을 내뿜어야 하는 길고 가는 기구에서 물이 안 나오고 '식식~' 소리가 났다. 의자에 앉아있는 젊은이는 입을 벌리고 눈만 깜빡거렸다. 의사가 어이없다는 얼굴로 주변을 돌아보다 방주와 눈이 마주쳤다. 짧은 멈춤이 있은 후 의사가 고개를 살짝 갸우뚱했다. 방주를 알아보나 싶었는데 그건 아닌 듯했다. 방주가 고개를 돌렸고 메뚜기가 문을 열고 들어오며 말했다.

"수압을 올렸으니까 이제 해 보이소."

누워 있는 환자의 입에서 '카칵~' 소리가 몇 번 들렸고 의사가 발을 움직여 기구를 작동하자 '치익~' 하고 물 나오는 소리가 들렸다. 이윽고 방주의 차례가 되자 메뚜기가 턱으로 치료 의자를 가리켰다. 길고 푹신한 의자에 몸을 눕히니 느닷없는 편안함이 방주의 삭신을 녹였다. 천당에 의자가 있다면 이런 의자이지 싶었다. 담요 두 장만 깔고 보름 정도를 자다 보니 이런 침대 같은 의자에 몸이 황송했다. 기지개를 켜는데 마스크를 쓴 의사의 얼굴이 보여 반사적으로 입을 벌렸다. 통증이 있는 어금니를 알려주자 동그란 작은 거울을 넣었다 빼며 물었다.

"언제 나가세요?"

"빠르면 한 달 안에 나갈 것 같은데요…."

"음, 크라운 다시 씌우려면 3번 오셔야 하는데… 나가서 하시죠."

치과는 일주일에 한 번만 진료하는데 가끔 건너뛸 때도 있으니 통증이 심하지 않으면 나중에 하라는 설명이었다. 치료기구에서 물이 안 나오는 것을 보고 도로 나가고 싶었는데, 잘 됐다 싶었다. 방주가 푹신한 의자에 뉘인 몸을 막 일으키는데 간호사가 옆에서 상냥한 목소리로 말했다.

"오래 기다리셨는데 스케일링이라도 하세요."

넘어진 김에 쉬어간다고 천국의 의자에 좀 더 누워있고 싶은 마음에 얼른 동의했다. 간호사의 손놀림은 목소리만큼 부드럽지 못했다. 그동안 했던 스케일링 중에서 가장 아프고 짧은 시간이었는데 5분도 채 안돼 끝난 것 같았다. 약간 속은 기분에 입안은 얼얼하고 비릿한 느낌이 번져왔다. 입을 헹구니 시뻘건 피가 잔뜩 나왔다. 자리에서 천천히 일어나는 동안 간호사가 메뚜기에게 작은 목소리로 4만 원이라고 일렀다. 방주는 이름과 수번 옆에 4만 원이라고 쓴 종이에 사인했다.

입안에서 계속 피가 나오는 것 같아 책상 위에 있는 휴지를 얼른 뽑아 입에 댔더니 메뚜기가 머리를 쳐들고 어이없는 표정을 짓더니 신경질적으로 말했다.

"이건 내 돈으로 산 건데 쓰면 안 되지!"

*

Y대학 교정은 어제 내린 눈이 녹지 않아 제법 겨울의 정취를 풍기고

있었다. 도서관 잔디밭에 2층 높이로 서 있는 둥그런 시계는 문 교수와 약속한 오후 3시를 정확하게 가리키고 있었다. 서준은 연구실 3층으로 급히 올라가 문 교수의 방을 찾았다. '재실'이라고 쓰여 있는 문을 두 번 두드리자 흰머리가 더 늘어난 듯한 문 교수가 직접 문을 열었다. 신방주의 안부를 먼저 전하며 곧 나올 수 있을 거라고 했다. 문 교수는 방주가 못된 꽃뱀에게 당한 것으로 알고 있었다.

"언론에는 니케아 호수 밑에서 발견된 고대 성당 얘기가 별로 나오지 않네요. 물속에 잠겨있어 발굴이 어려운 점도 있겠지만, 이집트에서 2천 년 만에 빛을 본 도마복음 같은 엄청난 사건이 아니라서 그렇겠죠?"

서준의 질문에 문 교수가 빙그레 웃더니 입을 열었다.

"자네, 지금도 사도신경은 외울 수 있지?"

"네, 그럼요."

'갑자기 웬 사도신경' 하면서 서준의 기자 본능이 고개를 들었다.

"한번 외워보게."

문 교수의 눈을 보니 농담이 아니었다. 그의 얼굴은 오히려 엄숙한 느낌마저 들었다. 서준이 헛기침을 가볍게 하고 외우기 시작했다.

"전능하사 천지를 만드신 하나님 아버지를 내가 믿사오며 그 외아들 우리 주 예수 그리스도를 믿사오니 이는 성령으로 잉태하사 동정녀 마리아에게 나시고 본디오 빌라도에게 고난을 받으사 십자가에 못 박혀 죽으시고 장사한 지 사흘 만에 죽은 자 가운데서 다시 살아나시며 하늘에 오르사 전능하신 하나님 우편에 앉아 계시다가 저리로서 산 자와 죽은 자를 심판하러 오시리라."

안경 너머로 문 교수가 눈을 지그시 감고 있었고 서준은 나머지를 천천히 외웠다.

"성령을 믿사오며 거룩한 공회와 성도가 서로 교통하는 것과 죄를 사하여 주시는 것과 몸이 다시 사는 것과 영원히 사는 것을 믿사옵나이다. 아멘."

'아멘' 소리와 함께 문 교수도 눈을 떴고 두 사람은 서로 마주봤다.

"얼마 만에 다시 외우는 건가?"

"글쎄요. 요즘 교회를 안 나가서 적어도 2~3년은 된 것 같습니다."

"예배 시간에 사도신경을 외우면서 어떤 생각을 했었나?"

"글쎄요, 무슨 생각을 했다기보다는 기독교의 기본 교리고, 외워야 한다니 무조건 외운 거죠. 아! 처음에는 '저리로서'가 무슨 말인지 모른 채 그냥 외웠는데, 나중에 누가 '거기로부터'라는 뜻이라고 알려주더라고요. 주기도문도 옛날에는 '나라가 임하시오며'를 '나라이 임하시오며'로 썼잖아요. 그 상태로 오랜 시간 외웠던 것 같습니다."

이런 말들을 하다 보니 서준은 살짝 부끄러운 느낌이 들었다. 사도신경과 주기도문에서 기억나는 것들이 겨우 어색한 조사와 부사 정도였다.

"나도 처음 외울 때 그랬어. 교리 중의 교리인데 조금 이상해도 물어볼 수가 없어서 그냥 넘어갔지. 지금 생각해도 '나라가'가 '나라이'가 된 것은 미스터리야. 오래전에는 조사 구분 없이 모두 '이'로 사용했다는 설과, 외국 선교사의 한글 솜씨라는 설도 있는데 여하튼 우리 모두 오랫동안 이렇게 외웠지. 사실 좀 어이가 없는 일이네…."

그의 솔직한 말에 서준은 문 교수와 공범이라도 된 듯 편안하게 느껴졌다.

"그래서 얼마 전에 사도신경의 새 번역이 나왔네. '저리로서'를 '거기로부터'로, 그리고 '교통'이라는 단어를 '교제'로 바꾸었지. 하지만 아직도 자네가 외운 예전 번역이 더 익숙할 거야."

"사실 '교통'이라는 단어도 뜻은 이해했지만 좀 어색했어요."

문 교수가 책상 위에 있는 보온병을 가져와 뜨거운 물을 서준의 잔에 부었다.

"인스턴트 블랙커피와 생강차밖에 없네. 뭐로 하겠나?"

"눈도 쌓이고 쌀쌀한데 생강차가 좋겠습니다."

커피 봉지보다 두 배쯤 큰 녹색의 생강차 봉지에는 호두, 아몬드, 대추가 함유되었다고 쓰여 있었다. '점선을 따라 찢어주세요'라는 표시를 따라 찢으니 쉽게 개봉됐다. 분말에서 강한 생강향이 퍼져 올랐다. 오랜만에 마시는 따뜻한 생강차는 약효 좋은 한약처럼 느껴졌다.

"우리가 외우는 사도신경은 사실은 중요한 한 구절이 빠져 있지."

문 교수의 말에 서준이 뒤로 기댄 자세를 약간 앞으로 세웠다.

"사도신경의 원본에는 '장사한 지 사흘 만에 죽은 자 가운데서 살아나시고' 바로 앞에 '저승에 내려 가셨다가'라는 말이 있네."

"그런가요? 저는 처음 들어봤습니다."

"한국 개신교의 60% 이상을 차지하는 장로교가 처음부터 그 대목을 뺐기 때문이지. 한국 교회가 '기독교서회'를 통해 처음 찬송가를 펴낼 때 찬송가 뒤에 사도신경을 넣었는데, 그때부터 그 부분이 빠진 거야. 장로교의 시조 캘빈은 『기독교강요』에서 예수께서 죽으신 다음에 파묻히시고 그다음에 저승에 내려가시지 않으셨다면 우리의 구원이 완성될 수 없었다고 기록했는데, 한국의 장로교가 왜 그의 말을 따르지 않았는지 모르겠네."

서준이 고개를 가볍게 끄덕였다.

"사도신경의 원본이랄 수 있는 3C의 로마신경에서 지금의 사도신경으로 완성되기까지 6백 년 이상이 걸렸어. 처음에는 세례문답용으로 사용됐지."

"사도신경은 열두 사도가 만든 게 아닌가요?"

"옛날에는 그렇게 생각하기도 했었지. 사도신경을 열두 구절로 나눠서. 그러니까 '전능하사 천지를~' 부분은 베드로가 썼고 이어지는 '그 외아들~'은 요한이 썼다며 쓴 사람 이름도 나와 있고. 유다 대신 도마가 두 번 쓴 걸로 되어 있는데 역사적 사실은 아니네."

서준은 니케아 호수 속의 성당에 대한 질문이 왜 사도신경에 대한 설명으로 길게 이어지는지 알 수 없었다. 그의 마음을 들여다본 듯 문 교수가 서준을 똑바로 쳐다보며 말했다.

"니케아 호수 밑 성당에 사도신경에 대한 새로운 버전이 있는 것 같아."

"와, 대박! 도마복음 못지않네요. 그건 누가 쓴 건가요?"

서준이 자세를 곧추 세우며 눈을 반짝였다.

사도신경의 아쉬움

문 교수가 대답 대신 질문을 했다.

"예수님이 십자가에 달리실 때 그 주위에 누가 있었을까?"

"글쎄요. 열두 제자는 다 도망가고 없었죠?"

"4복음서마다 조금씩 다르네. 요한복음에는 제자들 중 요한이 있었지만 4복음서 모두 그 자리에 있었던 사람은 막달라 마리아지."

"아, 그럼 막달라 마리아가 쓴 건가요?"

"그렇게 단정적으로 말할 수는 없지만 그녀와 관계가 있을 거라 생각해. 어쩌면 예수님의 수제자는 열두 제자 중 하나가 아니고 막달라 마리아가 아닐까… 복음서에서 예수님의 부활을 그녀가 맨 처음 보았으니까."

서준도 교회학교에서 성경을 배울 때 그렇게 들었던 기억이 어렴풋이 났다.

"네, 마리아가 부활하신 예수님을 만지려는데 '내 몸에 손대지 말라'고 하셨죠. 요한복음인가요?"

"맞아. 어렸을 때 교회에 열심히 다녔구만. 여하튼 새로운 형태의 사도신경이 나온다면 이것은 기독교 2천 년 역사상 가장 엄청난 일이 될 거야. 지금 영국의 폴 로빈슨 교수님이 발굴 중이니까 나에게 곧 연락이 올 걸세."

문 교수가 서준의 생강차에 뜨거운 물을 조금 더 부으며 계속 말했다.

"지금 우리가 아는 사도신경은 아쉽게도 그 안에 예수님의 삶이 전혀 없어요. '성령으로 잉태하사 동정녀 마리아에게 나시고 본디오 빌라도에게 고난을 받아 죽으시고'라는 문장에서 볼 수 있듯이 이 세상에서의 삶이 빠져 있는 거야."

"그러고 보니 정말 나시고는 바로 죽으셨네요. 예수님은 30년 이상 지구에서 사셨는데."

지구란 말이 어쩐지 조금 어색하게 느껴졌다.

"이러한 사도신경은 삼위일체가 최종 완성된 칼케돈공의회[11]에서의 결론, 즉 '예수님은 신성과 인성이 모두 완벽하다'는 선포에도 부합되지 않지."

서준이 손목시계를 보니 3시 30분을 넘기고 있었다.

"내가 바쁜 사람에게 너무 길게 이야기를 하고 있구만."

"아닙니다. 저는 기자생활을 하면서 30분마다 시계를 보는 습관이 생

11 칼케돈공의회: AD 451년에 칼케돈(현재의 이스탄불 근방 도시)에서 열린 초대 교회의 공의회 중 하나

겼습니다. 오늘은 회사로 들어가지 않고 바로 퇴근할 거라 시간이 많습니다."

"다행이네. 옛날 교회학교 학생을 만나서 그런지 내가 말이 많아지는군."

생강차를 한 모금 마시고 서준이 평소에 궁금한 질문을 했다.

"빌라도는 예수님을 처형하기 주저한 인물로 성경에 등장하는데요. 여하튼 그의 이름이 사도신경에 나오는 바람에 대단한 인물이 되어버렸어요."

"나도 빌라도에 대한 설명을 좀 하려고 했는데 이심전심이군. 사도신경의 가장 큰 문제가 예수님의 생애가 통째로 빠져있는 것이라면, 가장 큰 오역은 바로 빌라도 부분이네. 즉 '빌라도에게 고난을 받으사'의 원문 'sub Pontio Pilato'를 직역하면 '본디오 빌라도 아래에서'라는 뜻이지. 라틴어 전치사 sub를 사람 이름 앞에 사용하면 '그 사람 치세에, 그 사람 아래에서'라는 의미가 되네. 그래서 가톨릭에서는 '본디오 빌라도 통치 아래서'라고 번역했지. 이 구절은 기독교 발전과정 중 예수가 실존인물이 아니라는 반대파들의 주장에 맞서 예수는 실존인물이며 언제 십자가 수난을 받았는지, 그 시기를 명확하게 설명하고 있을 뿐, 누가 그를 죽였고 누구의 책임인지를 밝히는 내용은 아니네. 이 부분은 한국 개신교가 잘못 번역한 것이라 볼 수 있지. 심지어 2세기 무렵, 중동의 일부 지역에서는 빌라도가 좋은 사람이었다며 빌라도와 그의 아내까지 성인급으로 높이는 어이없는 일도 있었지. 빌라도는 성경에서처럼 유대인들에게 우유부단하지 않았고 오히려 무자비한 통치를 한 잔인한 사람이었네. 굳이 추측을 하자면 나사렛 예수를 이단자, 신성 모독자로 생각한 유태인들과, 선동의 소지가 있는 불온분자를 없애려는 본디오 빌라도의 생각이 일치했을 가능성이 높겠지. 말하자면 빌라도는 전혀 죽일 생각이 없었는데 유태인들이 강압해서 된 것도 아니고, 반대로 유태인들은 전혀 바라지 않았는데 빌라도가 강압적으로 처형을 한 것도 아닐 거야. 하지만 만약 '빌라도에게 고난을 받으사'가 아니고 '유태인들에게 고난을 받으사'로 사도신경에 쓰였다면 더 엄청난 사건이 역사적으로 생길 수도 있었겠지."

"그러면 개신교에서도 이 부분을 가톨릭처럼 바른 번역으로 고치면 되지 않나요?"

"그게 쉽지가 않아요. 잘못 번역된 사도신경이 오랫동안 익숙해진데다 가톨릭과 달리 개신교는 교파도 다양하고 개별 교회들이 일심동체로 움직일 의무가 없으니까. 간혹 올바른 번역을 하자는 시도는 있었지만 아직 이루어지지 못하고 있네. 몇 년 전 사도신경 새 번역이 나왔지만 여기에서도 이 부분은 수정을 하지 못했지."

"그렇군요. 그런데 아까 말씀하신 막달라 마리아는 예수님 부활 이후 역사적 행적이 있나요?"

"4복음서를 포함해 복음서라는 이름으로 발견된 문서들은 단편적인 것들을 포함해 모두 20개 정도 되는데 그중에 '마리아복음서'가 있네. AD 100~150년 사이에 쓰인 것으로 보이는데 그녀가 직접 쓴 것은 아니겠지만 그녀의 생각을 어느 정도 알 수 있지. 전승에 의하면 예수님 부활 이후 그녀는 갈릴리 여인들과 함께 이집트로 갔다고 하네."

"아, 이집트로요? 재미있는 이야기네요. 여하튼 새사도신경을 받으시면 저에게 꼭 먼저 알려주세요. 제가 저희 잡지 표지에 내드리겠습니다."

문 교수가 엷은 미소를 지었고 창문 밖으로는 함박눈이 조금씩 내리고 있었다.

*

〈한 인간은 육체와 영혼으로 나누어진다.〉

소크라테스와 플라톤의 이원론인데 오랫동안 서양의 사고체계를 지배한 사상이다. 어떤 대상을 크게 두 종류로 나누는 방법은 여러 가지다. 세계 70억 인구는 여성 52%, 남성 48%로 나뉜다. 한국 남성 중 담배를 피우는 사람이 30%, 나머지가 안 피우는 사람으로 나뉜다. 서울 강남의 어느 초등학교 5학년의 경우 안경을 낀 60%의 학생과 눈이 좋은 나머지로 나뉜다. 또 이 세상에는 이 세상 사람들을 두 종류로 나누는 사람과 그렇지 않은 사람이 있다는 재치 있는 나눔도 있다.

기독교에서 사후에 가는 세계도 천당과 지옥의 두 종류가 있다. 종교적인 열정과 신념이 강할수록 주위 사람을 구원 받은 사람과 못 받은 사람으로 나누고 싶어 한다. 구원 받아야 하는 가장 중요한 이유는 나중에 천당에 가야 하기 때문이다.

방주가 몇 년 전 뉴욕에서 공부할 때 지하철을 타면 슬며시 옆자리에 다가와 전도를 하는 사람들이 있었다. 당시 한참 교세가 커지던 소위 '구원파'였고 그들의 적극적 선교는 '여호와의 증인' 못지않았다. 한국 사람으로 보이면 일단 접근해 상냥한 미소로 말을 건다. "한국 분이시죠?"라는 질문에 그렇다고 하면 거두절미하고 바로 묻는다.

"구원 받으셨어요?"

여기서 당황해 바로 대답을 못하거나 순진하게 잘 모르겠다고 하면, 빠져 나가기 어려운 대화가 시작되는 것이다. 더욱 애처롭고 자애로운 미소로 이번에 꼭 구원 받으라며 개인적 신상을 묻기 시작한다. 미국에 온 지 얼마 안 된 유학생이 주소나 전화번호를 주면 교회에 나오라는 연락이 끊이지 않는다.

구원을 주제로 한 접근에 대비하는 방법이 유학생들 사이에 자연스럽게 논의됐는데, 가장 많이 써먹은 방법은 한국 사람이 아니라고 하는 것이었다. "한국 분이시죠?"라는 질문에 "와타시와 니혼진데스(나는 일본 사람입니다)."라는 대답하는 건데, 얼마동안은 효과가 있었다. 하지만 상대방도 진화해서 "아나타와 니혼진데쓰까(일본 사람입니까)?"라고 묻기 시작하면서 외국인 행세가 더 이상 여의치 않게 됐다. 정면 돌파하는 방법을 쓰는 유학생들도 있었다. "구원 받았습니다."라고 간단하게 대답하는 것이었다. 간혹 "구원은 못 받았고 팔 원은 받았습니다."라는 식으로 어설프게 응수한 학생들도 있는데, 상대방은 "유머가 많으시네요." 하며 맞받아쳐 오히려 역효과였다. 어떤 학생은 "나는 구원 받았다고 믿는 사람들을 구원해 주는 사람입니다."라는 대답으로 상당한 효과를 보기도 했다. 그때를 생각하면 슬며시 미소가 지어졌다.

방주는 TV에서 드라마를 하는 시간에 무혁에게 편지지를 빌려 서신을 쓰기 시작했다.

서준에게

오랜만에 손편지를 쓰니 20년 전 중학생 때로 돌아간 느낌이야.

답장은 거기서 이메일로 보내면 내가 다음날 오후에 받을 수 있어.

들어오는 서신은 모두 검열을 한다고 하니, 참고하길.

나는 염려해 준 덕분에 여기 생활에 어느 정도 적응하며 잘 지내고 있어.

한 달 만에 몸무게가 3kg이 빠졌더군.

밖에서는 철야기도를 한 달씩 해도 쉽지 않은 일이지.

여기 있는 사람들 중 오히려 살이 찌는 사람도 많은데 스트레스로 빵이나 과자를 마구 먹어서 그렇대.

서론은 이 정도로 하고… 드디어 내 사건 재판부 판사가 결정됐어.

서울 남부지법 단독 P판사인데 성질이 고약하다고 소문이 난 사람이야.

그래도 주위에 알 만한 사람이 있는지 알아봐줘.

여기 들어와 보니 그동안 몰랐던 하루하루의 소중함을 더 절실히 느끼고 지나간 삶을 되돌아보게 되는 것 같아.

나는 한 가지 새로운 결심을 했어.

재판에서 설령 무죄가 나더라도, 이제 목사로서의 사역은 중단하려고 해.

나 자신에게 정직하지 못한 연기는 더 이상 하고 싶지 않아.

어려서는 무조건 그런가 보다 하고 믿었고, 조금 커서는 이런저런 생각을 하게 됐고, 공부를 하면서는 종교가 상징과 은유의 세계라는 것을 알게 됐네.
그런데 이런 생각을 2천 년 전에 이미 했던 분이 있었어. 바로 '사람의 아들' 예수님이야.
사람의 아들로서 하나님을 '아버지'라 부르며 얼마나 많은 고통과 번민이 있었을까.
또 그 속에서 '안식일이 사람을 위해 있다'라는 선언한 건 얼마나 큰 용기가 필요했던 걸까.
당시 유대인들은 이런 분을 절대로 용서할 수 없었겠지.
지금 우리도 용서할 수 없으니까.
나는 비로소 예수님의 심정을 조금 알 것 같아.
그분을 따라 '종교를 위한 기독교'를 '사람을 위한 기독교'로 개혁하고 싶어.
인본주의니 신본주의니 보수니 진보니 하는 이런 모든 개념을 떠나서 말야.
그냥 안식일이 사람을 위해 있듯이 종교도 사람을 위해 있어야 하지 않을까?
지난번 내가 구속되기 전 '필하모니'에서 자네가 질문했었지.
왜 마태복음과 누가복음에서 예수님의 할아버지 이름이 서로 다르냐고.
이제 내 생각을 말해 줄게.

그것은 성경을 문자적으로 그대로 믿으면 안 된다는 하나님의 가르침이야.

할아버지의 이름이 성경에 서로 다른 것을 보고 깨달으란 말씀이지.

내가 왜 이런 말을 자네에게 지금 이렇게 길게 하는지 모르겠어.

여하튼 곧 밖에서 만나면 좋겠네.

목사였던 친구 신방주가

Ps) 혹시 선희와 연락이 되면 면회는 안 와도 된다고 전해줘.

*

선희를 무고죄로 고소한 것을 취하하시라고 했지만 신 장로는 요지부동이었다. 이 모든 일들은 사필귀정의 수순이고 그 가운데 하나님의 오묘하신 섭리가 있다는 것이다. 서준은 자신이 방주를 위해 선희에게 처벌불원서를 쓰게 했고, 이제 곧 방주도 나올 테니 모든 일을 원만히 끝내자고 했지만 소용이 없었다. 지난번 방문했던 베로나에 CCTV가 있다는 것을 알고 우순남 형사계장에게 전화를 해볼까 했지만 곧 그 생각을 접었다. 우 계장이 CCTV를 보는 순간 모든 것이 확실해지고 방주나 선희 한쪽은 처벌을 받아야 한다. 처음에는 선희가 틀림없는 꽃뱀이라 생각했지만 이제는 확신이 없다. 누구의 말이 사실이든 한쪽은 오랜 시간 구속을 면하기 어렵다. 최선의 결론은 방주가 무혐의로 나와 목사직을 계속 유지함과 동시에 선희도 처벌을 면하는 것이다. 그러기 위해서는 고소를 취하해야 하는데 고집을 꺾지 않으신다.

"김혜순 기사는 잘 진행되고 있지?"

언제 다가왔는지 바로 뒤에서 주 기자의 목소리가 들렸다.

"네, 사진 몇 장만 더 집어넣으면 편집부에 넘길 수 있어요."

"음, 근데 그 영화배우가 정치인 김영중 의원과 동거했고 딸이 하나 있다는 루머는 알고 있어?"

"근거 있는 얘기예요?"

서준은 〈사랑의 시간〉의 스토리가 떠올랐다. 주 기자가 오동통한 손가락 사이에 낀 볼펜을 한 바퀴 돌리며 말했다.

"루머란 근거는 없어도 이유가 있어 생기는 거야. 아니 땐 굴뚝도 연기 나는 세상이고 우리는 연기 나는 이유만 찾으면 되는 거지. 그 딸이 지금 대학생쯤 됐을 거야. 한번 찾아봐."

그가 서준을 똑바로 쳐다보며 덧붙였다.

"내가 특종 정보 줬으니까 다음에 근사한 곳에서 한 잔 사."

그 말을 듣자 서준의 뇌리에 언뜻 떠오르는 생각이 있었다.

"주 선배. 올 여름에 맛집 취재할 때, 혹시 충무로의 베로나도 했던가요?"

"베로나? 그럼. 거기 내가 크게 내줬지. 음식이 한국 사람들 입맛에 잘 맞는 집이니까…."

"그 집 사장도 아세요?"

주 기자가 서준을 물끄러미 바라보더니, 사람 좋은 너털웃음을 터뜨렸다.

"허허, 그 집 사장이 내 처남이긴 해. 하지만 그래서 베로나를 선정한 것은 절대 아냐. 이 차장이 그러던가?"

두 사람의 눈동자가 살짝 마주쳤다.

"아니에요. 주 선배 같은 분이 그럴 리가 있나요. 여하튼 제가 김혜순 특종 쓴 다음, 이왕이면 베로나에 가서 크게 한 번 쏠게요."

"허허, 그래, 그래. 그 집 정말 음식 맛이 똑 떨어져."

긴장이 풀린 듯 주 기자가 입맛을 다시며 자기 자리로 돌아가려 했다.

"주 선배, 잠깐만요. 부탁이 하나 있어요."

서준이 베로나의 CCTV 영상을 좀 봐야겠다는 말을 했고 주 기자가 잠시 생각하더니 고개를 끄덕였다. 무슨 일이냐는 질문에는 아니 땐 굴뚝에 나는 연기 때문이라고만 대답했다. 주 기자가 입맛을 다시면서 자기 자리로 돌아갔다. 신 장로님을 설득하는 방법은 한 가지밖에 없었다. 방주가 실제로 선희에게 성추행을 했다면 그 증거를 보여주는 것이다. 이제 확률은 반반이고 서준은 어느새 성추행이 있었다는 쪽에 희망을 거는 자신을 보며 쓴웃음을 지었다.

포털사이트에서 김영중을 검색하니 세 사람이 나왔다. 그중 한 사람은 지방 대학 학장이고 또 한 사람은 연극 배우였다. 정치인 김영중의 이력은 길었다. 프로필 사진으로는 얼굴 윤곽이 갸름한 게 어딘가 선희와 비슷한 느낌이었다. 종교는 기독교라고 쓰여 있었고 취미는 골프와 바둑으로 되어 있는데, 한일 국회의원 친선바둑협회 회장으로 활약하기도 했다. 서준은 언론에 난 기사도 찾아봤다. 7년 전 기사가 제일 많이 눈에 띄었는데, 김영중 의원이 4선을 앞두고 돌연 개인적 사정이라며 지역구 후보를 사퇴했다는 내용이다. D일보는 그가 60도 안된 나이에 알츠하이머에 걸려 정치 활동을 더 이상 할 수 없을 거라는 추측성 기사를 썼고 김 의원 비서관은 극구 부인했다. 하지만 며칠 후 그 신문은 김 의원이 얼마 전 바둑협회 명사초대석에서 대국했던 프로 기사의 이름은 물론 승패도 기억 못한다는 동료 의원의 말을 익명으로 전했다. 다른 신문들도 그의 사퇴를 크게 다루며 그 이유를 나름대로 추측했는데 대부분 D일보와 비슷한 내용이었다. 이후 김 의원에 대한 기사는 거의 찾아볼 수 없었다. 포털사이트를 빠져나가려는 서준에게 M일보의 작은 기사가 눈에 번쩍 띄었다.

"김 의원 친자 확인 소송 - DNA 검사 결과 사실이 아닌 것으로"

이런 제목으로 2년 전 M일보에 난 기사 내용은 다음과 같았다.

김영중 의원을 친아버지라고 주장한 20대 청년이 수년간 금품을 요구하며 친자 확인 소송을 했으나 원고 패소 판결이 내려졌다. 25살의 손모씨는 돌아가신 어머니로부터 자신이 김 의원의 아들이라고 들었다며 2년 전 가정 법원에 친자 확인 소송을 냈으나 DNA 검사 결과가 불일치로 나왔다. 김영중 의원은 현대 의학 덕분에 소송의 승리와 가정의 평화를 얻은 셈이다.

친자가 아니라고 해 별로 큰 뉴스가 되지 않은 것 같았다. 서준이 잠시 머리를 가다듬어봤다. 혹시 손모씨가 손준기라면 선희가 김영중 씨의 핏줄인지 알고 있을 것이다. 서준은 휴대 전화에 저장돼 있는 손준기의 번호로 전화를 했지만 여러 번 울려도 받지 않았다. 그녀의 아버지가 누구인지 확실히 안다고 해도 그것을 기사로 낼 필요가 있을지, 또 그것이 선희가 바라는 것일지는 알 수 없었지만 기자로서의 호기심이 드는 걸 그냥 넘길 수는 없었다.

그때 주머니에서 휴대 전화가 울렸다.

"최서준 기자님, 나 허일만이야."

"아, 허 변호사. 바쁘신 분이 웬일이야?"

"웬일이긴, 지난번 신 목사 건으로 전화했지. 담당 판사 이름이 인터넷에 떴어. P판사라고 좀 까다로운 친군데 다행히 우리 로펌에 고시 동기가 있어요. 김승태 변호산데 그 사람을 쓰면 좋을 거야. 우리보다 5년 선배고 인품도 아주 훌륭해."

"고마워. 잊지 않고 연락을 줘서."

"이게 내가 하는 일입니다! 김변이 언제든 안성구치소에 가서 신 목사를 만날 수 있어."

"그래. 내가 방주 아버님과 상의하고 알려줄게. 근데 최근에 고소한 사람이 자신의 착오를 인정했는데 판결에 도움이 되겠지?"

휴대 전화 저쪽에서 잠시 목소리가 멈췄다. 그동안의 경험에 의하면 변호사들은 아무리 간단한 질문에도 즉답하는 경우가 없었다.

"도움이 될 수도 있고 안 될 수도 있어. 어떤 판사는 진술이나 증거가 번복되는 것을 오히려 안 좋게 보니까."

변호사들의 대답은 시간도 오래 걸리지만 대부분 애매한 경우가 많다. 결국 변호사의 역할이 중요하다는 뜻이고 틀린 말도 아니다. 좀 더 질문을 하려는데 주 기자가 건너편 회의실로 들어가면서 손목시계를 손가락으로 가리켰다. 벌써 문화부 기획 회의 시간인 오후 2시였다. 서준이 서둘러 전화를 끊고 회의실로 향했고, 잠시 후 이영숙 차장이 들어와 앉으며 입을 열었다.

"드디어 D-데이가 결정되었다. 내일 저녁 8시에 내가 직접 '이세벨'에 출동할 거야. 주 기자와 최 기자도 내일 나의 호위무사로 같이 간다."

이영숙 차장이 적군을 일망타진하기 위해 출전하는 장군처럼 의기양양한 선언을 했다. 이세벨은 강남 최고급 호스트바로, 연말특집 취재를 위해 미리 섭외를 해놓은 곳이었다.

"나는 빼고 최 기자만 데려가도 충분해요. 여자 손님들이 가는 곳을 남자가 둘이나 가면 이상하니까."

주 기자가 빽빽한 구레나룻을 손바닥으로 쓸며 심드렁하게 말했다.

그의 말을 무시하며 이 차장이 목소리를 높였다.

"거기 호스트 중엔 양성애자도 있어. 그러니까 수염 많이 난 주 기자가 꼭 가야지. 손님 많으면 잠깐 선수로 뛰어도 돼. 1시간에 최소 20만 원은 벌 수 있다던데."

주 기자가 더 이상 대꾸를 안 하고 시선을 돌려 서준을 바라봤다.

"최 기자가 가서 이세벨 윤 마담에게 내 얘기하면 예약된 방으로 안내할 거야. 이 선배 취향에 맞는 노래 잘하고 가슴 넓은 스타일로 부탁해 봐."

이 차장의 눈이 무섭게 찢어지며 입을 막 벌리려는데 책상 위 전화가 울렸다.

"네, 국장님. 내일 저녁에 취재 들어갑니다. 아, 네. 알겠습니다."

전화를 끊은 이 차장이 김 샌 표정으로 입맛을 몇 번 다셨다.

"무슨 일입니까?"

주 기자가 곁눈질로 슬쩍 물었다.

"연말 특집이 '낚싯배 좌초. 묵념하는 문재인 정부 - 자라 보고 놀란 가슴 솥뚜껑 보고 놀란다'로 바뀌었어."

주 기자가 웃음을 참느라 벌게진 얼굴을 돌리고 숨을 깊게 들이켠 후 말했다.

"윤 마담에게 예약 취소 전화해야겠네."

이 차장이 그를 보며 입꼬리를 올렸다. 위험하고 모순된 웃음이었다.

"연말특집으로는 안 하지만 나 이영숙, 내년 초에는 반드시 취재할 거다. 윤 마담에게 예약을 내년 1월로 연기한다고 해."

서준도 은근히 호스트클럽에 호기심이 있어 내일 저녁을 기다렸는데 아쉬웠다. 터키의 니케아 호수 밑 성당에서 새로운 버전의 사도신경이 나왔으니 내년 초 커버스토리로 하자는 안건도 이 차장의 기분이 안 좋아서 일단 묻어두었다.

회의실을 나오자 휴대 전화가 진동하고 허일만의 번호가 다시 떴다.

"최 기자님. 아까 미처 말을 못했는데, 혹시 오늘 저녁 7시에 강남 야래향으로 올 수 있나? 아까 말했던 김승태 변호사랑, 홍 변호사라고 미모의 여변호사가 있는데 같이 갈 거야. 내 친구 중에 잘생긴 총각 기자가 있으니 소개시켜 준다고 했지."

"오늘 저녁 7시? 회사에서 7시 전에는 나가기 힘든데. 좀 늦을지도 몰라."

"조금 늦어도 괜찮으니 걱정 말고 와. 아, 그리고 김승태 변호사는 예전에 국회의원 하던 김영중 씨의 아들이야. 참고로 알고 있어. 식사하면서 정치인들 너무 욕하면 안 돼."

서준의 목소리가 약간 커졌다.

"4선 의원이던 대한당 김영중 의원의 아들?"

"맞아. 역시 유능한 기자라 정치인들 기록이 머릿속에 다 있네. 방주 사건과 관계없이 알아 두면 서로 좋을 거야. 그럼 나중에 야래향에서 만나."

우연치고는 묘하다는 생각이 서준의 기자 본능을 자극했다.

이영숙 차장이 6시에 퇴근하자마자 서준은 약속 장소로 향했다. 시간이 넉넉해 버스를 탔는데 야래향의 위치를 착각해 한 정거장 전에서 내리는 바람에 10분을 지각했다. 둥그런 중국식 식당 입구로 들어가니 넓은 홀에 벌써 손님이 꽉 찼고 허변의 모습은 보이지 않았다. 탕수육의 달콤하고 기름진 냄새가 식욕을 자극하는데, 종업원이 다가와 상냥하게 말을 걸었다.

"예약이 없으시면, 죄송하지만 1시간 이후에 자리가 나겠습니다."

"혹시 허일만 변호사라고… 예약이 없나요?"

"아! 예약된 방으로 모시겠습니다."

긴 복도 끝에 있는 방문의 일자형 손잡이를 내리자 가벼운 금속성 소리와 함께 문이 열렸다. 크고 둥그런 식탁 의자에 벌써 세 사람이 앉아 있었다.

"조금 늦었어요. 미안합니다."

"변호사보다 기자가 더 바쁜데 10분 늦었으면 양호한 거지. 여기는 우리 선배이신 김승태 변호사님이셔."

허변이 서준에게 김변을 먼저 소개했다. 김승태 변호사는 곱슬머리에 눈이 서글서글한 호남형인데 그의 얼굴에서 선희의 모습은 별로 찾을 수 없었다. 만나서 반갑다는 인사를 한 후 김승태가 허변을 나무라는 투로 말했다.

"허변은 일만 열심히 하다 보니 이런 때 소개는 레이디 퍼스트인 걸 모르네."

"아닙니다. 선배님이 직접 우리 로펌의 자랑, 홍수진 변호사를 소개하셔야죠."

"아 그런 깊은 뜻이 있었구만. 그럼 내가 소개하지. 이쪽은 우리 로펌의 디바, 홍수진 변호사님. 미국 버클리 대학에서 공부했고 캘리포니아 검사보 경력도 있으십니다."

베이지색 원피스가 깔끔하게 어울리는 그녀는 뛰어난 미모는 아니지만 갈색 피부에 건강미가 돋보였다. 두 사람의 시선이 마주쳤고 홍변이 가볍게 고개를 숙여 인사하는데 귀밑까지 단정한 단발머리가 찰랑거렸다. 김승태가 탁자 위에 있는 마오타이를 원탁으로 돌리며 한 잔씩 따르기 시작했다. 독하면서도 산뜻한 귀리향이 방안을 진동했다.

"마오타이 적폐를 한입에 청산하자."

건배를 제의한 김승태가 소주잔보다 조금 큰 하얀 사기잔에 담긴 술을 입안에 털어 넣었다.

"우리는 늘 그 시대의 중요한 손님이 원하는 구호를 외치며 건배했지."

김변과 허변은 단숨에 잔을 비웠고 홍변은 입에만 댄 채 눈썹을 찌푸렸다. 서준은 체면상 반 정도 마셨는데 독한 알코올이 식도를 짜릿하게 쓸어내렸다.

"지금은 적폐청산이고, 박근혜 정부 때는 뭐였나요?"

홍변의 질문을 허변이 받았다.

"그때는 '창조경제를 위하여'를 주로 했죠."

허변의 웃음이 끝나자 종업원이 메뉴판을 들고 들어왔다. 김승태가 메뉴판을 받지도 않고 샥스핀수프, 해삼전복탕, 8품 냉채를 단숨에 시켰다.

"요리부터 하고 나중에 짜장면이나 짬뽕을 시키죠. 그 대목이 늘 갈등이지만."

옆에 앉은 홍변이 웃으며 고개를 끄덕였다.

"그래서 한때는 두 음식을 한 그릇에 칸을 나누어서 먹기도 했는데 그것도 역시 뭔가 만족스럽지는 못했어요. 두 명의 애인과 동시에 데이트를 할 때 느끼는 원초적인 불안감이랄까."

허변이 얼굴에 비해 큰 네모난 금테안경을 올리며 계속 말했다.

"오늘 식사는 우리 로펌 홍보 활동의 일환으로 언론사 관계자들과 회식을 하는 자리니까, 비싼 요리 더 시켜도 돼."

서준이 자신의 잔에 반 정도 남아있는 마오타이를 비우고 김변에게 돌렸다.

"중국 사람들의 역사적 발명품 중 이렇게 원탁으로 돌아가는 식탁이 제일 대단해."

김변이 원샷을 하면서 말했다. 서준은 속이 쓰려서 계속 마시기가 어려운데 마침 방문이 열리며 샥스핀수프가 들어왔다. 홍변과 눈이 살짝 마주친 서준이 입을 열었다.

"LA에서는 오래 사셨나요? 요즘 TV에 산불이 대단하던데요."

서준이 앞에 있는 빈 잔을 허변에게 돌리며 시선은 홍변에게 고정했다.

"국민학교 아니 초등학교 1학년 때 이민 갔으니 20년 이상 살았죠. 산불 난 곳은 제가 잘 알아요. 벨에어라는 부촌인데 UCLA 바로 옆 동네예요."

홍변이 경쾌하게 대답했다.

"어려서 가셨는데 한국말을 너무 잘 하시네요."

평범한 칭찬에 그녀가 활짝 웃었다.

"어려서부터 LA 한인 교회를 다녔거든요. 저하고 같은 나이에 이민 왔지만 교회에 안 다닌 친구들은 한국말이 서툴러요."

허변이 두 사람을 번갈아 보면서 끼어들었다.

"홍변은 스패니시도 수준급이야. 노래방에서 〈베사메무쵸〉를 부르면 노래 가사가 막 몸으로 느껴져서 정신 차려야 해. 그 노래가 'kiss me much'라는 뜻이잖아."

허변이 시선을 김변으로 옮기며 계속 말했다.

"김 선배님, 이대로 놔두면 곧 둘이 노래방에 갈 것 같은데, 그 이야기 먼저 잠깐 하시죠."

서준은 오늘의 자리가 역시 단순한 만남은 아니다 싶으면서 약간 긴장이 됐다. 김승태가 막 입을 열려는데 방문이 열리며 노란 중국옷을 입은 종업원이 큰 접시에 가득 담긴 8품 냉채를 탁자 중앙에 올려놓았다. 노란 해파리와 반투명 오리알, 기름기 많은 소고기장조림과 길게 반을 자른 큰 새우 등이 알록달록한 색깔을 뽐내며 골고루 있었다. 30㎝는 될 법한 상아색 긴 젓가락으로 김변이 먼저 냉채 몇 가지를 고른 후 서준에게 넘겼다. 음식을 한 입 얼른 삼킨 김변이 말을 꺼냈다.

"『주간시사』 정치부에 박민 기자라고 있죠?"

"네. 일간지에 2년 있다가 우리 회사로 온 기자입니다."

"후배님이 잘 아시나?"

마오타이 한 잔을 쭉 들이키는 김승태의 양미간에 세로 주름이 깊게 새겨졌다.

"저는 개인적으로 친하지는 않고 우리 문화부 차장이 정치부에 오래 있어서 잘 알 겁니다."

김변의 입안에서 해파리냉채가 꼬드득 소리를 냈다.

"박민이가 우리 아버지 사생활을 몇 달 전부터 조사하고 다녀요. 최근에는 옛날 여자관계까지 치사하게 들쑤시고 다니네. 어느 여대생이 아버지의 친딸이라나 뭐라나. 몇 년 전 어떤 미친놈이 친자 소송을 했는데 DNA 검사 결과 근거 없는 일로 밝혀진 적도 있었지. 미안하지만 우리 후배님이 좀 도와줄 수 있을까?"

김승태가 자신의 빈 잔을 서준에게 내밀었다.

내가 믿는 하나님

저녁 식사로 모차렐라 피자 몇 조각을 먹은 후 문 교수는 21C기독교 광장에 들어갔다. 댓글들이 하루 사이에 많이 늘었는데 그중 꽤 긴 기도문이 올라와 있었다. 아래로 내려 보니 새빛교회의 S장로라고 쓰여 있었다. 문 교수가 얼른 처음부터 읽어 내려갔다.

전능하시고 거룩하신 여호와 하나님 아버지

우리 문익진 교수의 잘못을 용서해주시고 한량없이 가련한 그를 구원해 주시옵소서.

그가 믿음의 모양만 있고 믿음의 길을 걷지 못하는 죄를 범하고 있나이다.

그도 한때는 주님의 종으로서 사명을 잘 감당했는데 그만 세상의 지혜와 스스로 얻은 교만에 실족하여 넘어졌나이다.

제가 얼마 전 그를 만났을 때 그가 하는 말이 하도 어이가 없어서(그는 자유주의 신학을 이 땅에 퍼뜨리는 참담한 짓을 하고 있나이다) 점잖게 꾸중을 하고 회개하기를 간청하였으나 발톱의 때만큼도 여기지 않았나이다.

그는 입술로는 하나님을 말하면서 행동은 주님과 상관없는 겉과 속이 다른, 경건한 믿음이 겨자씨만큼도 없는 위선자의 삶을 살고 있나이다.

하오나 제가 분명히 기억하는 바로는(저는 나이가 70이나, 아직 육체는 강건하옵고 제 기억력은 주님의 은혜로 온전하나이다) 문 교수는 20여 년 전 신실한 전도사로서 새빛교회의 많은 어린 학생들을 주님의 길로 인도했던 주의 종이었나이다.

아직도 늦지 않았으니 그에게 자비와 은총의 손길을 내려주소서.

그를 생각하면서 기도할 때에 이 늙은 종의 눈에서 눈물이 흘러나오나이다.

주여! 그의 이름을 하늘나라 생명책에서 서둘러 삭제하지 마옵시고 조금만 더 기회를 주시어 소돔성의 멸망을 인내로 기다리신 주님의 역사를 이루시기 간구하나이다.

우리 믿는 자들은 재앙의 그날이 올 때 뒤를 돌아봐서 소금 기둥이 되는 일이 없도록 굳센 믿음을 허락하소서.

감히 이 늙은 종이 생각하기에 이제 그 말세의 징조가 여기저기서 나오고 있는 바, 중동에서는 민족과 민족이 싸움을 그치지 않더니 드디어 미국 대통령이 이스라엘의 수도를 예루살렘이라고 발표했나이다.

돈만 아는 트럼프가 대통령이 되어서 좀 걱정을 했습니다만 이제야 주님의 깊으신 섭리를 알 듯 하나이다.

예루살렘에 복음이 전파되면 '세상의 끝'이 다가오고 '주님의 재림'도 멀지 않았음을 알려주는 또 하나의 징조이나이다.

문 교수 같은 사람도 하루속히 눈물로 참회하고 이스라엘의 유대인들에게 복음을 전하는 사명을 감당하게 하소서.

주여, 저의 자식이 하나 있는데 하나님을 경외하며 양떼를 지키는 목자의 직분을 감당하고 있나이다.

그는 다행히 아직 이런 이단 교수에게 물들지 않았나이다.

제 자식이 지금 어디에 있든지 주께서 능력의 손길로 지키고 보호하여 주시옵소서.

동시에 이런 엉터리 광장에 들어와서 문 교수의 글을 읽는 사람들도 보호하고 지켜주시옵소서.

이 모든 말씀 두서 없사오나 주님의 재림을 오늘도 기다리는 늙은 종, '만왕의 왕' 예수님 이름으로 간구기도 드렸나이다. 아멘

- 서울 새빛교회 S장로 -

신종일 장로의 글을 읽은 문 교수는 어이가 없고 입맛이 썼으나 그의 글을 삭제하지 않았다. 심한 욕설이 없는 한 어떤 비판이나 비난의 글도 지울 생각이 없었다. 이름을 밝히지 않았으나 방주의 아버지가 틀림없었다. 그 아래로 엉뚱한 글이 올라와 있었다.

문 교수님, 지금 예수님 이야기 할 때가 아니에요.

우리의 구세주는 바로 '박만홍' 님이세요.

유튜브에도 나오지만 그냥 '박만홍' 하고 부르기만 해도 백회가 열리며 시원하고 상서로운 기운이 들어옵니다.

(원래는 '박만홍 님' 하고 불러야 하나 급할 때는 '님' 자를 빼도 됩니다.)

이 세상 어느 누구 이름을 불러도 오링테스트 하면 모두 손가락이 떨어지는데 '박만홍 님' 하고 부르면 절대 안 떨어지고 면역력이 강해져서 감기가 안 걸립니다.

그분은 모든 이에게 매우 자상하시고, 그윽한 사랑으로 베풀어주시는 진정한 '신인' 이십니다.

박만홍 님은 수많은 종교 지도자 중 한 사람이 아닙니다.

그분은 우주의 모든 일을 훤히 아셔서 구하기만 하면 해답을 주시는 신인이십니다.

성인(예수, 석가모니, 공자, 마호메트) 위가 진인(미륵불, 메시아)이고 진인 위가 신인이십니다.

지구가 생긴 이래 이렇게 위대하신 분이 없으십니다.

한 번만 알현하셔도 3대까지 조상님들의 숙업과 본인의 업장도 모두 없어지십니다.

또한 강건하게 되고, 존경 받게 되고, 부자 되게끔 개운발복 시켜주시고 어떤 사업도 잘 되도록 도와드릴 수 있으나 직접 뵙고 말씀 드려야만 됩니다.

꼭 만나 뵙고 싶은 분은 따로 연락을 주세요.

- 모바일: 010 5044 79XX

세계 신인협회 사무국장 나진실 -

이 글은 미안하지만 문 교수가 삭제할 수밖에 없었다. 그 아래에 진지한 질문이 눈에 띄었고 문 교수는 이 질문에 대답을 하고 싶어졌다.

문 교수님, 신학이란 학문은 무엇을 하는 건가요?

성경을 평생 12번 필사하신 93세의 어머니를 보면서 저절로 생긴 궁금증입니다.

이렇게 성경을 필사하고 외워도 신학이 필요한가요?

- 관악구 수학선생 -

신학이란 '종교가 함축한 내용이 무엇인지를 이해하려는 노력' 입니다.

이것이 현재 제가 알고 있는 신학입니다.

간단히 대답했지만 사실 저는 이 이상 잘 알지 못합니다.

- 문익진 드림 -

두 번째 질문은 아주 간단했으나 문 교수의 대답은 길어야 했다.

문익진 목사님, 문 목사님이 믿는 하나님은 어떤 하나님입니까?

- 에덴 무지개 드림 -

무지개 님, 님의 아이디가 재미있습니다.

'에덴동산에 무지개가 있었을까?' 하는 생각을 하셨군요.

저도 한때는 무지개가 노아의 홍수 이후에 처음으로 생겼다고 믿기도

했습니다.

이슬람이 보는 구약에는 무지개 대신 하나님이 천둥, 번개를 보여주셨다고 쓰여 있지요.

님의 질문에 대한 대답을 제가 얼마나 정확히 할 수 있을지 모르겠습니다.

왜냐하면 제가 믿는 하나님이 어떤 하나님인가보다는 제가 믿지 않는 하나님이 어떤 하나님인가를 먼저 말씀드려야 하기 때문입니다.

대답이 길어도 이해해주시고 끝까지 읽어주시기 바랍니다.

저는 하나님이 특정한 국가나 단체나 개인을 위해 있는 분은 아니라고 믿습니다.

말하자면 어느 나라가 큰 전쟁에 이기도록 도와주거나, 어느 나라의 축구팀이 월드컵에서 우승하게 하거나, 우산 장사를 위해 비가 많이 오게 하는 그런 하나님은 믿지 않습니다.

5백 년 전 루터도 심하게 치던 번개가 두려워 이 번개를 피하게 해주시면 하나님의 종이 되겠다고 맹세한 후 사제가 되었습니다.

그러나 21C, 우리가 아는 자연 질서는 그런 일을 믿게 하지 않습니다.

그럼에도 짐짓 그런 일을 믿는 척하는 것은 스스로를 기만하는 일이지요.

저는 하나님은 사람의 생각너머에 있다고 믿습니다.

말하자면 하나님은 우리가 개념화할 수 있는 여러 존재 가운데 하나가 아닙니다.

이스라엘만을 위한 부족신이라고는 더욱 믿지 않지요.

헤롯이 어린 예수를 죽이기 위해 2살 이하 남자아이를 다 죽이도록 허용하는, 그런 하나님은 믿지 않습니다. 히틀러가 유대민족 6백만을 죽인 일도 하나님이 허락하지 않으면 일어나지 않았다는 근본주의의 하나님, 그런 하나님은 믿지 않습니다.

또한 하나님이 모세의 편을 들어 이집트의 모든 장자를 살해했다고 믿지 않고, 여호수아를 위해 하늘의 태양을 정지시켜 암몬족을 전멸시켰다는, 그런 하나님은 믿지 않습니다.

저는 산속 기도원에서 3일 금식기도한 어느 식당 주인이 "네 입을 크게 열라. 내가 채우리라!"라는 하나님의 음성을 들은 후, 기도를 할수록 손님이 많아져 연 매출 100억을 올렸다는, 그런 하나님은 믿지 않습니다.

이러한 예는 계속해서 더 들 수 있겠지만 이만 생략하겠습니다.

여기까지 읽으시고 혹시 저를 무신론자로 생각하는 분도 있겠지만 그렇지는 않습니다.

저는 무신론에 대해서도 여전히 완고한 근본주의가 존재한다고 생각합니다.

즉 '신은 없다'라는 확고한 무신론 교리를 전제로 종교 자체를 거부하고 비난하는 사람들도 분명한 한계가 있습니다.

요즘 인터넷을 통해 기독교에 대해 비난 수위를 높이는 안티기독교의 근본주의적 행태도 근본주의 유신론과 똑같이 하자가 있는 무신론인 것입니다.

유신론자로 평생을 지내는 것만큼 무신론자로 평생을 사는 것도 쉽지 않은 일입니다.

이제 제가 현재 믿는 하나님에 대해 간단히 말씀드리지요.

하나님을 설명하는 일은 하나님이 아님을 설명하는 것보다 훨씬 어렵습니다.

왜냐하면 인간의 능력이나 지혜로 설명하는 하나님은 여전히 상징적인 언어로 표현할 수밖에 없기 때문입니다.

노자는 도덕경의 시작을 '도가도비상도(道可道非常道)'라 하였고 철학자 비트켄슈타인은 '말할 수 없는 것에 대하여 침묵하라'고 했습니다.

하지만, 21C기독교광장의 독자를 위해 신학자로서 제가 배운 몇 가지를 말씀드립니다.

우선 저의 하나님은 어떤 특정한 존재가 아니라 존재의 근원이면서 동시에 실재적이라고 믿습니다.

예수님은 제가 생각하는 하나님의 실재를 나타내셨고 지금도 보여주고 있다고 생각합니다.

그분으로 말미암아 인간이 하나님의 의미 속으로 들어가는 결정적 계기가 되었다고 믿으며 메시아라는 뜻을 되새깁니다.

하나님의 속성은 예수님의 생애를 통해 비유적으로 알 수 있습니다.

그분은 사마리아 우물가 여인이 주는 물을 마시면서 종족의 벽을 허물었고, 가난한 사람들을 축복하고 위로하면서 물질의 벽을 허물었으며, 안식일이 사람을 위해 있다는 말씀으로 종교의 벽을 허물었습니다.

그의 제자들을 이러한 삶의 방식으로 초대한 것은 예수님의 온전한 인성이었고, 이것이 기독교가 가르치는 온전한 신성이며, 하나님의 사랑으로 들어서는 종교적 길이라 믿습니다.

여기까지 제가 믿지 않는 하나님과 믿는 하나님에 대해 말씀드렸습니다. 긴 글 끝까지 읽어주셔서 감사합니다.

- 문익진 드림 -

글을 쓰느라 먹지 못한 피자가 다 식었다. 컴퓨터를 끄고 모차렐라 피자를 전자레인지에 1분 돌린 후 한 입을 깨무니 따끈하게 치즈가 녹아나오며 레드 와인 한 잔이 생각났다. 칠레산 디아블로 와인을 바닥이 넓은 와인잔에 따라 한 모금 마셨다. 블랙초콜릿 맛과 연한 제비꽃 향기가 느껴지는 부드러운 맛이었다.

'샤론의 꽃' 예수님은 당시에 대단한 시인이었다. 귀 있는 자들은 들으라며 대부분의 말씀을 은유와 상징으로 읊으셨다. 기독교는 초창기에 예수님의 인성과 신성 사이를 오락가락하면서 새로운 종교로 발전하기까지 많은 교리가 만들어졌다. 교리가 정해져야 큰 조직이 만들어지고 새로운 종교의 질서가 잡히기 때문이다. 하지만 예수님이 지금의 기독교 교리를 보시면 뭐라고 말씀하실지….

*

감방에서는 일요일이 제일 힘들다. 30분 동안 햇빛을 보며 맘대로 떠들 수 있는 운동 시간이 없고 면회도 할 수 없기 때문이다. 면회시간 자체는 10분에 불과하지만, 방에서 나가 대기하다 들어오는 시간까지 합하면 한 시간 정도로 늘어난다. 대기실에는 의자도 있어 편하다. 방에서는 하루 종일 양반다리를 하고 앉아 있다 보니 한 달만 지나도 복숭아뼈 한쪽이 시커멓게 된다. 또한 대기실에서는 가장 최신의 뉴스를 들을 수 있고 다른 방 사람들과도 자유롭게 대화할 수 있다. 감방에서는 다른 방 사람들과 대화를 위해 복도 쪽으로 큰소리를 내는 '통방'이 엄격히 금지되어 있다. 수용자 2천 명을 3백 명도 채 안 되는 간수들이 통제할 수 있는 것은 수용자들이 감방에 갇혀있기 때문이기도 하지만 그들의 의견이 통일될 수 없기 때문이다. 그래서 통방은 구치소 입장에서는 극히 위험한 일이다. 또 작은 쪽지를 소지들을 통해 옆방에 전달하는 것을 '비둘기 날린다'고 하는데, 적발되면 정식으로 경고 스티커를 받는다. 전달책인 소지도 물론 경고를 받는다. 경고 스티커는 3번 받을 수 있다. 처음 것은 따로 징벌이 없으나 두 번째 스티커를 받으면 분류 심사과에서 고과에 반영하고, 세 번째는 조사 수용되어 징벌방에서 1주일 이상 혼자 있어야 한다. 징벌방은 1평도 안 되는 방에서 신문, TV는 물론 개인 사물도 쓸 수 없어 겨울에 들어가면 담요 한 장으로 지내야 한다. 더 심각한 것은 징벌 위원회에 회부될 경우 가석방 심사에 올라가지 못하니 수용자들로서는 치명적이다.

가석방은 정권의 성격에 따라 차이가 있는데 DJ 때 가석방이 제일 많았다. 아무래도 대통령 본인이 옥고를 많이 치러서 그런 것 같다. 당시에는 대개 80%만 살면 가석방을 해줬고 60%에 나가는 사람도 종종 있었다. 형법에는 형기의 3분이 1 이상이 되면 가석방을 할 수 있게 되어 있다. 요즘은 대통령의 사면권을 제한하자는 움직임이 있고 가석방의 폭도 점점 좁아지고 있다. 특히 박근혜 때는 80%로 나가는 일은 드물었고 90%가 넘어야 기대를 했다. 경제사범 중 액수가 좀 큰 사람은 거의 만기출소였다. 그녀는 대통령 특사 두 번 모두 재벌 총수 한 사람씩만 내보내줬다.

몇 년 전 C회장이 교도소 정문을 나올 때 오른팔에 성경책을 끼고 나오는 사진이 신문에 크게 실렸다. 반응은 두 가지로 나뉘었다.

1) 역시 예수 믿으면 하나님이 특사를 해주시네. 할렐루야!

2) 감방 안에서 얼마나 많은 사람이 매일 성경을 보고 기도를 하는데, 역시 하나님도 재벌의 기도부터 들어주시네.

한방에서 몸싸움을 포함한 신체적 접촉이 생기면 한 명씩 모두 다른 방으로 뿔뿔이 흩어지는데 이것을 '방이 깨졌다'고 한다. 깨진 방은 다른 사람들로 채워진다. 한번 싸움이 나면 계속 그 방에서 싸움이 일어날 가능성이 높기 때문이다. 일 년 중 가장 힘든 때는 구정이나 추석이다. 운동이나 면회 없이, 4~5일을 하루 종일 붙어 앉아 시간을 보내야 하니 싸움이 잘 일어난다. 싸움의 이유는 사소하다면 사소하지만 중요하다면 중요하다. 예컨대 TV를 볼 때 소리가 왜 그렇게 크냐 작냐, 어느 프로를 보느냐 안 보느냐로 싸운다. 화장실에서 용변을 보는데 왜 그리 오래 앉아 있느냐, 왜 남의 비누나 샴푸를 쓰느냐로 싸운다. 아침에 일어나 이불을 개는데 누가 위에 놓느냐, 왜 이불 개는데 먼지를 피우느냐고 싸운다. 또 어떤 사람은 방에서 팔굽혀펴기를 무척 열심히 한다. 당연히 공간을 더 차지하며 다른 사람들에게 피해를 준다. 심한 운동광은 화장실 문턱을 이용해 방에서 턱걸이까지 한다. 방에서 운동하는 것은 엄격히 금지되어 있고 교도관에게 적발되면 경고를 받지만 운동광의 운동을 멈출 수는 없다. 이런 방에서는 싸움이 나기 쉽다.

무혁이 신문을 보다가 방주에게 시선을 돌렸다.

"신 교수님, 여기 머리 볶은 까만 년이 누군데 사람들이 난리요? 여자가 죽었다고 신문에 이렇게 크게 난 건 처음 보네."

방주가 신문을 보니 남아프리카의 만델라 사진이 나와 있었다. 만델라가 흑인이라서 남녀 구별과 나이 구별이 잘 안 되었던 것이다.

"음, 이 사람은 남아프리카 대통령을 했던 넬슨 만델라라는 사람이네."

"헉! 그럼 이 사람이 남자란 말이요?"

방주가 고개를 살짝 끄덕였다.

"근디 이 사람이 뭣 땜시 유명한가?"

"음, 만델라는 남아프리카공화국의 민주화 투사지. 김구 선생이나 이승만 박사처럼 나라의 독립을 위해 평생 싸운 분이고 세계 인권 운동의 상징 같은 분이야. 아, 그리고 이분이 감옥에 좀 오래 있었지."

"호~ 그럼 우리 선배님이시네. 몇 년이나 있었는가?"

"27년."

"와! 쪼매 있었네. 대단한 분이시구만."

만델라의 호칭이 '년'에서 '분'으로 즉각 바뀌었다.

높은 담장 안에서는 밖에서 알던 사람을 만나도 대개 아는 척하지 않는다. 또 갑자기 구속되면 몇 주 동안 가족들에게도 연락을 안 해 실종신고가 접수되기도 한다. 출소 후 궁금해하는 사람들에게, 몇 달간 비밀첩보훈련을 받았다고 둘러대는 안기부파, 갑자기 아프리카 봉사활동을 다녀왔다고 말하는 해외선교파도 있다. 무혁도 목포에 계시는 홀어머니에게 서울에서 직장생활 잘 하고 있다고 가끔 서신으로 연락을 하는데, 구치소 주소는 P.O.Box로만 되어 있기 때문에 주위 사람도 발신지를 잘 알 수 없었다. 전화는 한 달에 세 번을 할 수 있는데 3분 이내로 해야 해서 늘 바쁘다는 핑계로 급하게 전화를 끊었다.

무혁이 최근 어느 국회의원의 발언에 대해 방주에게 물었다.

"교수님, 얼마 전 야당의 어느 국회의원이 포항에 난 지진은 하나님이 현 정부에 보내는 마지막 경고라고 했는데 어떻게 생각하시나요?"

짧은 한숨을 내쉬며 방주가 대답 대신 질문을 했다.

"이번 포항 지진으로 아무도 죽지는 않았지?"

"사망자는 다행히 없고 몇 천 명의 이재민이 발생했지라."

"만약 사망자가 있었다면 그들도 경고용으로 희생된 걸까?"

"글씨… 그건 아닌 것 같소."

"그 국회의원이 어느 교회에 다니는지는 모르겠지만 그런 믿음을 문자주의라고 하네."

반짝이는 무혁의 눈이 다음 말을 재촉했다.

"복음서 중 가장 먼저 쓰인 마가복음 13장에는 곳곳에 지진이 나면 재난의 시작이라고 되어있네. 몇 년 전 일본 후쿠시마 지진으로 엄청난 사상자가 났을 때나 인도네시아 해일로 수만 명이 죽었을 때도 그 나라 국민들이 하나님을 안 믿고 회개를 안 해서 그렇다고 설교하는 목사님들이 있었지. 아직도 그런 수준의 믿음을 강조하는 것은 안타까운 일인데 그런 사람들이 한국 교회에 상당히 많아. 더 어이없는 일은 포항 지진이

지열발전 시험가동 때문이라는 발표가 최근에 있었지. 지반 암석을 파쇄해 인공 수증기를 만드는 과정에서 지진을 유발했다는 거야."

"하! 포항 이재민들 뚜껑 열려버렸네."

"그래서 어느 신학자는 모든 종교에는 표면 신앙(Surface)과 내면 신앙(In-depth)이 있다고 했지. 처음 종교에 입문하면 누구나 겉으로 보이는 표면 신앙부터 시작해. 여기서 좀 더 깊이 있는 내면 신앙으로 들어가지 못하면 매주 한 번씩 꼬박꼬박 교회에 가는 것에만 만족한 상태로 정지한 채 몇 년 혹은 몇 십 년을 보내게 되지. 학교는 초등학교를 졸업하면 중학교로 올라가는데 교회는 초등교회 졸업식이 없어."

"잘못하면 유아교회로 내려가기도 하겠소."

"그렇지. 또 다른 문제는 표면신앙이 종교의 전부라고 생각하는 것에 실망한 많은 신도들, 특히 젊은 층의 이탈이 크게 늘고 있다는 점이야."

"교수님 말씀을 들으니 나가 바로 표면신앙이네."

복도 저편에서 뚜벅뚜벅 무거운 발자국 소리가 들리기 시작했다. 무혁이 얼른 누운 자세를 일으켜 똑바로 앉자마자 검은 옷을 입은 교도관 두 사람이 창문으로 방안을 힐끗 살펴보며 지나갔다. 구치소를 순시하며 돌아다니는 기동순찰대인데 재소자들은 그들을 '까마귀'라고 불렀다. 까만 옷을 입고 다니는 재수 없는 존재란 뜻이다. 까마귀는 하루에 세 번 복도를 돌면서 방안을 살피는데 대개 오전 10시, 오후 2시, 저녁 8시경에 온다. 그들의 신발은 유사시를 대비해 군화 같은 묵직한 것으로 되어 있다. 누워있다가도 군화 소리가 나면 잽싸게 일어나야 하는데, 다행히 다른 교도관들의 걸음 소리와는 확연히 달라 구별이 가능하다. 까마귀들이 다니면서 지적하는 것은 복장 상태가 단정한지, 방바닥에 누워 있지 않은지, 모포 정리가 잘 되어 있는지, 아픈 사람이나 싸우는 사람은 없는지 등이다. 간혹 신입이나 나이 지긋한 사람들은 젊은 까마귀들이 지적하는 문제나 태도에 분통을 터뜨리며 언쟁을 벌이기도 한다. 허리가 아파서 누워있는 노인들도 당장 일어나라며 목소리를 높이기 때문에, 손자 같은 어린 까마귀의 지시를 거부하며 싸우는 경우가 왕왕 있다. 그들은 구치소 질서 유지의 상징이므로 법무부 장관이나 청와대 민정 수석이 직접 와서 노인 편을 들지 않는 한 물러서지 않는다. 까마귀들이 지나가자 무혁이 다시 방주에게 물었다.

"근디 방주, 그 큰 노아의 방주라는 것은 무슨 나무로 만들었소?"

"방주는 잣나무로 만들었다고 성경에 나오지."

"그것도 아시고 역시 대단하시오. 신 교수님은 잣을 좋아하시겠네."

무혁이 안경 속 눈동자를 좌우로 굴린 후 다시 입을 열었다.

"근디 나가 성경을 혼자 읽고 이해하기는 쪼까 어렵구만. 성경에서 나오는 여러 이야기가 도대체 사실인지 아닌지 모르겄소. 방주… 그 큰 방주에 지상의 모든 동물을 쌍으로 집어넣었고, 노아 가족 8명 말고는 홍수에 다 죽었다거나, 예수님이 물을 포도주로 만들고 물 위를 걸었다거나…. 그런 이야기를 그대로 믿어야 믿음 좋은 사람이라고 하는디… 신 교수님은 그걸 믿소?"

방주가 가볍게 미소 지으며 반문했다.

"자네 생각은 어떤데?"

"글씨… 나가 볼 때는 노아의 방주는 아무래도 좀 이상하고, 예수님 정도 되면 물을 포도주로 만들거나 물 위를 걷는 것 정도는 가능하지 않겠소? 요즘도 어떤 여자는 하늘에서 떨어진 천사의 깃털을 보여주고, 빡세게 기도해서 물을 포도주로 바꾼다고 하던디… 신 교수님 생각은 어떠시오?"

무혁이 다시 같은 질문을 했다.

"그런 기적이 사실인지 아닌지는 이제 별로 중요하지 않아."

"그럼 뭐시 제일 중요하오?"

무혁의 질문이 주일학교 학생처럼 들렸다.

"자네가 읽은 마가복음에서라면 8장에 나오는 '나를 따르려면 자기를 부인하고 자기 십자가를 지고 나를 따르라'라는 말씀이지. 사실 우리는 자기 십자가를 질 생각은커녕 피할 궁리만 하고 살고 있지 않은가?"

*

야래향에서의 저녁식사는 홍수진 변호사의 짜장면을 서준이 덜어먹으면서 거의 끝이 났다. 허변이 슬며시 김승태 변호사에게 방주 문제를 언급했다. 방주의 보석재판 담당 판사가 김변의 절친이니 전화나 한 통 해달라면서, 동창끼리 서로 돕지 않으면 크나큰 적폐라고 했다. 김승태가 마오타이를 한 번 더 돌리며 담당 판사는 자신이 책임지겠노라고 선언했다. 옆에서 홍변이 화제를 돌렸다.

"서울에는 젊은 미남들이 옆에서 술을 따르는 호스트바가 있다면서요? 혼자 가기는 겁이 나고 최 기자님이 오늘 저 좀 데리고 가 구경 좀 시켜주세요. 혹시 잘 아시는데 없으세요?"

그녀의 얼굴은 술 몇 잔에 발그레해졌다.

"가보지는 않았는데 이세벨이라고…. 아마 이 근처 같은데."

"어머, 역시 기자 분이라 다르시네. 가까우면 걸어가요."

그녀의 눈이 반짝였다. 별로 내키지는 않았지만 서준이 휴대 전화를 꺼내 주 기자의 번호를 찾았다. 5~6번 울리더니 약간 취한 목소리가 음악소리와 함께 들렸다.

"최서준 기자님, 무슨 일로 이렇게 늦게 전화를 다 하시나?"

"주 선배, 미안해요. 지금 이세벨에 가야 할 일이 생겼는데 전화번호 좀 알려줘요."

홍변의 호기심 많은 얼굴이 서준을 향해 고정되어 있었고 침을 한 번 삼키는 시간이 지난 후 주 기자의 목소리가 들렸다.

"이 차장이 너하고 둘이 가고 싶은 거구나. 그렇지?"

"그게 아니고, 변호사 친구가 있는데 갑자기 가보고 싶다고 해서요."

주 기자의 헛기침 소리가 저편에서 들렸다.

"거기는 모르는 사람은 예약을 안 받아. 내가 예약해줄게. 몇 사람?"

"그럼 고맙죠. 네 사람요."

김변과 허변이 옆에서 급히 손을 저었다.

"아니. 두 사람으로 해주세요."

전화를 끊자 행인두부 디저트가 나왔다. 옛날 양귀비가 좋아했다는 살구씨로 만든 시원하고 향긋한 하얀 묵 같은 디저트가 목으로 술술 넘어갔다. 마오타이의 독한 기운을 중화시키는 약이었다. 후딱 한 그릇을 다 비우자 주 기자의 전화가 다시 왔다.

"예약했다. 이세벨에 가서 윤 마담을 찾으면 돼. 후배가 늦은 밤에 선배한테 갑질 하는 것도 가지가지다."

"고마워요, 주 선배. 내가 답사 겸 먼저 다녀올게요."

서준이 전화를 끊으려는데 그의 목소리가 계속 들렸다.

"여기 베로나인데 지난번 네가 말했던 CCTV 영상 확보했다. 난 왜 이렇게 최서준에게 잘 하는지 몰라."

당장 그 영상을 보러 가고 싶은 마음을 꾹 누르고 휴대 전화 맵으로 이세벨을 찾으니 걸어서 5분 정도 거리였다. 김승태가 아멕스 플래티넘 카드를 계산서 가져온 종업원에게 주면서 말했다.

"오늘 후배님 만나니 걱정이 안 되네. 우리 영감님이 요즘 정신이 오락가락하셔. 일종의 환각을 실제 일어난 일로 생각하는데 의학적 용어로 섬망이라고 하더군."

독한 술기운에도 밖의 거리는 상당히 쌀쌀했다. 오른쪽 어깨를 바짝 붙여 걸으며 홍변이 말했다.

"올해는 추위가 상당히 빨리 왔어요. 12월 중순에 한강이 얼은 게 71년만이래요. 이러니까 지구 온난화가 아니라는 학자도 있나 봐요."

"네. 그래도 온난화는 맞습니다. 사과 재배지가 경북에서 강원도로 거의 다 올라왔어요. 20년 후면 한국은 완전히 아열대 기후가 된다고 해요."

몇 발자국 더 걷더니 홍변이 자연스럽게 서준의 팔짱을 꼈다. 연한 장미 냄새가 산뜻하게 풍겨왔다.

"팔짱은 여자가 먼저 끼는 게 예의라네요."

명랑하게 웃는 그녀의 붉고 도톰한 입술에서 하얀 김이 솟아나왔다. 홍수진의 숨결이 오렌지셔벗처럼 산뜻하고 달콤하게 그의 오른쪽 볼을 간지럽혔다.

잠시 후 대로변에서 한 블록 안으로 들어가 있는 10층 정도의 건물에 도착했고, 이세벨은 지하에 있다는 초록색 네온사인이 눈에 들어왔다. 윤 마담은 남자같이 짧은 머리에 몸에 쫙 달라붙은 레오파드 실크 원피스를 입었는데 가슴이 깊게 패여 있었다. 크게 쌍꺼풀 한 눈과 검은 피부, 두툼한 입술에 분홍색 립스틱이 어느 화가가 그린 아프리카 미인 같았다.

이세벨은 서준이 몇 번 가 봤던 일반 룸살롱과 큰 차이가 없었다. 초록색 대리석 바닥에 분홍색 고급 카펫이 깔려 있고 탁자 위에는 생수 10병과 크리스털 얼음통이 놓여 있었다. 간밤에 술을 많이 엎질렀는지 달착지근한 양주 냄새가 아직도 풍겼다. 서준은 갑자기 술값이 걱정됐다. 기자생활을 시작한 후로는 대부분 얻어먹고만 다녀서 미처 생각을 못하고 여기까지 온 것이다.

“여기 계산은 우리 회사 법인 카드로 할 거예요. 배가 부르니까 양주 한 병하고 마른안주만 시켜요. 남으면 사인하고 다음에 또 와요.”

홍수진이 서준의 마음을 들여다보듯 말했다. 윤 마담이 주문을 받은 후 홍변의 얼굴을 빤히 바라보았다.

“지성과 미모를 겸비한 분이시네요. 우리 집에서 제일 인기 있는 핸섬하고 몸매 좋은 선수가 곧 올 거예요. 낮에는 압구정동 헬스클럽에서 개인지도를 하고 있어요. 맘에 드시면 또 오셔야 해요.”

홍수진의 얼굴이 살짝 붉어졌다.

"최 기자님도 노래 잘하는 아가씨 한 명 앉힐까요?"

"아니요. 저는 괜찮습니다."

잠시 후 감색 양복을 입은 건장한 호스트가 방으로 들어오며 서준과 눈이 마주쳤다.

"어! 손준기?"

손준기도 서준을 알아보고 즉각 뒤돌아 방을 나가버렸다.

"어머! 아는 사람이에요?"

소파에 나란히 앉은 홍변의 눈이 동그래졌다.

"네…."

더 묻고 싶은 그녀의 입술이 열렸다가 닫혔다. 대신 윤 마담이 입을 열었다. 간혹 호스트들이 아는 사람을 만나게 되면 당황해 실례를 할 때가 있다며 다른 선수를 부를 테니 잠시 기다려 달라고 했다. 마담의 엉덩이가 소파에서 떨어지기 전에 서준이 입을 열었다.

"손준기를 좀 만났으면 좋겠는데요."

"어머, 본명도 아시네. 잠깐만 기다려 보세요."

"네. 꼭 할 말이 있는데…."

윤 마담이 나가자 홍변이 말했다.

"저 때문에 기삿거리가 생겼나 보네요. 그럼 오늘은 제가 먼저 들어갈까요?"

선뜻 대답을 못하는 서준이었다.

"호스트바도 와봤고 최고라는 호스트 얼굴도 봤으니 궁금증이 많이 풀렸어요."

"기사 관계는 아니고 제가 무슨 일로 찾던 사람이에요. 그런데 미안해서…."

"설마 최 기자님이 커밍아웃 선언하는 건 아니죠? 농담이에요. 좀 아쉽긴 하지만 다음에 다시 데이트해요."

그녀가 서준과 악수를 하고 방을 나갔고 곧이어 손준기가 들어왔다. 맞은편 소파에 얌전히 앉은 그는 고개를 숙인 채 입술을 살짝 깨물고 있었다. 서준이 가볍게 기침을 한 후 입을 열었다.

"손준기 씨, 내가 며칠 전에 전화했었는데 연락이 안 되더군."

짧은 적막이 흐르고 그가 고개를 들어 서준을 정면으로 쳐다봤다. 그의 목에서 마른침 넘어가는 소리가 들리는 듯했다.

"최 기자님이 나와 얘기하고 싶은 게 뭔지는 모르겠지만 한 가지 약속은 해주이소. 아니면 그냥 일어나 나갈 겁니다."

서준이 고개를 끄덕였다.

"선희에게 나를 여기서 봤다는 이야기는 안 하는기라요. 약속할 수 있지예?"

"알았어요. 그런데 검찰이 곧 선희 씨를 소환할 거예요. 신 목사 아버지, 신 장로님과 대질 심문을 할 텐데 아마 당신이 합의금을 달라고 했다는 말도 하실 거요. 잘못하다가는 선희 씨와 당신, 두 사람 다 구속돼요."

"그게 다 최 기자님 덕분 아닙니까. 선희를 묘하게 설득해서 처벌불원서를 쓰게 했으니까예."

손준기의 눈에 분노의 빛이 스쳤다.

"내 입장에서는 신 목사가 친구니까 빨리 풀려나게 해주려고 그런 거죠. 그렇다고 선희 씨나 당신이 구속되는 것도 원치 않아요."

방문이 열리며 하얀 와이셔츠를 입은 고등학생 같은 소년이 쟁반에 소주 한 병과 마른안주를 들고 들어왔다.

"이건 윤 마담님이 서비스로 드리는 겁니다요."

마오타이를 잔뜩 들이부은 위장이 쓰렸지만 서준이 병을 잡고 뚜껑을 돌렸다. 소주를 한 잔씩 털어 넣자 손의 목소리가 한결 차분해졌다.

"무슨 얘기를 하고 싶은데예?"

말쑥한 감색 양복과 자주색 넥타이가 그의 귀공자 같은 얼굴에 잘 어울렸고 여자들이 첫눈에 호감을 느낄 만했다. 서준이 땅콩 껍질을 천천히 손가락으로 비벼 까서 입안에 넣으며 말했다.

"선희 씨와 손준기 씨는 어떤 사이죠?"

"그게 이 사건 하고 뭔 상관입니꺼?"

"당신이 전 국회의원 김영중 씨와 친자소송을 한 것도 알고 있어요."

서준의 다그침에 손준기가 눈을 치켜 올렸다.

"전에는 배다른 오빠였는데 이제는 사랑하는 사이입니더."

"그 말은 선희 씨가 김 의원의 딸이라는 뜻이에요?"

그의 고개가 위아래로 움직였다.

"제가 김영중 의원과 친자소송을 할 때, 일부러 제 머리카락을 안 내고 다른 사람 것을 냈습니다. DNA가 같아서 선희와 배다른 남매가 되면 안 되니까예."

준기가 정상적인 사고를 하는 사람이 아닌 것이 확인되었지만 지금 그 문제를 따질 수는 없었다.

“그 문제는 난 모르겠고, 일단은 선희 씨가 구속되면 안 되지 않겠어요? 우선 발등의 불부터 끄고 봐야지. 신 장로님께 용서를 빌고 고소를 취하하시도록 해봐요.”

“용서는 잘못한 사람이 비는 거 아닙니꺼.”

준기의 높아진 억양에 서준도 맞섰다.

“이렇게 버티다가 선희 씨가 구속되면 후회할 거예요.”

손준기가 손을 소주잔으로 쭉 뻗어 남은 소주를 마셨다.

“그 노인네가 사과한다고 고소를 취하하겠습니꺼?”

“사실은 내가 얼마 전 말씀을 드렸는데 꿈쩍도 안 하시더라고요. 그래도 당사자가 무릎을 꿇고 빌면 마음이 움직이지 않을까? 교회 장로님이신데.”

“지는 목사나 장로, 그런 사람들 안 믿습니더. 신방주 목사의 아버지면 더 하겠지예.”

짧은 침묵이 흐른 후 서준이 다시 입을 열었다.

“김영중 의원이 섬망 증세가 있다는 것이 사실인가요?”

“지도 소문으로만 들었어예. 치매인지 섬망인지 이제 관심도 없지만….”

“선희 씨가 그분의 딸이라면 그런 증상도 유전될 수 있겠지요?”

손준기는 미처 그 생각까지는 하지 못한 눈치였다.

“전혀 없었던 일… 그러니까 방주가 성추행을 했다고 믿는다면 선희 씨도 섬망이겠지. 어쨌든 이번 사건의 진실 여부를 떠나 당신이 선희 씨를 위해 신 장로님을 만나요. 내일 다시 연락할 테니, 내 전화 기다리고 있어요."

서준을 바라보던 손준기가 고개를 숙였다.

*

방주가 재판을 받으러 서울 동부지원으로 '출정'을 떠났다. 법원으로 가는 것을 '출정'이라고 하는데 손목에 수갑을 채우고 굵은 밧줄로 허리와 팔뚝을 동여매 세 사람씩 한 조로 묶는다. 한 달 정도 세상 구경을 못 하다가 십여 명이 탄 버스에 올라타니 눈 내린 서울 거리가 화려하게 방주의 눈 아래로 펼쳐졌다. 호송 버스를 운전하는 늙은 기사는 방주가 목사인 것을 알고 백미러로 흘끔거렸다. 법무부 소속을 알리는 글씨와 마크가 버스 옆면에 크게 쓰여 있었고 창문에는 검은 선탠까지 되어 있었다. 무서운 살인범이 타고 있거나 TV에서 많이 본 유명인이 차에서 내리지 않을까…. 호기심 어린 시선들이 버스로 향했다. 버스 기사가 방주에게 '이 버스는 차가 많이 막히면 버스 양쪽에서 날개가 나와서 날아간다'고 텔레파시를 보냈고, 방주는 지금 꿈을 꾸고 있다는 걸 깨달았다.

법원에 도착한 방주 일행은 건물 지하실에 있는 대기실로 들어갔다. 동행한 교도관의 허리에는 실탄이 장착된 권총과 테이저건 등이 있었다. 좁은 방, 등받이 없는 긴 의자에 앉은 후 밧줄은 풀고 수갑은 채워놓았다. 재판 시간이 되자 세 명씩 엘리베이터를 타고 해당 법정으로 올라갔다. 방주 옆에서 검은 황사 마스크를 쓰고 안경을 끼고 있던 사람이 엘리베이터 안에서 마스크를 벗는데, 놀랍게도 박근혜였다. 그녀가 방주를 알아보고 싱긋 웃으며 '나도 새빛교회 다녀요' 하면서 악수를 청하는데, 옆에 있는 교도관이 황급히 제지했다. 방주는 지금 꿈이라는 것을 다시 인지했다. 방주 재판은 201호실이고 그녀는 202호실인데 그 앞에는 사진기자들이 진을 치고 있었다. 201호실의 재판이 거의 끝나 가는지 판사의 웅얼거리는 판결 소리가 새어 나왔다. 교도관이 방주의 수갑을 오른손만 풀어주어 그 손으로 다른 손목에 있는 수갑을 덮으라며 인권 보호를 한다. 재판정에 들어가는 모든 피고는 자연히 손을 앞으로 모은 겸허한 자세가 된다. 잠시 후 문이 조심스레 열리며 '3219 신방주 씨, 들어오세요'라는 소리가 들렸다.

단상 위에 있는 판사에게 목례를 하고 피고석에 앉은 방주는 맞은편 검사석을 바라보았다. 검사복을 입은 공판 검사의 얼굴이 무혁과 판박이였다. 태어난 직후 헤어져 서로의 행방을 모르는 일란성 쌍둥이가 틀림없었다. 방주의 오른쪽 옆에 앉아있어야 할 관선 변호사는 오지 않았다. 판사가 곧 재판 시작을 알렸고 방주에게 이름과 주민번호, 직업을 물었다. 직업이 목사라고 하니 재판장의 눈썹이 살짝 올라갔다. 방주가 살며시 얼굴을 왼쪽으로 돌려 방청석을 바라보니, 서준이 아버지와 나란히 앉아있었고, 그 주위에 교회 신도들 몇몇이 '신 목사 무죄'라는 팻말을 들고 있었다.

검사가 먼저 자리에서 일어나 발언을 시작했다.

"피고 신방주 씨는 목사라는 직위를 이용해 교회 신도 오선희 씨를 음식점으로 유인하고 그녀를 위로해 준다는 명분으로 적지 않은 금전을 주면서 성추행을 했습니다. 이에 본 검사는 피고인에게 징역 6년을 구형

하는 바입니다."

방청석에서 웅성거리는 소리와 함께 교회 신도들이 '신 목사 무죄'를 외치기 시작했다. 판사가 방망이를 두드리며 장내 소란을 진정시킨 후 서준의 최후변론도 듣지 않고 판결문을 읽기 시작했다.

"주문, 신방주 무죄."

방청석에서 환호성이 나왔다. 판사의 목소리가 계속되었다.

"피고인이 교회 신도를 추행했다는 혐의는 물증이 없고 추행 장소가 일반 음식점인 점, 목사도 인간으로서 순수한 위로금을 줄 수 있다는 점, 그동안 피고가 목사로서 성실히 목회 활동을 수행한 점 등을 볼 때 검사의 주장은 이유 없다."

공판 검사가 고개를 숙인 채 퇴장하고 어디선가 다른 검사가 갑자기 나타났다. 자세히 보니 입과 눈이 큰 것이 구치소의 김 대표와 너무 닮았다. 그가 엄숙하게 입을 열었다.

"피고 신방주는 목사의 신분임에도 성경을 하나님의 말씀으로 여기지 않고 인간적인 지혜를 발휘하는 신성 모독죄를 범했습니다."

그가 슬쩍 방주를 쳐다본 후 계속 이어나갔다.

"본 검사는 그 증거로 그가 친구 최모씨에게 보낸 서신을 공개합니다. 얼마 전 피고가 직접 쓴 글에 의하면, 마태복음과 누가복음에 나오는 예수님의 족보가 서로 다른 이유, 즉 예수님의 할아버지가 마태에는 '야곱'으로, 누가에는 '헬리'로 나와 있는 이유에 대해 목사로서 차마 입에 담을 수 없는 주장을 하였습니다."

방주는 '구치소에서 나가는 편지는 역시 모두 검열을 하는구나'라고 후회했으나 이미 엎질러진 물이었다. 판사가 질문했다.

"피고는 예수의 할아버지 이름이 서로 다른 것에 대해 어떤 주장을 했나요?"

구치소에서 개인 서신을 마음대로 보는 것은 인권 유린이라고 말하는 대신 방주는 침착하게 답변했다.

"저는 그것이 성경을 문자 그대로 믿으면 안 된다는 하나님의 뜻이라고 생각합니다."

그의 말이 끝나자 방청석에 있던 신도들이 '방주 무죄'의 팻말을 '방주 유죄'로 바꿔들었다. 검사가 어이없다는 표정으로 말했다.

"피고는 신성한 법정에서 아직도 자신의 잘못을 뉘우치지 않을뿐더러 안타깝게도 깊은 의심의 골짜기에서 헤어나지 못하고 있습니다. 본 검사는 피고를 위해 애통한 마음으로 왜 복음서에 예수님의 할아버지 이름이 야곱과 헬리라는 다른 이름으로 기록되었는지 그 정확한 사유를 밝히겠습니다."

검사의 말에 방청석의 청중은 물론 판사까지도 처음 듣는 이야기인 듯 눈을 반짝이기 시작했다. 그런 분위기를 눈치 챈 검사가 좌우를 돌아보고 고개를 살짝 뒤로 젖히며 말했다.

"결론부터 말씀드리면 야곱과 헬리는 이복형제입니다. 헬리는 자녀 없이 사망했고 고대 이스라엘에서 야곱은 이복형제의 후손을 낳을 의무가 있었지요. 야곱이 헬리의 미망인을 취했고 그래서 마리아의 남편, 요셉이 출생한 것입니다."

검사가 자신이 한 말에 스스로 고개를 끄덕인 후 이어나갔다.

"결국 핏줄로는 야곱이 요셉의 아버지요, 족보로는 헬리가 아버지입니다. 그래서 두 사람의 이름이 각각 나온 것이지요. 피고는 혹시 족보에 나오는 사람들의 숫자도 복음서에 따라 다르다고 할지 모르나 실은 모두 이런 문제들이 얽히고설킨 것입니다. 이제 의심의 안개가 완전히 걷혔으리라 믿습니다."

방주의 귀에 어느 여성의 '아멘~' 소리가 들렸다. 방청석에는 고개를 끄덕이는 사람도 있었고 뭔가 이상하다는 듯 방주에게 시선을 돌리는 사람도 있었다. 천천히 자리에서 일어난 방주가 입을 열었다.

"지금 검사님이 하신 말씀, 야곱과 헬리가 이복형제라는 것은 가톨릭에서 중세 이후 지어낸 어처구니없는 이야기예요. 전혀 역사적 근거가 없는 소설입니다. 또한 가톨릭에서는 성모 마리아의 '영원 동정녀설'을 교리로 확정한 후 예수님의 동생들도 마태복음에 나오는 '다른 마리아'가 낳았다고 주장하고 있습니다. 물론 다른 마리아가 누구인지는 알려진 바가 없습니다."

방청석에서 '방주 유죄'를 들고 있던 사람들이 피켓을 내리기 시작했다. 목이 말랐으나 방주는 계속 말을 이어갔다.

"기독교 교리는 신학자들이 만든 원칙을 황제나 교황이 최종 선언하면서 역사적으로 이어져 왔습니다. 2백 년 전만 하더라도 이런 교리를 지키기 위해 순교한 분들을 성인으로 추앙했지만, 사실 이들이 억울하게 희생된 경우도 있습니다."

검사가 급히 자리에서 일어나 방주에게 손가락질을 하며 말했다.

"피고는 신성한 법정에서 혹세무민하며 성인들을 모욕하고 있습니다.

발언을 중지시켜 주십시오."

판사가 두터운 눈썹을 살짝 올리며 방주에게 말했다.

"좀 더 납득할 만한 설명을 못하면 성인 모독죄로 다스릴 것이요."

분위기가 갑자기 중세의 종교 재판 같았다. 방주가 용기를 내 계속 말했다.

"제가 지금 말씀드리는 것은 엄연한 역사적 사실입니다. 약 2백 년 전 조선의 젊은 선비 윤모, 권모 두 사람이 가톨릭의 교리를 지키려다 전주 감영에서 참수를 당했습니다. 바로 신주를 불태우고 제사를 폐했기 때문인데요. 유교가 뿌리 깊은 조선에서는 상상도 할 수 없는 일이었죠. 당시 교황 베네딕토 14세의 칙령에 의해 중국에서는 폐제분주(廢祭焚主)를 해야 했고, 1790년 사절단을 따라 북경에 간 두 사람에게 북경 주교인 구베아가 그렇게 지시한 것입니다."

방주가 가볍게 방청석을 좌우로 둘러본 후 이어나갔다.

"150년이 지난 1939년, 교황 비오 12세는 새로운 칙령을 발표하여, 동양에서 조상에게 제사를 드리고 공자를 공경하는 행위는 우상 숭배가 아니고 사회문화적인 예절이라고 선언했습니다. 한국 가톨릭도 1962년 제2차 바티칸공의회 이후 제사를 문제 삼지 않았죠. 이렇듯 교리와 칙령은 시대에 따라 바뀌는데, 이런 와중에 목숨을 잃는 사람은 누구입니까. 그들은 신앙을 위해 순교한 건가요? 아니면 종교 권력의 상층부에서 필요에 따라 만든 교리의 희생양인가요? 이분들을 생각하면 지금도 마음이 아픕니다. 그들이 성인이 되었다고 그들의 희생이 정당화되나요? 교리와 하나님을 동일시하는 자들은 배타적이고 폭력적이며, 그렇게 지켜진 교리는 또 하나의 우상이 됩니다. 즉 2백 년 전 두 선비는 폐제분주라는 우상에 희생된 겁니다."

방청석에서 몇 사람이 박수를 쳤다. 분위기가 심상치 않자 검사가 벌떡 일어나 방주를 공격했다.

"피고는 본인이 개신교 목사임에도 엉뚱하게 가톨릭의 예를 들면서 자신의 죄를 인정하지 않고 있습니다. 그런다고 유죄가 무죄가 되는 것은 아니지요."

그의 목소리는 거칠었지만 공격의 기세는 처음보다 약해 보였다.

"그렇다면 개신교에서 문자주의를 신봉해 일어난 역사적 비극도 말씀드리죠. 1992년 다미 선교회라는 단체는…."

방주의 발언을 판사가 가로막았다.

"여기는 피고의 개인 유세장이 아닙니다. 판결을 내리기 전에 피고 신방주는 최후 진술을 하시오."

방주가 일어나 한 손으로 수갑을 가리며 부드러운 목소리로 말했다.

"존경하는 재판장님. 성경이 성령에 의해 쓰였기 때문에 문자 그대로 믿어야 한다는 것은 중세 시대의 이야기입니다. 루터도 성경을 그리스어로 다시 번역한 에라스무스가 있었기에 종교 개혁을 할 수 있었습니다. 아직도 대부분의 교회는 모래 속에 머리를 파묻은 타조처럼 신화를 사실로 믿으라고 강요합니다. 종교는 강요가 아니라 깨달음이며, 과도한 전도 지상주의는 십자군 시대의 흔적입니다."

"피고는 그만 입을 다무시오. 더 들을 것도 없이 판결을 하겠습니다."

판사가 근엄한 얼굴로 커닝페이퍼 같은 쪽지를 소매 안에서 꺼냈다.

“네가 낚시로 리워야단[12]을 끌어낼 수 있겠느냐, 노끈으로 그 혀를 맬 수 있겠느냐, 너는 밧줄로 그 코를 꿸 수 있겠느냐, 갈고리로 그 아가미를 맬 수 있겠느냐?”

방주가 귀를 기울여 들으니 그것은 욥기에 나오는 말씀이었다. 판사의 말이 계속되더니 결론을 내리기 시작했다.

“무지한 말로 이치를 가리는 자, 깨닫지도 못한 일을 말하였고, 스스로 알 수도 없고 헤아리기도 어려운 말을 한 피고 신방주에게 징역 5년을 선고한다.”

방청석이 술렁거렸고 판사의 말이 계속되었다.

“다만 피고가 5일 간 금식 기도한 후 악어를 낚시로 잡는다면 즉시 풀어준다.”

판사가 방망이를 막 두드리려는데 방청석에서 외치는 소리가 났다.

“이 재판은 무효입니다. 모든 피고인은 변호사의 도움을 받을 권리가 있는데 오늘 신 목사는 관선 변호인도 없는 상태입니다.”

서준의 목소리였다. 하지만 판사는 높이 든 방망이를 내리쳤다. 방주는 목이 말랐고 물을 좀 달라고 했다.

“신 교수님, 여기 물 있소. 계속 잠꼬대를 하시네.”

무혁의 목소리였고 어렴풋이 날이 밝아왔다.

---

12 리워야단: 레비아탄, 리바이어던으로도 불린다. 악어, 뱀 등으로 묘사되는 괴물로 악의 힘을 상징한다.

*

마오타이와 소주의 궁합은 맞지 않았다. 같은 하얀 술이지만 합치면 '마소'가 돼 무언가 안 좋은 화학 반응이 일어나는 성싶었다. 빈속에 우유 한 잔만 마시고 서둘러 회사에 출근한 서준은 머리가 무거웠다. 주기자는 아직 출근 전인데 어제 목소리로 봐서 정시 출근은 어려울 것 같았다. CCTV를 확보했다니 이제 흑백이 가려질 텐데, 서준은 결과를 알고 싶지 않았다. 누구의 말이 사실이든 마음이 편치 못할 것이다. 만약 방주가 거짓말을 했다면 앞으로 그를 지금처럼 절친으로 대할 수 있을지 불안했고, 선희가 아버지인 김영중 의원처럼 섬망이 있다면 이 또한 마음 아픈 일이다. 서준이 휴대 전화에서 신 장로의 전화번호를 찾아 눌렀다.

"네. 신종일입니다"

종일 신을 찾는 분의 이름으로 어울린다는 생각을 하면서 서준이 전화를 건 이유를 말했다. 손준기가 용서를 빌고 싶어 하니 내일 교회 끝나고 잠깐 만나시면 좋겠다고 했는데, 선뜻 대답이 없었다. 방주가 무죄가 되더라도 상대방을 너무 코너에 몰면 후유증이 생길 수 있으니 일단 만나보시라고 다시 한 번 권하자 신 장로가 입을 열었다.

"서준 군. 자네의 말은 잘 알겠지만 내일 교회 끝나고 다른 볼 일이 좀 있네. 방주의 일은 이미 하나님께서 주관하고 계시니 그분이 어찌하실지 우리는 조용히 기도하며 지켜보는 게 좋겠네. 무슨 말인지 이해가 되지?"

'이해가 전혀 안 됩니다'라는 말을 꾹 삼키고 서준이 한마디 더했다.

"방주의 보석 심사가 며칠 안 남았는데 그전에 용서하시면 더 좋지 않을까요?"

주 기자가 사무실로 급히 들어오며 전화를 하는 서준에게 가볍게 손을 들어 인사했다.

"용서는 사실이 밝혀지고 정의가 세워진 후에 해야 더 뜻이 있지. 하나님은 공의의 하나님이기 때문에 인간의 생각으로 무슨 일을 자꾸 하려고 하면 안 되네. 우리 방주를 위해 계속 기도해주게."

신 장로의 목소리는 온화했고 서준은 더 할 말이 없었다. 전화를 끊자마자 주 기자의 목소리가 뒤에서 들렸다.

"어제 이세벨은 어땠어?"

주 기자의 질문에 술 냄새가 섞여 있었다.

"주 선배 덕분에 구경 잘 했어요. 술도 서비스로 한 병 마시고."

"혹시 윤 마담이 최 기자에게 눈독들이면 내 허락을 받으라고 해."

"나보다 주 선배 같은 터프가이가 더 인기 있을 텐데요?"

"윤 마담은 나 스카우트 안 해. 그 녀석, 나하고 동창이야. 학교 다닐 때부터 낌새가 이상하더니만 대학교 졸업하고 성전환수술 했어. 아이만 못 낳지 완전한 여자야. 나를 호시탐탐 노리고 있어."

"아, 그래서 이세벨에 안 가시는구나."

주 기자가 소리 없이 웃더니 수염이 덥수룩한 얼굴을 손으로 문지르며 목소리를 낮췄다.

"어제 저녁 베로나에 가서 CCTV 녹화본을 가지고 왔어. 최 기자가 왜 이것을 찾는지 확실히 물어보고 가게에 문제가 없다는 조건으로 보여주라고 우리 처남이 신신당부하더라고."

"아, 걱정 마세요. 제가 아는 여자가 거기를 갔다는데 누구와 갔었는지 궁금해서요."

말을 하고 보니 완전히 거짓말은 아니었다. 작은 눈을 살짝 크게 뜨며 주 기자가 물었다.

"그 여자와 썸을 타고 있는 건가?"

"아니에요."

"혹시 경찰에 그 여자가 바람 피우는 증거로 제시하는 건 아니지?"

"네. 절대로 그런 일은 없습니다."

"그런 건 모르겠고, 경찰이 공연히 베로나에 오거나 하면 난 집에서 쫓겨날 거야. 여하튼 내년 초 맛집 선정에 베로나가 3년 연속 강북 최고의 이탈리안 레스토랑으로 뽑힐 거라고 말했으니, 네가 알아서 해."

"네. 베로나는 3년이 아니라 5년 연속까지 충분히 최고의 식당이 될 겁니다."

서준은 자신의 말이 엉터리는 아니라고 스스로 생각했다.

주 기자가 주위를 살짝 돌아본 후 오른쪽 바지 주머니에서 작은 USB를 꺼내 슬며시 서준의 손에 쥐어주었다. 간첩 접선 같은 기분이 들면서 심장이 뛰기 시작했고 컴퓨터를 켜는 손가락이 떨렸다. CCTV 녹화는 약 두 달치였는데 다행히 방주와 선희가 베로나에 간 날이 거의 끝부분에 담겨 있었다. 그날 저녁 8시로 찾아보니 두 사람이 식사하는 화면이 바로 나왔다. 서준이 지난번 선희와 앉았던 바로 그 자리였다. 화면의 초점이 흐리고 카메라가 멀어서 얼굴은 잘 안 보이지만 동작은 알 수 있었다. 9시경에 두 사람이 서있는 장면이 나오고 방주가 선희에게 다가가는 뒷모습이 보였다. 얼굴이 자세히 보이지는 않았지만 분명히 방주가 서있는 선희를 포옹하였다. 리플레이를 몇 번 해봐도 CCTV는 같은 동작을 계속 보여주었다. 선희는 아무 반응도 없었다. 우리가 우리에게 죄 지은 자를 사하여 주라는 예수님의 기도가 떠올랐다. 서준은 하루 종일 일이 손에 잡히지 않았다. 사실을 경찰에 알려서 방주의 앞길을 막을 수도 없고, 그렇다고 선희가 억울한 피해를 당하게 할 수도 없었다.

인터넷 뉴스에 선희 엄마 김혜순 씨의 기사가 사진과 함께 뜨기 시작했다. 서준은 자신의 기사를 보며 맞춤법과 사람 이름, 숫자를 확인했다. 선희 엄마의 본명이 오정순이라는 것도 다시 한 번 확인했다. 간혹 정치인이나 연예인의 이름이 틀리게 나오면 그 저의를 의심하며 회사로 찾아와 항의하는 열성 팬도 있었다. 김혜순 씨의 기사는 얼굴 사진 한 장이 좌우가 바뀐 것 말고는 별 문제가 없었다.

휴대 전화가 울렸고 전화한 사람의 이름이 떴다.

"최 기자님. 전화가 없어서 먼저 했습니다. 내일 일요일이니까 교회로 신 장로님을 찾아가면 어떨까예?"

"조금만 더 기다려 봐요. 지금 4시인데 퇴근 전까지는 연락할게요."

"네. 여하튼 저는 최 기자님만 믿겠습니다."

손준기의 태도가 싹싹했고, 담백한 성격이 마음에 들려고까지 했다. 서준이 전화를 끊으려는데 그가 급하게 한마디 더했다.

"남대문경찰서에서 내주 화요일 오전 10시에 선희를 참고인으로 나오라고 하는데예."

"그래요? 내가 좀 알아볼게요."

남대문경찰서 우 계장과 먼저 통화를 하는 게 좋을 것 같았다. 참고인으로 부른 후 즉석에서 피의자로 신분을 바꿔 긴급 체포하는 것이 그들의 수법이다. 신호가 몇 번 울렸지만 전화를 받진 않았다. 선희가 이번 일로 어려움을 당한다면 그것은 전적으로 자신의 책임이란 생각이 들었다. 서준이 이번에는 선희에게 전화를 걸었다. 밝고 명랑한 목소리였다.

"최 선생님. 지금 막 인터넷에서 엄마 기사 읽었어요. 정말 감사합니다."

"벌써 읽었군요. 기사에 별 문제는 없죠?"

"네. 이렇게 엄마의 삶이 이야기로 정리된 것을 보니 마음이 묘해요. 제가 알고 있던 엄마보다 훨씬 훌륭한 분이었다는 생각이 드네요. 글을 잘 써주셔서 감사합니다."

"삶의 진정한 의미는 자기 인생의 사건들을 이야기로 재통합하는 과정에서 만들어진다는 말이 있죠. 나는 선희 씨가 보내 준 자료를 그대로 쓴 것뿐이고…."

"아니에요. 최 기자님 덕분이에요. 그런데 자기 인생의 사건들을 이야기로 재통합하는 과정이라는 말, 거기서 핵심은 '이야기'인 것 같아요."

선희의 총명함에 서준이 속으로 감탄했다.

"인간은 이야기로 역사를 변화시켰어요. 예를 들어 예수님의 이야기가 담긴 4복음서가 없었다면 지금과 같은 기독교도 없었을 거예요. 크리스마스가 더욱 눈부시게 된 것도 누가복음의 아름다운 예수 탄생 이야기 때문입니다. 어록만 있는 도마복음도 귀한 문서이긴 하지만 그게 전

부예요. 이야기가 없기 때문이죠."

"네, 동방박사 세 사람, 구유에 누우신 아기 예수, 하늘에 영광 땅에는 평화, 저도 유년부에서 크리스마스 때 예수님 옆에 내려오는 천사 역할을 했어요."

"선희 씨에게 아주 잘 어울리는 역할이었네요."

그녀의 웃는 목소리와 함께 다른 전화가 걸려오는 소리가 났다. 오후 내내 기다리던 전화였다. 서준은 급히 선희와의 전화를 끊고 목소리를 가다듬었다.

"네. 최서준입니다."

"서준 군. 나 신 장로일세."

그의 목소리는 여전히 차분했다.

"아, 네. 장로님"

서준도 음성을 좀 낮추었다.

"지금 바쁘지 않으면 잠깐 통화할 수 있을까?"

"네. 괜찮습니다."

신 장로가 목을 가다듬는 소리가 났다.

"아침에 자네와 통화한 후 생각을 해봤는데 내가 고소한 건은 취하하는 게 역시 좋겠구만. 자네 말대로 방주 재판 전에 우리의 관용을 모든 사람에게 알리도록 하세."

"잘 생각하셨습니다. 그럼 내일 교회로 찾아 뵙지 않아도 되겠네요."

"아무렴. 오후 내내 기도하는 중에 그런 마음을 주셨네. 우리는 그대로 '믿습니다' 하고 순종해야지."

"네, 알겠습니다. 감사합니다."

신 장로가 전화를 끊었고 서준의 입에서 안도의 한숨이 길게 새어나왔다. 서준은 CCTV 영상을 보자마자 복사해 신 장로에게 보냈다. 신 장로가 오후 3시에 직접 받았다고 퀵서비스 회사가 카톡을 보내왔다. 서준이 첨부한 메모에는 다음과 같이 쓰여 있었다.

"신 장로님, 저 손준기입니다. 이 화면을 보시고 모든 일을 하나님의 사랑으로 원만히 해결하시기 바랍니다. 만약 금일 오후 6시까지 말씀이 없으시면 이 화면이 관계기관에 즉시 제출될 것입니다. 최서준에게 장로님의 결정을 알려주세요. 고소를 취하하신다면 이 일은 저와 장로님만의 비밀이 되는 것입니다."

마사이족의 사도신경

21C기독교광장에는 문 교수의 예측대로 하루 사이에 여러 개의 댓글이 달렸다. 그가 쓴 〈내가 믿는 하나님〉이란 글에 대한 비판이 많았으나 비판글에 다시 댓글로 그의 생각을 지지한 사람들도 있었다. 이렇게 토론의 광장이 마련되는 것 자체가 문 교수가 바라는 일이었다. 유럽이나 미국의 대학에서는 활발하게 토론하는 문화가 발달해 폭넓은 질문과 이에 대한 의견들을 자유롭게 발표하는데, 한국에서는 이러한 광경을 보기 힘들다. 교회의 각종 모임에서도 자유로운 대화는 엄두도 내지 못한다. 목사님의 말씀만 받아 적고 토씨까지 서로 확인하며 안도할 뿐이다. 문 교수가 쓴 〈내가 믿는 하나님〉이란 글 바로 밑에 달린 댓글은 어느 목사님이 보낸 듯싶었다.

안녕하세요? 문 교수님.

교수님이 쓰신 『내가 믿는 하나님』은 한마디로 아브라함의 하나님, 야곱의 하나님은 안 믿고 철학자의 하나님만 믿겠다는 뜻입니다.

즉 구약의 하나님과 신약의 하나님을 분리하자는 주장 아닙니까?

이것은 이미 2C 중반, 이단의 괴수였던 마르키온이 성경을 누가복음과 바울서신 중심으로 편집하여 기독교의 성경으로 새로 만들고, 구약은 유대교의 신화적 흔적이므로 떼어내야 한다는 주장과 비슷합니다.

미국 제3대 대통령 토마스 제퍼슨도 대통령직에서 물러난 후 소위 이신론에 빠져 성경에서 기적으로 보이는 부분을 빼고 제퍼슨 바이블을 편찬합니다.

이신론은 하나님이 세상을 창조는 하셨지만 그 후에는 세상이 저절로 움직이게 놔두셨다는 일종의 자연주의 신관입니다.

근대에는 톨스토이도 비슷한 실수를 했는데, 신약을 '요약복음'이라는 새로운 이름으로 편찬하여 러시아 정교로부터 파문을 당했지요.

문 교수님의 글을 읽으면서 전도서의 한 구절이 떠오르더군요.

"이미 있었던 것이 후에 다시 있겠고, 이미 한 일을 후에 다시 할지라. 해 아래에는 새 것이 없나니, 오래전 세대들에도 이미 있었느니라."

또한 예수님이 모든 계명 중 '네 마음과 목숨을 바쳐 하나님을 사랑하라'와 '네 이웃을 네 몸과 같이 사랑하라'는 두 가지가 가장 중요하다고 하셨는데, 사실 이것은 예수님이 먼저 하신 말씀이 아니고 구약에 나오는 말씀이지요.

각각 레위기와 신명기에 나와 있는 말씀을 그대로 하신 것입니다.

문 교수님은 성경 전체에 나오는 한 분의 하나님을 믿어야지 어느 하나님은 믿고 어느 하나님은 안 믿으면 자체 모순에 빠지게 됩니다.

이 글을 읽는 독자 여러분의 현명한 판단을 기대하며 문 교수님의 각성을 촉구합니다.

- 여의도 이레 드림 -

이렇게 비판적인 댓글에 다시 누가 댓글을 달았다.

이레님, 안녕하세요?

제가 보기에 문 교수의 말씀은 성경을 분리하자는 뜻은 아닌 듯합니다.

2천 년 전 예수님의 제자들이 당시의 세계관으로 왜 예수님을 하나님의 아들이라고 고백했으며, 수많은 기적을 행했다고 믿었는지를 하나님에 대한 현대적 속성으로 알아보자는 것입니다.

말하자면 '하나님이 모세의 편을 들어 이집트의 모든 장자를 살해했다' 는 성경 구절의 하나님은 우리가 지금 예수님을 통해서 알 수 있는 하나님은 아니라는 것이죠.

8백 년 전, 중세 최고의 신학자 토마스 아퀴나스는 성서 해석의 방법을 4가지로 구분했습니다.

문자적, 은유적, 도덕적, 신비적인 방법입니다.

예루살렘을 예로 들면 문자적으로는 지도에 표시된 특정 장소입니다.

은유적인 해석으로는 사도 바울이 말한 '하늘의 예루살렘은 자유인이며 우리 어머니' 라는 구절이 되겠습니다.

또 도덕적인 의미나 신비적인 의미로 예루살렘이 쓰인 경우도 이레님이 잘 아실 것으로 생각합니다.

이렇듯 성서의 지명 하나도 이미 오래전부터 여러 가지 관점에서 해석할 수 있었습니다.

그 과정에서 각자 개인적인 환경이나 경험에 따른 서로 다른 신앙관을 존중해주면 종교적 평화에 한 걸음 더 가까워지지 않을까요.

'종교 평화 없이 세계 평화 없다' 라는 말씀이 더욱 절실한 시대입니다.

어쩌면 같은 종교, 같은 기독교 내부의 화평이 더욱 어렵기도 합니다.

마지막으로 저를 깨우쳐 준 짧은 글이 있어서 21C광장에서 같이 나누고 싶습니다.

'진리보다 기독교를 더욱 사랑하는 사람은 기독교보다 자기 교파를 더욱 사랑하게 되고, 자기 교파보다 자기 교회를 더욱 사랑하게 되고, 마침내는 그 어떤 것보다 자기 자신을 가장 사랑하게 된다.'

- 만리재 로데 드림 -

두 사람의 글을 읽은 문 교수가 고개를 끄덕였다. 이 정도의 토론이 된다면 21C기독교광장의 장래가 더욱 넓어질 것이라 생각하며 댓글을 달기 시작했다.

이레님, 로데님. 두 분의 진지하고 유익한 말씀, 대단히 감사합니다.

저는 신학자로서 보수와 진보를 구분하여 어느 쪽을 지지하거나 비판하고 싶지 않습니다.

21C의 신학은 그보다 더 큰 틀에서 패러다임이 바뀌어야 한다고 믿기 때문입니다.

아프리카 마사이족을 위해 1960년대에 만들어진 사도신경을 소개합니다.

〈예수님은 인간의 몸을 입으시고 유대 족속으로 오시어 작은 마을에서 비천하게 나시었다. 그분은 집을 떠나 항상 사파리의 여정 가운데 선을 행하셨으며, 하나님의 권능으로 사람들을 치유하고 하나님과 인간에 대해 가르치셨으며, 종교의 의미가 사랑임을 보여주셨다. 그러나 사람들은 그를 거부했고, 그분께서는 수난 당하셔서 십자가에 못 박히시고 죽으셨다. 그분은 무덤에 놓이셨으나 하이에나들은 그분을 상하게 하지 않았다.〉

마사이족의 사도신경에는 하이에나가 나옵니다.

사파리와 하이에나가 그들에게는 더욱 실감나겠지요.

예수님의 삶이 나타나 있는 이러한 마사이족의 사도신경이 재미있습니다.

- 문익진 드림 -

문 교수가 21C기독교광장을 나와서 이메일을 확인했다. 로빈슨 교수는 아직 아무 연락이 없었다. 목이 좀 뻐근해서 의자를 뒤로 빼고 일어나 허리를 시원하게 젖히는데 책상 위의 인터폰이 울리고 이동구 학장의 목소리가 들렸다.

"선배님. 안 바쁘시면 제 방으로 지금 좀 오실 수 있을까요?"

그가 자기 방으로 오라는 것은 사무적으로 할 말이 있다는 것이다. 평소 부드러운 목소리가 약간 경직되게 들렸다. 학장 방에서 그와 마주 앉으니 늘 싱글거리던 얼굴에 웃음기가 없었다. 이 학장이 머리를 한번 쓸어 올린 후 입을 열었다.

"문 선배님, 오늘은 좀 죄송한 말씀을 드려야겠습니다. 어제 오후, 우리 교단 총회장이신 김훈두 목사님께서 제게 직접 전화를 하셨습니다. 제가 총회장님을 10년 넘게 모셨는데 그분이 그렇게 진노하신 것은 처음이었습니다."

이동구가 한숨을 내쉰 후 계속 말했다.

"총회장님께서 21C기독교광장을 보셨습니다. 문 선배님이 그 사이트를 만드신 것과 우리 학교 교수인 것을 알고 계시더군요."

이 학장이 헛기침을 한 번 했다.

"그래서요?"

문익진이 학장과 눈을 마주쳤다.

"우리 학교 교수가 그런 사이트를 만든 것은 교단의 교리에 어긋날뿐더러, 교수는 학교 수업에 전념해야 하는 거 아니냐며… 그 사이트를 폐쇄하라고 하셨습니다."

두 사람 사이에 잠시 어색한 침묵이 감돌았고 이 학장이 다시 입을 열었다.

"제가 실은 선배님이 만드신 21C기독교광장을 가끔 들어가서 짧은 글도 남겼습니다. 저는 개인적으로 교수님 팬입니다. 그러나 학장으로서는 총회장님의 말씀을 전달하지 않을 수 없습니다. 잘 아시다시피 우리

학교가 교단 보조금을 많이 타내려면 그분과 척을 질 수는 없으니까요. 널리 양해해 주시기 바랍니다."

문 교수가 물었다.

"21C기독교광장의 어느 부분이 총회장님의 마음에 들지 않았나요?"

"음… 며칠 전 선배님이 올리신 내가 믿는 하나님이란 글 있지요?"

그의 다음 말이 놀라웠다.

"그 아래 댓글을 단 '여의도 이레'라는 사람이 아무래도 총회장님 같아요. 그분이 여의도에 사시고 전도서 전공이잖아요. 총회장님께 21C기독교광장을 알려주고 문 교수님에 대해 안 좋게 얘기한 사람이 있는 듯합니다."

문 교수가 목을 한 번 가다듬은 후 물었다.

"만약 21C기독교광장을 폐쇄하지 않으면 어떻게 하실 건가요?"

이동구가 진한 눈썹을 모으며 사정조로 말했다.

"선배님이 좀 도와주셔야지요. 작년부터 신학생 모집도 여의치 않은데 교단하고 관계마저 나빠지면 제가 이 자리에 앉아 있을 수가 없습니다."

"알겠습니다. 제가 도와드리지요. 마침 학기도 거의 끝났으니 올해 말로 사표를 내겠습니다. 제가 학교 소속이 아니면 21C기독교광장을 가지고 더 이상 시비를 걸 수 없겠지요."

이동구가 화들짝 놀라며 두 손을 앞으로 내저었다.

"아닙니다. 그러시면 제가 선배님께 죄송해서 안 되지요."

"아니에요. 저는 학장님 입장을 충분히 이해합니다. 사실은 지난번 교회에서 설교를 안 하고 내려왔을 때부터 학교를 그만두려고 생각했습니다. 이제 그때가 된 것 같습니다."

그동안 가슴에 담아왔던 말을 해버리니 시원했다. 이동구 학장은 절대로 총회장의 심기를 건드릴 사람이 아니고, 지금 만류하는 것도 예의상이나마 나름대로 최선을 다하고 있는 것이다.

"문 선배님. 생각을 좀 돌리실 수는 없을까요? 1년만 21C기독교광장을 닫으시고 상황이 좀 바뀌면 다시 여시지요."

이 학장이 목소리를 낮추며 조심스레 이어나갔다.

"내후년 지방 선거에서 우리 총회장님이 도지사 선거에 나가시면, 그때는 다른 분이 총회장이 되십니다. 올해는 다 갔고 이제 1년밖에 안 남았습니다."

문익진이 자신의 말에 아무런 반응이 없자 학장의 음성이 애원조로 변했다.

"저도 압니다. 사실 신학자 중에 부활한 예수님이 제자들과 구운 생선을 드신 것을 문자 그대로 믿는 사람이 얼마나 되겠습니까. 하지만 그런 성경 말씀을 사람들이 의심하기 시작하면 기독교의 근간이 흔들리고, 한 번 흔들리기 시작하면 둑이 무너지듯 걷잡을 수 없게 됩니다. 21C기독교광장이 그 기폭제 역할을 하면 안 되지요."

이동구가 두 눈썹을 치켜뜨며 속마음을 드러냈다.

"성경이 하나님 말씀으로써의 권위가 손상된 결과, 유럽의 수많은 교회가 텅텅 비고 디스코장이 되었지요. 우리도 다 알면서 말 안 하는 것은 그런 위기감 때문입니다. 그래도 한국이 아직은 미국 남부의 바이블

벨트 지역을 제외하고 유일하게 복음 신학이 유지되는 곳 아닙니까. 목사도 판사도 다 하루하루 가족을 부양해야 하는 생활인입니다."

이동구의 목젖이 위아래로 움직였다.

"목사도 수입이 있어야 가족을 먹여 살리는데, 유럽처럼 되면 생활 기반이 무너집니다. 지금 한국에 목사님이 20만 명이 넘고 교회가 6만 개입니다. 교회 수는 매년 줄어들고 있는데 신학 대학원에서 목사는 계속 더 나오고 있어요. 지금도 직장을 찾지 못해 막노동을 하거나 백수로 지내는 목사들이 많은데, 이런 추세로 교회가 줄어들면 당장 우리 신학생도 취직하기가 어렵습니다."

문 교수가 그의 말을 중간에서 끊었다.

"무너질 교리, 없어질 신은 빨리 없어져야 합니다. 그래야 새 술을 새 부대에 담을 수 있지요."

이동구가 어이없다는 듯 살짝 코웃음을 쳤다.

"참 순진하십니다. 기독교의 교리가 다 사실이 아니라 해도 사람들은 죽은 후의 삶, 천당에 가는 희망으로 교회에 나오는 겁니다. 인생의 절망에 시달리는 이들을 위로하고 도와주는 것이 하나님께 받은 우리의 사명이에요. 목사는 그들에게 내세의 빛, 천당의 영광을 보여줘야 합니다. 주와 함께 영원히 천국에서 다스리는 희망으로 이 땅에서의 고난을 극복하고, 하나님의 영원한 왕국에서 마침내 승리를 거둘 것이라는 확신을 주어야 합니다."

문 교수가 아무 말이 없자 이동구의 목소리가 이어졌다.

"신도들에게 천국의 희망을 주기 위해서는 니케아 교리가 필요합니다. 예수님은 동정녀가 낳은 신이어야만 하고, 재림해야만 합니다. 우리가 2천 년 동안 배운 이런 교리로 충분히 거룩한 삶을 살 수 있는데 왜 지금 이런 사이트를 만들어서 사람들을 시험에 들게 합니까?"

문 교수가 차분하게 말했다.

"거룩한 삶 이전에, 인간으로서의 삶을 살아야 하기 때문이지요. 정직한 교회가 천당의 영광보다 먼저입니다. 저는 기독교가 진정한 개혁을 해야 한다고 믿습니다. 루터의 종교 개혁도 일종의 기독교 분파 사건으로서 여전히 근본적인 한계가 있지요. 5백 년 전 기독교 개혁은 이제 찻잔의 폭풍으로 보일 것입니다."

성서 유오설

방주의 보석 심사 결과가 나왔다. 보증금 납입 없는 석방이었다. 피해자인 선희의 처벌불원서가 중요한 역할을 했다. 오전 8시 정각에 구치소에서 나온 방주는 동네 목욕탕으로 직행했다. 얼마 전까지만 해도 전날 밤 12시에 출소했는데 H모씨가 법무부 장관이 된 후, 출소 시간이 다음날 아침 8시로 무려 8시간이나 늦춰졌다. 갈 곳 없는 수용자들이 밤늦게 술이나 먹고 행패를 부린다는 이유였다.

구치소 정문을 나오면 두부를 한입 먹고, 한강에 가서 입고 있는 내복을 태워 재를 뿌리고, 목욕탕으로 가서 묵은 때를 벗겨내는 것이 관행이었다. 이렇게 해야 다시 옥고를 치르지 않는다는 것이다. 첫날밤에는 호텔 방에서 향초를 켜고 자야 감옥 귀신이 떨어져 나간다는 말도 있었다. 방주는 먼저 목욕탕에 가서 뜨거운 물을 마음껏 끼얹고 탕에 몸을 담그고 싶었다. 사람들이 왜 출소하자마자 목욕탕으로 바로 가는지 이해가 됐다. 빵잽이들이 '감옥에 들어오는 이유는 나오는 맛이 좋아서'라고 하는 이유도 어렴풋이 알 수 있었다. 방주의 때를 미는 세신사가 때밀이 수건을 바꾸면서 한마디 했다.

"손님은 다른 사람보다 시간이 좀 오래 걸립니다요."

내가 지금 감옥에서 나오는 길이라는 말을 꿀꺽 삼켰다. 잠시 후 세신사의 눈총을 뒤로하고 바닥에 널린 국수 같은 때를 까치발로 살살 피하며 높이 달린 샤워꼭지의 물을 세게 틀었다. 바닥에서 20㎝ 위에 붙어 있는 감옥의 수도꼭지를 보고 놀란 기억이 아득했다. 충분히 몸을 씻은 후 온탕에 들어가 10분쯤 있으니 이마에서 땀이 나기 시작했다. 물 위로 떨어진 땀 한 방울이 이제 여기가 바깥세상이라며 방주에게 동그랗게 인사를 했다.

방주는 휴게실 안마의자에 깊숙이 누워서 잠깐 눈을 붙이려 했지만 잠이 오지 않았다. 바로 옆에서 무혁이 '교수님, 졸라 시원하시겠소이~'라고 하는 소리가 들리는 듯싶었다. 집에서 눈이 빠지게 기다리실 아버지를 생각하니 점점 안마 의자가 불편하게 느껴졌다. 방주는 서둘러 목욕탕을 나와 집으로 향했다. 교회에서는 장로님으로 호칭하는 신종일 장로, 방주의 아버지는 두 달도 안 된 사이에 폭삭 늙어 보였다. 햇빛이 밝아서 그런지 이마에 세로 주름이, 마치 칼에 베인 상처처럼 눈썹과 수직으로 연결되어 있었다. 방주의 마음 정중앙이 시큰했다. 아버지 얼굴을 이렇게 자세히 본 적이 한 번도 없었던 것 같았다. 안방에서 큰절을 하고 서재로 자리를 옮겼다. 아들의 왼손을 잡은 채 신 장로님의 기도가 시작되었다.

"하나님 아버지, 감사합니다. 죽음의 골짜기에서도 주님의 은혜로, 주님의 지팡이와 막대기로 우리 방주, 신 목사를 지켜주시고 이렇게 무탈하게 돌아오게 해주신 은혜를 감사드립니다. 앞으로 있을 재판에서도, 아버지! 능력의 손길로 홀로 주관하셔서 신 목사가 최종 무죄가 될 것을 믿어 의심치 않사옵나이다. 그리하여 이번 일을 통하여 오묘하신 하나님의 섭리와 긍휼을 세상에 널리 선포하여 주옵소서. 주여, 이제 신 목사는 이번 고난을 통하여 정금같이 되어 나왔나이다. 방주가 욥과 같은 의인은 아니오나, 이제 진실한 하나님의 종으로, 주님의 도구로 다시 태어나 오직 하나님께 영광 돌리고, 주님의 십자가를 끝까지 지고 가는 선한 목자의 사명을 감당하는 신방주 목사가 될 수 있도록 인도하여 주옵소서. 부족하고 아무 공로 없사오나 예수님 이름으로 기도하였나이다. 아멘."

'아멘'은 방주도 끝을 올려 힘을 넣었다. 신 장로는 지그시 감은 눈을 천천히 뜨고 앞에 있는 두터운 성경책을 집어 들었다. 『개역 개정 큰글 성경』은 방주가 태어난 해에 발행된 성경이었다.

"오늘 내가 새벽에 읽은 큐티 말씀이다. 이렇게 놀라운 하나님의 은혜를 어찌 감당할꼬!"

아버지가 펼쳐준 성경에는 출애굽기 12장 40절부터 43장까지 노란 형광펜으로 칠해져 있었다.

"이 부분을 소리 내서 읽어보아라."

"이스라엘 자손이 애굽에 거주한 지 430년이라 430년이 끝나는 그 날에 여호와의 군대가 다 애굽 땅에서 나왔은즉 이 밤은 그들을 애굽 땅에서 인도하여 내심으로 말미암아 여호와 앞에 지킬 것이니 이는 여호와의 밤이라 이스라엘 자손이 다 대대로 지킬 것이니라."

방주가 다 읽은 것을 확인한 신 장로가 부드러운 음성으로 말했다.

"얼마나 놀라운 여호와의 은총이신지."

방주는 아버지의 말이 무슨 뜻인지 알 수 없었다.

"바로 오늘이 네가 구속된 지 43일 만이다. 애굽에서의 노예생활 430년이 너에게 43일로 임하시고 바로 오늘 출소한 것이다."

"오늘이 46일째 아닌가요?"

"음, 경찰서 유치장부터 따지면 그렇지만 거기서 3일은 아직 구속이 확정된 것이 아니었으니까 제외해야지."

방주는 '성경의 다른 곳에는 425년으로 되어 있다'는 말을 입 밖에 내지 않았다. 어차피 반올림하면 43일이 되고 본인은 믿음이 부족한 사람이 되기 때문이다.

"이제 무죄가 된 거나 마찬가지니까 학교는 그만두고 교회 일에 전념하거라."

방주는 고개를 숙이고 아무 말도 하지 않았다. 신 장로가 헛기침을 한 번 하고 다시 말했다.

"이동구 학장을 만나서 네 사퇴서를 제출했다. 무죄가 난다고 해서 복직이 되지는 않을 게다. 비운사의 불상 사건 모금 운동 건은 우리 교단에서 도저히 받아들일 수 없는 거야."

큰구원교회 장로가 경기도 비운사 대웅전의 부처님 얼굴을 훼손했는데 방주가 나서서 복구 캠페인을 벌인 일이 엄중한 징계 사유였다.

"문익진 교수를 만나봤더니 네가 그 사람 밑에 있는 한 하나님의 영광을 가리는 패역한 일에 너도 모르게 동참할 수 있겠더라."

"문 교수님이 무슨 말을 하던가요?"

"그 사람은 성경을 하나님의 말씀으로 인정하지 않고 인본주의적이고 늘 자기 의를 앞세우는 고약한 사람이다. 성경이 현대 과학과 맞지 않는다는 그의 말에 수많은 젊은이들이 시험에 들고 실족하는 것이야."

"성경이 사실 과학책은 아니죠."

방주가 자기도 모르게 문 목사를 옹호하는 발언을 했다. 아들의 얼굴을 3~4초 물끄러미 바라보던 신 장로가 작심한 듯 입을 열었다.

"방주야, 지구가 우주에 떠 있다는 사실을 성경이 언제 밝혔는지 아니?"

"아니요. 그건 잘 모르겠는데요."

"무려 3500년 전에 말씀하셨다. 욥기 26장 7절 말씀이지. 바로 거기에 '그는 북편 하늘을 허공에 펴시며 땅을 공간에 다시며'라는 말씀이 나온다. 땅을 공간에 다셨다는 말씀은 지구가 허공에 떠 있다는 뜻이지. 오늘날 지구가 허공에 떠 있다는 것은 모두 아는 내용이지만 성경이 쓰일 당시 고대 사람들에게는 상상도 할 수 없지 않았겠니? 그들은 지구가 무엇엔가 단단히 고정되어 있다고 생각했지. 우리가 사는 세상이 엄청나게 큰 거북이 등 위에 있다고 인도 신화에 나와 있는 정도니까… 인간의 과학이 언제쯤 지구가 허공에 떠 있다는 사실을 증명할 수 있었을까?"

아버지가 살짝 회심의 미소를 띠셨다.

"17세기에 뉴턴이 만유인력의 법칙을 발견한 후에야 비로소 알 수 있었다. 성경은 인간의 과학보다 수천 년 앞서서 지구가 허공에 떠 있음을 알려 주었지. 욥기는 탄소연대측정법에 따르면 무려 3500년 전의 기록이다. 얼마나 놀라운 일이니!"

방주는 아무 대답도 하지 않았다.

"지구에 언제 화산과 지진이 나고, 또 언제 큰 행성과 충돌할지 모르지만, 오직 여호와께 모든 것을 맡기면 영원한 마음의 평안을 얻을 수 있는 것이다. 인간의 과학적 진리는 늘 변해 왔고 또 앞으로도 변할 것이야. 다윈의 진화론도 곧 허구임이 드러날 것이다. 나는 어젯밤, 네가 나오기 하루 전날에도 시편을 외우며 편안히 잘 수 있었다. 이 대목을 큰소리로 읽어 봐라."

아버지가 두 번째 펼쳐 준 성경은 시편 4장 8절이었다.

"내가 평안히 눕고 자기도 하리니 나를 안전히 살게 하시는 이는 오직 여호와시니라."

신 장로가 성경을 읽는 방주를 보며 흡족한 미소를 지었다. 하지만 방주의 다음 발언에 그의 얼굴이 급속히 굳어졌다.

"저는 죄송하지만 성경이 모두 사실이라는 창조과학을 신봉할 수 없습니다."

감옥에 있을 때부터, 이번에 나가면 아버지와 솔직한 대화를 해야겠다고 마음먹은 방주의 말이 이어졌다.

"과학으로 성서 내용의 정확성을 증명하겠다는 창조과학은 종교적 언어의 특성을 잘못 이해한 안타까운 주장입니다. 창세기의 내용을 문자 그대로 받아들이자는 창조론은 무의미합니다. 진화론과 기독교 신앙은 반드시 상충하는 것이 아닙니다. 사실 근본주의자들은 미국에서도 전체 개신교인의 1/4 정도에 지나지 않고 이미 유럽 대륙에서는 찾아보기 어렵습니다."

"그러니까 유럽의 기독교가 오늘날 완전히 무너진 거 아니니! 우리나라도 그 꼴을 만들고 싶은 거냐?"

목소리가 높아진 아버지의 미간이 일그러졌다. 방주는 내친걸음에 하고 싶은 말을 다하고 싶었다.

"아버지, 저는 유럽을 기독교의 몰락으로만 생각하지는 않습니다. 전통적 기독교의 입장이라면 그렇게 볼 수 있지만 유럽은 이미 포스트모던을 지나면서 기존의 기독교가 더 이상 통하지 않는 사회가 되었습니다. 말하자면 이제 유럽은 새로운 패러다임의 기독교가 필요한 사회입니다. 지금은 제2의 바울과 어거스틴이 나와야 할 때입니다. 이제 '무조건 믿어라'의 전통 기독교는 문명사회에서 거의 힘을 잃고 있습니다."

방주가 목사가 되고 나서 처음으로 아버지에게 정면으로 반박하고 있는 것이다.

"근본주의 성향 교파가 절대 다수를 차지하는 나라는 OECD 국가 중 한국이 유일합니다. 지금 유럽이나 미국에서 그 수준을 인정받는 신학자 중 근본주의적 입장을 취하는 사람은 거의 없습니다."

"네가 문익진이에게 완전히 빠져 있구나. 현대의 훌륭한 신학자들인 존 스토트, 데니스 레인 같은 분들의 책도 못 보았니?"

"네. 그분들은 한국의 큰 교회 목사님들에게 많은 영향을 끼친 훌륭한 강해 설교자들입니다. 그러나 아버지, 이제 세상이 너무 빨리 변하고 있습니다."

"세상이 아무리 변해도 성경은 완전무결한 하나님의 계시라고 믿는 것이 기독교다."

신 장로의 말에 방주가 고개를 저었다.

"저는 솔직히 그런 성서 무오설을 오래전에 버렸습니다. 이제는 성서 유오설을 인정하는 기독교로 거듭나야 합니다."

충격으로 얼굴이 굳어진 아버지에게 방주가 설득조로 이어나갔다.

"물론 저는 성경의 내용이 우리를 진리로 이끌어준다고 믿습니다. 그러나 그 책은 어디까지나 하나님의 계시에 대한 인간의 해석이며 결코 계시 그 자체는 아닙니다. 성경의 내용은 당시 사람들의 과학적 지식과 의식 수준의 한계를 넘어설 수가 없습니다. 그래서 일부는 신화적 언어로 기록할 수밖에 없었고 과학적, 역사적 정확성이라는 기준에 부합하지 않는 경우도 있습니다."

아버지의 얼굴색이 하얗게 변했으나 방주는 개의치 않았다.

"사실 성경의 내용이 신화에 바탕을 둔 부분이 있는 것은 오히려 당연합니다. 종교적 언어의 특성은 신화로 표현되기 때문이고 전혀 이상하거나 잘못된 일이 아닙니다. 신화가 갖는 이러한 특성에도 불구하고, 종교적 전승을 역사와 동일시하는 사람들이 있다는 것이 문제입니다. 욥기나 에스더서는 일종의 문학 작품이라거나, 창세기는 신화적 전승을 배경으로 하고 있다는 말을 하면 근본주의자들은 분노합니다."

"네가 지금 나에게 자유주의 신학을 강의하고 있구나."

신 장로의 목소리가 살짝 떨렸다.

“아닙니다. 자유주의 신학도 20C 초에 잠시 유행하던 신학의 한 종류일 뿐입니다. 저는 다만 우리나라에 유독 왕성한 근본주의의 폐해를 말씀 드리고 있습니다.”

“그래, 어디 네가 하고 싶은 말을 다 해봐라.”

방주가 목을 한 번 가다듬고 계속했다.

“근본주의자들은 창세기의 내용이 과학과 일치한다고 주장합니다. 즉 사람은 이 세상의 시작부터 존재했으며 지구 역사는 6천 년이라는 것을 골자로 하고 있죠. 이것은 종교적 언어의 성격과 존재 의의를 완전히 잘못 이해한 것입니다. 이런 주장을 하는 분들에게는 죄송하지만, 점점 많은 사람들에게 웃음거리밖에 안 됩니다. 갈릴레이가 지동설을 주장했을 때 교황청이 그를 체포한 이유는 그가 성서에 나오는 천동설을 부정했기 때문입니다. 천동설의 가장 유력한 근거는 여호수아 10장 12~13절에 ‘여호수아가 태양과 달에게 멈추라고 명령하자 그렇게 되었다’라고 쓰여 있는 구절입니다. 실제로 태양과 달이 하루 동안 정지한 천문학적 증거가 있다는 주장도 최근까지 여럿 있었습니다. 성서 내용을 무조건 정확한 기록으로 받아들여야 한다는 주장의 문제점을 잘 알면서도, 아직도 많은 교회가 그 편에 서 있습니다. 근본주의 교회의 문제는 성서 내용이 문자 그대로 사실이라야 한다는 강박관념과 우리와 똑같이 믿지 않으면 틀린 것이라는 배타성입니다. 심지어 성서에 상충하는 내용이 있다고 하면 성서를 비판한다고 발끈하는 경우가 많습니다. 안티기독교를 자처하며 성서 내용이 얼마나 사실과 다른 엉터리인지 증명해 보이겠다는 글을 인터넷에 열심히 올리는 사람들이나, 성서가 왜 문자적으로 정확한지 밝히겠다고 반박을 하는 사람들이나 이러한 측면에서 공통적인 잘못을 범하고 있습니다. 다행히 현대 신학자들 중 문자주의를 벗어나 성서 안의 진리를 깨닫게 하고 성서를 역사적으로 어떻게 보아야 할지에 대해 공부하는 사람들이 늘어나고 있습니다. 앞으로 한국도 이런 신학자들이 많이 나와야 합니다."

방주가 말을 멈추었고 잠시 어색한 침묵이 흘렀다.

"음. 네가 말하는 신학자들은 슈바이처 박사도 참여한 소위 '역사적 예수'에 대한 연구를 하는 사람들 같구나. 나는 그런 현대 신학자들은 잘 모르지만 불트만, 틸리히 같은 신학자들의 책은 조금 읽어보았다. 내가 볼 때는 그런 사람들도 결국 자유주의 신학의 영향 아래 있는 것이다. 왜냐하면 읽을 때는 그럴 듯한데 깊이 생각해보면 그 안에 하나님이 안 계시고 인간의 지성만 가득하기 때문이다. 이런 신학자들은 물론 슈바이처도 천국에 가지 못했을 것이다. 예수 믿으면서 구원 받고 천국 가는 소망이 없으면 뭐 하러 교회를 다니니? 네가 근본주의라는 말을 가끔 쓰는데 한국의 대형 교회들은 복음주의로 무장하여 미국이나 유럽 교회의 부러움을 엄청나게 받고 있다. 이러한 축복과 은혜가 인간의 힘으로 가당키나 하겠니? 세계 10대 교회 중 반 이상이 대한민국 땅 위에 있다는 사실은 그 자체로 하나님의 위대한 섭리다. 우리 민족을 지극히 사랑하지 않으시면 이럴 수 있겠니? 미국에서는 1만 명만 넘어도 기적의 부흥이라고 하는데 한국은 2~3만이 넘는 교회가 수두룩하다. 이런 대형 교회들이 지금 이 순간에도 왕성한 선교 활동과 봉사 활동을 세계 곳곳에서 하고 있다. 땅 끝까지 복음을 전하며 예수님을 모르는 수많은 영혼을 오늘도 구원하고 있다. 이런 자랑스러운 일들을 우리 한국 교회가 아니면 누가 하겠니? 감옥에서 43일 고생하다가 나온 첫날, 아비에게 하는 이야기가 겨우 자유주의 신학이냐? 문익진이가 큰 문제로구나!"

방주가 무슨 말을 하려다 입을 다물었다.

"너는 누가 뭐래도 신종일 장로의 아들이고, 네가 목사로서 새빛교회를 섬기는 것은 만세 전 하나님의 택정하심이니, 흔들리지 말고 사람이 아닌, 하나님의 길을 따르도록 해라."

*

모든 일이 순조롭게 풀렸다. 방주는 며칠 전 풀려났고 선희와 손준기의 무고 사건도 경찰에서 불기소 의견으로 정리됐다. 이런 결과는 선희가 위험을 무릅쓰고 처벌불원서를 자신의 오해라고 써 주었기 때문이다. 서준은 고마운 마음에 선희에게 줄 크리스마스 선물을 고르려고 인터넷 쇼핑몰을 검색했다. 올해는 추위가 일찍 찾아와서 모자 달린 패딩이 유행인데, 모두 비슷한 번데기 모양뿐이고 선희에게 어울릴 것 같지도 않았다. 그녀가 노란색 티셔츠를 좋아하니 병아리색 영국제 캐시미어 재킷이 좋아 보였다. 가격을 보니 12만 원에 0이 하나 더 붙어 있었다. 얼른 캐시미어 목도리 쪽을 클릭했다. 베이지색 긴 목도리가 선희에게 어울릴 듯했고 15만 원이었다. 가격이 센 편이라 같은 색의 조금 더 짧은 목도리를 찾았다. 버버리 상표인데 좀 흔한 느낌도 들었지만 젊은 여성들은 메이커를 좋아하니까 이 정도면 되었지 싶었다. 크리스마스이브인 오늘 저녁 8시까지 선희 집으로 배달되는 택배를 간신히 찾았다.

오늘의 서프라이즈 이벤트를 위해서는 로켓 택배가 아깝지 않았다.

유튜브에서 어렸을 때 듣던 팻 분의 화이트 크리스마스를 찾았다. 빙 크로스비의 노래가 더 많았지만 팻 분의 분가루가 퍼지는 듯한 부드러운 곡이 더 좋았다. 20년 전의 겨울은 지금보다 추웠다. 크리스마스 4~5일 전부터 난로도 없는 텅 빈 교회당에 나와서 추위에 곱은 손가락을 입김으로 호호 불며 하얀 벽에 색종이를 오려 붙이던 시절이었다. 크리스마스트리는 서준의 키만 한 아담한 것을 세우고 〈고요한 밤 거룩한 밤〉 〈노엘 노엘〉 〈그 맑고 환한 밤중에〉 같은 찬송가를 불렀다. 매년 어머니는 강대상에서 가까운 자리에 앉아 우리들 노래를 들으셨고 그날 밤 산타의 선물로 늘 서준이 갖고 싶던 물건이 머리맡에 놓여있었다. 명동이나 충무로를 걸으면 여기저기서 셀린 디온의 〈So this is Christmas〉가 들렸고 군밤 장수의 군밤에서 나오는 허연 김과 구세군의 종소리가 잘 어우러져 추운 날씨를 잊게 했다. 지금은 저작권 문제로 노래를 함부로 틀면 안 되는데, 한편으로는 거리를 좀 삭막하게 만든 느낌도 있었다.

유튜브에는 트럼프가 엄지를 세우고 웃으며, 올해는 '메리 크리스마스'라는 말을 미국 국민에게 돌려준 자랑스러운 해라며 자기 자랑을 하는 사진이 있다. 세계적으로 크리스마스가 휴일이 아닌 나라는 이슬람을 제외하면 일본과 중국 정도인데, 중국은 공산주의고 일본은 기독교 인구가 1%도 안 된다. 한국도 요즘은 크리스마스보다 새로 들어온 할로윈 같은 행사가 더 아이들의 관심을 끌고 있다. 맑고 환한 밤중에 베들레헴의 구유에서 태어난 어린 예수가 정체를 알 수 없는 각종 귀신, 도깨비, 해골가면 놀이에 밀리고 있는 것이다. 예수님이 할로윈 행사를 보면 얼굴을 찡그리실 것 같았다.

팻 분의 화이트 크리스마스가 끝날 때쯤 서준은 문 교수의 21C기독교광장 생각이 났다. 지난번 그와 만날 때 잠깐 옆에서 보았지만 시간을 내 들어가 본 적은 없었다. 니케아 호수 아래 잠겨 있는 성당에 대한 소식이 궁금하기도 했다. 21C기독교광장에 들어가니 게시판에 빨간색 글씨가 눈에 띄었다.

안녕하세요? 문익진입니다.

저는 올해 마지막 주일인 12월 31일 오전 예배를 끝으로 Y대를 떠나게 되었습니다.

새해에는 21C기독교광장에서 계속 뵙겠습니다.

복 많이 받으세요.

문 교수가 아직 은퇴를 할 나이는 아닌데 학교에서 무슨 일이 있었나 하는 생각이 들었다. 당장 전화를 걸어볼까 하다가 우선은 21C기독교광장의 글부터 읽자는 생각이 들었다. 문 교수의 글은 서준이 그동안 읽었던 신앙 서적들과는 많이 달랐고, 목사가 이런 말을 이렇게 공개적으로 해도 되나 우려하는 마음도 들었다. 하지만 이제는 보수와 진보 신학을 뛰어넘어 새로운 기독교의 패러다임을 만들어야 한다는 대목에서는 가슴 두근거리는 신선함마저 느껴졌다.

이런 글들을 몇 개 읽으니 슬슬 어두워지기 시작했고 서준은 여유 있게 퇴근을 준비했다. 선희가 그동안 고마웠다며 크리스마스이브에 방주와 자신을 그녀의 집으로 초대했을 때 서준은 사양하지 않고 응했다. 선희의 아파트 입구에 도착하니 안경 낀 경비 아저씨가 서준에게 살짝 목례를 했다. 엘리베이터는 12층까지 천천히 움직였다. 벨을 한 번 누르니 곧 문이 열리고 하얀 앞치마를 두른 선희가 밝게 웃으며 맞이했다.

그녀의 양볼이 불그스레했고 집안에서 맛있는 된장찌개 냄새가 났다.

"메리 크리스마스!"

서준이 한 손에 들고 온 치즈케이크를 건넸다.

"메리 크리스마스! 감사합니다. 제가 좋아하는 것을 기억하셨네요."

"네, 나도 사실은 좋아해요. 신 목사는 아직 안 왔나요?"

"사실은 아침에 연락이 오셨는데, 오늘 교회에서 출소 기념 환영 행사가 있어 못 오신대요. 최 선생님께는 전하지 말고 그냥 모시라고 해서 말씀 안 드렸어요."

선희가 부엌에서 술 한 병을 가지고 나오며 방주의 불참을 알렸다. 방주 없이 선희의 집에서 단둘이 식사를 한다는 게 어색했지만, 그냥 가버릴 수도 없는 노릇이었다. 정성껏 집밥을 준비한 선희의 성의도 무시할 수 없으니 편하게 생각하자 마음먹으며 소파에 앉았다.

"오늘 메뉴는 된장찌개와 달걀말이, 진미채밖에 없어요. 그래도 제가 끓인 된장찌개가 맛있을 거예요. 된장찌개 마지막에 청양고추와 깻잎을 얇게 저며 넣고 2~3분 동안 끓이면 향긋하고 매콤해져요."

그녀가 술병의 뚜껑을 가볍게 돌려서 딴 후 서준의 잔에 한 잔 부어주었다.

"남산이라는 일본 사케인데 남은 남자할 때 남(男)이에요. 한식에 잘 어울리는 술이라고 해서 어제 마켓에서 사 왔어요."

"고마워요. 메리 크리스마스."

서준이 잔을 들어 선희의 잔과 부딪쳤다.

"메리 크리스마스! 엄마 스토리가 너무 잘 나와서 감사드려요. 그렇게 엄마의 삶을 이야기로 정리해 세상에 알리니까, 엄마를 위해 제가 할 수 있는 일을 조금이나마 한 것 같아요. 오늘 정말 메리 크리스마스예요."

적당히 달면서도 향긋한 사케가 서준의 혀를 타고 순하게 넘어갔다.

"기사 내용에 별 문제는 없죠?"

"네. 기사는 모두 훌륭했어요. 엄마 사진 한 장이 좌우가 바뀌어 엄마 오른뺨의 작은 점이 왼뺨에 나온 게 옥에 티인데, 저 말고는 누가 알겠어요."

그녀의 눈썰미에 감탄하며 서준은 알고도 그냥 넘긴 것을 후회했다.

"사람은 자기 얼굴을 거울에 비추면 좌우가 바뀐다는 걸 전혀 의식하지 못해요. 사진으로 찍을 때야 비로소 올바른 모습인 것처럼, 우리 생각도 올바른지 아닌지 알 수 있는 방법이 있으면 좋겠어요. 마음을 찍는 CCTV 같은 거요."

그녀의 입에서 CCTV라는 말이 나오자 서준은 저절로 헛기침이 났다.

"된장찌개가 다 끓었나 봐요. 고추와 깻잎 넣어 가져올게요. 기다리시는 동안 엄마가 좋아하던 쇼팽의 〈녹턴[13]〉 들려드릴게요. 루빈슈타인 연주예요."

---

13 Fryderyk Franciszek Chopin(1810~1849), Nocturne

선희가 10년도 넘어 보이는 CD 플레이어의 ON 버튼을 누르자 쇼팽의 〈녹턴 9-1〉의 단선율 멜로디가 흘러나왔다. 서준은 쇼팽의 녹턴 중 가장 많이 알려진 〈9-2〉보다 초기 작품인 이 곡을 더 좋아했다. 사케를 한 잔 더 따라 마시고 피아노가 다음 곡으로 넘어갈 때, 선희가 식탁으로 서준을 안내했다.

식탁에는 김이 모락모락 오르는 밥그릇이 은수저와 함께 놓여있었다. 뜸이 잘든 밥 냄새에 서준이 서둘러 숟가락을 들었다. 된장찌개는 두부와 송이버섯이 풍성했고 길게 썬 파가 고명으로 얹어져 있었다. 꽈리고추가 들어간 진미채를 한 젓가락 입에 넣는데 휴대 전화가 울렸다. 홍수진 변호사였다.

"최 기자님, 메리 크리스마스!"

"네. 메리 크리스마스!"

전화기 너머로 시끄러운 음악이 들려왔다.

산타와 천당

홍변의 목소리에 살짝 술 냄새가 묻어 있었다.

"여기 홍대 앞 클럽인데 오늘 같은 날 혼자 계시지 말고 나오시라 전화했어요."

그녀의 목소리가 꽤 크게 들렸다.

"친구하고 식사하고 있습니다."

"그러시군요. 그럼 하나만 얼른 물어볼게요. 크리스마스를 왜 X-mas라고 쓰나요?"

서준이 씹던 진미채를 볼 한쪽에 밀어 넣고 대답했다.

"크리스마스의 크라이스트 즉 그리스도의 희랍어인 크리스투스가 X자로 시작합니다. 그래서 그렇게 간단히 쓰고, 읽을 때는 크리스마스로 읽는 것으로 알고 있습니다."

"그렇군요. 누가 옆에 있는 거 같은데… 그럼 메리 크리스마스."

그녀가 전화를 끊으려다가 한마디 더했다.

"망년회는 저하고 해요."

"네. 메리 크리스마스."

전화를 끊은 서준이 진미채를 다시 어금니로 씹기 시작했다.

"누군지 목소리가 아주 명랑하네요. 최 기자님 애인이세요?"

"그냥 아는 변호사예요. 애인이면 오늘 같은 날 같이 있어야죠."

선희의 양볼이 약간 붉어지는 것 같았다. 서준도 괜히 어색해져 얼른 사케를 한입에 털어 넣었다.

"천천히 드세요. 사케 한 병 더 있어요. 신 목사님도 오실 줄 알고 술을 많이 샀거든요."

"이걸로 충분해요. 오랜만에 기분 좋게 마시니 약간 취하는 것 같네요."

"저도 그래요. 소주보다 달고 부드러워서 그런가 봐요."

쇼팽 〈녹턴 20번〉의 애잔한 멜로디가 두 사람의 대화에 끼어들었다.

"크리스마스이브에 오시는 산타가 사실은 부모님이라는 것을 언제쯤 아셨어요?"

"글쎄요. 잘 기억이 안 나요. 아마 초등학교 4~5학년 때 아닐까요?"

"저는 어느 해인가… 자다가 우연히 깼는데 엄마가 선물을 빨간 양말 속에 넣고 있었어요. 산타의 환상이 깨졌을 때 좀 슬펐어요."

그녀의 얼굴에 그림자가 생기며 우울해하는 것이 서준의 보호 본능을 자극했다.

"외국의 어느 여론조사에서 아이가 몇 살에 산타클로스에 관한 사실을 알게 하는 게 좋을까를 질문한 적이 있는데, 무려 78퍼센트가 늦으면 늦을수록 좋다고 했어요. 나머지 응답자들은 가능한 일찍, 아이들에게 거짓말 하지 말자는 답변이었고."

"저는 아이들이 어른이 되어서도 계속 산타가 있다고 믿으면 좋겠어요. 천당이 있다고 믿는 것처럼요."

"그건 어렵죠. 천당은 없는 것을 증명할 수 없지만, 산타는 없는 것이 확실하니까."

"천당이 있는 걸 증명할 수도 없지만 천당은 있어야 해요. 있어서 있는 게 아니고 있어야 하기 때문에 있는 거죠."

"그게 무슨 말인가요?"

선희가 서준을 정면으로 보며 대답했다.

"만약 천당이 없으면 앞으로 엄마를 어떻게 만나겠어요. 저는 교회는 안 나가도 천당은 있다고 믿고 싶어요. 최 기자님은 어떻게 생각하세요?"

서준이 가볍게 숨을 내쉬고 말했다.

"성경에 나온 천당으로 가려면 구름을 타고 하늘로 계속 올라가야겠지만, 그런 천당은 없어요. 이런 말을 하면 어떤 사람들은 나에게 무신론자라고 해요. 내가 성경대로 신을 믿지 않기 때문인데, 그럼에도 나는 아직 신을 찾고 있어요. 신을 찾지 못하거나, 내가 찾는 신이 예전의 신이 아닐지도 모르지만 그래도 계속 찾을 거예요. 어쩌면 신은 나의 노력을 가상히 여기고, 습관과 자기만족에 빠져있는 사람들을 가엽게 여길지도 모르죠. 여하튼 나도 천당은 어딘가에 있으면 좋겠고, 선희 씨가 나중에 천당에서 어머니와 만날 수 있었으면 좋겠어요."

서준이 천천히 술잔을 드는데 '딩동~' 하고 벨소리가 울렸다. 시계를 보니 8시 정각이었다.

"어머, 올 사람이 아무도 없는데 누구지?"

선희가 눈을 동그랗게 떴다.

"내가 주문한 서프라이즈 선물일 거예요."

그녀가 감격한 얼굴로 잽싸게 거실로 나갔고 문을 여는 소리가 났다. 곧이어 서준의 귀에 흥분한 남자 목소리가 들렸다.

"어떤 놈을 불러들인 거야?"

술기운이 확 달아났다. 선희의 목소리가 작게 들렸다.

"오빠. 갑자기 연락도 없이 와서 왜 그래? 술 취했구나!"

"네가 전화를 안 받으니까 그렇지. 어쩐지 이상하다 했더니 나 몰래 누가 있었구나! 어떤 놈이야?"

손준기의 목소리가 거실 안으로 성큼 들어오고 있었다.

"최 기자님이셔. 이번 일을 잘 처리해주셔서 우리가 구속을 면했잖아. 너무 고마워서 내가 집으로 초대했어."

서준이 자리에서 일어나 거실로 나왔다. 손의 얼굴이 벌건 것이 술을 꽤 많이 한 것 같았다.

"최 기자님. 여자 혼자 있는 집에 이렇게 와서 있어도 되는가예?"

그의 질타에 서준은 잘못한 것도 없이 목소리가 떨렸다.

"나, 나는 저녁식사에 초대받아 왔는데…."

"그래도 그렇지. 이게 말이 됩니꺼? 혹시 선희한테 며칠 전 거기서 만난 일을 말했나예?"

서준이 얼른 고개를 가로저었다.

선희가 양쪽을 번갈아 보며 난감해하는데, 또 다른 남자 목소리가 들렸다.

"택배 왔습니다."

열려있는 현관으로 누런 박스를 든 젊은 택배 기사가 들어왔다.

"오선희 씨! 여기 사인 좀 해주세요."

박스에 적힌 발신자 이름을 본 손준기의 안색이 변했다.

"즐거운 크리스마스이브 되세요."

택배 기사가 문을 닫고 나감과 동시에 손이 누런 상자를 낚아챘다. 제멋대로 포장지를 찢어발기고 캐시미어 목도리를 꺼내 들더니 무섭게 선희를 노려봤다.

"준기 오빠, 지금 뭐 하는 거야! 남의 선물을."

"남의 선물?"

선희의 뺨에서 철썩 소리가 났다.

"뭐 하는 짓이요. 손준기 씨!"

손이 아무 말 없이 부엌으로 성큼성큼 들어갔다. 그런데 돌아서 나오는 그의 오른손에 번쩍이는 무엇이 들려있었다. 자세히 보니 과일 깎는 칼이었다. 준기가 서서히 다가오자 서준도 바짝 긴장해 무기로 쓸 만한 것이 없을까 주위를 돌아보았다. 하지만 기껏해야 소파 위의 동그란 방석이 전부였다. 서준은 절박감에 몸이 떨렸다.

"오빠, 정신 차려!"

선희의 목소리가 칼날 같았다.

서준의 귀에 쇼팽의 〈녹턴 9-1〉이 또렷하게 한 음 한 음 다시 들리기 시작했다. 그 와중에도 자동으로 다시 돌아가는 CD 플레이어인 것을 확인할 수 있었다. 손준기가 돌연 발걸음을 멈추고 소파 중앙에 털썩 앉았다. 그가 오른손에 든 칼을 서서히 자신의 목에 겨누며 선희를 바라보는데, 두 눈에서 눈물이 주르르 흘러내렸다.

"이 자리에서 결정하그라. 나하고 최 기자 중 한 사람을 선택해!"

"오빠, 그러지마. 이런다고 해결될 문제가 아니야."

손준기의 오른손이 살짝 움직였고, 그의 목에서 피가 흐르기 시작했다.

"응, 알았어. 오빠가 하자는 대로 할게. 칼 치워!"

그의 오른손이 부르르 떨렸고, 칼이 목에서 천천히 멀어져 갔다.

"미안합니다. 최 기자님. 이런 꼴을 보여서예. 지 마음을 지도 어쩔 수 없습니더."

선희가 방에 들어가더니 약 상자를 가지고 나왔다. 손준기의 목에서 흘러나오는 피를 솜으로 닦은 후 연고를 바르고 밴드를 붙였다. 손의 얼굴은 행복감으로 가득했다. 쇼팽 〈녹턴 9-2〉가 들리기 시작했다.

"나 때문에 큰 불상사가 일어날 뻔했네. 두 사람에게 미안해요. 그만 가볼게요."

선희의 목소리가 간신히 새어 나왔다.

"죄송합니다. 나중에 연락 드릴게요."

아파트 밖으로 나오는 서준에게 안경 낀 경비가 거수경례를 하며 "메리 크리스마스!"라고 외쳤다.

*

작년 겨울방학부터 학교에 난방이 들어오지 않는다. Y 신학 대학의 재정이 점점 악화되고 있는 것을 피부로 느낄 수 있었다. 연구실의 작은 전기난로가 시뻘건 열선으로 열심히 공기를 덥히고 있지만 영하 15도의 날씨에는 역부족이었다. 문 교수는 두터운 외투를 입은 채로 소파에 앉아 따끈한 생강차를 마시고 있었다. 이제 3~4일 후에는 떠나야 할 연구실이라고 생각하며 방안을 둘러보니 가지고 갈 물건도 별로 없었다. 공동번역 성경책과 신학서적 10여 권, 집에서 가져온 커피포트 정도였다.

오늘 아침에도 이동구 학장이 전화를 걸어 지금이라도 21C기독교광장을 당분간 접고 명예 교수로 있으면 연봉의 반을 주겠다고 했다. 문 교수가 거절하자 그럼 한 학기만이라도 더 있어달라고 간청했지만 두 사람 모두 형식적인 절차라는 것을 알고 있었다. 이 학장은 전화를 끊기 전에 만약 21C기독교광장을 계속 하면 학교 차원이 아니라, 교단 차원의 징계도 감수해야 할 것이라는 언급도 슬며시 했다. 그것이 무엇을 뜻하는지는 굳이 묻지 않았다. 교단에서의 파문은 중세 시대라면 사형이나 종신형까지 각오해야 하는 돌이킬 수 없는 징계였다.

루터의 종교 개혁은 진리를 위해 목숨을 바친 선각자들이 여러 명 있었기에 가능한 일이었다. 또한 루터 시대에 인쇄술이 비약적으로 발전해 그의 주장이 독일 전역으로 빠르게 확산된 것이 성공의 가장 큰 이유였다. 지금은 파문을 당해도 목숨이 위태롭지 않고, 종이 인쇄보다 빠른 인터넷 시대이지만 진리를 향한 시대정신은 오히려 허약하다.

문 교수는 자신의 연구실 문에 루터처럼 개혁 조항 95개를 붙일 필요가 없었다. 이번 일요일, 마지막 설교 시간에 자신의 주장을 확실하게 천명하고 21C기독교광장에 올리면 그만이다.

방문에서 노크 소리가 났고 이 방에서의 마지막 손님이 문을 열고 들어왔다.

"교수님, 심려를 많이 끼쳐 드렸습니다. 죄송합니다."

두터운 회색 코트를 입고 들어온 방주의 모습이 생각보다 나쁘지 않았다. 약간 여윈 얼굴에 담담한 표정이 산속에서 수행을 마치고 돌아온 선승 같았다.

"고생 많았네. 건강은 괜찮은가?"

"네. 무엇을 입을까, 먹을까를 걱정하지 않아서 그런지 별 이상은 없습니다."

"다행이구만. 바깥 날씨가 많이 차지? 집에서 가져온 따끈한 생강차 한 잔 하게."

작은 보온병의 뚜껑을 열고 허연 김에 강한 생강 냄새가 올라오는 뜨거운 차를 방주의 찻잔에 따라주는 문 교수의 손이 가늘게 떨렸다. 방주는 생강차를 마시려다 너무 뜨거워서 잔을 도로 내려놓았다.

"학교 일이 잘 풀리지가 않아서 미안하네."

방주가 다음 학기 전임강사에서 탈락한 것에 대한 언급이었다.

"아닙니다. 당연한 일이죠. 그보다 교수님께서 갑자기 사임하신다는 이야기를 들었습니다."

"응, 그렇게 되었네. 21C기독교광장과 교수직 중 택일한 결과인데 처음 광장을 열 때부터 각오한 일이었지."

"네, 그러셨군요. 저도 나오자마자 들어가 봤습니다."

"잘했네. 자네가 읽어보니 어떻던가?"

문 교수가 안경 넘어 맑은 눈을 반짝이며 물었다.

"만드신 지 얼마 안 됐는데 방문자도 많고 댓글 수준도 높더군요. 비판의 글도 많지만 교수님을 지지하는 글도 생각보다 많았습니다. 지금 우리 사회에 꼭 필요한 기독교 토론의 장이 열린 것 같습니다."

방주의 대답에 문 교수가 흐뭇한 표정을 지었다.

"그동안 자네가 없어 나 혼자 하느라 힘들었는데 이제 든든하구만. 신 장로님이 한 번 다녀가셨네. 건강은 좋으시지?"

"그러셨군요. 저 때문에 신경을 많이 쓰셨는지 별로 안 좋으세요."

"얼마 전 뵀을 때만 해도 굉장히 정정하셨는데 어디가 편찮으신가?"

"혈압이 좀 높으신데 별로 말씀도 없으시고… 좀 우울하신 것 같아요."

문 교수가 화제를 돌렸다.

"자네가 없는 사이에 비운사 불상 복구를 위한 목표 금액이 달성되었더군. 대단한 성과야. 비난의 목소리도 있지만 종교 간의 화해 차원에서 희망의 빛이 보이는 것 같아."

"네. 저도 예상보다 많은 호응에 감격했습니다. 이번 일을 계기로 저는 앞으로 종교신학을 공부해보려 합니다."

"좋은 생각이네. 우리나라 신학자 중에 비교종교학이나 종교신학을 전공한 분이 많지 않아. 비교종교학의 창시자인 막스 뮬러가 '다른 종교를 모르는 사람은 자기 종교도 모른다'는 말을 이미 백 년 전에 했는데, 요즘 더욱 새겨들을 말이지."

"네. 이번 특사로 안성구치소에서 11명이 나갔는데 그중 6명이 불교이고 5명이 기독교였습니다. 우상숭배 하는 무리에게 5대 6으로 져 분하다는 기독교인도 있었습니다."

"그런 분들 목소리가 더 크지. 종교신학은 종교들 간의 대화와 협력에 귀 기울이면서 공존과 상생에 기여할 수 있는 방향을 정립하는 학문일세."

"네, 한국의 기독교인들은 대부분 복 받고 돈 많이 벌기 위해 교회에 나가죠. 부적을 쓰는 사람을 미신이라고 욕하면서도 바로 자신들이 하나님을 부적으로 쓰는 것을 모릅니다."

"그래, 바울 신학을 전공한 LA의 김모 교수는 현재 한국 개신교의 구원론은 구원파의 교리와 별 차이가 없다고 하더군. 구원파가 들으면 자기네들의 수준이 더 높다고 하겠지만."

방주가 살짝 한숨을 내쉬었다.

"네. 저도 이런 비판을 하면서도 한편으로는 걱정이 좀 됩니다. 신도들이 간혹 저에게 예수님이 물 위를 걸은 것을 믿느냐고 물어보는데, 제 대답이 시원치 않으면 그 다음에는 제가 하나님과 어떤 관계인지 꼬치꼬치 따지거든요. 그들의 소박한 눈동자를 보면 뭐라고 해야 할지 참 모르겠습니다."

"그래, 마치 어린 아이들에게 산타클로스가 없다는 말을 하고 싶지 않은 심정과 비슷하겠지. 하지만 언젠가는 크리스마스를 선물 받는 날로 만 생각하지 않도록 진정한 예수님 탄생의 의미를 알게 해줘야겠지. 그렇지 않으면 나이를 먹어도 어른으로 성장할 수 없어요."

"2017년에 어느 기독교 단체에서 개신교 목회자의 의식조사를 했는데 몇 가지 눈여겨볼 만한 대목이 있더군. 21C기독교광장에 올리려고 정리한 자료니까 한 번 보게."

방주가 찻잔을 내려놓고 눈으로 읽기 시작했다.

전국의 500여 목사님을 대상으로 개별 면접 등을 통해 2017 목회자 의식 조사를 실시했습니다. 그런데 한국의 목사님들 스스로 교회의 역할에 대한 긍정적 평가가 35%밖에 되지 않았습니다. 5년 전 조사에서는 63%였는데 거의 절반으로 떨어진 수치입니다.

낙태에 대한 의견은 26% 정도가 '상황에 따라 해도 된다'인데 5년 전 18%보다 다소 늘었습니다.

또 한 가지 변화는 목회자 자신의 이념적 성향에 대해 '진보'라는 응답이 상당히 증가했습니다. 보수가 53%로 3% 줄었고, 중도가 20%로 11% 감소한 반면, 진보라는 응답은 27%로 14%가 늘었습니다. 지난 5년 사이 중도 성향의 목사님들이 진보 쪽으로 많이 기울어진 수치입니다. 이것은 신학적 성향과 직결되기보다는 한국의 정치적 변화와 연관된 듯합니다.

마지막으로 교회 세습에 대해서는 반대가 약 70%로 5년 전과 큰 차이가 없고, 상황에 따라 할 수 있다가 30% 정도입니다.

이번 통계 조사에서 가장 눈에 띄는 부분은 목사님들 스스로가 교회

활동에 대한 자긍심이 떨어지고 있다는 사실입니다. 사회가 교회를 걱정하게 되더니 이제는 목회자들도 교회를 걱정하기 시작한 것입니다. 하지만 이런 위기의식이 높아질수록 교회 개혁에 대한 열망도 커진다고 생각해 오히려 긍정적으로 생각하는 목사님들도 있을 것입니다.

- 21C기독교광장, 문익진 드림 -

"재미있는 통계네요. 교수님의 간단한 설명도 좋습니다. 지금 우리 목회자들이 한국 사회에서 신뢰를 회복하는 방법을 잘 모르고 있습니다. 신뢰 회복과는 반대방향으로 계속 열과 성을 다하고 있는데 이럴수록 개신교에 대한 거부감은 더욱 심해질 것입니다. 소위 가나안 신도들, 교회 안 나가는 신도가 점점 늘어나는 이유죠."

"어떤 부분에서 그렇게 생각하나?"

"사실 교회의 목사 세습도 문제지만 교회에 대한 근본적인 질문, 즉 '교회는 왜 다니는가'라는 문제가 크게 다가오고 있습니다. 루터가 중세 교회 신학을 '영광의 신학'이라 비판하고, 자신의 신학을 '십자가의 신학'이라 했는데, 지금 교회의 모습은 성도들을 놓고 경쟁하는 '사교클럽의 신학'이 되었습니다. 처음에는 긍정적인 점도 있었지만 이제는 주객이 전도된 느낌이 큽니다. 일례로 큰 교회에 나가야 좋은 배우자를 만날 가능성이 높고, 결혼식도 그동안 다녔던 교회에서 해야 하니까, 교회라는 곳이 안 나갈 수 없는 사교클럽이 되는 거죠. 교회 입장에서도 말로는 하나님을 섬긴다고 하면서 실제로는 사교클럽의 고객 확보가 최우선이 되어버렸죠."

문 교수가 고개를 끄덕였다.

"네. 또 한 가지 생각해봐야 할 문제는 전도에 대한 지나친 공격적 자세입니다. 기독교인은 구원받은 존재로서 구원받지 못한 세상 사람들을 향해 끊임없이 전도의 사명을 감당할 의무나 특권이 있다고 생각합니다. 이것이 심해지면 바로 비운사 불상 훼손이나 아프간 선교사 사망 사건 같은 일이 발생하는데, 근본주의 기독교에서는 이것을 무례하고 비극적 사건이 아니라, 용기 있는 신앙 행위라고 추앙합니다. 하지만 이럴수록 기독교에 대한 일반 시민들의 거부감은 더욱 커집니다."

"음, 사실 전도에 대한 공격적 자세는 약 2백 년 전 영국에서 시작되었지. 그전까지만 해도 캘빈 신학이 주류인 개신교는 개인의 구원을 하나님이 미리 정하신 예정으로 믿었기 때문에 전도를 크게 중시하지 않았네."

연구실 안이 점점 싸늘해지며 방주가 양손을 코트 주머니 속에 넣었다.

"내일은 날씨가 영하 17도나 된대요. 무척 추워지겠어요."

문 교수가 두 사람의 찻잔에 생강차를 조금씩 더 따른 후 다시 입을 열었다.

"이번 설교를 마치고 잠깐 영국에 다녀올 거야. 그동안 자네가 21C기독교광장을 관리해주면 좋겠네."

"네, 알겠습니다. 그런데 무슨 일로 영국을 가세요? 오래 걸리세요?"

"영국의 로빈슨 선생께서 이메일을 보냈는데 나를 급히 오라고 하시네. 아마 2~3주 정도 걸릴 거야."

“아! 니케아 호수 아래 성당에서 발견된 사도신경의 비밀이 밝혀졌나요?”

방주의 목소리가 약간 커졌다.

“그런 것 같네. 내가 같이 연구할 부분이 있다고 하시는군. 내가 사도신경 연구로 박사 학위를 받았고 콥트어를 대학에서 강의했다는 명분으로, 당신의 마지막 학문적 업적에 나를 껴주시는 거지.”

“새로 발견된 사도신경이 언제 만들어진, 어떤 모습인지 궁금합니다. 21C기독교광장은 제가 잘 관리하고 있겠습니다.”

방주의 눈동자가 반짝였다.

목사였던 평신도

한 시간 후 방주는 장충동 서라벌호텔 로비로 들어서고 있었다. 2층 발코니 벽면에는 'Merry X-mas & Happy New Year!'라는 글씨가 길게 붙어있고 로비 한가운데에는 초록색 잣나무 트리가 화려하게 포장된 선물 박스들과 함께 세워져 있었다. 노아의 방주가 잣나무로 만들어진 것도 아냐면서 놀라던 무혁의 모습이 떠올랐다. 연초에는 면회를 가서 무혁이 좋아하는 김과 사과를 넣어줘야겠다고 생각했다.

넓은 창문이 있는 구석 쪽에 앉으니 곧 종업원이 다가와 상냥하게 주문을 받는다. 기다리는 사람이 오면 같이 시키겠다고 했다. 눈이 오려는지 회색빛 하늘이 조금씩 진해지고 있었다. 구수한 원두커피 냄새와 영화 러브스토리 OST가 방주의 마음을 포근하게 감싸주는 듯했다. 잠시 후 입구로 들어오는 여자의 모습이 보였다. 방주가 가볍게 손을 들어 위치를 알렸고 청바지에 노란색 캐시미어 스웨터를 입은 선희가 다가왔다.

"목사님, 고생 많으셨죠. 건강은 좀 어떠세요?"

"선희가 보기에는 어때?"

방주가 상체를 곧게 펴고 얼굴을 살짝 들어 보였다.

"잠시 기도원에 있다가 나오신 분 같아요."

"공짜로 재워주고 삼시세끼 먹여주니까 기도원보다 낫지. 재소자 한 사람에 드는 비용이 한 달에 2백만 원이래. 전국의 수감자가 약 5만 명이니까 한 달에 천억이 드는 셈이지. 적지 않은 금액인데, 강력범의 경우 재범이 반 이상이나 된다더군."

"재범률이 그렇게 높군요."

방주가 대답을 하려는데, 조금 전 왔던 종업원이 메뉴판을 들고 왔다.

선희는 아메리카노와 치즈케이크를 주문했고 방주는 카푸치노를 시켰다.

"그동안 나 때문에 마음고생이 많았을 텐데…."

"아니에요. 준기 오빠가 저도 모르게 고발한 것을 나중에 알았는데, 너무 늦었어요."

"나도 알고 있었어. 그 친구가 성격이 급하고 너무 고지식한 면이 있어서…."

"제가 그날 목사님과 만난 이야기를 제대로 못해서 이런 사달이 난 거예요."

선희가 살짝 숨을 고르고 계속 말했다.

"제가 고등학교 때부터 교회 청년부에서 목사님을 알았다는 이야기를 안 한 것이 후회가 돼요. 그날 베로나에서 저에게 하신 말씀은 아직 아무에게도 하지 않았어요. 목사님 생각은 지금도 변함이 없으신 거죠?"

선희의 얼굴이 살짝 붉어지고 짧은 침묵이 흘렀다. 두 사람의 분위기가 어색한지 종업원이 얼른 차를 테이블 위에 놓고 사라졌다.

방주가 그녀를 바라보며 말했다.

"물론이지. 내가 선희에게 프러포즈 한 건 하나님의 뜻이니까. 곧 내 생각을 아버지께 말씀드릴 거야 걱정하지 마. 그때 선희가 고개를 끄덕였지만 확실한 대답을 듣지는 못했어. 내 프러포즈를 받아들인 거지?"

"물론이지요. 그래도 확실히 다시 말씀드릴게요. 저 오선희는 신방주 목사님의 청혼을 승락합니다. 아멘."

"고마워. 사실 고등학교 때 처음 본 순간, 선희가 대학생이 되면 프러포즈를 하려고 했었어."

"어머, 그러셨군요."

그녀가 커피잔을 들었다가 다시 놓았다.

"우리 때문에 아버님이 너무 충격을 받으셨나 봐요. 죄송해서 어떡해요."

"시간이 지나면 좀 나아지시겠지. 그보다 서준에게 미안해. 내가 너무 딱 잡아떼서. 결혼 발표하기 전에는 이실직고 해야지."

"네. 그동안 최 기자님 덕분에 수습이 잘 되었고, 엄마에 대한 기사까지 크게 내주셔서 참 고마웠어요."

선희가 치즈케이크의 뾰족한 부분을 잘라 방주에게 건네주었다.

"지금 문 교수님 만나고 오는 길인데 결혼 주례 부탁은 못했어. 곧 영국에 가셨다가 2~3주 후에 오신대."

"네. 아직 시간이 있으니까요. 그런데 준기 오빠가 계속 나를 감시하고 있어요."

커피숍 창문 너머로 보이는 키 작은 소나무에 하얗게 눈이 덮이기 시작했다.

"나중에 내가 만나서 잘 설득해야지. 2~3달 안에 무죄가 확정될 테니까 그때까지만 기다리면 돼. 선희와 배다른 형제인데, 말이 안 되지."

그녀가 말없이 케이크를 먹었다.

"12월 31일에 Y대 교회에서 문 목사님이 마지막 설교를 하시는데 같이 가서 인사 드리면 좋겠어."

선희가 고개를 끄덕였고 방주가 코트 주머니에서 작은 박스를 꺼내 그녀에게 건넸다.

"어머, 이게 뭐예요? 크리스마스도 지났는데."

"산타가 올해는 좀 늦게 왔어. 열어 봐."

리본을 풀고 조심스레 포장지를 벗긴 후 뚜껑을 여니 하얀 십자가 목걸이가 고급스러운 자주색 천 위에 누워있었다. 자세히 보니 십자가 세로대에 나사머리 모양의 카르티에 마크가 위아래로 앙증맞게 새겨져 있었다.

"너무 예뻐요. 감사합니다."

"목에 한번 걸어 봐. 잘 어울리나 봐야지."

선희가 목 뒤로 손을 뻗어 목걸이를 걸었다. 그녀의 노란 스웨터 위에 앉은 하얀 십자가를 방주가 물끄러미 바라보았다.

"내가 그동안 걸고 있던 십자가야. 나는 이제 목사라는 직업에서 벗어났어."

"그럼 무죄가 된 후에도 사역은 안 하실 거예요?"

"응. 이 또한 하나님의 뜻으로 생각해."

선희가 걱정스러운 눈빛으로 목에 걸린 십자가를 내려다보았다.

"스님이 환속하는 것처럼 목사도 다시 평신도로 돌아갈 수 있어야지. 나는 목사였던 평신도로서, 목사로서는 차마 못하는 이야기를 하고 싶어."

눈이 펑펑 내리면서 회색 하늘이 한결 밝아지고 있었다.

*

이세벨의 VIP 손님인 정 여사는 조니워커 블루 아니면 마시지 않는다. 그녀는 스카치에 물을 타지 않고 온더락을 즐기는, 여자로서는 드물게 보는 술꾼이었다. 정 여사는 부천시 중심가의 작은 백화점을 아버지로부터 물려받았고 지하식당가에 일식당을 차려 직접 운영하고 있었다. 60이 다 된 나이지만 몸매는 30대 같았고 성형수술을 많이 해 볼이 새끼 여우처럼 당겨져 있었다. 그녀는 S호텔 헬스클럽에서 지우스를 처음 본 순간 솟구치는 삶의 의욕을 느꼈다. 개인 트레이너로 몇 차례 배운 후 그의 안내로 이세벨을 알게 되었다.

"지 코치, 얼음 한 덩이만 더 넣어줘."

정 여사의 민감한 혀는 스카치가 얼음과 섞여 알맞게 녹는 때를 정확히 안다. 온더락 스카치 잔을 크게 돌리는 그녀의 손길이 오늘따라 얼음 녹는 속도가 느린 것을 보채는 것 같았다. 지우스가 투명한 플라스틱 집게로 동그란 얼음을 집어 그녀의 잔에 넣었다. 진한 호박색 액체 속으로 몇 줄기 길고 연한 실크의 파장이 피어올랐다.

지우스는 이세벨의 윤 마담에게 매우 귀중한 존재였다. A급 호스트일 뿐 아니라 헬스클럽에서 만난 돈 많은 여자 손님들을 데려오기 때문이다. 지우스라는 이름도 윤 마담이 그리스 최고의 신 제우스를 떠올리며 지었다. 아무래도 이런 직종에서 일하기에는 가명이 편리하고 말썽이 없었다. 지우스의 유일한 문제점은 성격이 너무 직선적이라 자신을 무시하는 손님들에게 화를 참지 못하는 것인데, 돈 많은 중년 여성들은 이런 성격을 오히려 남자답다며 좋아했다.

반년 전 윤 마담이 S호텔 헬스클럽에서 지우스를 처음 봤을 때 잘 키우면 5년은 쓸 만하다고 생각했다. 처음에는 이세벨에서 일하는 것을 꺼렸지만 3천만 원을 현찰로 주면서 1년 만 해보라는 그녀의 권유에 준기는 일주일에 한 번 나가는 조건으로 수락했다. 한 번이 서너 번이 되는 것은 자연스러운 일이었다.

윤 마담에게 털어놓은 지우스의 과거는 불우했다. 그의 기억은 고아원에서부터 시작됐고 유일한 혈육으로 이모가 한 사람 있었다. 그녀는 한 달에 한 번은 꼭 고아원에 찾아와서 어린 소년을 돌봐주었다. 지우스의 생일이나 X-mas 같은 때는 선물도 보내왔다. 그런데 그가 12살이 된 후부터 이모가 모습을 보이지 않았다. 그런 시간이 반년 정도 되자 지우스는 이모를 만나기 위해 고아원을 몰래 빠져나왔다. 생일 선물로 받은 소포에 적혀 있는 주소가 유일한 단서였다.

그가 물어물어 찾아간 곳은 유성온천 입구에 있는 작은 여관이었다.

거기에서 일하는 아주머니가 준기에 대해 알고 있었는데, 그가 들은 소식은 너무나 어이없고 슬펐다. 반년 전 이모가 동네 개에게 물려 이틀만에 세상을 떠났다는 것이다. 더욱 놀라운 사실은 그동안 이모라고 알고 있던 여자가 사실은 엄마였고, 준기의 아버지는 당시 집권당의 3선 국회의원 김모씨라는 것이다. 명문대 비서학과를 나온 이모, 아니 엄마는 국회의원 김모씨의 여비서로 근무했었고 임신한 사실을 알고서는 조용히 그만두었다.

엄마는 때가 되면 김 의원이 준기를 아들로 받아들인다는 약속을 철석같이 믿었다. 하지만 김 의원은 몇 년이 지나도 엄마를 부르지 않았고 유명 여배우 김모씨와 스캔들만 일으켰다. 그녀와의 사이에 딸이 있다는 소문까지 들렸다. 김 의원으로부터 양육비가 끊기자 엄마는 여관에서 일하며 생계를 꾸려나갔고 자신의 비밀을 같이 일하는 아줌마에게 털어놨지만 아들인 준기가 어느 고아원에 있는지는 말하지 않았다. 아줌마는 용케 찾아온 준기의 손을 붙잡고 눈물을 흘렸다. 지우스는 이후 일들에 대해서는 별로 말이 없었다. 몇 년 전 김 의원을 찾아가서 친자소송을 했다는 언급은 했지만 그 결과는 말하지 않았다.

"윤 마담. 아무래도 지 코치한테 애인이 생긴 것 같아. 헬스클럽도 가끔 빠지고 좀 이상해. 어머! 목에 이 반창고는 뭐야?"

정 여사가 지우스의 목을 손가락으로 살짝 만지며 물었다.

"칼에 찔렸습니다."

"칼이 아니고 여자 드라큘라겠지."

두 사람의 대화에 윤 마담이 끼어들었다.

“지우스는 애인 없어요. 그건 여기 규칙이에요.”

대답은 이렇게 하면서도 윤 마담은 속으로 불안했다. 얼마 전 그의 본명을 아는 기자가 찾아온 후부터 지우스의 결근이 잦아졌다.

“지 코치, 연말에는 뭐 할 거야?”

지우스가 얼른 대답을 안 하자 정 여사가 온더락 잔을 살살 돌리며 얼음이 녹기를 재촉했다.

“친구하고 교회에 갈 것 같습니다.”

정 여사가 과장된 동작으로 울상을 지으며 윤 마담을 쳐다보았다.

“그거 봐. 애인이 생겼다니까. 사실은 윤 마담에게도 비밀이었는데 지 코치를 우리 백화점 식품부 매니저로 오라고 했어. 여기서 마음에 안 맞는 이상한 여자들에게 시달리며 상처받느니 지금부터라도 새 생활을 시작하면 좋잖아. 윤 마담만 양해하면 그렇게 할 거 같은데.”

“흐흐, 지 코치를 아주 들어앉힐 생각이시네요. 그럼 우리 가게는 어떡하고요?”

“그거야 내가 적절히 배상을 해줘야지. 그런 걱정은 말고 지 코치를 놓아줘요.”

정 여사가 길쭉한 조니워커 블루 병을 두 손으로 잡아 윤 마담의 잔에 가득 부어주었다.

“내가 지 코치를 백화점으로 데려오려는 건 일을 좀 배우게 한 다음에 분식집이나 빵집 하나 떼어주려는 거야. 어차피 아는 사람 줄 바에는 내가 예뻐하는 사람 줘야지.”

정 여사가 얼음이 적당히 녹은 술잔을 들어 반쯤 마셨다.

“내가 아직 젊어 보이지만 내년이면 벌써 예순이야. 요즘 자주 느끼는 건데 인생은 드라마 같아. 미국의 어느 유명 작가가 『오리진』이라는 소설을 썼는데, 책의 주제가 ‘우리는 어디에서 왔다가 어디로 가느냐’라는 거래요. 그건 최희준이 하숙생에서 벌써 노래한 거잖아.”

눈을 지그시 감고 정 여사가 하숙생을 반쯤 부르는 동안 지우스가 술잔에 스카치를 더 따랐다.

“나도 12월 31일이 마침 일요일이라 교회를 갈까 해. 그동안 알고 지은 죄, 모르고 지은 죄를 회개해야지. 또 지우스가 내년에는 우리 백화점으로 오게 해달라고 두 손 모아 빌어야지.”

정 여사의 말이 끝나자마자 손준기의 입에서 튀어나온 말이 두 여자를 놀라게 했다.

“제가 내년 봄에 결혼합니다. 이세벨도 오늘이 마지막이고요. 정 여사님도 그동안 감사했어예. 죄송합니다. 모두 하나님의 뜻입니다.”

*

하츠하나 일식당은 7시도 안 됐는데 테이블이 거의 다 찼다. 미리 예약을 하지 않은 걸 후회하고 있는데 저쪽 구석 테이블에서 손을 드는 방주의 모습이 보였다. 미소를 띠며 가까이 가니 방주가 말없이 손을 내밀었다.

“축하해. 고생 많이 했는데 얼굴은 더 훤하네.”

“고마워. 자네 덕분이야.”

“어디 아픈 데는 없지?”

"그럼. 나야 뭐 잠깐 감옥 구경하고 온 건데."

경쾌한 목소리와는 달리 방주의 얼굴이 그리 밝지 않았다. 종업원을 불러 스시와 튀김 세트를 시켰다.

"좀 마른 거 같네?"

"목욕을 하고 나니 몸무게가 더 빠지더라고."

"아, 땀을 많이 냈구나. 아니면 때를 밀어서?"

"둘 다 정답."

"목사님이 감옥에 가면 주위 사람들의 주목을 많이 받지?"

"응. 아무래도 그렇지. 근데 그 안에 목사님도 많고 스님도 많아. 다 같은 사람이니까."

"나오자마자 취재하는 것 같아 미안하지만 직업상 몇 가지 물어볼게."

서준이 테이블 위에 놓인 물티슈로 손을 닦으며 말했다.

"약 50일간 옥고를 치렀는데 그 안에서 가장 절실히 느끼거나 깨달은 점이 있는지?"

"그렇게 어려운 질문할 줄 알았으면 더 있다 나올 걸."

"오래전에 『감옥으로부터의 사색』을 읽었는데 이제 잘 생각이 안 나. 겨울보다 여름이 더 힘든 건 방이 작아 옆 사람 체온이 짜증나서였던가… 자네가 영어의 몸이 되고 나서 그 책을 다시 읽고 싶었는데…."

"나도 예전에 읽었는데 거기서 또 읽고 싶진 않더군. 영어는 한문으로 囹圄로 쓰는데 옥 영에 옥 어로 읽어. 두 글자 모두 네모난 틀에 갇혀 있는데, 뜻을 풀어보면 나 오(吾)자, 즉 나를 네모난 틀에 가두는 명령이야. 요즘 감옥이 옛날보다 많이 좋아졌다지만 방안에 갇힌 채 자유가 없는 건 마찬가지야. 참! 감옥에서 뭔가 절실히 느낀 점이 있느냐는 자네 질문에 대한 대답이 생각났어."

방주가 테이블 위에 있는 물을 한 모금 마신 후 계속 말했다.

"자유가 없는 곳에서 인간이 가질 수 있는 마지막 자유가 무엇일까 생각했어."

"그게 뭔데?"

"주어진 네모 안, 갇힌 상황 속에서 자신의 태도를 결정할 수 있는 자유."

짧은 침묵 후 방주의 설명이 계속됐다.

"판사의 마음을 돌려서 2년 형을 1년으로 내릴 수는 없지만, 내 삶에 대한 태도는 내가 결정할 수 있다는 거지."

"몸은 비록 갇혀있지만 그 안에서 어떻게 살지를 결정하는 자유로군. 이해가 돼. 섬세한 사람들은 외부 충격에 약하지만 동시에 내면세계를 잃지 않는 강인함도 있으니까."

스시와 튀김이 거의 동시에 나왔고 서준은 새우튀김부터 소스에 찍어서 입으로 가져갔다.

"맥주 한잔 할까? 그 안에서는 술 못 마시지?"

그러고 보니 방주와 언제 술을 같이 마셨는지 기억이 가물가물했다.

"물론이지. 옛날에는 포도로 술을 만들어 먹었다는데 지금은 그런 일이 없어. 사과는 사 먹을 수 있는데 포도는 있지도 않아."

서준이 삿포로 맥주 두 병을 시켰고 방주는 광어를 집어 간장에 찍었다.

"신 장로님은 건강하시지?"

입안에 음식이 있어서인지 방주가 고개만 살짝 끄덕였다.

"질문 한 가지 더 할게. 진화론은 목사님들로서는 절대 믿으면 안 되는 건가?"

"난 그렇게 생각 안 해. 사실 진화론은 과학적인 발견에 따라 추정한 이론일 뿐이고, 진화론 자체가 무신론을 입증하는 것은 아니지. 원숭이가 사람이 되었다는 게 아니라 어떤 공통 조상으로부터 진화해서 오늘날의 종이 만들어졌다는 것이 진화론의 요지이고, 생명의 기원에 대해서는 진화론에서 전혀 설명하지 못해. 즉 진화론은 창조에 대한 이론이 아니라 생명의 다양성에 대한 이론으로서, 진화론 자체는 무신론도 아니고 유신론도 아니지. 그런데 이러한 진화론을 근거로 무신론을 주장하는 것이 리처드 도킨스와 같은 무신 진화론자들이야. 이들 때문에 사람들이 진화론 하면 무신론으로 생각하고 있어. 하지만 유신 진화론, 말하자면 하나님이 처음에 생명체를 창조하신 이후에 진화의 방법을 사용해서 오늘날의 생물 종류가 되게 하셨다는 유신 진화론도 생각할 수 있어. 잘 알려진 복음주의 신학자 존 스토트 역시 유신 진화론에 긍정적이었지."

입안의 스시를 꿀꺽 삼키고 서준이 다시 질문했다.

"하지만 목사로서는 창세기에 나온 6일간의 천지창조를 그대로 믿어야 하지 않아? 노아의 방주도 그렇고, 모든 생물이 처음 창조의 모습 그대로라는 거 아닌가?"

"성경을 문자 그대로 믿는 신앙은 과학과의 충돌을 피할 수가 없고, 그런 신앙은 거의 한국에서만 성행하고 있지. 그런 '묻지마 신앙'은 시간이 지날수록 이 땅에서도 점점 힘을 잃게 될 거고, 기독교의 앞날에 결국 부정적으로 작용할 거야. 이를테면 진화론에 대해 잘 알지 못하면서, 진화론은 무조건 틀렸다고 해야 올바른 신앙이라 생각하지."

"장로님도 자네와 같은 생각이신가?"

방주의 눈썹이 살짝 올라갔다.

"물론 아니시지. 나의 신앙의 스승은 더 이상 신 장로님이 아니야. 문익진 목사님, 아니 사실은 '사람의 아들' 예수님이지."

튀김에는 새우가 두 개밖에 안 나온다. 신경 안 쓰면 혼자 다 먹기 십상이다. 젓가락이 새우에 닿기 직전, 고구마로 방향을 돌리며 서준이 말했다.

"난 어렸을 때 남자가 여자보다 갈비뼈가 하나 없다고 생각했어. 목사라면 아담이 자는 사이에 하나님이 갈비뼈 하나를 취해 이브를 만드셨다는 이야기를 곧이곧대로 믿어야 하나?"

방주의 얼굴에 가벼운 미소가 스쳤다.

"창세기 말씀을 문자 그대로 안 믿어도 괜찮아. 진화론을 목사가 믿어도 되듯이."

"하지만 그런 이야기를 신화로 생각하게 되면 신앙심이 흔들리지 않을까?"

"어떤 현상을 상징적으로 설명한다고 해서 하나님의 능력이 약해지는 것은 아닐 거야."

서준이 단숨에 맥주잔을 반 이상 비웠다.

"교인들 중 성경을 문자 그대로 믿는 사람들이 자네처럼 상징으로 받아들이는 사람들보다 훨씬 많겠지?"

"요즘은 그렇지도 않아. 최근에 한국 교회 탐구 센터에서 개신교인들의 과학과 신앙에 대한 의식조사를 실시했었어. 창세기의 창조 기록에 대해 '하나님의 말씀이므로 과학적으로도 틀림없는 사실이다'와 '신학적 교훈이 핵심이므로 과학적으로 따지면 안 된다'가 각각 42.0%, 41.2%로 비슷하게 나타났지. 교인들 중 창세기 말씀을 신화로 믿는 사람도 12%가 되는데, 그렇다고 해서 이들을 비난하거나 이단이라고 할 수는 없지. 심지어 하나님, 여호와, 예수님이라는 이름은 그리 중요한 게 아니야. '예수'라는 이름 자체는 지역에 따라 여호수와, 헤수스, 지저스 등으로 발음하지. 일본의 어느 가톨릭 작가의 소설 속 주인공은 하나님의 이름은 중요치 않고 심지어 '양파'라고 불러도 된다고 주장해."

"그래도 양파는 너무 했다. 건강에 좋긴 하지만."

그러고 보니 오늘 양파 튀김이 나오지 않았다.

"한국의 대형 교회는 아직도 문자주의 믿음을 강요하고 있지. 재미있는 친목 모임이나 봉사 모임을 위해 잠시 참석할 수는 있어도 시간이 지나면 그런 '묻지마 신앙'에서 떠나게 돼. 그들은 성경 내용이 합리적으로 설명될 수 있기를 기대해. 하지만 합리적이라는 것이 성경을 과학적으로 검증하는 것은 아니야. 소위 창조과학자들은 이러한 불가능한, 불필요한 증명을 위해 고생하고 있어. 예를 들면 아담의 갈비뼈 한 개가 이브를 만들 때 분명히 빠져 나갔는데도 후손들의 갈비뼈 수가 똑같은 건, 꼬리가 잘린 도마뱀의 후손이 꼬리가 잘리지 않은 채 나오는 것과 같은 이치라고 설명하지."

긴 나무 접시에 달걀과 장어 스시가 아직 남았다. 서준의 젓가락이 장어로 향했다.

"그러나 성경이 문자 그대로 사실이 아니고 상징이나 교훈이라고 생각하는 사람들이 늘어난다면 점점 교회 나오는 사람들이 줄어들지 않을까? 사람들은 천당 가고 병 낫고 부자 되게 해달라고 기도하는데 전능하신 하나님의 말씀이 알고 보니 상징이라면 맥이 빠지지. 인간은 근본적으로 나약한 존재 아닌가."

"응. 나도 솔직히 감옥에서 아프니까 기도가 저절로 나오더라. 그럼에도 불구하고 나는 이제 기독교가, 2천 년 전의 교리는 깨달음을 표현하는 상징이었다는 것을 인정해야 된다고 생각해. 기독교도 진화하는 과정이 필요하겠지. 앞으로의 기독교는 인간을 위해서는 구약의 하나님을 자유롭게 해드리고, 하나님을 위해서는 신약의 인간을 자유롭게 해주는 거 아닐까. 이 두 자유의 만남과 화해가 중요한 것 같아. 굳이 더 설명하자면 '나의 온전한 나 됨'을 하나님이 가장 원하시지 않을까 하는 생각이야. 2천 년 전 예수님도 그런 고민을 하셨을 것 같아."

접시 위에 네모난 달걀 덩어리만 덩그러니 남았다.

"내가 맛있는 건 다 먹었네. 이건 자네 거야."

방주가 달걀을 집으려다 말고 다시 입을 열었다.

"음… 그리고 내가 자네에게 사과할 게 있어. 사실은 그날 베로나에서 선희와 포옹을 했었어. 프러포즈를 한 후 자리에서 일어나면서 한 건데… 사실대로 말할 수 없었어. 갑자기 구속이 돼 당황도 했었고… 만약 프러포즈 한 것을 손준기가 알게 되면 일이 더 꼬일 것 같아서 그랬어."

서준이 숨을 길게 내쉬었고, 방주의 말이 계속되었다.

"그날 베로나에서, 선희 어머니가 사고를 당한 것은 새벽기도에 나오면 복 받는다고 말한 내 책임이 제일 크다고 정식으로 사과했어. 더 이상 새벽 교회의 하나님 뒤에 숨을 수 없었어. 정직한 교회는 그래야 된다고 믿었고. 나를 이해하고 용서해 준 선희에게 그 자리에서 프러포즈를 했어. 미리 말 못해서 미안해."

"아, 그랬었구나… 그럼 선희 씨와 곧 결혼하는 거야?"

"응. 내년 봄에 하려고. 주례는 내일 Y대학 교회에 가서 문 목사님께 부탁할 거고. 자네가 사회를 좀 봐주면 좋겠는데."

"졸지에 결혼식 사회를 보게 됐네. 축하해!"

서준의 웃음소리가 길게 퍼졌다.

나보다 더 큰일도 하리라

대학 캠퍼스 안의 작은 교회는 백 년 전 미국 선교사가 이사장으로 있을 때 붉은 벽돌로 지은 것으로, 난방시설이 충분치 않아 겨울에는 실내 공기가 차가웠다. 나무로 된 장의자 하나에 8명이 앉는데 오늘은 9명씩 앉아있는 의자도 많았다. 높은 벽면을 따라 천장까지 올라간 십자가 모양의 스테인드글라스가 벽돌 색깔과 잘 어우러지면서 작은 교회를 장엄하게 연출했다. 단상 위에는 오늘 여기서 마지막으로 설교를 하는 문 교수와 학교 관계자 몇 사람이 등받이가 높은 의자에 꼿꼿한 자세로 앉아 있었다. 11시가 가까워지자 예배당 안으로 들어오는 사람들이 점점 늘어났고 뒤에 서 있는 사람들도 있었다. 이윽고 통통한 얼굴에 머리가 반쯤 벗겨진 사람이 의자에서 일어나 강대상의 마이크를 잡았다.

"안녕하십니까? 오늘 예배의 사회를 맡은 Y 신학대 학장 이동구입니다."

그가 부드러운 미소를 지으며 예배당의 좌우를 천천히 둘러보았다.

"예배를 시작하기 전에 오늘 이 자리에 참석하신 귀빈 몇 분을 먼저 소개해 드리겠습니다. 우리 연합교단의 총회장님이신 김훈두 목사님이십니다."

이 학장이 먼저 박수를 치기 시작했고 검은 양복을 입은 김 총회장이 자리에서 일어나 천천히 고개를 숙였다.

"이 자리에 계신 분들은 다 아시겠지만, 김 총회장님은 우리 Y 신학 대학원을 정확히 40년 전에 졸업하시고, 하나님의 영광을 위한 거룩하신 사명을 이 순간까지 희생적으로 감당하시는, 제가 가장 존경하는 우리 교단의 최고 어른이십니다. 특별히 이 자리에 오신 이유는, 지난 3년간 설교를 해주신 문 목사님이 안식년을 맞으셔서 오늘이 마지막 설교가 되기 때문입니다."

사람들이 웅성거리는 소리가 들렸지만 곧 잠잠해졌다.

"또 한 분을 소개해 드리겠습니다. 우리 교단의 상임 고문님이시고 믿음의 사표이신 신종일 장로님이십니다."

박수소리가 다시 들렸고 신 장로가 일어나 고개를 깊이 숙였다.

"이제 12월 31일 마지막 주일예배를 모두 다 같이 묵도하심으로 시작하겠습니다."

은은한 오르간 소리가 잠시 들린 후 찬송가 전주가 힘차게 나왔다.

"예배 찬송은 찬송가 301장 〈지금까지 지내온 것〉입니다."

사도신경으로 신앙 고백이 끝나자 이동구 학장이 고개 숙여 기도를 시작했다.

“사랑이 많으신 하나님 아버지. 올해 저희가 지은 모든 죄를 통회하고 자복합니다. 불쌍히 여겨주시옵소서. 항상 기뻐하고, 쉬지 말고 기도하고, 범사에 감사함이 주 안에서 저희를 향한 하나님의 뜻인데, 저희는 그저 원망하며 불평불만에 가득 찬 사탄의 마음을 따랐음을 고백합니다. 주여, 용서하여 주시옵소서.”

살짝 울먹이는 이 학장의 목소리가 계속되었다.

“말세에는 사람들이 자기를 사랑하며, 돈을 사랑하며, 자긍하며, 교만하며, 훼방하며, 부모를 거역하며, 감사치 아니하며, 거룩하지 아니하며, 무정하며, 원통함을 풀지 아니한다고 하셨는데, 지금이 바로 말세입니다.”

이 학장이 디모데후서의 말씀을 인용하고 있었다.

“또한 말세에는 참소하며, 절제하지 못하며, 사나우며, 선한 것을 좋아 아니하며, 배반하여 팔며, 조급하며, 자고하며, 쾌락을 사랑하기를 하나님 사랑하는 것보다 더하며, 경건의 모양은 있으나 경건의 능력은 부인한다고 하셨는데, 우리들 가운데 그런 사람이 많이 있사오니 용서하여 주시옵소서.”

이 학장의 목소리가 마이크 볼륨 올라가듯 서서히 커지며 계속되었다.

“또한 말세에는 남의 집에 가만히 들어가 어리석은 여자를 유인하는 자들이 있으니, 그 여자는 죄를 중히 지고 여러 가지 욕심에 끌린 바 되어 항상 배우나 마침내 진리의 지식에 이를 수 없다고 하셨습니다.”

방주가 앉은 장의자에 누군가 한 사람이 더 앉는 소리가 들렸다.

"주여, 우리는 성서의 말씀을 모두 이해할 수 없음을 고백합니다. 하나님의 영감으로 쓰인 성서의 내용은 그 자체로 비전이며, 환상을 수반하는 신적 계시이기 때문이고, 나타남과 감추어짐이 모순적으로 융합하는 영원한 진리이기 때문입니다."

단상 위에서 '아멘' 하는 소리가 들렸다.

"오직 예수님의 보혈만이 우리로 하여금 사탄과 그의 모든 권세를 극복하게 하시고, 거룩하신 하나님을 섬기도록 죽은 행실로부터 나의 양심을 깨끗하게 합니다."

잠시 후 큰 아멘 소리와 함께 기도가 끝났고 문 목사가 강대상 앞으로 천천히 걸어 나왔다. 예배당 뒤쪽까지 빈자리 없이 꽉 차니 이번엔 의자 사이 통로에 사람들이 줄을 섰다. 대부분 젊은 사람들이었으나 간혹 머리가 희끗희끗한 사람들도 여기저기 눈에 띄었다.

"먼저 이 자리에 와주신 김훈두 총회장님, 신종일 장로님, 이동구 학장님께 감사드립니다. 오늘이 올해의 마지막 날이고 마지막 주일이며 제가 여기서 여러분을 만나는 마지막 날입니다. 마지막이란 말이 3번 들어가고 내일부터는 새해가 되니까 모든 것이 바뀌는 듯합니다. 하지만 그렇게 생각하는 것은 달을 가리키는 손가락만을 보는 것이겠지요. 약 백년 전 전라도 실상사에 학명선사라는 분이 쓴 「몽중유」라는 시가 있습니다. '겨울이 지나고 봄이 오니 시간이 지난 것 같지만, 저 하늘은 여전히 똑같지 않느냐'는 내용입니다."

문 교수가 느닷없이 어느 스님 이야기를 하자 장내가 약간 웅성거렸고, 단상 위의 세 사람은 일제히 상체를 오른쪽으로 돌려 문 교수를 쳐다보았다. 방주가 멀리서 봐도 총회장의 안색이 굳어진 게 느껴졌다. 문 교수가 계속 이어나갔다.

"가톨릭의 토마스 머튼 신부도 노장 사상에 정통했으며, 종교가 우리에게 주는 대부분의 가르침이 달을 가리키는 손가락에 지나지 않는다고 했습니다."

스님에 이어 가톨릭 신부를 언급한 문 교수가 차분한 어조로 계속 말했다.

"대부분의 종교는 달을 쳐다보지 않고 끊임없이 손가락에 몰두해 그것들을 해석해야 안심합니다. 손가락의 모양을 따지고, 어느 손가락이 더 훌륭한지, 어느 손가락이 과연 인간을 구원하는지 논쟁을 벌이고, 그것도 모자라 다른 손가락을 찍어버리려고 합니다."

문 교수의 다음 말이 단상 위의 사람들을 더욱 당혹스럽게 했다.

"기독교도 마찬가지입니다. 하나님 나라의 빛으로 보면 모든 것이 과정이요 손가락입니다. 우리가 사는 동안 열심히 바라보는 목사, 신부님들은 물론 성경, 십자가, 여러 교리들도 모두 달을 가리키는 손가락에 불과합니다. 하지만 우리가 제대로 보아야 할 것은 달입니다."

단상에 앉아 있던 총회장이 자리에서 벌떡 일어나 성큼성큼 단상 아래로 내려갔다. 이동구 학장이 당황한 몸짓으로 총회장의 뒤를 서둘러 따라갔고 신 장로도 곧 퇴장했다. 장내가 잠시 웅성거렸으나 더 이상 나가는 사람은 없었다. 문 교수가 아무 일도 없었다는 듯이 계속 이어나갔다.

"우리는 우리를 기독교인이라고 부릅니다. 기독교는 예수 그리스도를 따르는 종교입니다. 예수님은 모세의 유대교가 달을 가리키는 손가락이 되었다며 손가락이 아닌 달을 보라고 말씀하시다 십자가에 못 박혀 돌아가셨습니다. 이후에도 사람들은 예수님의 가르침을 따르기보다 그분 자신을 달로, 신으로 만드는 데 주력했습니다. 결국 그분의 뜻은 따르지 않고 믿기만 하게 된 것입니다. 누가 그렇게 만들었습니까? 저를 비롯한 신학자들의 잘못입니다. 그 결과 우리가 지금 외우는 사도신경에는 예수님의 삶은 물론 그분의 가르침이 단 한 마디도 없습니다."

방주는 사람들의 시선이 문 목사에게 집중되는 것을 느꼈다.

"사도신경은 예수님이 '동정녀 마리아에게 나시고 본디오 빌라도에게 고난을 받으사 십자가에 못 박혀 죽으시고'라며 그분의 삶을 태어남에서 바로 죽음으로 연결합니다. 왜 이렇게 되었을까요? 사도신경의 골격이 성립된 AD 3~4세기에는 죽음 후의 영원한 안식만이 이 땅에서의 고통을 이길 수 있는 희망이었기 때문입니다. 말하자면 당시 로마시대에 엄청난 박해를 견디고 순교를 하는 수많은 기독교인들에게는 사후에 천국에서 예수님과 함께 영생을 누리고, 사자에게 몸이 찢겨나가도 마지막 날에 몸이 다시 사는, 그러한 믿음이 필요했기 때문입니다."

문 교수가 천천히 고개를 좌우로 돌리며 그를 바라보는 여러 눈동자들과 시선을 맞췄다.

"하지만 이러한 사도신경은 달을 가리키는 손가락이지 달 자체는 아니란 겁니다. 예수님의 말씀으로 사는 사람, 그분의 가르침을 따르는 사람들은 어디에도 매달리거나 얽매일 필요가 없습니다. 그들에게는 교리나 에고가 걸림돌이 되지 않습니다. 그들은 중요 인물이 되거나 유명해질 필요가 없으며, 큰 교회를 만드는 것이 필요치 않으며, 부자나 우두머리가 될 필요가 없습니다. 그들은 손가락을 손가락으로 알며 손가락이 가리키는 방향을 봅니다. 그들은 하나님을 바라보나 그분을 형상화하지 않습니다. 하나님의 속성을 예수님을 통해서 배우며 내세보다는 이 땅 위의 생명들과 형제자매들을 위해 살아갑니다. 깊은 영성이 언제나 놓아버림과 관련되는 이유가 여기에 있습니다."

주위에 고개를 끄덕이거나 길게 숨을 내쉬는 사람들이 방주의 눈에 띄었다.

"우상을 만들지 말라는 첫째 계명에도 불구하고 손가락들은 우상이 되었습니다. 종교는 스스로의 교리나 지도자를 우상으로 삼을 수 있는데, 많은 이단의 우두머리는 그렇게 해서 생기는 것이죠. 예수님이 하지 말라고 가르치신 것이 바로 그것입니다. 스스로 거룩한 삶을 살겠다는 것도 자칫 독선에 빠지기 쉽습니다. 제가 오래전 E대학 교회의 김홍호 목사님을 처음 만났을 때, 그분은 아무 말씀도 안 하셨지만 저의 선생님이라는 걸 알았습니다. 영국의 폴 로빈슨 박사와도 한국의 기독교에 대해 진지하게 토론하면서 또한 저의 선생님임을 알았습니다. 예수님은 십자가에 달리셨기에 모든 인류의 선생이십니다. 도덕경에 있는 '약자도지용(弱者道之用)'이라는 말과 서로 통하겠지요. 약한 자가 도에 쓰임이 된다는 뜻인데, 말하자면 어려울 때만 무슨 일을 해결해주는 하나님이 아니라, 같이 고통 받는 하나님을 의미합니다."

문익진이 한 템포 쉬고 말했다.

"지금 우리가 지고 있는 십자가는 무엇입니까?"

문 교수의 눈이 방주와 잠깐 마주친 듯했다.

"십자가는 하나님 나라를 위해 스스로 선택한 자기 비움입니다. 바라만 보는 예수의 십자가는 내 삶이 아니지요. 구원은 자기 십자가를 지는 지혜입니다. 그때 비로소 마태복음의 '너희를 영접하는 것이 나를 영접하는 것'이 될 것입니다. 현재 한국 기독교인들이 추종하는 절대 교리는 돈입니다. 진리가 아니라 자본이 인간을 자유롭게 한다고 믿습니다. 그러나 자본은 우리를 다시 죄인으로 만드는 새로운 신이 되었습니다. 주기도문에 나오는 '우리가 우리에게 지은 죄(Debt)'가 문자 그대로 부채가 되어 이제는 사하여 줄 수 없는 죄가 되었습니다. 기독교를 등에 업고 자본주의라는 새로운 종교가 탄생한 것입니다."

방주가 시계를 보니 12시가 지나고 있었다. 올해도 12시간밖에 안 남았다. 단상 위에 놓인 물을 한 모금 마시고 문 교수가 계속 말했다.

"기독교가 이 땅에 들어와 이룬 공헌은 헤아릴 수 없이 많습니다. 백여 년 전 선교사들의 희생적인 봉사와 예수님을 따르는 삶을 사신 신앙의 선배님들에게 깊은 감사를 드립니다. 오늘날 제가 이 자리에 서 있는 것도 그분들의 가르침과 은혜입니다. 이제 21세기에 접어들면서 우리가 지난 세기에 배웠던 사회문화적인 패러다임에 변화가 오고 있습니다. 기독교도 예외는 아닙니다. 지금 한국 사회는 동네마다 수많은 교회들이 들어서 있고 한 주일에도 몇 번씩 교인들이 모입니다. 성경을 열심히 가르치고 유대사회에 뿌리를 두었던 기독교의 역사와 교리를 반복하여 가르칩니다. 예수님이 갈릴리 바닷가에서 제자들에게 그물을 던지라 하실 때는 우리나라에서 삼국시대가 시작된 때입니다. 모세가 홍해를 가르던 때나 다윗과 솔로몬 시대는 더욱 까마득한 옛날입니다. 구약 선지자들의 행적은 사실로 믿으면서 신라 박혁거세의 일화는 당연히 신화로 치부합니다. 성경에 기록된 옛 이스라엘의 예언자나 왕들의 이름은 잘 외우면서 경술국치, 해방, 심지어 6·25가 언제 일어났는지 잘 모르는 젊은이들이 많습니다."

방주도 경술국치가 언제 일어났는지 잘 기억나지 않았다. 문 교수의 말이 계속되었다.

"한국의 기독교인들은 육체적으로는 이 땅에 살고 있지만 정신적으로는 고대 유대 땅에서 살고 있기 때문입니다. 이제는 한국 교회의 끊임없는 유대 역사 교육이 이 시대에 과연 긍정적인가 하는 질문을 해야 할 때입니다. 이렇게 정신적으로 유대 시대의 역사 속에 살게 되면, 지금 이 땅에서 말씀하시는 하나님의 음성을 듣기가 어렵습니다. QT를 하며 열심히 적용하지만, 읽을수록 사실인지 신화인지 아리송해집니다. 이제는 교회가 한국 사람들을 유대 역사를 기준으로 변화시키고 구원해야겠다는 생각보다는 이 땅의 오랜 역사에서 생명을 보살펴 오신 하나님, 유대인의 하나님이 아니라 이 땅의 하나님, 온 인류의 하나님의 음성을 들어야 할 때입니다."

방주 앞에 앉은 몇 명이 고개를 끄덕였다.

"그러기 위해서는 먼저 성경을 바로 보아야 합니다. 성서는 일점일획도 오류가 없는 하나님의 말씀이라기보다, 성서 기록자들이 그 시대의 과학과 문화의 한계를 안고 쓴 역사적 산물입니다. 구전된 이야기들이 문서화되면서 다양한 자료들이 편집되었고, 후대의 번역 과정에서 성서 본문들이 수정, 첨가, 삭제되며 다양한 사본이 발생한 것입니다. 구약성서의 아가서, 전도서, 잠언 등은 예루살렘 멸망 이후 AD 90년에 유대 신학자들의 모임인 얍니아 회의에서 구약으로 편입이 확정된 것들입니다. 요한복음의 '간음한 여인' 이야기는 독립적으로 전승되어 따로 돌아다니던 기록인데 나중에 요한복음에 편입되었지요. 마태복음의 '동정녀'라는 단어는 약 2천3백 년 전 이집트에서 히브리어를 그리스어로 번역하는 '70인 역'을 만들 때 이사야서 7장의 히브리어 '알마'를 희랍어로 번역하는 과정에서 생긴 단어입니다. 알마는 젊은 여자란 뜻인데 이것을 처녀라고 번역한 것이지요. 어떤 분들은 그런 번역 자체가 하나님의 뜻이라고 합니다. 또 어떤 분들은 '알마'가 사실은 처녀라는 뜻이 더 많다고 주장하기도 합니다. 저는 신학을 공부하면서 성경을 좀 더 객관적인 눈으로 보기 시작했고 기독교가 깨달음과 이성의 종교가 될 수 있음을 알았습니다. 창세기를 시작으로 성경에 나오는 신화적 표현을 문자적으로 읽을 필요가 없으며, 오히려 문자적으로 읽어서는 진정한 의미에서 멀어질 수 있다는 사실, 성경의 참된 메시지를 얻는데 지성의 희생이 필요하지 않다는 사실을 알게 되었지요. 이러한 성서 해석에 대한 예를 한 가지만 들겠습니다. 여러분, 요한복음에서 예수님이 제자들에게 '너희들이 나보다 더 큰일도 하리라'고 하신 말씀이 무슨 의미일까요? 무언가 잘못 기록된 것이 아닐까요? 어찌 감히 제자들이, 혹은 우리가 예수님보다 더 큰일을 할 수 있을까요? 이 말이 성경에 있어서 다행이지, 다른 사람이 했다면 바로 '사탄' 되는 거지요."

사람들이 웃는 소리가 들렸다.

"요한복음에서 예수님이 제자들에게 '너희들이 나보다 더 큰일도 하리라'고 하신 말씀의 참뜻은 갈라디아서 2장 20절에 있습니다."

성경을 펼쳐보는 사람들에게 시간을 주려는 듯 문 교수가 물을 한 모금 마셨다. 방주도 신학대를 다니기 전부터 참 좋은 말씀이라고 생각한 구절이었다.

"내가 그리스도와 함께 십자가에 못 박혔나니 그런즉 이제는 내가 사는 것이 아니요. 오직 내 안에 그리스도께서 사시는 것이라."

"사도 바울이 이렇게 예수님을 따르는 순간 바울이 아니고 예수님으로 사는 것입니다. 여러분들도 마찬가지입니다. 2천 년 전 갈릴리 호숫가를 거닐면서 병자를 고쳐주시고, 가난한 자를 축복해 주신, 그런 선한 목자로 사는 것입니다. 한 가지 다른 것은 우리들 안의 예수님은 지금 한국 땅에 살고 계신데, 그분이 2천 년 전 유대 땅의 예수님과 똑같은 말씀을 하실 수는 없는 것이지요. 성경에서 예수님은 우리에게 '예전에는 이렇게 말했지만 나는 여러분에게 이르노니' 하면서 새로운 가르침을 주셨습니다.

지금 우리는 어떻게 해야 예수님의 참뜻을 따르게 될까요? 2천 년 전 예수님은 그렇게 말씀하셨지만 지금 내 안에 계시는 예수님은 이렇게 말씀하신다며 한 걸음 더 나아가는 것이 그분의 참뜻 아니겠습니까."

문 교수가 시선을 한 번 위로 향한 후 계속 이어나갔다.

"이것이 바로 '너희들이 나보다 더 큰일도 하리라'고 말씀하신 그분의 뜻입니다. 이 말씀은 예수님이 진심으로 제자들에게 간곡히 하신 말씀입니다. 예수님은 굳어진 종교의 위선적 행태를 질타하시고 생명과 사랑의 본질을 밝히신 분이었지요. 우리는 이런 분의 가르침을 본받고 따르는 것이 아니라, 오히려 예수님을 박제해 다시 종교 안으로 집어넣어 우상화한 것이 아닐까요. 기독교가 종교가 아니라 유일한 진리라고 주장하는 건 예수님처럼 종교를 포함하고 초월한, 즉 '포월'해야만 가능합니다. 깊이 생각해 보아야 하겠습니다."

예배당 안이 잠시 숙연해지는 느낌이었다.

"여러분 중에 보신 분도 많겠지만 도마복음이 1945년 이집트의 작은 도시에서 발견되었습니다. 어느 신학자는 이것을 2천 년 기독교 역사에 떨어진 원자폭탄이라고 비유했습니다. 도마복음에는 예수님의 생애가 이야기 식으로 나오지 않고 그분의 말씀이 어록 위주로 구성되어 있습니다. 또 다른 차이는 기적 이야기, 동정녀, 부활, 재림에 대한 언급은 거의 없고 하나님의 나라는 하늘 위나 바닷속이 아니고 우리 안에 있다는 것을 강조하고 있지요. 즉 '하나님의 나라가 가깝다'고 할 때의 가까움은, 곧 온다는 시간적 개념이 아니라, 바로 내 가슴 속이라는 공간적 개념으로 이해할 수 있는 것입니다. 도마복음이 신비한 깨달음을 강조한 영지주의라고 비난하는 학자들도 있지만, 예수님의 말씀에 대한 너무나 다른 생생한 기록들이 2천 년의 어둠을 뚫고 나타난 것입니다. 저는 도마복음을 처음 읽은 후 만약 이것이 5백 년 전에 나타나 루터가 보았다면 어땠을까 하는 상상을 해봅니다. 그는 종교 개혁 후 27권의 신약 성경 중 2~3가지를 빼고 정경으로 확정하려는 시도를 했으나 여의치 않았는데, 어쩌면 도마복음을 넣고 싶었을지도 모릅니다. 여하튼 도마복음은 기독교 2천 년 역사상 가장 큰 발견이었는데, 이에 못지않은 대단한 발견에 대한 발표가 곧 영국에서 있을 예정입니다."

사람들이 웅성거렸다.

"영국의 폴 로빈슨 교수가 얼마 전 터키의 니케아 호수 밑에 잠겨 있는 성당에서 사도신경으로 보이는 글씨가 새겨져 있는 돌판을 발견하였습니다. 아마 곧 해석을 끝내고 그 내용을 발표할 것입니다. 지금 우리가 외우는 사도신경과는 좀 다르다고 합니다. 저도 곧 영국으로 가서 마지막 해석 작업에 참여할 예정입니다. 곧 언론에도 나오겠지만, 더 자세한 내용을 알고 싶으신 분은 인터넷에서 21C기독교광장을 검색해 보십시오."

문 교수가 주위를 돌아보다 방주와 눈을 마주쳤다.

"저는 내년에 이 자리에 서지 않습니다만, 21C기독교광장을 통해 늘 여러분들과 대화를 할 것입니다. 지금 21C기독교광장의 대화들도 22세기가 되면 안이하고 진부한 기록이 될 것입니다. 하지만 그 결과로 22세기광장이 생긴다면 분명 21세기광장보다 더 큰일을 하게 될 것입니다. 이제 오늘의 말씀을 정리하겠습니다."

문 교수의 설교 중에도 사람들이 조금씩 들어와 예배당은 이제 발 디딜 틈이 없었다.

"우리는 이제 예수님의 손가락이 아니라 그분이 가리키신 하나님을 봐야 합니다. 그것만이 예수님을 재발견하고 기독교의 새로운 개혁을 가져올 것입니다. 그것은 루터의 가톨릭 개혁 못지않은 큰 개혁이 될 것입니다. 예수님은 자신을 따르는 사람들에게 하나님의 나라를 먼저 구하라고 하셨지요. 저는 그분이 토로한 그토록 아름답고 충만한 것, 그분을 완전히 사로잡았던 것이 무엇인지 알고 싶습니다. 마리아가 동정녀인지 아닌지, 알마가 처녀인지 아닌지는 별 관심이 없습니다. 만약 그분이 나의 구원자라면, 그 이유는 오직 그가 하늘을 우러러보았고, 광야의 유혹을 물리쳤으며, 인간이 품을 수 있는 가장 높은 이상을 향해 모든 것을 헌신한 선한 목자였기 때문입니다. 만일 그분이 자신을 메시아로 확신했고, 삼 일 후에 부활할 것을 미리 알아 십자가에서 죽었으며, 오직 구약 선지자들의 예언을 이루기 위해 각본대로 산 분이라면, 그분은 나의 구원자가 아닙니다."

이때 갑자기 우당탕 소리가 나며 통로 중간에 서 있던 어떤 사람이 단상 위로 뛰어 올라갔다. 키가 크고 몸매가 날렵한 젊은 사내가 큰소리로 외쳤다.

"당신은 목사가 아니야! 마귀의 왕 바알세불아, 당장 여기서 내려와라!"

그가 옆에 있는 빈 의자를 번쩍 들어서 문 교수에게 내리쳤다. 힘없이 바닥에 넘어진 문 교수를 잽싸게 올라타고 두 손으로 목을 조르기 시작했다. 여기저기 날카로운 비명소리가 들렸고, 앞좌석의 젊은 사람 서너 명이 급히 뛰어올라가 사내를 문 교수에게서 떼어놓았다. 방주와 선희는 그가 손준기라는 것을 뒷모습만 봐도 알 수 있었다.

*

노래방 대형 스크린에는 하와이 다이아몬드헤드 해변가를 거니는 비키니 여인들이 풍만한 몸매를 뽐내고 있었다. 홍수진 변호사는 마이크를 한 손에 잡고 두꺼운 노래책을 뒤적이고 있었다. 몇 년 전 TV에서 〈나는 가수다〉라는 프로그램이 히트를 친 후 대한민국은 지금 모두 가수다. 먹방 열풍이 계속되는 가운데 춤추고 노래하며 먹고 노는 시대로 빠져들고 있다. 직장인들은 회식 때 2차로 노래방에서 장기자랑을 하고 아이들은 초등학교 3~4학년 때부터 댄스 학원과 노래 학원을 다닌다. 2016년 어느 사회연구원 조사에 의하면 초등학생들의 장래 희망 41%가 연예인이었다.

서준의 옆에 한 뼘 정도 떨어져 앉아 있는 홍수진이 움직일 때마다 연한 장미 향내가 풍겼다. 망년회는 같이 한다는 약속을 지키라는 그녀의 추궁에, 베로나에서 식사를 하고 2차로 노래방에 온 것이다.

"LA에서는 매년 가족들과 교회에 가서 송구영신 예배를 봤어요. 서울에 와서 교회에 안 나가니 처음에는 편했는데, 지금은 좀 허전해요."

"11시쯤 나가서 영락교회나 명동성당에 갈까요?"

"아니에요. 내년까지 최 기자님 아니 서준 씨와 둘이서만 보내고 싶어요. 12시에 〈올드랭자인〉도 같이 불러요."

서준이 아무 말 없자 그녀가 화제를 돌렸다.

"노벨문학상을 받은 일본의 가즈오 이시구로가 쓴 소설을 읽어보셨나요?"

"아니요. 신문에서 보니까 초등학교 3학년 때 영국으로 이민 가서 60이 넘도록 영국에 살았더군요. 그래도 그의 소설 밑바탕에는 일본 정서와 추억이 그대로 있다고 해요."

"네, 그의 수상 소식에 일본 열도가 떠들썩했죠. 공식적으로 그는 16번째 노벨 문학상을 받은 영국 작가지만요. 몇 년 전 미국에서 그의 소설을 한 권 읽었는데 별로 재미는 없었어요. 『나를 보내지 마』라는 소설인데 복제인간의 사랑에 대한 이야기였어요. 노벨상을 받았다고 생각하고 읽으면 느낌이 다를지도 몰라요."

"저는 기자라 그런지 그의 인터뷰에 공감되는 부분이 있었어요."

홍변이 궁금한 눈빛으로 옆에 앉은 서준에게 상체를 돌렸다.

"소설가들이 대부분 톨스토이나 도스토예프스키를 대단히 존경하고 그들의 작품에 찬사만 늘어놓는데 이시구로는 도스토예프스키에 대해 신랄한 비판을 했더군요. 특히 『카라마조프 형제들』 같은 책은 너무 설명이 장황하고 군더더기가 많아서 지금의 독자들은 읽기가 힘들 거라고 했어요."

"어머, 그 말이 참 반갑네요. 저도 그 책 아직 다 못 읽었거든요."

노래방 스피커에서 〈베사메무초〉와 〈솔라멘테우나베〉 등 경쾌한 라틴 음악이 계속 흘러나오고 있었다.

"네, 물론 대단히 위대한 소설가지만 누구도 완벽할 수는 없으니까요. 그런 면에서 베토벤의 피아노 협주곡 〈황제[14]〉에 대한 철학자 비트겐슈타인의 발언도 비슷한 맥락일 거예요."

"어머, 비트겐슈타인이 뭐라고 했나요?"

"그는 브람스 교향곡 악보를 모두 외울 정도로 음악을 좋아했는데 베토벤의 〈황제 협주곡〉 1악장 시작 부분이 좀 지루하다고 했어요. 내 생

14 Konzert für Klavier und orchester No. 5 'Kaiser' Op. 73

각과 똑같아서 묘한 동질감을 느꼈죠. 그때부터 베토벤의 음악이 다르게 들렸어요. 어쩌면 그전까지는 음악이라는 신 앞에 베토벤이 나의 우상이었는지도 모르죠."

홍변이 무슨 말을 하려는데 서준의 휴대 전화가 울리면서 번호가 떴다.

"네, 최서준입니다."

"지금 가고 있지?"

이 차장의 목소리가 높았다.

"네? 어디를 말인가요?"

"9시 뉴스 못 봤어? Y대 문익진 교수가 설교 도중 어떤 젊은이에게 폭행을 당해서 병원에 입원했어. 최 기자가 문 교수 잘 안다고 했지?"

"폭행한 사람 신원은 밝혀졌어요?"

서준의 불길한 예감은 적중했다.

"남자야. 이름은 손준기."

"어느 병원이에요?"

"충정로 삼신병원. 지금 즉시 병원에 가서 문 교수 사진 찍고 취재할 것. 내일 신문 안 나오고 우리 잡지가 모레 나가면 연초부터 특종 터뜨린다."

"네… 지금 곧 갈게요."

"그래. 옆에 여자 있으면 빨리 키스하고 현장으로 출동! 얄라차."

서준의 대답도 기다리지 않고 전화가 끊겼다. 홍변이 맥 빠진 소리로 말했다.

"기자와 데이트하기 참 힘드네요. 솔직히 처음에는 김승태 변호사의 청을 거절할 수 없어서 최 기자님을 만났어요. 하지만 지금은 제가 원해서 데이트 신청을 하고 있는 거예요. 그 점만은 확실히 하고 싶었어요."

"정말 미안합니다."

서준이 자리에서 일어나며 고개를 숙였다.

*

2018년 황금개띠해가 밝았다. 1월 2일 화요일『주간시사』에는 문익진 교수 폭행 사건이 특종으로 실렸다.

> 작년 12월 31일, 한국의 세계적 신학자 문익진 교수가 지난 3년 동안 재직했던 Y대학을 떠나는 마지막 설교 자리에서 손모씨에게 심한 폭행을 당했다.
> 문 교수는 손모씨가 휘두른 의자에 맞아 왼쪽 안구가 약간 손상됐고 S병원 안과에서 긴급수술을 해 시력에는 지장이 없는 상태이다.
> 그는 신학계의 살아있는 전설, 영국의 폴 로빈슨 교수의 제자이며, 콥트어(고대 이집트어)로 쓰인 성경 해석에 세계적 권위를 인정받고 있다.
> 가해자인 손모씨는 결혼을 앞둔 애인이 다른 남자와 교회에 간 것을 알고 찾아갔다가, 목사의 설교가 마음에 안 들어서 순간적으로 폭행했다고 한다.

이 인터뷰는 12월 31일 저녁 11시 30분, 그가 입원한 충정로 S 병원에서 이뤄졌다.
수술 후 안대를 한 채로 흔쾌히 인터뷰에 응해주신 문 교수께 감사드린다.

기자: 문 교수님, 올해를 넘기는 액땜인가요?
문 교수: 액땜 같긴 한데 신학교수가 액땜이라는 단어를 쓰면 안 되죠. (웃음)
기자: 네. 그럼 액땜 대신 불행 중 다행이라고 하겠습니다. 손모씨의 진술에 의하면, 교수님의 설교에 화가 나서 순간적으로 폭행을 했다는데, 무슨 말씀을 하셨기에 그리 화가 났나요?
문: 설교가 거의 끝날 때쯤이라 잘 모르겠지만, 나에게 '바알세불'이라고 외치면서 단상으로 뛰어올라와 의자를 휘두르고 목을 졸랐지요.
기자: 바알세불이 무슨 뜻인가요?
문: 바알은 농업공동체였던 고대 가나안 사람들이 숭배하던 신이었어요. 풍요와 다산을 상징하죠. 구약에서는 바알신앙과 야훼신앙이 경쟁관계였다는 내용, 즉 선지자 엘리야와 바알의 추종자들의 싸움 이야기가 나와요. 예수님도 바알세불을 마귀의 왕이란 뜻으로 복음서에서 언급하신 일도 있지요.
기자: 저도 그런 이야기를 들은 기억이 납니다. 세불은 뭔가요?

문: 세불은 히브리어로 파리인데, 중세 이후 마법책에 등장하는 바알세불은 거대한 파리의 모습으로 나와요. 옛날 사람들은 파리가 사람들에게 악령을 옮기는 역할을 한다고 믿었어요. 파리가 꼬였던 음식을 먹으면 병에 걸린다는 사실을 알고 있었던 거죠. 그런데 파리들을 부하로 거느리는 이가 바로 바알세불이에요. 18세기에는 바알세불이 폭식을 유도하는 악마로 등장하기도 합니다.

기자: 술자리에서 정치 얘기나 종교 얘기를 하다 흥분하는 경우는 많이 봤는데, 교회에서도 이런 일이 있을 수 있군요.

문: 자신이 믿는 신앙이나 교리와 조금만 달라도 슬슬 화가 난다는 통계도 있어요.

기자: 저도 사람들이 박근혜에 대한 의견이 서로 달라서 소주 마시다 싸우는 경우를 간혹 봤어요. 종교 문제는 더 심각할 수 있겠죠.

문: 종교의 어려운 점은 서로 다른 종교끼리는 오히려 대화가 되는데 같은 종교 안에서 의견이 갈리면 더 광폭한 싸움이 난다는 겁니다. 간디를 암살한 사람은 인도의 힌두교인, 부토를 암살한 사람은 파키스탄의 이슬람인, 베긴을 암살한 사람은 이스라엘의 유대교인이었어요. 즉 같은 종교 안에서 그들의 리더가 조금이라도 다른 정책이나 교리를 취하는 것은 배교이고, 용서할 수 없다는 것입니다. 종교의 참뜻을 모르는 너무나 안타까운 일들이지요.

기자: 예수님을 유대인이 죽인 것도 마찬가지 아닌가요?

문: 네, 그렇게 생각할 수도 있지요. 하지만 예수님을 처형한 주체는 로마군입니다. 물론 유대인들도 예수님을 배척했지만, 로마법에 의해 정치범으로 처형된 것이지요. 예루살렘이 무너진 AD 70년 이후 쓰인 복음서들은 당시 로마의 눈치를 보느라 유대인들의 잘못이 다소 과장되어 있어요. 이러한 유대인들의 과잉 포장된 잘못이 역사상 많은 비극을 초래했지요. 독일의 기독교가 나치에 협조해 유대인 6백만 처형에 침묵한 것이 대표적이죠. 역사적으로 기독교는 유대인에게 매우 적대적이었는데 유대인이 예수님을 죽였다는 생각과 연관이 있습니다.

기자: 혹시 문 교수님을 폭행한 사람도 누구의 사주를 받은 기독교인이 아닌가요?

문: 아닙니다. 제가 생각하기에 그 젊은이는 우발적으로 행동한 것 같았어요.

기자: 내년에는, 이제 몇 분 안 남았습니다만, 학교를 떠나시는데 다른 계획이라도 있으신가요?

문: 며칠 후에 영국 케임브리지에 가서 로빈슨 교수를 만날 예정입니다. 터키의 니케아 호수 밑에 1300년간 잠들어 있던 고대 성당이 발견됐습니다. 여기서 발굴된 유적 중 돌판에 새긴 글씨가 있는데 아무래도 사도신경 같습니다. 이 돌판의 해석 작업을 로빈슨 교수님과 함께 하기 위한 일정입니다.

기자: 기존의 사도신경과 다른 내용이 담겨 있나요?

문: 저도 자세한 건 아직 모릅니다. 다만 예수님이 십자가에 달리실 때 그분의 주위에 있던 사람들은 열두 제자가 아닌 갈릴리 여인들이었고, 부활하실 때도 처음 본 사람은 막달라 마리아였지요. 이들을 중심으로 한 공동체가 아라비아 사막을 넘어 이집트로 진출했다는 흔적이 있는데 이와 연관된 것일지도 모릅니다.

기자: 그 말씀을 들으니 갑자기 더 궁금해지네요. 예수님이 길을 가던 두 사람에게 다른 모습으로 나타났는데 처음에는 누군지 모르다가 나중에 알게 되었다는 어느 복음서의 구절도 생각납니다. 지금도 우리 앞에 예수님이 나타나지만 우리가 알아볼 수 없는 건 아닐까요?

문: 그럴지도 모르지요.

기자: 마지막 질문입니다. 교수님께 폭력을 행사한 손모씨를 용서해주실 건가요?

문: 이렇게 공개적으로 질문하는데 용서 안 할 수 있겠어요? 목사라는 사람이? (웃음)

기자: 이제 곧 새해가 되는데 문 교수님께서 우리 독자들에게 한 말씀해 주시면 고맙겠습니다.

문: 제가 좋아하는 어느 신학자의 말이 생각나는군요. '모든 종교의 심층에는 종교 자체의 중요성을 잃어버리게 하는 경지가 있다'는 말입니다. 무슨 뜻인지 묵상해보시기 바랍니다.

기자: 네, 교수님. 감사합니다.

문 교수와의 인터뷰는 여기서 끝내기로 했다. 병실의 벽에 붙은 TV에서는 〈올드랭자인〉이 합창으로 나오기 시작했다.

*

문 교수가 속한 K교단 산하 이단 대책 위원회가 연초에 소집된 것은 예정된 수순이었다. 『주간시사』의 인터뷰가 소집을 앞당기긴 했지만 그의 파문은 사실상 작년 말에 결정된 셈이었다. 김훈두 총회장이 설교 도중 퇴장하면서 이 학장에게 지시한 것이다. 파문을 당하면 교회 강단에 서지 못하는 것은 물론 이단으로 낙인 찍혀 국내에서는 어떠한 사회적 활동도 하기 어려워진다. 같은 교단이 아니라도 기독교라는 큰 우산 아래 있는 조직은 어디에서도 그를 받아들이지 않기 때문에 대부분 외국으로 망명의 길을 떠난다. 교단의 징계 중 가장 강력한 것이 파문인데 관례상 2~3번 경고를 주고 당사자가 회개를 하지 않으면 파문으로 퇴출을 결정한다. 그런 카드를 이번에는 곧바로 쓴 것이다.

이단 대책 위원회에서 검토 분석한 문 교수의 이단성은 뚜렷했다. 그가 운영하는 21C기독교광장에 나타난 삼위일체에 대한 불분명한 태도, 다른 종교의 구원도 인정하는 듯한 다원주의, 계시의 말씀인 성경의 절대성보다는 진화론 같은 증명되지 않은 과학을 중시하며 목회자로서 넘지 말아야 할 선을 넘었다는 판단이었다. 특히 Y대학 교회에서 마지막 설교 중 '만약 예수님이 구약의 예언을 이루기 위해 십자가에 달리신 연기자라면, 자신의 메시아는 아니다'라는 말이 결정적이었다. 휴대 전화에 녹음되어 있는 문 교수의 설교 내용을 이 학장이 이단대책 위원들에게 들려주었다. 잠시 후 우당탕 소리가 나면서 녹음이 중단되었다.

"여기가 설교의 끝입니다. 이 발언 직후 폭행을 당했으니까요."

이동구 학장을 포함한 7명이 무기명투표를 한 결과 찬성 5명, 반대 1명, 기권 1명으로 파문이 결정됐다. 이제 이 결과가 노회에서 통과된 후 총회의 마지막 의결을 거쳐 총회장의 결재로 확정되는 것이다. 오늘의 회의를 주재한 이 학장이 엄숙한 자세로 투표 결과에 대한 방망이를 3번 두드린 후 입을 열었다.

"이제 결정은 됐고 절차만 남았습니다. 총회에서 확정될 때까지 오늘 회의는 대외비로 해주시기 바랍니다. 공연히 시끄럽게 언론에 나서 좋을 게 없습니다."

위원 중 한 사람인 신종일 장로가 나직한 목소리로 말했다.

"그렇습니다. 문 교수 문제는 조용히 처리되어야지요. 그를 폭행한 젊은이도 구속되지 말고 풀려나야 합니다. 폭력을 쓴 것은 찬성할 수 없지만, 예수님도 때로는 채찍을 성전 상인들에게 휘두르셨지요. 이왕이면 오늘의 표결을 발표할 때는 만장일치로 하는 게 어떨까요?"

주위에 묘한 적막이 감돌았고 아무도 발언하지 않았다. 주변을 돌아보는 신 장로의 눈길이 누가 반대표를 던졌는지 묻는 듯싶었다. 이 학장이 헛기침으로 침묵을 깼다.

"장로님의 깊으신 뜻은 잘 알겠습니다. 하지만 그 문제는 시간을 좀 두고 다시 상의하는 것이 좋을 듯합니다. 문 교수는 오늘 아침 런던으로 출국했습니다. 제가 엊저녁에 통화를 간단히 했는데 다친 눈은 거의 회복되었다고 합니다. 가해자는 살인미수 혐의로 기소가 될 것 같답니다. 눈의 상처보다는 넘어진 문 교수를 올라타고 목을 조른 것이 문제가 되고, 그 장면을 휴대 전화로 찍은 동영상이 인터넷에 퍼지고 있다고 합니다. 경찰이 참고인으로 총회장님과 저를 불렀는데 저 혼자 나갈 예정입니다. 그날 문 교수 설교 초반에 총회장님과 제가 강단에서 내려와 나간 것에 대한 질문을 한다고 합니다. 혹여 우리 중 누가 사주를 했나 의심하는 모양인데, 터무니없는 일이고 문 교수도 인터뷰에서 분명히 아니라고 했지요. 참고하시기 바라며 다른 말씀 없으시면 기도로 오늘 회의를 마치겠습니다."

모두 아무 말이 없었고 이 학장이 고개를 숙이고 기도를 시작했다.

"전능하신 하나님. 저희는 오늘 하나님을 멀리하여, 옛날 같으면 사형에 해당하는 죄인을 징계하였나이다. 그들이 마음에 하나님 두기를 싫어하매, 하나님께서 저희를 그 상실한 마음대로 내버려두사 합당치 못한 일을 하게 하셨으니 곧 모든 불의, 추악, 탐욕, 악의가 가득한 자요, 시기, 살인, 분쟁, 사기, 악독이 가득한 자요, 수군수군하는 자요, 비방하는 자요, 하나님께서 미워하는 자요, 능욕하는 자요, 교만한 자요, 자랑하는 자요, 악을 도모하는 자라 했습니다. 이에 부득이 저희가 오늘 하나님의 율례를 따라 가슴 아픈 결정을 할 수밖에 없었나이다. 하지만 하나님의 은총은 신묘막측 하시니, 이러한 죄인들에게도 저희가 알 수 없는 은혜를 베풀어주시어, 마지막 순간에 회개하여 돌아오게 하여 주시옵소서. 아무 공로 없는 죄인, 예수님 이름으로 기도하였나이다. 아멘."

회의가 끝났다. 참석자들이 모두 회의실에서 나갔고 신 장로만 남았다.

"학장님 기도는 언제 들어도 성경 말씀에서 벗어나지를 않으셔서 좋습니다."

이 학장이 둥근 이마에 흘러내린 긴 머리카락을 쓸어 올렸다.

"감사합니다. 성경 한 권이면 세상에 감당 못할 지식과 능력이 없지요. 저도 모르게 기도할 때는 성경 말씀이 떠오릅니다."

신 장로가 감탄한 듯 고개를 끄덕였다.

"경찰에는 언제 나가시나요?"

"내주 화요일 오전에 가기로 했는데요."

"사실은 그 손모라는 청년을 제가 좀 압니다. 우리 교회에 나오던 청년인데 지난 연말에 저에게 전화를 해서, 할 말이 있다며 예배 끝나고 잠깐 시간을 내달라고 했어요. 그날은 내가 Y대학 교회에서 예배를 보니까 그리로 오라고 했었지요. 혹시 수사관이 이런 언급을 할지도 모릅니다."

이 학장의 눈이 커지며 신 장로를 바라보았다.

기독교, 어디로 가는가

영국 게트윅 공항은 런던에서 2시간 정도 외곽에 위치해 있는데 공항 램프가 길어 무거운 손가방을 들고 걸어야 하는 사람은 곤혹스럽다. 9·11이 나기 전까지는 영국 공항의 검색이 세계에서 제일 까다로웠다.

입국심사를 하는 파란 눈의 여성이 언뜻 다이애나 황태자비와 비슷했다. 의문의 교통사고로 세상을 떠난 지 20년이 넘었지만, 아직도 영국 황실이 그녀를 살해했다고 믿는 사람이 많았다. 그녀가 이슬람 남자와 바람을 펴서 임신을 했는데, 출산을 하면 영국 황실의 후계자가 이슬람이 될 수 있기 때문이라는 것이다. 9·11을 미국이 알면서도 방치했다고 믿는 사람도 있으니, 종교가 개입되면 인간의 상상력은 상식을 초월한다.

"영국에 오신 목적이 뭐죠?"

아침잠이 덜 깬 듯 눈을 비비며 그녀가 물었다. 문 교수가 진한 회색

안경을 벗으며 말했다.

"케임브리지의 폴 로빈슨 교수를 만나러 왔어요. 나도 그 대학에서 몇 년간 가르쳤지요."

"그럼 케임브리지로 가시는 거군요?"

"아니요, 지금 교수님이 런던에 계셔서 런던으로 갈 예정입니다."

그녀가 더 이상 묻지 않고 여권에 동그란 초록색 입국허가 스탬프를 지그시 눌러주었다.

문 교수는 영국에 살면서 직접 운전을 한 적이 거의 없었다. 10여 년 전 미국에서 오자마자 운전을 했는데, 운전대가 오른쪽에 달려 있어 반대차선으로 달리다 정면충돌할 뻔했기 때문이다. 런던의 하이드파크 역으로 가는 기차를 탔다. 아침 안개가 조금씩 걷히면서 잘 다듬어진 잔디 위에 햇살이 반짝이기 시작했다. 영국 특유의 낮고 작은 구릉들이 펼쳐지고 얼룩 암소들이 여유롭게 여기저기 풀을 뜯고 있었다. 기차가 방향을 바꾸자 눈부신 햇빛을 피하기 위해 선글라스를 꼈다. 왼쪽 눈두덩의 파란 멍을 가리기 위해 인천 공항 면세점에서 산 건데, 흰머리에 까만 테가 어울린다는 여직원의 말에 넘어가서 비싼 것을 샀다.

비행기에서는 항상 잘 자는 편인데, 이번 12시간의 비행 중에는 거의 잠을 이루지 못했다. 떠나기 전날 이 학장이 전화로 파문에 대한 회의가 열린다는 말을 했을 때는 올 게 오는가 보다 했는데, 알게 모르게 심리적 타격이 있었나 보다. 기차 의자를 조금 눕히고 눈을 감아 보았지만 왼쪽 눈이 아파와 다시 의자를 세우고 안약을 넣었다. 차창으로 스치는 영국 풍경을 보면 늘 떠오르는 노래가 〈대니 보이〉다. 오래전 아이리시 민요에 가사를 붙인 곡으로 작사자는 남자인데, 노래 제목이 대니 보이라서 동성애를 표현했다는 해석도 있지만 입영하는 아들을 위해 쓴 가사라는 설도 있다.

문 교수는 작은 여행용 트렁크에서 태블릿을 꺼냈다. 로빈슨 선생이 얼마 전 신학 전문지에 기고한 글이 올라와 있는데, 비행기 안에서는 태블릿의 밝은 빛이 옆 사람에게 방해가 될까 봐 읽지 않았다. 글의 제목은 '기독교, 어디로 가는가?'인데 어쩌면 그의 마지막 외부 기고문이 될 수도 있겠다. 문 교수는 빠른 속도로 선생의 글을 읽었다.

기독교는 이대로 가다가는 둘 중에 하나가 될 터인데, 없어지거나 아니면 그 뜻이 변질되어 아프리카나 남아메리카 대륙의 종교가 되는 것이다. 유럽의 기독교 신도가 급격히 줄어드는 것처럼 전 세계적으로 신도가 줄어드는 현상을 막기 어렵고 대중들이 무신론을 주장하는 학자나 소설가인 리처드 도킨스, 샘 해리스, 댄 브라운 등의 책을 읽으면서 그 속도는 더욱 가속화될 것이다.

아시아에서 기독교 선교가 유일하게 크게 성공한 나라가 한국인데, 여기도 기독교인들이 줄어들기 시작했다. 일본이나 중국, 인도, 동남아시아, 북한에도 헌신적인 선교사들이 어렵게 활동을 하고 있으나 한국의 초창기 같은 성과를 기대하기는 어렵다. 그런 면에서 한국 기독교의 장래가 대단히 중요하다는 주장이 나오고 있다. 특히 정치적인 면에서 한국 기독교가 무너지면 아시아 기독교도 무너지고 미국에서도 보수적인 바이블벨트 즉 트럼프를 지지하는 남부 지방만 명맥을 유지하다가 다음 세기에는 과거의 종교로 자취만 남을 것이라는 이야기다.

한편 남아메리카에서는 기독교라는 이름은 유지하면서 노골적으로 '예수 믿으면 복 받고 돈 벌고 성공한다'는 교리를 전파하며 교세가 커지고 있는 종교집단이 있는데, 이들이 남아메리카의 가톨릭 인구를 급격히 잠식하고 있다. 이들은 변형 기독교라 불리는데 변형된 복음주의파, 오순절파, 은사주의파 개신교다. 2010년 통계를 보면 브라질의 가톨릭 인구가 10년 만에 74%에서 65%로 줄어들었고, 떨어져 나간 사람들은 거의 모두 변형 기독교로 이동했다. 가톨릭에서는 그들을 '잃어버린 양'이라 부르지만 실상은 자본시장에서의 소비자들이며 구원을 파는 시장에서 더 매력적인 상품을 발견한 것뿐이다. 1952년 나이지리아의 라고스에 세워진 '구원 받은 그리스도인의 하나님 교회'라는 교단이 주최하는 부흥 집회에는 매년 백만 명 정도의 신도가 모인다. 이러한 새로운 교파는 미국이나 한국에도 들어와 어느 정도 확산이 되었지만 기존 기독교를 능가하지 못한 반면, 아프리카에서는 무슬림과 경쟁하며 은사주의 기독교로 번창하고 있다.

대개 이러한 논지의 글이었고, 요한복음 13장에서 베드로가 예수님께 한 질문 '쿠오바디스, 도미네!(주여, 어디로 가시나이까)' 대신에, 이제는 예수님이 우리들에게 '쿠오바디스, 기독교!'라는 질문을 해야 할 때라는 글로 마무리됐다. 문 교수는 작은 소리로 '쿠오바디스, 기독교'라고 말해 보았다.

기차가 어느새 템즈 강변을 따라 길게 늘어선 웨스트민스터 사원을 지나 하이드파크 역에 도착했다. 영국은 지하철을 서브웨이라고 하지 않고 언더그라운드라고 하는데 여기서 3정거장만 가면 런던 힐튼호텔 앞에 내린다. 로빈슨 교수의 집이 커즌 스트리트에 있어서 걸어서 10분 거리인 힐튼호텔을 예약했다. 고층건물이 많지 않은 런던에서 힐튼호텔은 40여 층으로 그나마 제일 높은 축에 드는데, 지은 지 오래 돼 계속 수리를 하며 영업을 하고 있었다.

벨보이가 안내한 문 교수의 방은 하이드파크가 한눈에 내려다보이는 전망이었다. 짐을 대충 정리하고 로빈슨 선생의 집으로 전화를 걸었다. 두 번 울리자 영국 악센트가 강한 선생의 부인, 메리안의 목소리가 들렸다. 로빈슨 선생이 오전 내내 기다렸고, 집에서 점심을 준비했으니 어서 오라는 것이다. 지금 11시니까 간단히 샤워하고 나가면 12시 전에 집에 도착할 수 있는 거리다.

힐튼호텔의 뒷문으로 빠져나가면 고급 상점가가 이어진다. 전통과 현대가 조화로운 런던의 뒷골목은 아직도 찰스 디킨스 소설의 올리버 트위스트가 뛰어다닐 것만 같았다. 몇 년 사이 할랄 식료품점들이 많아진 골목을 따라 서너 블록 돌아 들어가면 주택가가 나오는데 선생의 집은 바로 거기, 찾기 쉬운 곳에 있었다.

작은 아치 모양 현관의 벨을 누르자 곧 문이 열리며 메리안이 밝은 미소를 짓고 서 있었다. 그녀와 가볍게 허그를 하고 거실로 들어가니 로빈슨 선생이 소파에 앉아 있다가 천천히 일어났다. 정장 차림에 넥타이를 매고 애제자를 기다리는 그의 얼굴이 3년 전보다 많이 수척해 보였지만, 맑고 푸른 눈동자는 고요한 기쁨을 내뿜고 있었다.

"건강이 좋아 보이십니다. 흰머리도 저보다 없으시네요."

"요 며칠 문 교수를 기다리느라 흰머리가 많이 늘었네."

허그를 하는 선생의 홀쭉해진 몸통이 마음 한구석을 저리게 했다.

문익진이 맞은편 자리에 앉자, 메리안이 그의 왼눈을 손가락으로 가리키며 말했다.

"왼쪽 눈이 화장한 것 같지는 않은데, 어디서 넘어졌나요?"

"네, 그런 일이 좀 있었습니다."

선생과는 반대로 그동안 더 동그래진 얼굴의 메리안이 짧은 금발머리를 갸우뚱했지만 더 이상 묻지는 않았다.

"런던 오는 기차에서 선생님이 쓰신 '기독교, 어디로 가는가?'를 읽었습니다. 말씀하신 대로 한국에서도 몇 년 전부터 기독교 인구가 줄어들기 시작했고, 교회에 잘 안 나가는 기독교인도 점점 늘어나고 있습니다."

문 교수는 '가나안 교인'이라는 신조어를 설명할까 하다가 너무 복잡해질 것 같아 그만뒀다. 선생이 고개를 끄덕이며 말했다.

"한국에는 장로교가 제일 많던가?"

"네, 개신교의 반 이상입니다."

"캘빈 선생이 한국 사람들을 제일 좋아하겠네. 미국에서는 요즘 장로교가 몰몬교보다 적다는 통계가 있더군. 몰몬교나 안식교, 여호와의 증인 같은 파들은 나름대로 결집력이 강해서, 그 교세가 꺾이지 않고 오히려 조금씩 늘고 있어요. 어떤 면에서는 그들의 종교적 신조와 생활 사이의 괴리가 일반 기독교인보다 적은 것 같아. 말하자면 그들은 대개 더

금욕적이고 도덕적인 규율을 지키며 사는데, 이것이 스스로의 자긍심을 높이고 있지."

"네, 몰몬의 경우는 기존의 기독교와 교리상 큰 차이가 나는데도 신도가 늘고 있고, 여호와의 증인은 백여 년 전 몇 번의 재림 예언 실패로 큰 타격을 받았는데도 다시 회복되고 있는 것이 놀랍습니다."

선생이 고개를 끄덕이고 피곤한 듯 잠시 눈을 감았다.

"점심을 먼저 하고 이야기 나누세요."

메리안이 선생을 위해 휠체어를 끌고 왔다. 식당에는 간단한 식사가 준비되어 있었는데, 영국이 결코 자랑할 수 없는 것이 음식이라는 것은 공인된 사실이다. 문 교수는 메리안이 만든 터키샌드위치를 조금 남기고, 커피 대신 홍차를 한 입 마신 후 로빈슨 선생의 서재로 자리를 옮겼다. 휠체어를 밀고 온 메리안이 문 교수에게 말했다.

"저녁 메뉴는 로스트비프를 맛있게 할 거니까 기대하고 계세요. 오후 3시쯤에는 스콘과 홍차를 가지고 올게요."

문 교수는 로스트비프보다는 스콘 빵이 기대됐다. 선생의 서재에는 영국왕실아카데미 정회원증을 중심으로 몇 개의 사진이 걸려 있었다. 흑백으로 찍은 옛날 사진이 먼저 눈길을 끌었는데, 20대의 젊은 선생 옆에는 버트런드 러셀이 파이프 담배를 입에 물고 영국식 장의자에 앉아 있었다.

"내가 최연소 역사 신학 교수가 된 것을 기념하며 당시 케임브리지 철학 교수였던 러셀 선생과 한 장 찍은 귀한 사진이지. 벌써 60년이 넘었네."

그의 말이 계속되었다.

"러셀 선생이 써서 세계적 베스트셀러가 된 『나는 왜 기독교인이 아닌가』라는 책을 읽고, 마음속으로 언젠가 이 글에 대한 반박 논문을 써야겠다는 생각을 했는데 아직도 못 쓰고 있네."

문익진이 그 옆에 붙어 있는 컬러 사진으로 눈길을 돌렸다. 60년의 세월이 어떤 변화를 주는지 한눈에 알 수 있는 모습이었다.

"그 사진은 리처드 도킨스 교수와 작년에 찍은 사진인데, 며칠 전에도 전화가 와서 내가 쓴 글을 읽고 한마디 하더군."

"뭐라고 하던가요?"

"아직도 오래전 죽은 옛날 신에 대한 미련을 버리지 못하니, 내가 기독교 신전통주의의 마지막 적자가 될 거라고 했네. 최근 무신론을 널리 퍼뜨린 책을 쓴 사람으로서 할 수 있는 얘기지만 나도 한마디 해줬지."

문 교수의 눈이 반짝였다.

"2천 년 전 플루타르코스[15]는 '진정으로 경건한 사람은 무신론의 낭떠러지와 미신의 늪 사이에서 힘든 길을 걷기 마련'이라고 했는데, 나도 지금 그 사이를 걷고 있다고 했지."

"플루타르코스가 예수님 시대의 사람인데, 그때 그런 말을 했다는 게 참 대단합니다."

"인류의 양심과 지성의 불빛을 밝힌 위대한 인물들이 있네. 지금은 중세 최고의 신학자로서 존경받는 토마스 아퀴나스도 당시에는 이단으로

15 플루타르코스(45~125 추정) : 『플루타르코스 영웅전』으로 유명한 그리스 철학자

몰려 백 년 이상 그의 책을 읽을 수 없었어. 마이스터 에크하르트 같은 영성가는 결국 이단으로 파문당했고."

파문이라는 단어를 들으니 문 교수의 입에서 저절로 가벼운 한숨이 새어 나왔다. 선생은 책상 서랍을 열고 큰 서류봉투를 조심스레 꺼냈다.

"자, 이제 본론으로 들어가 보세. 이것이 니케아 호수 아래 성당에서 발견한 돌판 사진이네. 닥터 문이 보고 먼저 해석을 해보시게."

봉투 안에는 고대 이집트어인 콥트어로 쓰인 누런 돌판의 사진이 선명했다. 가로 60㎝ 세로 40㎝ 정도인데 글씨는 거의 훼손되지 않았고 제목은 사도신경으로 또렷이 적혀있었다. 콥트어를 소리 내 읽어가는 문 교수의 가슴이 뛰기 시작했다.

사도신경

존재의 근원이신 하나님을 내가 믿사오며, 선한 목자 예수님을 따르오니

이는 병든 자를 고쳐주시고, 마음이 가난한 자는 복이 있다 하시고,

안식일이 사람을 위해 있다 하시고, 원수를 용서하셨는데

이를 용서하지 못하는 사람들에게 고난을 받으사

십자가에 못 박혀 죽으시고, 장사한 지 사흘 만에 제자들에게 다시 살아나시어,

생명의 확장과 사랑의 충만으로 하나님의 빛을 온 세상에 비추셨나이다.

이제 예수님이 내 안에 계시어, 내가 부활의 증인이 되는 것과
모든 생명이 서로 통하는 것과 우리가 이 땅에 사는 동안
서로 사랑함으로 영원히 사는 것을 믿사옵나이다. 아멘.

– 클라우디우스 5년, 예수님의 제자 마리아, 수산나, 도마, 시몬, 빌립

문 교수가 충격으로 입을 다물지 못하고 로빈슨 선생을 바라보았다. 선생이 차분한 목소리로 입을 열었다.

"클라우디우스 황제 5년이면 AD 45년인데 최초의 신약성서로 알려진 데살로니가 전서보다 몇 년 전이지. 더욱 재미있는 것은 열두 제자와 여성 제자들이 골고루 서명을 한 것이네. 여기서 시몬은 열성단의 시몬이겠지. 마리아는 막달라 마리아이고, 수산나는 누가복음에 나오는 여성일 거야."

"어떻게 이런 글이 콥트어로 써 있을까요?"

문 교수가 제일 궁금한 질문을 했다.

"예수님 승천 후 막달라 마리아가 아라비아 사막으로 들어갔고, 도마와 시몬도 따라가 그녀를 만난 후 도마는 인도로 선교를 떠났다는 전승이 있지."

거기까지는 문 교수도 알고 있는 내용이었다. 인도에서는 도마를 기념한 동굴도 발견됐다.

"도마와 시몬이 왜 막달라 마리아를 만나려고 했을까요?"

로빈슨 선생이 하얀 눈썹을 한번 가볍게 올린 후 대답했다.

"사람은 자기가 눈으로 본 것도 시간이 지나면 잘 믿지 않게 되네. 의

심 많은 도마는 예수님의 부활을 다시 확인하기 위해 부활의 첫 증인인 막달라 마리아를 찾았을 거야. 열성 단원인 시몬은 예수님이 곧 메시아로 재림해 로마 제국을 멸망시킬 것으로 기대하며 도마를 따라갔겠지."

"당시 제자들은 예수님의 재림이 얼마 안 남은 것으로 굳게 믿었지요."

"그랬지. 그 후에 그들의 행적은 찾을 수 없었고 나도 왜 이 사도신경이 콥트어로 쓰여 있는지가 가장 궁금했었지. 거기에 대한 해답을 여기서 찾았네."

선생이 책상 서랍에서 사진 한 장을 꺼내 건넸다. 항구에 배가 떠 있는 그림을 찍은 사진인데 이태리 피렌체의 산타크로체 성당 벽에 있는 그림이었다. 「막달라 마리아의 전설」이라는 제목 밑에 설명이 쓰여 있었다.

막달라 마리아는 마르세유로 가기 위해 배를 탔지만, 항해 도중 표류해 어느 섬에 도착했다. 그곳에서 이교도 군주와 그의 아내를 기독교로 개종시켰고 아들을 갖도록 해주었다.

"이탈리아 고딕시기에 활동했던 조반니의 작품이네. 중앙에는 막달라 마리아로 보이는 여자가 이교도 군주에게 세례를 주는 장면이 있고 멀리 배경에는 그들이 타고 온 배가 돛대를 내린 채 바다 위에 떠 있지."

문 교수가 들여다보니 배에도 사람이 두 명 타고 있었고 갑판에는 작은 글씨가 쓰여 있었다. 놀랍게도 '알렉산드리아'라는 콥트어였다.

"마리아 일행은 아라비아에서 알렉산드리아를 거쳐 마르세유로 향한 거군요."

"그렇게 된 거지. 그런데 새로 발견된 사도신경의 서명 순서도 놀랍지 않나? 막달라 마리아와 수산나가 먼저 했고, 그 뒤로 도마와 시몬, 빌립의 순서로 했어. 당시 여자는 사람 수에도 껴주지 않던 것을 생각하면 대단한 일이네."

문 교수의 시선이 다시 사도신경으로 향했다.

새사도신경

"이 돌판은 지금 어디 있나요?"

"터키 문화재 관리국에서 보관하고 있지. 그 사람들이 아직 이 돌판의 가치를 잘 몰라서 신경을 별로 안 쓰고 있네. 우리가 기자 회견을 하면 달라지겠지. 자네에게 콥트어 돌판을 보여준 후에 발표하려고 기자 회견을 연기했네. 모레, CNN과 BBC 방송국에서 올 걸세. 회견장에 같이 가도록 하세. 이제 사도신경 본문의 내용에 대해 문 교수의 의견을 듣고 싶네."

문익진이 새로 발견된 사도신경을 천천히 다시 읽은 후 입을 열었다.

"이런 글이 당시에 쓰였다는 자체가 놀라운 일이네요. 기존 사도신경에는 전혀 없는, 예수님이 이 땅에서 하신 일에 대한 이야기가 많은 부분을 차지하고 있습니다."

"사실 캘빈 선생도 사도신경에 그 부분이 빠진 것에 대해 안타까움을 표했었지. 이번에 발견된 사도신경은 예수님의 신성과 인성이 조화롭다는 느낌일세."

"네, 또 크게 다른 것은 하나님에 대한 설명이 간략해졌고 '아버지'라는 말이 빠져 있습니다. 여성 제자들의 영향이겠지요?"

"그렇겠지. 지금 지적한 변화들을 비롯해 전체적으로 현대적인 감각이 돋보이네."

"네. 마치 21세기의 신학자들이 모여서 쓴 사도신경 같습니다. 발표되면 도마복음 발견 이후 최대 사건이 될 텐데 사람들의 반응이 어떨지 궁금합니다."

두 사람의 시선이 잠시 마주친 후 선생이 천천히 입을 열었다.

"가끔 이런 생각을 해봤네. 만약 요한복음이 도마복음과 순서가 바뀌었다면 어땠을까? 말하자면 도마복음이 4복음서에 들어가고, 1945년 이집트 나그함마디에서 요한복음이 발견됐다면 어떤 반응이었을까?"

"그러고 보니 요한복음의 시작도 요즘의 신학자나 철학자가 쓴 느낌이네요. 당시 이집트의 플라톤이라 불리던 필로의 글과 요한복음의 서문이 비슷한 부분이 있는데 상당히 현대적이지요. 이번에 발견된 사도신경도 오히려 당시의 순수한 신앙 고백에 가까울 수 있겠네요."

노크소리가 들리고 메리안이 스콘과 홍차를 네모난 쟁반에 들고 들어왔다.

"닥터 문이 점심을 많이 안 해서 조금 일찍 가지고 왔어요."

귀족적이고 부드러운 홍차 향내와 달콤한 스콘 냄새가 여기가 런던이라는 것을 일깨워줬다. 문익진이 슬라이스 된 레몬을 3~4방울 짜 넣었다. 은색 레몬 스퀴저가 빅토리아 왕조 시대의 앤틱이라는 것을 알 수 있었다. 스콘 하나를 뚝딱 해치우고 홍차를 마셨다.

"서울은 지금 늦은 저녁 시간인데, 닥터 문이 배가 고팠겠어요."

"메리안이 만든 빵과 홍차가 케임브리지에서 먹을 때보다 더 맛있어졌네요."

그의 칭찬에 메리안의 얼굴이 급격히 밝아졌다.

"닥터 문. 〈새사도신경〉 보니까 어때요?"

그녀는 대학에서 신학을 공부했고 첫 부인과 사별한 로빈슨 선생에게 먼저 구혼을 해서 결혼했다. 30년의 나이 차이로 문 교수와 비슷한 연배였다.

"너무 놀라서 이게 꿈인가 싶습니다."

"나는 벌써 〈새사도신경〉 외우는 것이 더 좋아요."

그녀가 시를 읊듯 〈새사도신경〉을 처음부터 외우는데 음률이 잘 맞았다. 그녀의 낭송이 끝나자 로빈슨 선생이 나직하게 말했다.

"음. 다른 사도신경이 아니라 〈새사도신경〉이로군."

"그래요. 모레 기자회견 후에는 모두 〈새사도신경〉이라고 할 거예요. BBC와 〈더 타임즈〉는 물론이고 CNN, 〈뉴욕타임즈〉 기자도 온다고 연락이 왔어요. 한국에서는 J일보 런던 특파원이 올 거예요. 선생이 말없이 고개를 끄덕이자 메리안이 쟁반을 들고 일어섰다.

"그럼 계속 말씀 나누세요."

그녀가 나가자 로빈슨 선생이 던힐 파이프에 담뱃잎을 가득 채워 넣고 긴 성냥으로 불을 붙였다. 파이프 담배를 피우는 선생의 쑥 들어간

빡이 벽에 걸린 사진 속의 러셀과 비슷했다. 구수한 파이프 담배 연기를 몇 번 내뿜고 선생이 말했다.

"파이프 담배는 타르가 없고 연기를 입안에서 돌리니까 메리안이 펴도 된다고 하네. 시가는 목 뒤로 조금 넘기니까 후두암, 시가렛은 깊숙이 들어가니 폐암, 즉 연기가 머무는 곳에 병이 생기는 건데… 나는 예전에 시가렛을 너무 피웠지."

선생이 다음에 무슨 말을 하려는지 걱정이 되었다.

"의사가 세 달 안에 모든 것을 정리하라고 하더군. 길어야 반년 정도 남았다네…."

선생의 눈이 천장으로 향했다. 문 교수가 얼른 위로의 말을 했다.

"사람마다 많이 다를 거예요. 어떤 사람은 몇 년씩 잘 넘기잖아요."

"하나님께 조용히 간구를 드리고 있네. 내 병은 광야의 마지막 시험일세. 나는 지금 떡도, 세상도, 기적도 원치 않지만 건강한 몸과 정신을 원한다네. 종교를 초월한 건강함!"

*

서준이 정치부 박민 기자에게 김영중 전 의원 취재 건이 잘 되고 있는지 넌지시 물었다. 홍수진 변호사가 새해인사 겸 요즘도 박민이 김 의원의 주변을 탐문하고 다닌다는 소식을 전했기 때문이다. 기자들은 특종에 대한 경쟁심이 있어서 상대가 취재 중인 사건에 대해 언급하지 않는 것이 불문율이다. 만약 거론을 한다면 어떤 도움을 줄 수 있는 경우에 한해서라 서준은 상당히 조심스러웠다.

박민은 서준과 동갑이었지만 입사는 1년 빨랐다. 성격이 적극적이고 사교적이라 장래 정치부장감이라는 평판이 있었고, 앞으로 정계에 진출하려는 야심도 있는 성싶었다. 예상대로 그는 김 의원 취재에 대해 서준에게 어떤 정보도 주지 않았다.

자신의 자리로 돌아가려다 서준이 한마디 던졌다.

"내 친구가 김 의원의 아들 김승태 변호사와 같은 로펌에 다니던데…."

그가 자리에서 벌떡 일어나며 말했다.

"그래요? 그럼 한 가지만 좀 확인해줄 수 있어요?"

"박 선배 부탁인데 뭐든지 알아봐야죠."

"김영중 의원이 호적상에는 자식이 하나밖에 없는데, 그가 김변이죠."

박 기자가 서준의 기색을 잠깐 살핀 후 다시 말을 이었다.

"내가 조사한 바로는 김변이 친아들이 아니던데…."

"김승태가 친아들이 아니라고요?"

"그래요. 혹시 김변을 만난 적 있나요?"

박 기자의 눈썹이 살짝 올라갔다.

"아니요. 여사친을 통해 이야기만 들었어요. 홍 변호사라고 같은 로펌에 다녀요."

서준은 박 기자에게 김승태를 만났다고 굳이 알리고 싶지 않았다.

"그럼 그 친구 한번 소개해줘요. 지금 서준 씨와 밀당 중인가요?"

"아니요. 그냥 아는 친구예요. 미국에서 온 지 얼마 되지도 않아요. 여하튼 내가 알아볼 수 있으면 알아볼게요."

자기 자리로 발길을 돌리려다 서준이 무심한 척 물었다.

"김영중 의원은 옛날 사람인데 기삿거리가 되나요?"

박민이 입을 다문 채 더 이상 대답하지 않았다.

서준은 이번 주 기사 작성을 위해 컴퓨터를 켜면서 김승태의 얼굴을 떠올렸다. 처음 보았을 때 선희와 닮은 구석이 없다고 느꼈는데, 그가 양자라면 당연한 일이었다.

"최서준! 연초에 터뜨린 특종에 댓글이 엄청 많이 달렸어!"

어느새 다가온 주 기자의 음성이 뒤에서 들렸다.

"깜짝이야! 인기척 좀 내고 다녀요."

"왜 그렇게 놀라나. 내가 그래서 별명이 스텔스잖아. 통통하면서 시커먼, 적의 레이더에 안 걸리는 비행기."

그가 털북숭이 얼굴로 양팔을 들며 비행기 흉내를 냈다.

"이번 주말에 별일 없으면 베로나에 갈까?"

"아! 제가 거기서 한번 사기로 했죠. 그래요."

"잊지 않아서 다행이군. 엎드려 절 받기지만. 여자 친구 있으면 데리고 와."

주 기자가 자기 자리로 돌아가면서 한마디 더했다.

"특종에는 후속기사가 중요한 거야. 계속 살펴봐."

서준이 작년 말 문 교수를 인터뷰한 내용을 일간지들에서 그대로 받아썼다. 주간지로는 일 년에 몇 번 안 나오는 특종이라 이 차장의 입이 며칠간 귀에 걸렸다. 지금쯤 문 교수는 영국에서 니케아 성당 유적을 확인하고 있을 것이다. 어떻게 진행되고 있는지 궁금했고, 눈도 완쾌되지 않은 상태에서의 무리한 여행이라 걱정도 됐다. 문 교수에게 안부라도

전하려고 메일함을 열었는데, 서준 앞으로 메일이 몇 개 와 있었다. 그 가운데 시선을 끄는 제목이 있어 얼른 열어보았다.

제목: 저는 문 교수를 폭행한 손준기를 잘 압니다.

최 기자님, 안녕하세요. 저는 한남동에 사는 50대 주부입니다.

문익진 목사님 폭행 사건 기사를 읽고 혹시 도움이 될까 하여 메일을 보냅니다.

그 날 교회에서 저는 단상에 올라간 손준기를 쉽게 알아보았습니다.

손은 강남 S호텔 헬스클럽의 코치로 2년 동안 근무했지요.

거기서 그에게 3달 동안 개인 지도를 받았는데 얼굴이 반반한 젊은 코치치고는 비교적 성실한 사람이었습니다.

손에게 호감을 느끼던 중 그의 소개로 이태원의 어느 술집에 가게 되었고, 거기서 그의 전혀 다른 생활을 보게 되었지요.

그는 밤에는 호스트바에서 일하는 인기 호스트였어요.

거기서 그의 이름은 지우스였는데, 하루 50만 원 정도는 쉽게 버는 듯했지요.

한편 자신은 진정한 기독교인이라면서 마가복음 16장에 나오는 믿는 사람의 5가지 징표 중 하나를 저에게 같이 실험해보자고 했어요.

저는 기겁을 하고 그 후에 손준기를 만나지 않았지요.

왜냐하면 그 징표는 뱀을 집어 올리는 거였는데, 가끔 물리기도 한대요.

백 년 전 미국의 어느 목사가 성경 말씀대로 뱀을 집어 올려서 엄청 많은 신도를 모았다네요.

손 코치는 그 목사를 존경하는데 이름이 헨슬리라고 했습니다.
여기까지가 제가 아는 손준기에 대한 설명입니다.
최 기자님의 다음 기사가 기대됩니다.

- 한남동 K 드림

서준이 마가복음 16장을 찾아보았다. 과연 마가복음 16장 17~18절에는 믿는 자들의 표적에 대한 말씀이 있었다.

17 믿는 자들에게는 이런 표적이 따르리니 곧 그들이 내 이름으로 귀신을 쫓아내며, 새 방언을 말하며
18 뱀을 집어 올리며, 무슨 독을 마실지라도 해를 받지 아니하며, 병든 사람에게 손을 얹은즉 나으리라 하시더라

손준기는 이 표적 중 뱀을 집어 올리는데 꽂힌 것이다. 서준은 이번에는 헨슬리라는 이름을 찾았는데 구글에 그에 대한 내용이 떴다.

조지 헨슬리는 회심 후 오순절파에 들어갔다. 그는 문맹이었으나 1915년 테네시 주에서 목사 자격증을 획득한 후, 특히 성령의 임재를 강조하고, 성경 말씀을 문자 그대로 믿어야 한다고 설교하기 시작했다. 4번 결혼하고 13명의 아이를 둔 그는 가족들과 사이가 좋지 않았고, 알코올중독에다 일정한 수입이 없었으나 설교를 멈추지 않았다. 그는 예수님이 마가복음에서 말씀하신 믿는 자의 표적 중 '뱀을 들어 올리고 무슨 독에도

해를 입지 않는다'는 대목을 문자 그대로 증명하기 위하여 독뱀을 손으로 잡아 올리는 시범을 계속 보여주었다. 그는 주정부 뱀 취급 법에 저촉되어 두 번 구속되었고, 집행 유예 기간에 다시 밀주 혐의로 구속되었으나 곧 탈주하여 오하이오로 활동 무대를 옮겼다. 40년 가까운 목회 기간 중 그가 뱀에 물린 횟수는 400번 이상이었다. 1955년 플로리다 목회 중 뱀에 물린 헨슬리는 증상이 심각했으나 어떤 약도 쓰는 것을 거부했고 다음날 세상을 떠났다. 결국 뱀에 물려 죽었으나 그를 추종하는 많은 사람은 이에 굴하지 않고 뱀에 물리는 행위를 이어 나갔다. 비록 다른 오순절파에서도 뱀을 다루기는 했으나 뱀에 관해서는 조지 헨슬리가 가장 대표적 인물이었다.

설명은 여기서 끝났다. 이메일 중에는 방주에게서 온 것도 있었다.

서준에게

자네가 쓴 문 목사님 폭행 기사 잘 읽었어.

나도 그날 Y대 교회에 있었어.

밖에 나와서도 서로 얼굴 보기가 어렵네.

곧 다시 만나기로 하고, 오늘은 별로 안 좋은 소식 한 가지 전할게.

어제 S침례교단 노회에서 문 교수님에 대한 파문 안건이 통과됐어.

며칠 내 총회장이 총회에서 의결하게 될 거야.

문 교수님은 아마 각오하고 계시겠지만 옆에서 아무 도움도 못 드리고….

제자로서 너무 죄송하기만 해.

그럼 곧 만나도록 해.

밖에 나온 친구 방주가

서준은 즉시 휴대 전화에서 방주의 번호를 찾아 눌렀다. 그의 목소리가 밝게 들렸다.

"벌써 내 메일 봤구나."

"신 목사님. 지금 내가 질문 하나 해도 되나?"

"무슨 급한 일 있어?"

"뭐 그런 건 아닌데… 우리나라에 혹시 뱀을 들어 올리며 설교를 하는 교회가 있나?"

"뱀을 들어 올린다? 그런 교회는 잘 모르겠고 마가복음 16장에 그런 대목이 나오긴 하는데… 나중에 첨가된 부분이지."

"마가복음에 첨가된 부분이 있다고?"

"성경은 모두 필사를 거듭한 것이라 원본은 없고 사본마다 조금씩 다른 부분이 있어. 그리스어 성경 필사본만도 거의 6,000종이야. 손으로 베끼면서 실수도 있었지만, 새로운 내용을 삽입하기도 했어. 마가복음은 원래 16장 8절에서 끝났고 이후 20절까지는 나중에 덧붙인 거야. 그것도 긴 버전과 짧은 버전이 있는데 뱀을 들어 올리는 건 긴 버전에 나오지."

"아, 우리가 읽는 마가복음이 그런 변화가 있었구나. 여하튼 뱀을 들어 올리는 것을 믿음의 표적으로 생각하는 것은 성경 말씀을 문자 그대로 믿는 것이군."

방주의 대답이 한 박자 쉬고 들렸다.

"그렇긴 하지만 요즘 우리나라에 뱀을 들어 올리는 사람은 없겠지."

서준은 문 교수를 폭행한 손준기가 바로 그런 사람이라고 말하려다 다른 질문을 했다.

"그나저나 문익진 교수님은 자신의 파문 안건이 통과된 것을 아시나?"

"내가 알려드렸어. 다른 사람을 통해 아시는 것보다 나을 것 같아서…."

"잘했네. 눈은 괜찮으신가?"

"응, 괜찮으신가봐. 내일 런던 시내에서 '새사도신경' 기자 회견을 하신다네. 재미있는 스토리가 있으면 곧 자네에게 알려줄게."

"고마워. 문 교수님께 안부 전해줘."

손준기가 뱀을 들어 올리는 장면을 상상하자, 과일 깎는 칼을 목에 대던 순간도 떠올랐다.

*

기자 회견은 런던의 세인트폴 대성당에서 열렸다. 처음에는 로빈슨 박사의 집에서 하려고 했지만 늘어난 취재 인원과 TV 생중계 때문에 장소를 옮겼다. 기자들 사이에서 오늘 발표가 대단한 뉴스가 될 거라는 소문이 돌았다. 세인트폴 대성당은 대 예배실 천장의 높이가 40m나 되고 화려한 장식과 벽화로 유명했다. 1990년에는 어느 스턴트맨이 천장에서 뛰어내리며 낙하산을 펴는 행위로 기네스북에 이름을 올렸다. 천장에는 바울로 추정되는 노인 옆에 날개 달린 천사가 시중드는 모습이 고색창

연한 색깔로 그려져 있고, 중앙 제단 위 천장에는 예수님이 구름 사이에서 두 팔을 벌리고 내려오시는 모습이 환상적으로 새겨져 있었다.

오전 10시 5분 전, 휠체어를 탄 로빈슨 교수와 메리안이 성당으로 들어서자 사진기자들의 플래시가 폭죽처럼 터졌다. 문 교수도 메리안을 따라 로빈슨 교수 옆자리에 앉았다. 10시 정각에 문 교수가 마이크를 잡고 그동안의 경과를 설명하기 시작했다. 잠시 뒤 니케아 호수의 성당에서 발굴한 유물이 또 하나의 사도신경이라는 것과 저자가 마리아를 비롯한 제자들이라는 것을 밝히자 장내가 술렁거리기 시작했다. 기자 회견장에는 50~60명의 기자들이 문 교수의 말을 기록하고 있었고, 맨 앞자리에 앉은 J일보 런던 특파원도 로빈슨 박사와 문 교수를 번갈아 바라보며 열심히 기사를 작성했다.

경과 설명이 끝나고 니케아 호수에서 발굴된 사도신경 돌판과 그 위에 새겨진 콥트어를 영어로 번역한 내용, 또 산타크로체 성당의 벽화에 대해 알려주자 여기저기서 감탄사가 터져 나왔다. 이윽고 로빈슨 교수가 니케아 호수의 사도신경을 다시 한 번 부드러운 목소리로 낭독한 후 기자들의 질문을 받기 시작했다. 기자들 10여 명이 동시에 손을 들었고, 그중 한 사람을 지명했다.

"BBC 방송국의 메어리 기자입니다."

키가 180㎝은 넘어 보이는 금발의 여성 기자가 일어나서 질문을 했다.

"오늘 박사님의 역사적 발표를 축하 드리며 동시에 한 가지 의문이 듭니다. 이번에 발굴된 사도신경은 마치 현대의 신학자들이 쓴 것처럼 세련된 느낌이 듭니다. 솔직히 이것이 1세기 말에 쓰였다고 믿기가 어렵습니다. 더욱이 마리아의 이름이 맨 먼저 나온 것은 더욱 그렇습니다. 어떻게 생각하시나요?"

로빈슨 박사가 목을 한 번 가다듬은 후 천천히 입을 열었다.

"아주 좋은 질문입니다. 우리가 아는 사도신경이 3세기경에 만들어진 것으로 본다면 그보다 약 2백 년 전에 이런 내용이 기록된 것은 그 자체로 매우 놀라운 일이지요. 하지만 이것이 바로 예수님 시대, 그분을 기리던 제자들의 생각에 더 가까운지도 모릅니다. 초기 기독교에는 교리나 성당이 없었습니다. 기독교가 로마의 국교가 되기 전에는 가정 예배로 모이며 주위 사람들과의 관계를 중심으로 예수님의 말씀을 따르는 집단에 불과했죠. 즉 예수님의 마음과 삶을 본받는 작은 공동체에서 출발해 3백 년이 지난 후 교리를 우선하는 국가적 종교가 된 것입니다. 우리는 아주 오랜 세월 동안 기독교인이 된다는 것은 교리를 믿는 믿음이 우선이라 배웠지만 예수님과 가까웠던 1세기에는 그 순서가 반대였습니다. 즉 예수님을 본받는 삶이 가장 우선이고 중심이 되었던 것이었죠. 예수님은 기독교의 교리를 만들지 않으셨습니다."

로빈슨 박사의 말이 끝나자 또 몇 사람이 동시에 손을 들었고, 이번에는 CNN 중계용 카메라를 들고 있는 사람이 자리에서 일어났다.

"CNN의 피터 기자입니다. 박사님의 말씀을 듣고 보니 역사의 오묘한 아이러니를 느낍니다. 콘스탄티누스 황제가 기독교 교리를 단일화하기 위해 소집한 이곳, 니케아 호수 밑에서 사도신경, AD 45년에 마리아와 동료들이 쓴 사도신경이 발굴되었습니다. 이것은 1945년 이집트에서 발굴된 도마복음 이후 가장 획기적 사건임에는 틀림없습니다. 하지만 도마복음은 발표 때의 흥분과 기대와는 달리 이제는 별로 주목을 받지 못하고 있습니다. 새사도신경도 마찬가지가 되지 않을까요?"

박사가 고개를 끄덕인 후 다시 입을 열었다.

"도마복음이 처음 발견되었을 때 신학계에 떨어진 원자폭탄이라고 했었는데, 시간이 지나면서 관심이 약해진 것은 사실이지요. 새사도신경의 반응이 어떨지는 아직 알 수 없으나 역사 신학자로서 이것은 도마복음 못지않은 새로운 발굴임에는 틀림없습니다."

CNN 기자가 귀에 이어폰을 꽂은 후 다시 말했다.

"제가 한 말을 수정해야겠습니다. 이 시각 CNN을 보는 시청자의 수가 급격히 증가하고 있습니다. 새사도신경의 발굴에 대해 방송국으로 문의 전화도 폭주하고 있답니다. 도마복음 때보다 더 많은 관심이 쏠리고 있습니다."

메리안이 어깨를 살짝 올리며 당연하다는 표정을 지었고 문 교수와 눈이 마주치자 한쪽 눈을 찡긋했다. 다음으로 자리에서 일어난 사람은 한국 기자였다.

"J일보 런던 특파원 토마스 김입니다. 저는 유럽에서 기독교의 몰락을 보고 있습니다. 어렸을 때 배운 사도신경을 안 외운지 오래인데, 오늘 본 새사도신경은 예수님의 행적이 많이 나와서 친밀감이 듭니다. 저는 문 교수님께 질문을 하겠습니다. 도마복음이 이집트 콥트어로 발견되었는데 새사도신경도 같은 언어입니다. 문 교수께서 고대 콥트어를 전공하셨는데 둘 중에 어느 것이 연대가 빠른가요?"

미처 생각지 못한 질문에 살짝 당황했지만 목을 가다듬고 대답했다.

“콥트어 자체로 볼 때는 거의 같은 시대라고 생각합니다. 어느 것이 빠른지는 좀 더 연구를 해봐야겠지만 지금으로서는 도마복음이 조금 앞선 것 같네요. 다만 도마복음의 연대도 학자들 간에 완전히 일치하지는 않습니다.”

전 세계로 생중계되는 방송이라는 것을 느끼며 문 교수의 목소리가 긴장되었다.

기자 회견은 이후에도 2시간 이상 계속되었다. ‘새사도신경’이 실시간으로 전 세계적인 뉴스가 되면서 기자들의 질문 공세가 계속되었으나, 메리안이 선생의 건강을 염려해 오후 1시에 기자 회견장을 빠져 나왔다. 성당 입구 잔디밭에 주차된 랜드로버에 무거운 휠체어를 접어 넣고 뒷자리에 타려는 문 교수에게 급히 말을 거는 사람이 있었다.

“문 교수님, J일보의 토마스 김입니다. 제가 내일, 시내 한국 식당에서 점심을 모실 수 있을까요?”

잠시 대답을 망설이자 그가 계속 말했다.

“피카디리에 있는 아리랑이 된장찌개가 아주 맛있습니다. 로빈슨 박사가 좋아하는 잡채와 빈대떡도 있고요.”

사흘째 메리안이 해주는 로스트비프와 터키샌드위치만 먹다가 된장찌개란 말에 저절로 군침이 도는 것을 느꼈다. 운전석에 앉은 메리안에게 설명을 했더니 얼마 전 아리랑에서 갈비찜을 맛있게 먹었다며 당장 가고 싶다고 했다. 김 특파원이 얼른 자동차 앞자리에 올라타며 말했다.

“초대에 응해주셔서 감사합니다. 로빈슨 박사님.”

“문 교수와 한국 식당을 한 번 가려고 했는데 이왕이면 빨리 가는 것이 좋을 것 같아서요."

메리안이 옆에 앉은 토마스 김에게 고개를 돌리며 대신 말했다. 아리랑은 런던 시내 중심가에 있어 교통이 혼잡했다. 안개비 때문에 속도가 더 느려지자 로빈슨 박사는 파이프 담배에 불을 붙였다. 문 교수가 창문을 조금 열면서 토마스 기자에게 질문했다.

"오늘 발표는 기자분이 보시기에 어땠나요?"

"대단히 성공적이었습니다. 내일 이 시간쯤에는 새사도신경이 SNS에서 검색어 1위가 될 겁니다."

"한국에서도 그럴까요?"

"그럼요, 제가 오늘 오후에 기사를 송부하면 내일 문화면에 크게 실리고 한국의 기독교계가 엄청 놀랄 겁니다."

좁은 차 안에서 파이프 냄새가 강하게 느껴질 때 아리랑에 도착했다. 점심때가 지나서인지 손님들이 많지는 않았고 벽을 장식한 태극무늬 디자인이 고급스러운 느낌을 주었다. 김 특파원을 알아본 지배인이 반갑게 인사하며 조용한 자리로 안내했다. 메리안이 통통한 손가락으로 메뉴에서 갈비찜과 잡채를 가리켰다. 종업원이 화이트와인 한 병을 서비스라며 가져왔다. 문 교수가 한 잔씩 따르자 메리안이 잔을 들고 말했다.

"새사도신경의 성공적인 발표를 축하합니다."

김이 모락모락 나는 잡채가 먼저 나왔는데 백포도주와 썩 잘 어울렸다. 선생 부부가 젓가락 대신 포크와 수저를 양손으로 잡고 파스타 먹듯이 잡채를 돌려서 분주히 입에 가져갔다.

“도마복음이 콥트어로 발견된 것을 아시던데, 혹시 신학 공부를 하셨나요?”

“오래전에 신학 대학 조금 다니다 말았습니다. 공부를 할수록 제가 생각하던 신앙과는 멀어서요. 그 후 서양미술사를 공부하고 방송 대학원을 다녔지요.”

“그러시군요. 지금 교회는 나가시나요?”

토마스의 자세한 설명에 호감을 느낀 문 교수가 계속 물었다.

“안 나갑니다. 저는 지금 무신론자입니다. 종교 밖에서 사람들이 말하는 신을 보니까 더 객관적으로 잘 보이는 것 같습니다.”

“신이 잘 보이면 무신론자는 아닌 듯하네요. 저는 아직도 신이 잘 안 보이는데요.”

문 교수가 농담을 하며 와인 잔을 입에 댔다. 자신이 파문 당한 것을 토마스 김도 곧 알게 될 것이다. 로빈슨 선생에게 설명할 일을 생각하니 와인이 갑자기 쓰게 느껴졌다. 개량 한복을 입은 종업원이 식탁 위에 갈비찜을 올려놓자 메리안이 오른손으로 얼른 나이프를 잡았다. 잠시 후 모두 식사에 열중했고 ‘쩝쩝’, ‘달그락’, ‘탁탁’ 소리가 간간히 들렸다. 사람들의 행동이 갈비찜을 나이프로 잘라 먹는 방법과 손으로 잡고 입으로 가져가는 방법으로 나뉘었고, 이에 따라 나는 소리도 달랐다. 빈대떡이 좀 늦게 나오자 메리안은 손으로 배를 부풀리며 고개를 저었다.

식사가 거의 끝날 즈음 로빈슨 박사의 동작이 힘들어 보였다.

“토마스 특파원, 너무 잘 먹었어요.”

메리안이 와인잔을 들며 말했다.

"선생님이 피곤하셔서 곧 일어나야 할 것 같은데, 혹시 질문 있으면 하세요."

토마스가 냅킨으로 입언저리를 부지런히 닦으며 말했다.

"먼저 사진 한 장 기념으로 찍어도 되겠죠?"

'김치'를 외치며 휴대 전화로 셀카를 찍은 후 김 특파원이 입을 열었다.

"이번에 발굴한 새사도신경은 교리나 믿음보다는 예수님을 따르는 것이 더 강조되어 있습니다. 이러한 사도신경이 확고한 종교적 권위를 유지할 수 있을까요?"

로빈슨 선생이 잠시 생각을 가다듬는 듯했다.

"우리는 이제 종교와 신앙을 구분해야 합니다. 종교로써의 교회는 한계에 부딪쳤고, 기독교는 종교를 넘어 신앙으로 패러다임이 바뀌어야 합니다. 과거의 기독교가 무엇을 믿어야 하는지가 먼저인 교리적 종교였다면, 이제는 관계, 이해, 생명을 더욱 중시하는 신앙이 먼저인 것입니다. 예수님이 갈릴리 호수에서 베드로와 안드레를 부르신 것이 먼저였던 것처럼요."

토마스가 바로 다시 질문했다.

"전능하신 하나님의 존재를 받아들이고, 찬양하고, 기도하는 것이 기독교 신앙 아닌가요?"

"나는 전통적 기독교의 하나님이 나를 위해 일하는 것을 기대하지 않습니다. 나는 생명의 확장, 사랑의 충만, 존재의 향상을 위해 나의 남은 시간을 쓰길 원합니다. 내가 믿는 하나님의 일이니까요."

잠시 후 선생 부부가 먼저 식당을 나섰고, 문 교수는 남은 빈대떡에 소주를 한 잔 더 하자는 김 특파원의 요청에 자리로 돌아왔다. 그와 대화를 나누다 보니 서울의 최서준 기자가 새사도신경에 관심이 많았던 생각이 났다. 세인트폴 대성당의 인터뷰 중계 녹화가 지금쯤 서울 TV에도 나왔을 것 같았다.

"조금 전 찍은 사진을 저에게 한 장 보내줄 수 있을까요? 제 웹사이트에 올리면 좋을 것 같아서요"

"물론이죠. 바로 보내드리겠습니다."

"고마워요. 그리고 그 사진을 제가 아는 기자에게 보내도 될까요?『주간시사』기자니까 며칠 후에 사진이 나올 겁니다."

문 교수가 최서준에 대한 설명을 했고 사진의 출처를 J일보로 밝히겠다고 덧붙였다. 소주를 한 잔씩 서로 따라주고 김 특파원이 굴 파전을 한 접시 더 시켰다. 빈대떡이 좀 식었는데, 데워 먹으면 맛이 없다는 핑계를 댔지만, 문 교수와 대화를 오래 나누고 싶은 눈치였다. 문익진이 먼저 입을 열었다.

"무신론자라고 하셨는데 무신론자의 개념도 시대에 따라 변하는 듯하네요. 무신론자가 반드시 유신론자의 반대 개념은 아니고, 어쩌면 한 인간의 내면에 유신론과 무신론이 조금씩 공존하는지도 모르지요."

토마스가 즉시 그의 말을 받았다.

"그래서 현 인류를 호모 두플렉스 즉 이중적 인류라고 부르자는 주장도 있습니다. 어쩌면 대뇌가 우뇌와 좌뇌로 나뉘어 있어서 그런지도 모릅니다."

그가 소주를 한 모금 마시고 계속 말했다.

"사실은 이중적이라기보다 거의 분열증에 가깝지요. 평상시에는 현대 과학을 신봉하며 살다가 일요일에 교회를 가서는 로마 시대에 만든 대속론에 감동을 받고 눈물로 속죄를 한 후 다시 멀쩡히 세상으로 나오니까요."

문익진이 토마스의 말을 거들었다.

"그런 모순 때문에 프로이트나 마르크스는 기독교가 곧 그 힘을 잃고 없어질 것이라 했지만 그들의 예측이 정확하지는 않았습니다. 인간의 지성을 너무 과대평가한 낭만적 시대였지요. 유럽에서는 교회 나가는 사람이 급격히 줄어들었지만 아프리카에서는 오순절파나 복음주의파 신도수가 많이 늘고 있습니다."

문익진은 그에게 21C기독교광장을 소개하고 앞으로 새사도신경에 대한 후속 기사나 관계 자료를 찾으려면 이곳으로 들어오라고 일러주었다. 굴 파전이 따끈하게 김이 푹푹 나는 모습으로 식탁 위에 올라왔고 토마스가 손가락을 들어 소주 한 병을 더 주문했다.

"저는 가끔, 자신이 무엇을 믿는지 쉽게 말하는 사람들이 좀 무섭습니다. 그들은 대부분 자신의 생각과 조금만 다르면 어떤 것도 받아들이지 않고 자신이 믿는 방향으로 끊임없이 돌진하죠. 한국에 등록된 개신교파가 약 250개이고 전 세계적으로는 2만이 넘는 교파가 있으니, 개신교인들의 자기 확신은 참 대단합니다."

앞에 있는 음식에는 손도 안 대고 토마스가 계속 말했다.

"가톨릭은 천 년이 지나서 두 개로 나뉘었는데, 개신교는 5백 년 사이에 2만 개라니! 루터가 알면 너무나 어이없어 할 거예요."

문 교수가 파전을 잘라 앞 접시로 옮겼다. 새로 딴 소주가 시원하고 알싸하게 입안을 식혔다. 까만 냅킨으로 입가를 닦으며 토마스가 물었다.

"로빈슨 박사가 종교와 신앙을 구분할 수 있다고 하셨는데 문 교수님이 조금 더 설명해 주실 수 있을까요?"

"글쎄요, 종교라고 하면 우선 떠오르는 것이 믿어야 하는 교리, 지켜야 하는 규칙, 선교를 통한 타인의 영혼 구원… 이런 것들이죠. 반면에 신앙은 자신의 언어로, 설령 신화적 언어라 하더라도 서로 이해할 수 있는 방식으로 하나님을 경험하며 자유, 생명을 추구하는 예수님을 따르는 길이 되겠죠. 새사도신경에도 나옵니다만 안식일이 사람을 위해 있다고 하신 말씀이 그런 의미라고 생각합니다. 2천 년 전 예수님은 종교보다는 신앙을 강조하셔서 유대인은 그분을 용서할 수 없었던 것이죠."

문 교수는 오랜만에 무신론자와 대화를 해서 그런지 소주 한 병에도 별로 취하지 않았다.

"네. 무슨 말씀인지 이해가 됩니다. 솔직히 오늘 새사도신경을 처음 듣고 저는 상당히 놀라고 기뻤습니다. 이런 사도신경이라면 다시 교회에 나가고 싶은 나 자신을 발견했지요. 아마 전 세계적으로, 특히 미국과 한국의 기독교인들에게 대단한 사건이고 유대인들이나 이슬람들도 상당한 관심을 가질 수 있는 역사적 발굴입니다."

얼굴이 약간 발개진 토마스가 앞에 있는 빈 잔에 소주를 따르며 계속 말했다.

"문 교수님은 이상하게 오래전부터 잘 아는 분 같습니다. 제가 왜 무신론자가 되었는지 말씀 드려도 될까요?"

소주 한 잔을 얼른 비우고 토마스의 말이 계속되었다.

"신학 대학원 말씀을 잠깐 드렸지만 저로서는 상당히 실망스러운 시간이었습니다. 자유로운 토론은커녕 질문 자체도 하기 힘든 교육과정 후 앵무새 같은 전도사로서, 또 나중에 그런 목사로서 사역을 한다는 것에 아무런 의미를 둘 수가 없었어요. 신학을 그만두고 미국 콜로라도에서 미술사 공부를 하고 있을 때 덴버 근교의 광산에서 큰 사고가 났습니다."

문 교수도 오래전 그런 뉴스를 들은 기억이 났다.

영생에 대하여

미국 덴버 광산 사고에 대한 토마스 김의 말이 계속됐다.

"덴버 탄광에서 폭발사고가 발생해서 광부 15명이 깊이가 100m에 길이가 1㎞가 넘는 긴 갱도에 갇혔죠. 미국 전체가 그들의 구조 작업에 시선을 집중했고, 가족들이 고통스럽게 기다리는 가운데 날짜가 하루하루 지날 때마다 산소 공급이 줄어들어, 결국 구조가 실패로 끝날 것이라는 비관론이 커지고 있었습니다. 그러다가 15명 중 한 명만 사망하고 나머지 14명이 모두 무사히 구조되었다는 보도가 TV에 나왔어요. 덴버에서 제일 큰 침례교회에 모여서 기도하던 많은 사람들은 환호했습니다. 목사님은 이것을 하나님의 놀라운 기적이며 기도의 응답이라고 선언했지만, 한 명의 사망자가 왜 그 기적에 포함되지 못했는지는 별로 설명하지 않았습니다."

문 교수가 살짝 한숨을 내쉬었다.

"TV 카메라는 교회에서 밤새 기도하던 사람들을 인터뷰했어요. '하나님, 감사합니다' '하나님을 찬양합니다' '희생당한 한 사람을 위해 기도합시다' 등의 말들이 TV 화면에 계속 나왔죠. 하지만 몇 시간 후 이 보도가 거꾸로 알려진 잘못된 소식이라는 것이 전해졌습니다. 광부 한 명만 구조되고 나머지 14명은 모두 사망했다는 겁니다. 감사와 기적, 하나님에 대한 칭송은 순식간에 사라졌습니다. 그 대신 참혹한 희생에 대한 슬픔과 분노, 광산 운영자들을 상대로 유능한 변호사들이 어떻게 소송을 진행할 것이라는 이야기로 넘쳐났죠. 이것이 바로 교회에서 믿는 하나님인가… 저는 허망했습니다. 기적과 은혜의 하나님을 찬양하다가 사망자와 생존자 숫자가 거꾸로 발표되자 하늘의 하나님은 오히려 원망의 대상이 되었습니다. 제가 믿던 하나님도 같다는 것을 느끼면서 이건 아니라고 생각했죠."

"그때 그런 일이 있었군요."

문 교수가 말없이 소주를 한 잔씩 더 따랐다.

"너무 개인적인 이야기를 해서 죄송합니다만 이 이야기를 언젠가는 누구에게 꼭 하고 싶었습니다."

소주잔을 단숨에 비우며 토마스가 화제를 바꿨다.

"제 특파원 생활도 석 달 후면 끝나서 곧 귀국할 예정입니다. 만약 한국에서 교회를 나간다면 문 교수님 계시는 Y대학 교회를 가겠습니다."

"고맙지만 얼마 전 제가 학교를 떠났습니다."

"아, 그럼 로빈슨 박사가 있는 케임브리지로 오실 건가요?"

"아니요. 당분간 21C기독교광장에 전념하면서 학교는 좀 쉴 겁니다."

토마스가 휴대 전화를 꺼내더니 잠시 무언가를 찾아보았다.

"오늘 두 분의 기자 회견이 CNN에서 계속 헤드라인 뉴스로 뜨고 있네요. 저도 이제 사무실로 들어가서 기사를 보내야겠습니다. 그전에 하나만 더 질문할게요. 교수님은 죽음 저편의 삶, 영생을 믿으시나요?"

파전을 먹으려다가 다시 자세를 고치고 문 교수가 입을 열었다.

"그 대답을 하기 전에 내가 생각하는 나사렛 예수님에 대해 먼저 말씀드리지요. 그분은 참으로 자유롭고 인간의 한계를 초월한 분이었기에, 그런 초월이 우리로 하여금 나사렛 예수님 안에서 하나님을 만났다고 선언하게 한 것입니다. 이것이 바로 부활 이야기의 의미인데, 죽음을 포함해 모든 인간의 한계는 예수 앞에서 무의미하다는 것입니다. 나는 유한하지만 그분을 통해 무한한 것 속의 한 부분이 되고, 나는 죽을 수밖에 없는 존재지만 불멸의 영원성에 참여합니다."

목을 한번 가다듬고 그의 목소리가 이어졌다.

"만약 영생이 우리가 오래전 헤어진 사랑하는 부모님과 가족들을 만나는, 그런 천당에서의 영생을 믿느냐는 질문이라면, 나는 뭐라 대답할지를 모르겠습니다. 왜냐하면 그것은 우리가 나중에 같이 모이는 장소에서 서로 알아볼 수 있는 육신의 형태로 존재해야 하는데, 나는 아쉽지만 그런 곳에 대해서는 말할 수 없습니다. 이런 간절한 희망, 유일신 종교를 지탱해주었던 가장 큰 위안, 죽음 후 천당이나 연옥에 대한 열망 대신 나는 영생을 다른 각도에서 봅니다. 즉 하나님의 사랑은 우리를 사랑하는 분들의 사랑으로 나타나는 바, 우리는 그분들의 사랑에 의해 창조되었습니다. 우리가 생명을 소유하는 과정에서 그들은 우리의 생명의 일부가 되었고 우리는 그들의 생명의 일부분입니다. 우리는 그분들로부터 분리될 수가 없는데, 이는 모든 인간의 생명 자체가 서로 연합되고 연결되어 있기 때문입니다. 그래서 우리가 하나님의 영원하심 속에 참여하는 것, 이것을 영생이라 한다면 우리의 우리 됨에 깊은 부분을 이룬 다른 사람의 생명도 그 영원함 속에 우리와 함께 참여하게 되지요. 시간과 공간을 초월하여 서로 연결된, 죽음을 넘어선 무한한 삶이지요. 나는 더 이상은 말할 수도 없고 알 수도 없습니다."

문 교수의 설명이 끝나자 토마스가 잠시 생각하는 듯했다.

"새사도신경 끝나는 부분에 제 질문의 답이 있었군요. 〈모든 생명이 서로 통하는 것과 우리가 사는 동안 서로 사랑함으로 영원히 사는 것을 믿사옵나이다〉."

*

커피숍에 먼저 도착한 서준은 휴대 전화로 오늘 자 인터넷 신문을 읽었다.

> 보수적 기독교 교단인 S교단은 지난 금요일 징계위원회를 열고 M교수의 파문을 의결한 것으로 알려졌다.
> 작년 말, Y대학 교회에서 설교 중 괴한에게 폭행을 당한 M교수의 파문 사유는 교단의 교리에 어긋나는 설교로 젊은이들의 영혼에 해를 끼치는 행위 때문이라고 전해졌다.
> 7명의 이단 대책 위원들이 만장일치로 가결하지는 않았지만, 곧

열릴 S교단 총회에서 통과되면 그의 파문이 공식적으로 확정되는 것이다.

30여 년 전 감리교단에서 H교수를 파문한 이후 처음 있는 사건이라, M교수의 파문에 기독교계의 이목이 집중되고 있다.

M교수는 현재 영국에 체류 중으로 연락이 닿지 않고 있다.

기사는 이렇게 끝나 있었다. 갈릴레오가 목숨을 건진 것은 자신의 신념을 공개적으로 부인하기도 했지만, 당시 가톨릭 고위층과 유대 관계가 있었기 때문이라는 글을 어디선가 읽은 기억이 났다.

“일찍 왔네. 무슨 생각을 그렇게 하고 있어?”

어느새 방주가 다가와서 손을 내밀었다.

“내가 결혼식 사회를 처음 봐서 걱정하고 있었지.”

서준이 방주의 손을 잡고 흔들며 쾌활하게 말했다.

“나도 결혼 처음 해보는데 뭐. 잘 부탁해.”

잠시 어색한 침묵이 흘렀고 방주가 다시 입을 열었다.

“문 교수님이 런던에서 새로 발굴된 사도신경을 보내오셨어. 어제 아침 21C기독교광장에 올렸는데 혹시 읽어봤어?”

서준이 고개를 저었고 방주가 계속 말했다.

“어제도 CNN에서 헤드라인 뉴스로 계속 나왔는데, 반응이 폭발적이야. 로빈슨 교수의 페이스북에도 벌써 ‘좋아요’가 5백 명이 넘었다더군. 아마 S교단이 문 교수님 파문에 대한 안건을 이번 총회에 못 올릴 거야. 만약 국내에서도 호의적 반응이 나오면 파문은 물 건너가는 거지.”

"그러면 좋겠지만 S교단이 워낙 보수적이라서…."

서준이 휴대 전화를 꺼내 방주가 올린 새사도신경을 읽어보았다.

"나는 잘 모르지만 내용이 편하고 좋네. 모든 생명이 서로 통한다는 말은 지구 환경 보존과 생명 문화 운동과도 연결되는 것 같아. 내가 전에 문 교수님께 새사도신경 내용을 먼저 달라고 했었는데… 특종을 놓쳤군."

그의 목소리가 약간 힘이 빠져있었다.

"기사 특종은 놓쳤지만 문 교수님이 자네 주라고 사진을 몇 장 보내오셨어. 런던의 한국식당에서 찍은 사진은 J일보에서 찍은 거지만, 다른 사진들은 로빈슨 박사 댁에서 문 교수님이 직접 찍은 거니까 자네 특종이나 마찬가지겠지."

박사의 부인으로 보이는 금발 여자가 새사도신경 사진을 들고 있었고, 그 옆에는 문 교수가 중세 시대 그림으로 보이는 어느 항구의 사진을 두 손으로 들고 있었다. 로빈슨 박사가 서재에서 파이프 담배를 피우는 사진과 셀카봉 없이 찍어 문 교수의 얼굴이 크게 나온 사진도 있었다. 그의 왼쪽 눈은 아직도 희미하게 멍 자국이 남아 있었지만, 활짝 웃는 모습이 자신의 파문에 대해서는 완전히 잊고 있는 듯싶었다. 이 정도 사진이면 이 차장에게 싫은 소리는 안 들을 것이다. 문 교수가 나름대로 신경을 써준 것이 고마웠다.

종업원이 아메리카노 두 잔을 탁자 위에 올려놓았다. 서준은 방주의 속내가 궁금했다.

"곧 무죄가 선고되면 교회로 복귀할 수 있겠네. 자네의 시작은 미미하나 끝은 창대할 것이야."

방주가 빙그레 웃더니 커피 한 모금을 마시고 입을 열었다.

"욥기의 그 말이 잘 알려져 있고 특히 신장개업한 업소에 액자로 많이 붙어 있지. 하지만 그 구절의 내용은 욥의 친구들이 위문을 왔다가 욥과 논쟁하는 중에 '친구 욥아! 시작은 미미하나 끝은 창대해야 하는데 너는 그렇게 안 되었잖아? 그러니까 네가 뭔가 잘못한 것이 있는 거 아냐?'라고 질문한 것이네. 앞으로의 일에 대한 기원이나 축복이 전혀 아니지. 문맥이 전혀 다른 이 구절을 거두절미해서 여기저기 걸어 놓고 있는 셈이야."

"아! 원래 그런 의미로군. 함부로 쓰면 안 되겠네."

고개를 끄덕이고 방주가 말했다.

"그리고 난 이제 기존 교회의 목사가 될 수 없는 사람이야. 목사로서 설교를 하려면 내가 믿는 것을 말해야 하는데 나는 이미 기존 기독교 교리를 떠난 지 오래됐어. 그동안 솔직히 괴로웠는데 이번 일을 계기로 앞으로는 좀 진정한 예배를 드리고 싶어."

"진정한 예배라는 게 무슨 뜻이야?"

"초능력이 있는 부족신을 경배하는 것이 예배가 아니라는 거야. 진정한 예배는 홍해를 가른 신을 찬양하는 게 아냐. 하나님이 모든 세상의 근원이라면 나도 그의 일부분으로 세상에 참여하는 것이고, 진정한 예배는 내가 더욱 깊이 그리고 충만히 나 자신이 되려는 용기라고 할 수 있어."

서준이 묵묵히 그의 말을 듣고 있었다.

*

인천 국제공항 입국 심사를 마치고 출입문을 나오자 기자들 수십 명이 문 교수에게 몰려들었다. 카메라 플래시가 터지고 마이크 5~6개가 그의 입가로 파고들었다. 포토라인은 없지만 잠깐 자리에 선 채로 기자들의 질문을 받았다.

"문 목사님, 이번 새사도신경 발표에 대해 가톨릭 남미 본부와 성공회 주교단, 여성 신학자 협회 등에서 적극 환영의 뜻을 표했습니다. 국내 교계의 반응도 대체로 호의적입니다. 그럼에도 문 목사님이 S교단에서 곧 파문 당할 것이라는데, 사실인가요?"

"그 문제에 대해 저는 할 말이 없습니다."

"Y대 신학과 강의를 올해부터 그만두신 것은 본인의 결정인가요?"

"그렇습니다."

"출국하시기 며칠 전 교회 설교 중 폭행을 당하신 건에 대해 경찰이 수사를 계속하고 있습니다. 우발적인 범행이라고 생각하시나요?"

문 교수가 왼쪽 눈을 손으로 한 번 쓰다듬었다.

"네, 그럴 겁니다."

"로빈슨 박사와 공동 발표를 하셨고 그의 가족과 한국 식당에서 식사하시는 사진을 보았습니다. 앞으로 영국에서 교수 생활을 하실 계획이신가요?"

"아닙니다."

단발머리의 젊은 여기자가 자신의 휴대 전화를 문 교수의 입에 바짝 붙이며 물었다.

"새사도신경의 내용에 '성령'이 들어가 있지 않습니다. 삼위일체에 어긋나는 거 아닌가요? 요즘은 성령의 시대라는 말도 있던데요."

"성령에 대한 정의, 즉 성령이 '하나님'이냐 아니면 '하나님으로부터 나오는 은혜나 행동'이냐를 두고 많은 토론이 있었습니다. 381년 콘스탄티노플 공의회에서 '성령은 즉 하나님'으로 결정되었지요. 삼위일체 입장에서 본다면 기도 중에 '성령을 내려주시옵소서'라거나 '불 같은 성령을 충만히 받았다'라는 표현도 교리에는 어긋나는 것입니다. 왜냐하면 성령 자체가 하나님인데 마치 그것이 하나님의 호주머니 안에 있는 것처럼 달라고 하니까요."

"그렇게 말할 수도 있는 거 아닌가요?"

"아닙니다. 전통적 교리를 주장한다면 할 수 없는 말이지요."

곧 다음 질문이 나왔다.

"새사도신경은 그것을 쓴 인물 중 막달라 마리아의 서명이 가장 먼저 나옵니다. 그녀는 일곱 귀신 들렸던 여자이고 문맹일 텐데 그럴 수가 있을까요?"

"일곱 귀신 들린 마리아가 막달라 마리아인지는 확실치 않습니다. 설령 그렇다 하더라도 그녀가 새사도신경에 참여하지 못할 이유는 없습니다."

기자들 뒤에서 머리가 약간 벗겨지고 통통한 사람이 분주하게 앞으로 나와 문 목사와 반갑게 악수를 한 다음 돌아서서 말했다.

"기자 양반님들. 문 교수님이 밤샘 비행에 피곤하십니다. 오늘은 이 정도로 하시고 다음에 또 정식으로 여러분을 모시겠습니다."

이동구 학장이 공항 밖으로 문 교수를 안내했다.

"어디로 가시는 겁니까?"

"어디로라니요. 학교로 가셔야죠. 문 교수님을 환영하기 위해 학과 교수들이 모여 있습니다. 제가 집합시켜놓았지요."

이 학장의 하얀색 BMW에 타면서 문 교수가 물었다.

"저는 이제 학교 식구가 아닌데요?"

"무슨 말씀을요. 올해부터 문 교수님을 우리 대학 석좌 교수로 모시기로 했습니다."

이 학장의 호탕한 웃음소리가 자동차 안을 울렸다.

"교단 징계 절차는 어떻게 되었나요?"

"아, 네. 그 문제도 아무 염려 마십시오. 떠나시기 전날 말씀 드린 대로 징계 위원회에서 가결은 되었지만 총회에는 올리지 않기로 했습니다."

문 교수가 오른쪽으로 고개를 돌려 멀리 새로 올라가는 아파트로 눈길을 돌렸다.

"일곱 사람 중에서 반대는 저 한 사람이었어요. 적어도 2~3표는 반대가 나올 줄 알았는데 참 허탈하더군요. '세상에 의인은 없나니 한 사람도 없다'는 말씀을 실감하는 순간이었습니다. 심지어 선배님이 아시는 어떤 위원은 결과를 만장일치로 발표하자고 해서 제가 절대 안 된다고 했습니다."

BMW가 인천공항을 빠져나가며 속력을 높였다.

"새사도신경에 대한 국내 반응은 어떻습니까?"

"한마디로 대박입니다. 대박이란 표현이 좀 뭐합니다만, 한국의 신학자들은 쇼크를 좀 받아야 해요. 한 달 후에 우리 학과에서 '한국 기독교, 깨어나야 산다'라는 주제로 학술회의를 개최할 예정입니다."

이 학장이 왼손으로 머리를 얼른 한 번 쓸어 올린 후 계속 말했다.

"어제도 성공회와 감리교에서 새사도신경을 공동으로 쓰겠다는 발표가 있었고 우리 교단도 총회에서 그렇게 의결할 예정입니다. 제가 볼 때는 서너 달 안에 국내 개신교 교파 중 반 이상은 새사도신경을 선호하게 될 겁니다. 젊은이들의 반응이 특히 좋습니다."

문 교수는 별 대꾸를 하지 않았다.

"이제 선배님 연구실에 가 보면 아시겠지만, 제가 자그마한 선물을 준비했습니다. 세계적인 신학자가 계시는 방인데 소파가 너무 낡아서, 제가 이태리 가죽 소파로 바꾸었습니다. 선배님의 업적에 비하면 아무것도 아니지요."

문익진이 고개를 왼쪽으로 돌리며 말했다.

"이 학장님, 제가 학교로 다시 돌아가는 것은 어려운 일입니다. 21C기독교광장에도 올해는 학교를 떠나 광장에만 전념한다는 발표를 했어요. 그러니까 오늘은 그냥 집으로 가겠습니다. 좀 피곤하기도 하고요."

자동차의 속도가 줄어들었다.

"네 알겠습니다. 정 그러시면 어디서 잠시 저와 커피 한 잔만 하실까요? 제가 선배님께 꼭 드릴 말씀이 있습니다."

이 학장의 목소리가 그답지 않게 심각했다.

국제도시인 송도 신도시는 깨끗하고 잘 정돈되어 있었다. 인천 대교를 건너 순환 도로 입구의 H호텔 주차장에 차를 대고 두 사람은 1층 로

비로 들어갔다. 지은 지 얼마 안 된 호텔이라 그런지 사람이 별로 없었다. 로비 오른쪽에 있는 고급스러운 분위기의 카페 구석 자리에 앉아 아메리카노 두 잔을 시켰다.

"선배님, 이번에 저 좀 꼭 도와주셔야겠습니다."

이 학장이 두 손을 깍지 껴 기도하는 자세를 취하더니 물끄러미 바라보는 문 교수에게로 상체를 기울였다.

"선배님이 영국에 계신 며칠 사이, 우리 교단에 엄청난 일이 터졌습니다. 아직 외부에 알려지지는 않았지만 터진 거나 다름없지요. S교회 어느 성가대 여신도가 미투를 선언했는데 상대방이 총회장님입니다."

이 학장이 좌우를 슬쩍 둘러본 후 계속했다.

"10년 전의 일이긴 하지만 상당히 신빙성이 높습니다. 그 양반이 S교회 담임 목사 시절에 성가대원을 자신의 방으로 불러 어깨를 안마해달라고 했답니다. 처음에는 목사님이 얼마나 피곤하실까 하는 마음에 열심히 주물러 드렸는데, 다음 주에는 허리, 그 다음에는 다리로 안마 부위가 계속 바뀌었고, 결국 그 여신도를 무릎에 앉히고 성폭행을 했다는 주장입니다."

그의 목소리가 조금씩 높아졌다.

"추가 폭로도 나왔는데 그 양반이 여신도들에게 화장을 안 하고 나오면 교회 분위기가 어두워진다는 말을 자주 했고, 또 앞으로 여성 신도들이 아이를 많이 낳아야 복음을 전파할 주의 일꾼이 많이 생긴다고도 했답니다."

"아이 많이 낳으라고 한 것까지 문제가 되나요?"

"보통 때 같으면 그냥 넘어가겠지만 지금 우리 사회가 미투 열풍이 불고 있지 않습니까. 아! 커피는 역시 젊고 예쁜 여신도가 타 주는 것이 더 맛있다는 말도 5년 전에 자주 했답니다."

"그 문제로 이 학장님을 제가 도와드리기는 어려운데요. 저는 총회장님이 그런 분이 아니라고 할 만큼 그분을 잘 아는 사람이 아닙니다."

"그게 아니고요… 총회장님이 곧 교단에서 물러나시기로 했어요."

그가 다시 한 번 주위를 잽싸게 둘러본 후 계속 이어나갔다.

"제가 당장 기자 회견을 하겠다는 그 미투 여성을 만나서 간신히 달래 놓았거든요. 이 달 말까지만 시간을 주면 총회장님이 자진 사퇴하는 선에서 이 문제를 조용히 마무리 짓기로 했지요."

"미투 열풍이 우리 사회에서 있을 만한 일이긴 하지만 억울한 피해자가 나오지 않게 살펴보는 것도 중요하지 않을까요?"

"네, 맞습니다. 맞지만 총회장, 그 양반은 틀림없습니다. 몇 년 전에는 제가 있는데도 일식당 젊은 여종업원의 손을 은근슬쩍 잡더라니까요!"

분홍색 미니스커트를 입고 진한 화장을 한 종업원이 웃음 띤 얼굴로 커피 두 잔을 테이블 위에 올려놓았고 두 사람이 거의 동시에 커피잔을 들고 입에 가져갔다. 모차르트 교향곡 40번[16] 1악장의 익숙한 멜로디가 나오기 시작했다. 하얀 커피잔을 얌전히 테이블 위에 놓는 이 학장의 손가락이 살찐 어린아이처럼 포동포동했다.

"총회장님은 이제 아무 탈 없이 은퇴하는 것이 그나마 최선으로 알고

16 Wolfgang Amadeus Mozart(1756~1791), Symphony No. 40 in G minor KV 550

계십니다. 물론 정치계로 나가는 것은 어림도 없는 일이지요. 총회장이 유고가 되면 교단법상 석 달 내에 보궐선거를 치러서 총회장을 선출해야 합니다. 제가 부족한 것이 많은 사람이지만 이번에 하나님의 뜻이 있으신 것 같아 출마를 해볼까 합니다."

그가 침을 꿀꺽 넘기는 소리가 들리는 듯했다.

"하나님의 뜻이 있으신지 어떻게 아시나요?"

이 학장이 두 손을 더 꼭 모아서 흔들었다.

"기도로 알 수 있지요! 선배님이 도와주시면 그 자체가 가장 결정적인 기도의 응답입니다. 하나님의 능력은 인간을 통해 이루어진다는 말을 저는 믿습니다. 성가대 하던 여성이 갑자기 나타나서 미투를 선언한 것은 우리가 측량 못할 주님의 오묘한 뜻이 있는 게 아니겠습니까? 한 달 전까지만 해도 저는 이런 일이 생기리라고는 상상도 못했습니다."

커피를 천천히 한 모금 마시고 문 교수가 입을 열었다.

"제가 도와드리고 싶어도 아무 능력이 없는데요."

"무슨 당치 않은 말씀을요. 지금 한국 기독교계에서 최고 스타가 바로 선배님이십니다. 가수로 치면 방탄소년단이시지요. 저는 총회장이 되면 우리 교단의 상부 조직을 민주적이고 열린 조직으로 바꾸려 합니다. 솔직히 지금은 한 사람에게 너무 권한이 집중되어 있어요. 1년에 2백억이 넘는 돈을 한 사람이 전결로 집행하고, 인사 문제도 일방적인 지시 체제로 이뤄지는 폐단을 바로잡으려 합니다. 송구한 말씀이지만 지난번 선배님 파문 안건도 순전히 그렇게 이뤄진 겁니다. 저는 저 혼자 회장을 하겠다는 것이 아니고 회장단을 구성해 여러 선배님들을 섬기면서 집단지도 체제로 교단을 이끌어 갈 것입니다."

목이 타는지 그가 커피를 단숨에 마셨다.

"예를 들면 저는 총회장이란 권위주의적인 말을 없애고 대표회장이란 말을 쓰려 합니다."

"대표회장이면 대표이사처럼 다른 회장들이 있나요?"

"네 회장단을 상임회장단 4~5명, 경영회장단 6~7명, 실무회장단 7~8명으로 구성하려 합니다."

"아니, 무슨 회장들이 그리 많습니까?"

"아, 처음에는 좀 많아 보이지만 그렇게 우리 조직의 여러 지체들에게 소임을 부여하면 모두 한마음으로 더욱 열심히 섬길 것입니다. 선배님은 대표회장 위, 그러니까 제 위에 대표고문을 좀 해주시지요."

"저는 지금 학교도 안 나가는 사람인데 교단 일까지 할 수는 없지요. 양해해주시기 바랍니다."

"그럼 대표고문 말고 그냥 고문은 승낙해 주시지요."

문 교수가 대답 대신 자리에서 일어났다.

기독교인 성범죄

서준이 오랜만에 21C기독교광장에 들어가 보니 '노아의 잣나무'라는 사람이 게시판을 관리하고 있었다. 방주가 틀림없었다. 기독교 #미투에 대한 질문이 서준의 눈길을 끌었다.

문익진 목사님. 요즘 종교계에서도 #미투 폭로가 나오네요.

70이 넘은 목사가 젊은 여신도와 호텔을 여러 번 드나드는 사진이 공개되었는데 믿고 싶지가 않아요.

그녀에게 붙은 귀신을 쫓아내려고 그랬겠지요.

우리나라의 성범죄 중 종교인에 대한 통계가 따로 있나요?

- 송도 해떠 -

해떠님. 저는 문 목사님 대신 잠시 이곳을 관리하는 '노아의 잣나무' 입니다.

드디어 #미투 운동이 마지막 성역인 종교계로 번졌습니다.

경찰청 범죄 분석 통계에 의하면 2016년 우리나라의 성폭력 범죄는 약 3만 건이었습니다.

이 중 3분의 1 정도가 종교가 있는 사람들에 의해 저질러졌고, 그중 기독교인이 4131건으로 가장 많았습니다.

2007년 926건에서 9년 만에 4배 이상 늘어난 것입니다.

이런 놀라운 통계에 기독교인들은 침묵합니다.

여기서 이와 관련된 사항을 문답식으로 정리해보았습니다.

Q. 종교인과 비종교인 중 어느 쪽이 성 범죄율이 높은가?

A. 한국의 종교인 비율이 약 50%라고 본다면 종교인 대 비종교인의 성범죄 비율은 1:2로 비종교인이 두 배 많다.

Q. 기독교의 성범죄가 9년 만에 4배가 늘었다면 그동안 기독교인의 증가는?

A. 거의 없다. 통계마다 좀 다르지만 한국의 기독교인은 2010년을 정점으로 줄어들고 있다고 본다. 기독교인은 늘지 않았는데 성범죄가 4배로 늘어난 것에 대해 자체 반성이나 분석이 거의 없다. 기독교인들에 대한 사회적 신뢰가 무너지고 있는 가운데 가장 불편한 민낯이 드러나고 있는 것이다.

Q. 왜 이렇게 되었을까?

A. 우리나라에 신학교가 300개가 넘는다. 목사가 매년 6~7천 명 배출되고, 하루걸러 교회가 망하고 경매에 나온다. 이들의 생활이 안정되지 않으면 신도들을 바르게 인도하지 못하고 오히려 세상의 유혹에 쉽게 빠진다. 몇 년 전 어느 젊은 목사가 엄청난 성추문을 일으킨 후, 옆 동네에 새로운 교회를 세워서 보란 듯이 다시 목회를 하고 있다. 기독교 내부의 자정 능력이 거의 없는 듯하다. 아직도 목사를 하나님의 대리인 정도로 생각하는 신도가 많고 그럴수록 목사들의 혹세무민이나 탈선이 난무한다.

Q. 이런 목사님들은 극히 일부분 아닌가?

A. 얼마 전 C일보에 어느 기도원에서 전면 컬러 광고를 내보냈다. 이 광고는 부흥회에 대한 선전인데 수많은 유명 목사님들의 작은 명함판 사진들이 신문의 가장자리를 둘러서 도배했다. 이들이 내세우는 기도 제목은 1) 나라 바로 세우자 2) 교회 바로 세우자 등이다.

이곳 기도원에서 기도를 하면 하나님의 놀라운 응답을 받는데 구체적인 응답 내용은 거의 같다. '사업이 안 돼 자살을 결심했다가 3일 금식기도로 1년 만에 연매출 100억 원의 축복을 받게 되었다' '우상 숭배를 하던 사람이 암에 걸렸는데 이 기도원에서 금식 기도 한 후 하나님께서 깨끗이 치료해주셨다' 등이다.

기도원에서 기도한 후 병이 나은 사람도, 사업에 성공한 사람도 있을 것이다. 하지만 그렇지 못한 사람이 더 많고, 기도원에서 기도를 안 한 사람 중에도 병이 나은 사람과 사업에 성공한 사람이 있다.

Q. 병든 신앙은 무엇인가?

A. 기독교인들의 정신 질환은 신앙과 관련돼 다양하게 나타난다. 이런 질환은 대개 권위주의적이거나 근본주의적 신앙, 소원에만 집착하는 신앙심에 빠진 경우이다. 이들은 대개 다른 사람을 포용하거나 이해하는 태도를 갖지 못한다. 신앙생활을 잘 하려는 목표가 너무 뚜렷하다 보니, 자신의 기준에 맞지 않는 사람들을 쉽게 정죄한다. 병든 신앙은 현실 생활과의 균형을 잃고 신앙적 행위만을 일삼는다. 이를테면 일상생활을 소홀히 하면서 교회에 올인 하는 경우 등이다.

강남의 어느 용감한 목사님이 신도들에게 질문을 했다.

"치킨 집이 잘 되려면 닭을 맛있게 만들어야 해요? 새벽기도를 매일 나와야 해요?"

목사님이 생각하는 답과 신도들의 답이 일치할지는 잘 모르겠다.

기독교인에게도 삶과 신앙의 균형 유지가 중요하다. 그들에게도 정신건강은 매우 중요하기 때문이다. 신앙이 있다 해서 정신이 저절로 건강해지는 것은 아니다. 신앙이 삶에서 도움이 되지 못하고 무거운 짐이 되는 모습도 볼 수 있다. 맹목적으로 신앙생활을 한 탓에 오히려 죄책감이 많다. 길을 가다가 넘어지기만 해도 '하나님의 벌'이라 생각하고 무슨 죄 때문인지 반드시 해석해야 한다. 아직도 많은 기독교인들이 스스로 넘어지고 있다.

방주의 글을 계속 읽으려는데 휴대 전화가 진동했다. 홍수진 변호사였다. 그녀의 목소리는 경쾌했고 연한 장미 냄새가 휴대 전화 저쪽에서 상큼하게 풍기는 듯싶었다.

"최 기자님, 간단히 용건만 말씀드릴게요. 내일 아침 나오는 D일보에 김 의원님 기사가 실렸어요. 김변의 말로는 박민 기자가 D일보에 있는 친구에게 정보를 준 것 같다네요. 지금 시내 가판대에 1판이 나왔는데 2판부터는 가능한 내용을 줄여보기는 하겠지만 쉽지 않을 것 같아요. 참고하시라고 연락 드렸어요."

서준이 고맙다는 말과 함께 전화를 끊은 후 즉시 D일보의 인터넷판에 들어갔다.

'뻐꾸기 새끼가 다른 알을 밀어냈다. 대한당 김영중 의원의 가족사'라는 제목 아래 김 의원의 가계도가 그려져 있었고 선희와 손준기의 어린 시절 사진도 나와 있었다. 가계도는 마치 북한 김일성 왕조를 설명하는 도표처럼 김 의원과 부인은 실선으로, 다른 두 명의 부인들과는 점선으로 연결되어 있었다. 점선 부인들은 각각 한 명씩의 자식을 달고 있었다. 서준이 눈으로 기사를 읽어 내려갔다.

김영중 의원은 오래전 여비서와 내연 관계로 아이까지 낳았으나 여론의 비난도 없었고 검찰의 수사도 피할 수 있었다. 4선 의원으로 대한당 정책위 의장을 하던 김 의원은 10여 년 전 알츠하이머 증세로 돌연 정계 은퇴를 선언하고 철저한 은둔 생활을 하고 있다.

도표에 나온 것처럼 그는 부인과의 사이에 김모 변호사를 장남으로 두고 있다. 그는 여비서 이모씨와의 사이에서 손모씨를 낳았고, 이후 유명 영화배우 김모씨와 동거하면서 오모양을 얻었으나, 두 사람은 그의 호적에 이름이 올라가 있지 않은 상태다. 이러한 가족사는 치매를 앓고 있는 김 의원의 머리에서는 지워진 지 오래다.

또 한 가지 그가 기억 못하는 가족의 비밀이 있었으니, 그것은 호적에 있는 김모 변호사가 그의 친자식이 아니라는 사실이다. 결혼 후 아이를 낳을 수 없는 여자라는 것이 밝혀진 김 의원의 부인은 생후 1개월 된 아이를 비밀리에 입양하였고, 자기 자식이라며 주위 사람들을 감쪽같이 속였다.

이런 사실이 이번에 드러나게 된 발단은 김 의원의 부인과 호적상 아들인 김모 변호사 사이에 재산 분쟁이 일어났기 때문이다. 김 의원의 중증 치매로 법적 유산 관리인을 선정하는 과정에서, 김모 변호사가 모든 재산을 본인에게 돌려놓은 것을 알게 된 부인이 그동안의 비밀을 털어놓은 것이다.

부인 측 대리인에 의하면 손모씨와 오모씨는 김 의원의 핏줄이 확실하고, 한때 손모씨는 부인과 같은 집에서 살기도 했으나 김모 변호사의 음해로 쫓겨났다고 한다.

말하자면 종달새 둥지에서 깨어난 뻐꾸기 새끼가 다른 알들을 밖으로 밀어 떨어뜨린 후 이제는 어미 종달새마저 쫓아내려 한다는 주장이다.

D일보의 기사는 김변에게 확실히 불리한 내용이었다. 서준에게 가장

먼저 떠오른 생각은 손준기와 선희가 배다른 남매라면 결혼은 절대 불가능하다는 것이었다. 서준은 손준기를 직접 만나봐야겠다는 생각이 들었다.

잠시 후 S경찰서에서 그와 마주 앉은 서준은 긴장한 눈빛의 손준기에게 박카스 한 병을 건네주었다. 그동안 고생을 좀 했는지 준기의 광대뼈가 도드라져 보였다. 얼굴을 크게 젖혀 박카스를 마시는 손준기의 목젖이 위아래로 몇 번 움직였다.

"문 교수님이 어제 귀국하셨으니 처벌불원서를 쓰시도록 부탁해볼게요."

"문 교수님께 죄송하다고 전해주세요. 하지만 처벌불원서는 안 쓰셔도 됩니다."

"무슨 소리 하는 거예요! 잘못하면 살인 미수로 4~5년 실형이 나올 수도 있어요."

보일 듯 말 듯 한 미소를 지으며 손이 아무 말도 안 했다.

"사실은 방주, 신 목사가 손준기 씨 걱정을 많이 하고 있어요. 신 목사가 선희 양과 곧 결혼하는 건 알고 있죠?"

손준기가 방주를 힐끗 쳐다본 후 다른 이야기로 화제를 돌렸다.

"지난번에는 최 기자님께 이성을 잃은 행동을 보여드려 죄송했습니다. 저도 그런 제가 싫지만 오래전 이미 예정된 일입니다."

그의 목에 선희가 붙여준 반창고는 없었고 오른 손등에 다른 반창고가 보였다.

"선희 양과 손준기 씨는 배다른 남매인데, 아직도 그녀와 결혼할 생각을 하나요? 내일 조간신문에 김영중 의원의 가족 관계가 자세히 나올 거요."

손준기는 고개를 숙인 채 아무 말도 하지 않았다.

"여하튼 빨리 여기서 나와야 교회도 가지요. 오른 손등은 뱀에 물린 거지요?"

그가 움찔하며 얼굴을 든 후 천천히 입술을 움직였다.

"사도 바울도 뱀에 여러 번 물렸습니다. 우리는 지금 하늘나라의 일을 청동 거울에 비춘 듯 희미하게밖에 모릅니다. 임박한 주님의 재림 후 영광의 휴거로 들어 올려지면, 그땐 확실히 알게 되겠죠. 최 기자님도 늦기 전에 회개하고 구원 받으세요. 이제 정말 며칠 남지 않았습니다."

대화는 더 이상 진행되지 않았다.

*

문익진 교수는 영국에서 돌아와, 연극 무대에 올릴 단막극 『파문 재판』을 쓰기 시작했다. 21C기독교광장 주최로 마로니에 광장에서 공연하는 행사를 위해서다. 딱딱한 신학을 강의하는 것보다 이런 연극을 통해 젊은이들에게 다가가는 것이 더 좋은 방법이다. 파문을 당할 사람의 입장에서 이런 대본을 쓴다는 것이 재미있기도 했다. 주인공은 서울의 어느 대학 목사로서 이름은 '문진'이다.

연극 〈파문 재판〉 1막 1장

중세 재판정에서 피고 문진 목사가 재판을 받고 있다.

그의 옆에는 17C 네덜란드의 철학자 스피노자가 앉아 있다.
피고인석에 앉아 있는 문진 목사에게 재판장이 엄숙히 선언했다.
“모든 천사의 결정과 역사적 성인의 판단에 따라 피청구인 문진 목사를 파문한다.”
재판관은 크고 누런 중세 가발을 썼는데 언뜻 바로크 시대 음악가처럼 생겼다.
안경을 끼고 판결문에서 눈을 떼지 않은 자세로 계속 읽어 내려가는 재판장의 모습이 엄숙했다.
“목사 문진을 영원히 기독교에서 제명하며 추방한다. 이제 잠을 잘 때에도 깨어 있을 때에도 꿈을 꿀 때에도 항상 저주를 받으라. 집을 나갈 때도 집에 들어올 때도 저주를 받으라.”
주심 판사 옆에 앉은 뚱뚱한 부심이 공손한 자세로 손을 앞으로 모르고 있다.
“신은 절대 그를 용서하지 마옵시고, 분노의 영원한 불길이 문진을 향해 훨훨 타오르도록 하소서. 경고하는 바 그 누구도 문진과 말로도 글로도 소통하면 안 되고, 그에게 어떠한 호의도 베풀면 안 되며 그와 한 지붕 아래 머물지 말지라. 그를 길거리에서 스치게 될 경우에도 66㎝ 이상 거리를 둘 것이며, 특히 그와 말을 하거나 그가 쓴 문서를 읽는 것을 엄격히 금지한다. 스피노자의 할머니가 마녀였으므로 그녀가 포르투갈에서 화형당한 것을 잊지 않는다면, 암스테르담이나 런던이나 서울에 사는 어느 누구도 문진의 파문과 그 벌로 화형에 처함을 의심치 않으리라."

옆에 앉은 스피노자가 측은한 눈길로 문 목사를 바라보며 말했다.

"당신의 판결문이 나와 똑같군. 요즘 이단 재판은 워낙 피고인이 많아서 나에게 내린 판결문을 그대로 이름만 바꿔서 선고한다오. 너무 상심하지 마시게. 아마 화형은 시키지 않을 걸세."

어쩐지 판결문이 눈에 익다 싶었는데 당시 23살의 스피노자에게 내린 유대교의 파문 결정문이었다.

"재판장님, 이의 있습니다. 저는 유대인도 유대교도 아닌데 왜 스피노자님과 같은 파문을 당해야 하나요?"

"피고는 자신의 죄를 자복하고 회개하지 않는 것이 마치 갈릴레오가 처음 재판을 받을 때와 흡사하도다. 그는 단순히 지구가 태양을 돈다고 주장하여 파문 당한 것이 아니요."

"네. 저도 잘 압니다. 당대 최고의 과학자인 갈릴레오는 모든 물체가 원자로 구성되어 있다는 학설을 굽히지 않았습니다. 갈릴레오는 성체 성례식 때 먹는 빵과 포도주의 원자도 변하지 않기 때문에 예수님의 피와 살이 될 수 없다고 했고, 결국 이것이 파문의 결정적 이유가 됐죠."

재판장이 두 눈을 가늘게 뜨며 재미있다는 듯 문 목사를 바라본 후 질문을 했다.

"그런 것도 아는 피고가, 본인이 파문 당하는 이유는 모른단 말이오?"

"모릅니다. 혹시 '새사도신경'을 로빈슨 박사와 같이 발표해서 그런가요?"

어이가 없다는 듯 재판장이 옆에 있는 부심과 눈을 마주친 후 말했다.

"새사도신경은 사람이 만든 것치고는 그런대로 괜찮았소. 피고인의 파문 사유는 S교단의 대표고문직을 거절했기 때문이오."

문진이 자리에서 일어나 재판부를 응시한 후 입을 열었다.

"제가 파문을 당한다면 슈바이처 박사도 파문 당해야 합니다. 그는 『역사적 예수 탐구』라는 책에서 예수님의 기적을 사실이 아닌 상징으로 보았지요. 독일의 세계적 신학자 칼 바르트는 어떤가요? 그는 천국에 가면 누구보다도 모차르트를 먼저 만나고 싶다고 했는데 당연히 파문감이지요. 더욱이 모차르트가 천국에 있는지는 전혀 확실치 않습니다. 얼마 전 세상을 떠난 빌리 그레이엄 목사님은 더 문제가 있지요. 그는 만년에 '젊었을 때의 신앙을 돌아보니 다소 폭이 좁았다'고 회고하며 구원은 다른 종교를 통해서도 있을지 모른다고 했습니다. LA 수정교회 로버트 슐러 박사와의 대화에 나온 내용이지요."

재판장이 누런 가발을 옆으로 쓸어 올리며 물었다.

"피고는 Y대학에서 연구실의 소파도 이태리제로 갈아주고 석좌 교수 자리도 마련해줬는데 왜 '새사도신경' 같은 것을 발굴하면서 세상을 시끄럽게 하는 건가요?"
문 목사가 언뜻 말문이 막혔는데 옆에서 스피노자가 메모지를 슬쩍 건네며 읽으라고 했다.
"내가 이제까지 각고의 노력으로 공부해 온 까닭은 인간의 행동을 비웃기 위해서도, 그것에 동정의 눈물을 흘리기 위해서도, 그것을 미워하기 위해서도 아니었소. 다만 인간의 행동을 이해하기 위해서였을 뿐이오."
스피노자는 자신의 말을 문 목사가 대독한 것에 만족한 미소를 지었다.
"저 옆에서 피고를 도와주는 사람을 당장 퇴장시키시오."
투구를 쓰고 긴 칼을 찬 두 명이 나타나 냉큼 스피노자의 양팔을 잡고 밖으로 끌어내었다.
하지만 그 자리에 어느새 허연 수염에 머리가 벗겨진 노인이 구부정하게 앉아 있었다. 그는 문 목사에게 누런 메모지를 건네주었고 문 목사는 미소를 지으며 내용을 읽어나갔다.
"재판장님, 이번에는 내가 질문 하나 하겠소. 그동안 지구상에 존재했던 모든 생명체의 종류가 대체 얼마나 되는지 아십니까?"
재판장이 부심과 머리를 맞대었으나 대답이 없었다. 문 목사가 입을 열었다.

"약 400억 종이오. 그중 현재 생존해 있는 종은 불과 4천만 종이니 전체의 0.1%밖에 안 되지요. 최근 흰 코뿔소 수놈이 죽어서 지구상에 흰 코뿔소는 사실상 멸종되었소. 현존하는 4천만 종 중에 가장 많은 종의 생명체가 뭔지 아십니까?"

재판장이 대답 대신 눈썹을 찌푸리며 물었다.

"거기 앉아 있는 노인장은 누구시요?"

노인이 들릴 듯 말 듯한 목소리로 대답했다.

"나는 다윈, 찰스 다윈이라 하오."

다윈의 말이 낮고 느리게 이어졌다.

"마지막 흰 코뿔소 수컷이 숨을 거둔 것은 지구 6차 멸종기의 상징이라오. 이미 지구는 6차 멸종기에 진입했는데 이번 멸종은 지진이나 화산 폭발, 행성의 지구 충돌이 아니고 인간의 환경 파괴 때문이올시다. 현재 척추동물의 개체 수는 1970년대와 비교하면 절반 이하로 줄었고 잘 알려지지 않은 1만 종이 매년 멸종하고 있소. 하루에 30종이 영원히 없어지는 것인데 지구에 인류가 출현한 후 그 멸종 속도가 과거에 비해 1000배가 빨라졌소이다."

"잠깐! 당신이 바로 인간과 침팬지가 사촌이라고 주장한 노인이구려. 백 년 전에 태어났으면 틀림없이 화형감인데… 우리는 당신의 주장에 분노를 금할 수 없었고 지금도 마찬가지지요. 이제 우리의 창조과학자들이 당신의 학설을 곧 깨고 말 것이오."

다윈이 턱수염을 쓰다듬는 사이 문 목사가 그의 말을 이어 받았다.

"지구상에서 가장 종이 많은 동물은 딱정벌레요. 무려 40만 종이 넘으니 이 땅에서 가장 번성하고 생육하는 축복을 받은 거지요."

그의 말이 계속되었다.

"한편 고등어는 세계적으로 20여 종뿐이고 한국에는 망치고등어 등 2종이 있지요. 이것은 비늘이 아주 작고 이빨이 발달하였는데 큰 눈은 투명한 기름 눈꺼풀에 덮여 있습니다. 멍게는 세계적으로 2500여 종인데, 한국에는 90여 종이 남해안과 동해안 수심 10m 정도에서 살지요."

재판장이 크게 헛기침을 하였다.

"여기는 엄숙한 파문 재판정이오. 생물시간이 아니란 말이오. 저 다윈이란 늙은이를 당장 끌어내시오."

양팔을 잡혀 끌려 나가는 다윈과 눈을 마주치며 문진이 계속 말했다.

"광어의 눈은 왼쪽에, 도다리의 눈은 오른쪽에 몰려 있어 '좌광우도'라 합니다. 칡은 위에서 볼 때 시계 반대방향, 등나무는 시계방향으로 줄기를 꼬아 올라가지요. 그래서 두 나무가 싸우는 형국에서 '갈등'이란 말이 나왔습니다."

재판장이 누런 가발을 올리면서 입맛을 다셨다.

"피고는 소위 목사라는 사람이 범신론자인 스피노자나 기독교의 원수인 다윈 같은 사람을 추종하고 있으니 무신론자라고 할 수 있을 터, 만약 본인이 지금이라도 스스로 무신론자라고 자백을 하면 파문은 면하도록 해보겠소."

그의 말에 문진이 껄껄 웃었다.

"아무도 두려움을 통해서는 신에게 진실로 가까이 갈 수 없소이다. 파문이라는 처벌로 인간을 구속하려는 하나님은, 우리를 미성숙하게 만드는 유치한 종교의 산물이라오. 이제라도 재판장은 기독교가 과거의 교리나 일방적 언어로는 더 이상 존재하기 어렵다는 것을 인정하고, 파문이라는 제도 자체를 폐기하도록 하시오."

재판장이 눈을 가늘게 뜨고 문진을 노려보았다.

"피고는 목사로서 성경이 하나님 말씀이 아니라는 겁니까?"

문진이 자리에서 일어나며 입을 열었다.

"나는 성경을 인생의 다른 시기마다 다른 각도와 깊이로 읽었소이다."

문 목사가 연설을 하듯이 방청석을 둘러보며 말했다. 앞줄에는 조금 전 퇴장 당했던 스피노자가 낡은 노트를 꺼내서 적고 있었다.

"나는 무신론자는 아니지만 나의 하나님과 재판장의 하나님은 하늘과 땅, 동과 서가 서로 먼 것처럼 다릅니다. 나는 성경을 근본주의자로, 자유주의자로, 복음주의자로 읽으며 수많은 주석서를 보았고 지금도 손에서 놓지 않고 있지요. 이 과정 속에서 나는 내 안에서 일어나는 놀라운 변화를 보았습니다. 나는 한동안 종교의 보호막 속에 숨어 있었으나, 점차 종교 자체에 대한 생각을 하게 되었지요. 시간이 지나면서 나 자신을 넘어서는 무엇을 발견했는데 바로 '존재'라는 것이었고, 이것이 생명의 더욱 깊은 차원임을 알았습니다. 나는 기독교의 전통신앙을 통과하여 그것을 넘어서는 새로운 패러다임을 향해 나아갑니다. 진리와 교리가 부딪칠 때 늘 진리가 이겨야 합니다. 인간의 생명이 얼마나 상호 의존적인지, 즉 모든 생명이 서로 통하는 것을 절실히 느끼면서 우리는 거듭나는 사람이 되는 것입니다."

재판장이 손을 가로저으며 문진의 발언을 중지시키고 말했다.

"피고는 자신이 하나님의 놀라운 보호 안에서 지금도 숨을 쉬며 살아있는 것을 모릅니까? 수많은 사람들이 예수의 보혈의 능력으로 마약을 끊고, 자살 시도를 멈추고, 감옥에서 희망을 잃지 않고 견디는 것을 모릅니까?"

"그렇습니다. 저도 시편 23장을 읽거나 〈나의 갈길 다 가도록〉 같은 찬송을 부르면 지금도 마음의 평안을 얻습니다. 왜냐하면 예수님의 신성이나 부활의 능력에 관한 말씀은 바로 예수님의 인성에 대한 감격으로 쓴 위안의 표현이기 때문이지요. 특히 감옥 같은 곳에서 그러한 위안이 큰 역할을 합니다만 그런 단계의 신앙으로 끝나서는 안 되죠. 다음 단계를 모르는 신앙은 감옥에서 나오면 조만간 예전으로 돌아갑니다."

"음… 피고가 생각하는 다음 단계는 무엇이오?"

"내가 변하는 것입니다. 종교의 근본은 변하는 것, 거듭나는 것이니까요. TV드라마에서 정도전이 재조산하(再造山河), 즉 세상을 바꿔야 된다는 소리를 많이 하지만, 세상을 바꾸는 가장 빠른 방법은 자신이 먼저 변하는 것입니다. 예수님이 니고데모에게 하신 말씀이 바로 그 말씀입니다. 대표회장이나 총회장이 되는 것보다 더 중요합니다."

재판장이 목을 앞으로 빼면서 말했다.

"그건 맞는 말이요. 하지만 인간의 능력으로는 거듭날 수 없어요. 오직 예수님을 믿는 가운데 그의 크신 부활의 능력으로만 가능합니다."

문 목사가 재판장을 정면으로 바라보며 물었다.

"재판장님은 '몸이 다시 사는 것을 믿는다' 라는 사도신경의 말을 부활이라고 믿습니까? '겨자씨만한 믿음이 있으면 산을 옮긴다' 는 말을 문자 그대로 믿습니까?"

어이가 없는지 재판장의 입이 조금 벌어졌다.

문진의 말이 계속되었다.

"인류의 과학적 지식이 확장되면서 기독교의 전통적 교리인 성령 잉태설, 부활, 재림 등은 현대인에게 공감을 주기 어렵고 터무니없거나 무의미하게 들립니다. 어려울 때 도피처로 사용하는 것을 제외하면 그 힘을 잃은 지 오래죠. 교회가 한때 계시된 진리라고 외치던 것들이 새로운 과학적 발견과 충돌할 때 교회는 계속 패배했습니다. 그것을 인정하는 시간이 오래 걸렸는데, 가톨릭이 갈릴레오의 파문을 잘못된 것으로 시인하고 사과한 것이 1991년이니까 3백년이 넘게 걸렸지요. 지금도 공룡의 화석과 인간의 발자국이 같이 발견되었다고 말하는 사람이 있습니다. 공룡과 인간이 같은 시대에 뛰어다녔다는 거죠. 공룡은 하나님이 우리의 신앙을 시험하기 위한 것, 즉 지구가 6천 년 전에 만들어진 것을 의심하는지 안 하는지 보려고 하나님이 일부러 만들어 놓은 것이라는 주장도 있습니다."

방청석에서 웃음소리가 들렸고 문진의 발언이 이어졌다.

"21세기의 기독교는 교리를 떠난 새로운 패러다임으로 거듭나야 합니다. 이것은 나에게 편안한 옛 관습, '믿으면 천당 가고 안 믿으면 지옥 간다'를 떨쳐내야 하는 고통스러운 도전이기도 합니다. 예수님은 나에게 더 진정한 모습으로 다가왔으나, 그에 대해 사용했던 교리적 언어는 더 이상 나에게 의미를 찾기 어렵게 된 거지요. 우리는 이제 이러한 모순과 긴장을 해소하고, 예수님을 종교적 굴레에 가두지 말고, 온 인류를 위해 해방시켜야 합니다. 마치 그분이 유대교의 굴레에서 진리와 자유를 위해 십자가를 지셨듯이 말입니다. 예수님은 로마 가톨릭이나, 루터나 캘빈의 개신교보다 더 크신 분이고 그런 의미에서, 오직 그런 의미에서만 하나님의 독생자이십니다."

문 목사의 열변에 재판장이 학생처럼 진지하게 물었다.

"도대체 종교에서 교리 없이 새로운 패러다임이 가능합니까?"

"예전에는 불가능하다고 생각한 때가 있었으나 이제는 불가피하다고 생각합니다. 이 말의 의미는 더 이상 교리와 독선으로 옹졸해진, 인류를 분열시킨 종교를 넘어서, 예수님을 본받는 기독교인이 되는 것입니다."

재판장이 눈을 껌벅거린 후 사정조로 다시 입을 열었다.

"좋아요. 백 번 양보해서 성경이나 교리가 사람이 만든 거라고 칩시다. 또 부활이나 재림도 제자들의 희망 사항이고 사도 바울이 다메섹에서 본 예수님도 환상이라고 합시다. 하지만 세상의 근원, 생명의 근원은 어디서 나왔을까요? 태초에 무에서 유가 생기지는 않았을 터, 무생물에서 저절로 생명이 생기지는 않는 것이니 반드시 창조주 혹은 세상을 만든 하나님은 계시는 것입니다."

재판장의 말이 놀라운지 옆에 앉은 부심의 눈이 동그래졌다.

"이제 재판장님의 속마음이 조금 나오는군요. 맞습니다. 하나님을 세상의 근원, 존재의 근거라고밖에 표현할 수 없는 이유가 바로 거기에 있습니다. 우리가 그동안 로마 기독교 즉 니케아 기독교를 믿었던 것은 그것이 진실이라기보다는 마음의 안정을 위해서였으며, 과학이 발달하지 못하여 신화를 사실로 믿는 시대였기 때문입니다. 이를테면 무지개가 생기는 원리를 발견한 것은 8백 년 전인데요. 그전까지는 무지개가 노아의 홍수가 끝나고 하나님이 보여준 언약이라는 말씀을 믿었겠지요. 그런 옛날 분들을 우리는 비난할 수가 없습니다. 하지만 현대인이 그렇게 믿는다면 그 사람의 정신 상태가 정상이라고 할 수는 없겠지요. 이런 과학적 사실이 점점 밝혀짐에 따라 로마 기독교는 더욱 생존을 위해 극단적 근본주의를 고수하게 되었습니다. 성경 무오설, 교황 무오설 등으로 반격을 시도했고 때로는 잠시 성공도 했습니다."

재판장이 불쑥 질문했다.

"피고가 로마 기독교라는 단어를 자주 쓰는데, 무슨 의미입니까?"

"1700년 전 니케아에서 결정된 몇 가지 교리를 신성불가침으로 고수하고 있는 전통적 기독교를 말하는 겁니다. 예수님은 2천 년 전 기독교라는 새로운 종교를 만들 생각도 없었고, 그를 추종하는 새 종교가 생겨날 것도 몰랐지요. 기독교는 AD 90년경 유대교에서 분리되기 시작하여 로마에서 공인 받는 313년까지 엄청난 박해를 받았지만, 로마 제국의 종교가 되고부터는 즉시 거꾸로 박해하는 종교가 되면서, 특히 같은 뿌리인 유대교를 심하게 탄압했습니다. 이후 가톨릭과 동방정교가 1054년 서로를 파문하며 갈라지게 되었고, 1517년 종교 개혁으로 유럽은 백 년 넘게 가톨릭과 개신교의 엄청난 전쟁에 휘말리게 되지요. 로마에 큰 불이 났을 때 네로 황제에게 학살당한 기독교인들보다 16세기 가톨릭이 하루 사이에 죽인 개신교인의 숫자가 더 많을지도 모릅니다. 1572년 프랑스 종교 전쟁의 도화선이 된 것이 바르톨로뮤 대학살인데, 이날 하루에만 캘빈주의 개신교 신도들 약 2만 명이 한 도시에서 죽었습니다. 로마 기독교 간의 전쟁은 이토록 참혹했지요. 가톨릭과 개신교 간의 전쟁이 멈춘 후 로마 기독교는 다른 종교에 대한 증오를 시작했습니다. 특히 20세기 초 한국에서는 '예수천당 불교지옥'이라는 표어가 나왔는데요. 너무 노골적이라는 지적에 '예수천당 불신지옥'으로 바꾸기도 했습니다. 지금도 교회에서 간증할 때 '나는 대대로 불교 신자였는데 무슨 병에 걸렸다가 예수 믿고 나았다'는 선언을 서슴없이 합니다. 기독교를 만들지 않으신 예수님이 보시면 종교가 왜 이렇게 혼란스럽고 서로 증오하는 세력이 되었는가 한탄하실 것입니다."

재판장이 문 목사의 말을 중단시켰다.

"다음 파문 재판이 기다리고 있어서 피고의 이야기를 계속 들을 수 없습니다. 이제 최후 진술을 짧게 해 주세요."

문 목사가 자리에서 일어나 천천히 오른손을 들고 말했다.

"예수님의 이름으로 선언하노니, 로마 기독교의 종교적 교리를 폐하노라."

재판장의 눈이 두려움으로 커졌다.

연극 〈파문 재판〉 1막 1장 끝

*

서준은 커피숍에서 선희를 기다리며 재림에 대해 검색해봤다. 손준기의 재림에 대한 믿음은 기존 교리와 별반 다를 것이 없었다. '회개하라. 하나님 나라가 얼마 남지 않았다'며 그의 제자들 가운데 마지막 때를 볼 수 있는 사람이 있다고 하신 예수님의 말씀은 이뤄지지 않았다. 이후 하나님의 나라가 그분의 재림을 뜻하는지, 또 휴거가 동시에 일어나는지에 대한 여러 주장이 있었다.

기독교의 종말론은 크게 전 천년설, 후 천년설, 무 천년설로 나뉜다. 전 천년설은 예수의 재림이 천년왕국 이전에 온다는 주장이다. 즉, 그리스도가 재림해 성도들과 더불어 1천 년간 이 세상을 다스린 후에 심판이 있다는 설이다. 전 천년설은 다시 두 가지 설로 나뉜다. 재림 후 천년왕국 전에 공중휴거와 7년 환난이 온다는 설과 공중휴거와 7년 환난을 부정하는 설이다. 후 천년설은 예수의 재림이 천년왕국 이후에 있다고 본다. 즉 그리스도의 재림 이전에 인류의 대부분이 기독교를 믿는, 천년왕국 시대가 도래한다는 설이다. 무 천년설은 공중휴거도 지상의 천년왕국도 인정하지 않는다. 즉, 예수의 재림은 일회적이고 심판이 있으며 천년왕국은 영적인 것으로 믿는다. 장로교 전통에서는 일반적으로 무 천년설을 성경적 종말론으로 본다. 그러나 한국 교회에는 전 천년설을 수용하는 입장도 공존한다. 선교 초기 한국에 온 미국 선교사들 중 전 천년설을 믿는 사람이 많았기 때문이다. 무슨 말인지 알기 어려워 다시 읽어 보려는 서준의 귀에 경쾌한 목소리가 들렸다.

"일찍 오셨네요. 오랜만에 봬요."

서준이 말 없이 그녀에게 목례를 했다.

"어차피 언론에 터졌는데 최 기자님이 제 기사를 쓰시는 게 좋을 것 같아서요."

잠시 못 본 사이 몇 년이 흐른 듯 성숙한 여성의 체취가 느껴졌다.

"고마워요. 그리고 신 목사와의 결혼을 축하합니다."

노란 버버리코트에 서준이 선물한 베이지색 목도리를 하고 있는 그녀가 얼굴을 살짝 붉혔다.

"며칠 전 경찰서에 가서 손준기 씨를 만났어요. 아직도 예수님 재림 이야기만 하더군요."

"네, 저도 걱정이에요. 다행히 준기 오빠는 구속되지 않을 것 같아요."

"아, 그거 잘 됐네요. 문 목사님이 처벌불원서를 써주셔서 그런 거죠?"

"네, 최 기자님 덕분이라고 들었어요. 감사합니다."

그녀가 고개를 꾸벅 숙였다. 서준이 얼른 화제를 바꿨다.

"기독교 역사에 재림 이야기가 많이 나오죠?"

"네, 19세기 중반에 '여호와의 증인'을 시작한 찰스 러셀은 처음 발표한 휴거 날짜에 아무 일이 없자 몇 번 연기를 했어요. 결국 예수님이 보이지 않게 이미 재림하셨다고 선포했죠. 그의 추종자들은 그가 무슨 말을 해도 믿는 사람들이니까 여호와의 증인은 계속 유지가 되었고요. 실내에 귀에 익은 음악이 흘러나오기 시작했다. 쇼팽의 〈녹턴 9-1〉. 그날 선희의 집에서 들은 음악이었고 커피잔 너머로 두 사람의 눈이 잠시 마주쳤다. 커피잔을 테이블에 내려놓고 선희가 화제를 바꿨다.

"D일보에 난 기사 보고 놀라셨죠? 여러 군데서 저와 인터뷰를 하고 싶어 해요. 제 전화번호를 어떻게 알았는지… 당분간 꺼놔야 할 것 같아요.”

“어제는 처음으로 아버지를 만났어요. 제가 누군지 큰어머니께 물어보시고 당신의 딸이라고 하니까 굉장히 반갑게 포옹하셨는데, 30분쯤 후에는 다시 기억을 못하세요.”

선희가 눈이 발개지면서 고개를 숙였다.

“앞으로 선희 씨가 아버지 곁에 좀 더 가까이 있으면 좋겠네요.”

“네. 큰어머니도 그런 말씀을 하시면서, 사실은 자신도 루게릭병에 걸렸다고 하셨어요.”

“그 병은 얼마 전 하늘, 아니 우주로 떠난 호킹 박사의 병이었는데.”

“네. 그분은 2~3년밖에 못 살 거라고 했는데 50년 넘게 살았죠.”

서준의 휴대 전화가 떨렸고 이 차장의 번호였다.

“지금 어디서 뭐하고 있냐? 지난번 그 여자가 김영중 의원 딸이라는데 빨리 만나봐야지.”

한 템포 쉬고 느긋한 목소리로 서준이 말했다.

“지금 인터뷰 중입니다.”

“아, 역시 최서준이네. 얄라차!”

전화 내용을 눈치 챈 선희가 생긋 웃으며 버버리코트를 벗었다.

“우선 제 사진부터 몇 장 찍으세요. D일보에 난 사진은 중학생 때 사진이에요.”

연분홍 블라우스가 뽀얀 피부에 화사하게 어울렸다. 사진을 몇 장 찍는데 종업원이 와서 말했다.

"제가 두 분 찍어 드릴까요?"

선희가 고개를 끄덕였고 서준이 일어나 그녀 옆으로 가서 앉았다. 아이보리 비누의 풋풋한 향기와 함께 서준이 카메라를 보고 웃었다.

복음서의 기적들

사진을 찍은 후 손준기가 언제부터 휴거에 집착했는지를 묻자 선희의 설명이 길어졌다. 준기가 뱀을 들어 올리는 것을 성경의 가장 중요한 이적이라고 믿은 것은, 김 의원의 집에서 쫓겨나고 성경을 보기 시작한 후부터였다. 그는 신약을 100번 넘게 읽으며 성경에 나온 기적 이야기를 파고들었다.

4복음서 중 맨 먼저 쓰인 마가복음을 중심으로 살펴본 바, 예수님이 직접 행하신 기적은 23번 나왔다. 마태는 마가의 기적 이야기를 대부분 중복해 썼고, 그 내용을 더 드라마틱하게 만들었다. 누가는 마가에 나온 기적 외에 몇 개의 기적을 추가하는데, 나인성 과부의 죽은 아들을 살리고, 나병 환자 10명을 치유한 사건들이다. 요한복음에는 다른 곳에 안 나오는 독특한 기적이 4개 더 나온다. 가나의 혼인 잔치에서 물을 포도주로 만든 것을 시작으로, 양의 문에서 38년간 앉아 있던 병자를 일으켰고, 태어나면서부터 장님인 사람의 눈을 뜨게 했고, 마지막으로 죽은 나사로를 살린 것이다. 모두 합쳐보니 4복음서에서 예수님이 직접 행하신 기적이 30개 정도 됐다.

처음에는 이러한 기적을 예수님만 행했다고 생각했는데 그게 아니었다. 사도행전에는 제자들 중 베드로, 요한, 바울이 비슷한 기적을 행했고, 심지어 죽은 사람을 살리는 장면도 나온다. 이를테면 베드로와 요한은 예루살렘에서 못 걷는 사람을 고치고 베드로는 욥바에서 죽은 여인을 살리며 바울은 유두고란 청년을 죽음에서 살려낸다. 마지막으로 바울은 로마 여행 중 배가 파선되어 도착한 섬에서 뱀에 물렸으나 아무 일이 없었고, 사람들은 그를 신이라 불렀다.

손준기는 마가복음 마지막 장에서 예수님이 하신 말씀 중 '뱀을 들어 올리며 어떠한 독에도 해를 입지 않는다'는 말씀과 사도행전의 마지막 장인 28절에 '바울이 독사에 물렸으나 아무 일이 없자 사람들이 그를 신이라고 했다'는 대목이 일치한다고 믿었다. 그는 기도의 능력을 믿었고 스스로에게 그런 능력이 생길 것을 기대했으나 현실은 달랐다. 뱀을 손으로 들 용기는 없었고 물도 술이 되지 않았다. 혹시나 하는 마음에 아픈 사람의 머리에 손을 올리고 기도도 해봤으나, 자신의 머리에 열이 더 났고, 남들은 쉽게 하는 방언도 터지지 않았다. 그러나 선희를 우연히 만나게 해달라는 그의 절실한 기도만큼은 이뤄졌다. 그녀를 동네 편의점에서 만나게 된 것이다. 3년 만에 선희를 만난 준기는 하나님께 더욱 신실한 감사를 올렸고 그간의 모든 영광을 돌렸다. 이때부터 그가 뱀을 맨손으로 집어 올리는 능력이 생겼는데, 간혹 물려도 말짱했다. 뱀을 집어

올린다는 건 예수님이 하늘로 올려져 하나님의 우편에 앉기 직전에 하신 말씀이었다. 아무도 손준기에게 임한 표적을 부인할 수 없었다.

그러던 어느 일요일, 사건이 터졌다. 작은 뱀에게 물린 손준기의 손이 갑자기 붓기 시작해 그날 교회에 나온 선희와 함께 대학병원 응급실로 향했다. 신장 투석 환자처럼 피를 돌렸으나 혼수상태로 이틀을 보냈다. 정신이 든 손에게 의사는 그가 독에 강한 체질이라는 것을 알렸고 여동생이 밤을 꼬박 새우며 기도를 했다는 말을 덧붙였다.

"그러고 보니 성경은 뱀 이야기가 참 많네요. 창세기에서 이브가 뱀 때문에 선악과를 따 먹은 건 알았는데 마가복음 마지막도, 사도행전 끝부분도 뱀에 대한 이야기로 끝나는 건 몰랐어요."

서준의 말에 선희가 좀 더 자세한 설명을 덧붙였다.

"네, 사도 바울이 뱀에 물린 섬은 지금 신혼여행지로 인기 있는 몰타섬이에요. 요한복음에서는 예수님이 직접 '모세가 광야에서 뱀을 든 것같이 인자도 들려야 하리니 이는 그를 믿는 자마다 영생을 얻게 하려 하심이니라'라고 하셨는데 준기 오빠는 이 대목을 가장 중요하게 생각해요."

듣고 보니 선희의 성경에 대한 이해가 상당한 듯싶었다.

"제가 그동안 준기 오빠의 교회에 나간 것은 오빠를 살리고 싶어서였어요. 저마저 떠났으면 오빠는 오래전 뱀독에 목숨을 잃었을 거예요. 제가 교회에 참석하는 대신 오빠는 독이 없는 작은 구렁이만 취급하기로 약속을 했어요. 그날은 구렁이가 없어서 독이 없다는 작은 뱀을 들어 올리다 사고가 났죠. 제가 그 교회를 떠나지 못한 또 다른 이유는, 신도들이 대부분 경제적으로 어려운데 그들에게 위로와 희망을 줘야 한다는 의무감을 차츰 느꼈기 때문이에요. 성경에 나오는 말씀 그대로의 표적이 이루어진다는 그들의 순박한 믿음은, 설령 그것이 밀가루로 만든 가짜 약이라도 분명히 효과가 있었어요. 뱀을 들어 올리는 것은 그들에게 평안과 위안의 샘물이었고 험한 광야에서 내려오는 '만나'였어요."

그녀가 식어버린 커피를 한 모금 마시고 이어나갔다.

"전통 기독교 신앙과는 어긋나지만, 저는 배교해야 가족이나 주위 사람들이 산다면 언제든 할 것 같아요. 종교의 본질이 남을 사랑하는 자기 희생이라면 여기에는 배교도 포함되어야죠."

그녀는 방주와 잘 어울리는 신붓감이었다.

"제가 바쁘신 분에게 너무 말을 많이 했네요. 사진 먼저 찍기를 잘했어요. 큰어머니를 만나러 나왔다가 최 기자님 생각이 나서 잠깐 연락 드렸는데 시간 가는 줄 몰랐네요. 이제 일어나야 되겠어요. 제 기사 쓰시다가 궁금한 점 있으시면 이메일 보내주세요. 곧 답장해드릴게요."

선희가 일어서며 노란색 버버리 코트를 입었다. 그녀의 키가 오늘따라 더 커 보였다.

*

S교단 김훈두 총회장의 사퇴서가 나왔고, 노회에서 한차례 만류하는 과정을 거친 후, 그분의 뜻을 존중하기로 의결했다. 다행히 아직 10년 전 성가대원의 #미투가 터지지 않았고, S교단이나 김훈두 개인으로서도 최선의 수습이었다. 매주 발간하는 교단신문은 총회장의 사퇴가 후배들

을 위한 숭고한 결단이며, 낮은 자리에서 섬기는 예수님의 뜻을 따르는 본보기 자체라고 칭송했다. 총회장 보궐선거 공고가 나왔고 이동구 학장을 비롯한 6명의 후보가 등록했다.

문 교수는 방학 동안만이라도 연구실에 나와서 새사도신경에 대한 기자 회견이나 세미나를 주관해달라는 이 학장의 간청을 받아들였다. 새사도신경 발표에 대한 반응이 뜨거운데 당장 연락처가 없는 것도 난처한 일이고, 대표고문직을 완강히 거절한 것도 조금 미안했다. 21C기독교광장에는 새사도신경에 대한 호의적인 반응과 기독교 전반에 대한 자유로운 의견들이 많이 올라왔다.

안녕하세요 문 교수님. 새사도신경 대박입니다.

요즘 가끔 교회를 가거나 QT 모임에 참석해보면 아직도 3천 년 전의 이스라엘 부족신을 공부하며 열심히 현실에 적용하는 분들을 봅니다.

그런 신앙이 어이없으면서 귀엽기까지 합니다.

어린아이가 산타클로스가 온다는 말을 그대로 믿고 양말을 거는 모습을 보면 슬며시 웃음이 나오죠.

'어린 아이와 같지 않으면 천국에 들어가기 어렵다' 라는 말을 잘못 이해한 것 같아 슬프기도 합니다.

전통 기독교는 인간 본성을 죄 덩어리로 규정한 어거스틴의 영향에서 아직도 벗어나지 못하고 있습니다.

원죄 사상은 인간성의 경멸에 기초합니다.

인간은 악만 있거나 선만 있는 존재가 아니고 불완전한 존재일 뿐입니다.

인간 자체에 대한 이해가 발전하고 변해야 종교가 진화합니다.

제우스 신이 백조나 말이 되어서 원하는 여자를 얻는 그리스 신화적 종교가 자취를 감추고, 유일신 사상의 종교가 대세를 이루었듯이, 앞으로의 종교도 없어질 신은 빨리 없어져야 더욱 발전한 종교가 나올 수 있습니다.

어차피 인간은 종교가 필요한 존재이고 그런 의미에서 새사도신경 '아멘' 입니다.

- 압구정 요리사 헬렌 -

댓글들의 수준이 높았고 건전한 토론도 눈에 띄었다.

안녕하세요. 전통 기독교가 예수님과 멀어지기 시작한 것은 사도신경이 확정되고 무조건 그것을 외우기 시작한 후부터입니다.

기독교가 예수님을 신으로 숭배하면서 그분은 불쌍한 마술사가 되었죠.

『월든』을 쓴 소로는 교회를 다시 더 세우는 것보다 신앙에 어긋나는 일은 없다고 했습니다.

신화나 전설을 문자 그대로 믿어야 신앙이 좋다는 시대는 마녀사냥의 시대였으나, 지금도 그 여파는 남아 있고 이름을 바꾼 마녀사냥은 계속되고 있죠.

박혁거세가 알에서 나온 거나 동정녀 잉태는 모두 history가 아니고 story입니다.

또 그것이 설령 사실이라 해도 지금 우리가 사는 삶과 아무런 관계도 없습니다.

부활도 마찬가지입니다. 예수님이 2천 년 전 부활하신 것이 우리와 무슨 상관입니까?

재림 없는 부활은 옛이야기일 뿐이고 기독교 역사는 재림불발의 역사입니다.

이제 교리에 갇힌 기독교 안의 예수님을 우리의 가슴 안에서 찾아야 합니다.

- 시애틀 뒹기 -

뒹기님의 글을 잘 읽었습니다.

하지만 인간이 오랫동안 따르던 인격적인 신을 우리가 쉽게 떠날 수 있을까요?

인간의 능력으로 알 수 없고, 설명할 수 없는 형이상학적인 신에게 우리가 예배할 수 있을까요?

저는 어렵다고 봅니다.

니체의 초인사상도 숭고한 철학이고 마르크스의 공산주의 이론도 당시에는 훌륭했습니다.

하지만 그들의 예측은 모두 빗나갔습니다. 인간을 과대평가한 거죠.

죽을 수밖에 없는 인간이, 영원한 안식과 불멸을 원하는 한, 인격적인 하나님이나 성모님은 우리에게 필요한 존재입니다.

창조주를 인정하지 못하면 인격적인 신을 받아들일 수 없고, 무엇보다 우리의 생명 자체를 감사해야 할 감사의 대상이 없어집니다.

종교는 인간이 필요해서, 안식과 평안을 얻기 위해서 만든, 우리를 닮은 인격적 하나님을 믿는 행위입니다.

전능하신 하나님이 없다면 기도는 누구에게 어떻게 해야 하나요?

- 발레리나 샤론 -

샤론님, 안녕하세요. 시애틀 뒹기입니다.

신이 있다는 확신이 있어서가 아니라 신이 필요해서 믿는다는 말씀이군요.

저도 한때는 그런 심정을 이해했으나 동시에 마음속 깊은 곳에서는 하늘 어디에도 그런 신은 없다는 것을 알고 있었습니다.

산타 할아버지가 사실은 부모님이라는 것을 안 후에도 산타를 믿으려는 노력과 같으니까요.

전통 기독교는 속죄와 구원을 통한 마음의 안정과 평안을 추구했지만 신화를 바탕으로 했습니다.

즉 삶의 의미와 목적을 외부의 신, 하늘나라의 신에서 찾으려 했지요.

그런 맹목적 노력은 지금 여기서의 삶의 가치와 의미를 오랫동안 왜곡시켰습니다.

심하게 말하면 그런 전능한 신에게 여기서 돈 벌고 성공하게 해달라는 간구에 불과했지요.

다만 제가 샤론님께 어느 정도 동의하는 부분은 기도에 대해서입니다.

우리가 하늘에 계신 전능한 인격신을 더 이상 의지하지 않을 때, 가장 감정적으로 어려운 부분은 기도에 대한 생각일 것입니다.

우리의 기도를 들어줄 신적인 우리 편이 없다는 것을 아는 순간, 우리는 예전처럼 기도하기 어렵습니다.

전통적 기도를 할 마음이 없어지는 순간은 고통스럽기도 하지만 편안한 순간이기도 합니다.

모든 것을 내려놓는 순간, 나의 편견과 집착을 그치는 순간이니까요.

그런 느낌은 오래 지속되기 어렵고, 나를 초월한 무엇이지만, 언제나 나 자신의 심층 속에서 나를 만나기를 갈구합니다.

이러한 만남이 기도가 된다면 그 현존은 나를 온전하도록 불러냅니다.

좋은 글이라고 생각하며 계속 읽으려는데 이메일이 들어왔다. 런던에서 만났던 J일보 특파원이었다.

문 교수님 그간 안녕하셨죠? 런던 J일보의 토마스 김입니다.

짧은 머리에 도수 높은 안경을 끼고 런던 아리랑 식당에서 파전과 소주를 열심히 먹던 모습이 떠올랐다.

지난번에는 귀한 시간 내주셔서 감사했습니다.

새사도신경에 대한 반응이 한국과 미국에서 굉장한 것 같습니다.

오늘 아침 『더 타임즈』 신문에 로빈슨 박사님이 위독하다는 기사가 실려서 제가 메리안에게 전화를 했습니다.

2~3일 힘드셨는데 다행히 오늘은 좀 회복하셨다네요.

그런데 새사도신경과 관련 있는 산타크로체 성당의 「막달라 마리아의 전설」 그림에 대해 최근 논란이 좀 있었습니다.

이 그림이 조반니의 작품이 아니라는 거죠.

문 교수가 바짝 긴장했다. 토마스 김의 메일이 계속됐다.

「막달라 마리아의 전설」이 조반니의 작품이 아니라는 주장은 최근 적외선 투시를 통해 사인에 덧칠한 흔적이 발견됐기 때문입니다.

화가들이 무명일 때 서명했던 것을 나중에 유명해지고 바뀐 사인으로 고치는 경우도 왕왕 있기 때문에 아직 위작이라고 확신할 수는 없습니다.

하지만 위작이라면 그림의 제작 연대와 내용이 문제가 됩니다.

막달라 마리아는 6세기에 그레고리 교황이 창녀라고 발언한 후 1500년간을 음지에 묻혀 있었고 2016년이 되어서야 사도로 인정받았습니다.

이 그림이 조반니의 후기 작품인 1세기 말의 작품으로 보기 때문에 마르세유에서 온 배의 그림, 정확히 말하면 배의 콥트어 글자의 역사성이 인정되는 것이죠.

그런 일이 없기를 바라지만, 만약 이름 외에도 덧칠한 부분이 있다면 새사도신경과 그림 간의 연결고리가 약해질 수 있습니다.

이 부분은 상당히 중요한 문제라 제가 내주에 플로렌스로 출장을 가서 직접 확인해 보고 다시 연락드리겠습니다.

건강하십시오.

- 런던에서 토마스 드림 -

메일을 단숨에 읽어 내린 문 교수가 긴 한숨을 내쉬었다. 막달라 마리아와 도마 일행이 새사도신경을 콥트어로 쓴 것에 대한 학문적 근거는 바로 이 그림뿐인데, 이것이 무너지면 연결고리가 빠지는 셈이다. 물론 막달라 마리아가 이집트에 간 적이 없다고 단정할 수도 없지만 새사도신경의 역사성은 약해질 수밖에 없다. 극단적으로 새사도신경이 8세기에 만들어진 작품일 수도 있는 것이다. 니케아 호수의 성당은 8세기에 일어난 지진으로 물속에 잠겼기 때문이다. 콥트어는 8세기 이후에는 거의 없어진 문자지만, 그렇다고 1세기에 마리아가 썼다고 단정하기도 어려워지는 것이다.

문 교수가 시계를 본 후 런던으로 전화를 걸었다. 3~4번 벨이 울린 후 메리안의 밝은 목소리가 들렸다. 로빈슨 교수가 며칠 전 휠체어에서 일어나다가 엉덩방아를 찧어서 병원에 입원을 했다는 것이다. 고관절에 금이 갔지만 수술을 하지는 않았고 기브스를 푼 후에는 휠체어에 앉을 수 있다고 했다. 지금 터키샌드위치를 맛있게 먹고 있다는 그녀의 목소리는 명랑했다. 박사를 바꿔 주겠다는 것을 내주쯤 다시 연락하겠다며 전화를 끊었다.

토마스 김에게 좀 더 확실한 결과를 들은 후 그림 문제를 상의하는 것이 좋을 것 같았다. 문 교수의 머릿속에 여러 모양의 먹구름이 스쳐 지나갔다. 사인뿐 아니라 배에 쓰인 콥트어까지 덧칠한 가능성도 배제할 수 없었다. 그럴 경우 새사도신경이 막달라 마리아가 콥트어로 쓴 것이라는 주장이 힘을 잃게 되고 결과적으로 자신은 물론 로빈슨 교수의 학문적 업적에도 흠결이 생길 수 있다. 사실 미술품의 위작 여부는 한마디로 가름하기 어렵다. 다빈치나 렘브란트 작품에 대한 전문가들의 감정이 일치하지 않는 경우도 많다. 토마스 김의 말대로 사인에만 덧칠했다면 그림이 위작이라고 단정할 수 없고, 특별히 언론에서 문제 삼지 않는다면 그대로 넘어갈 수도 있을 것이다.

사태가 그 정도로 마무리되면 다행이라 생각하고 있는데 문득 노크소리가 들렸다. 이동구 학장이 손에 작은 바구니를 들고 얌전히 들어왔다.

"선배님이 이 방에 계시다는 생각만 해도 얼마나 마음이 든든한지 모르겠습니다."

이 학장이 들고 온 바구니에는 달걀이 3~4개 들어있었다.

"이번 주일이 부활절이라 1학년 학생들이 제 방으로 가지고 온 달걀입니다. 이번 부활절은 선배님께서 새사도신경을 발굴하고 맞이하시는 첫 번째 부활절이라, 더욱 뜻깊은 감격을 맛보시라고 가져왔습니다."

문 교수가 고개를 가볍게 숙였다.

"원래 이번 주일에 선배님께서 부활절 설교를 해주셔야 하는데 부득이 제가 하게 되었습니다. 성경의 어느 말씀을 본문으로 삼아 설교를 하는 게 좋을까요?"

학장님이 성경을 훤히 아시니 알아서 하시면 된다고 하려다 마음을 바꿨다.

"요한복음 12장 24절이 어떨까요?"

이동구의 작은 눈동자가 커지면서 탄성이 흘러나왔다.

"아, 어쩌면 제가 생각하는 말씀과 그렇게 일치하실 수가 있을까요! '한 알의 밀이 땅에 떨어져 죽지 않으면 한 알 그대로 있고 죽으면 많은 열매를 맺느니라'죠? 아멘!"

그가 포동포동한 손가락을 깍지 끼며 기도 자세를 취했다.

"다음 주말에는 그동안 연기했던 새사도신경에 대한 기자 회견을 학교에서 하려고 합니다. 괜찮으시면 저도 옆에서 배석하려고 합니다만."

"네, 그러시죠."

이 학장이 고개를 깊게 숙였다.

*

선희와 같이 찍은 사진을 바라보며 서준은 그녀의 이메일을 기다리고 있었다. 자신의 곁에 앉아서 활짝 웃는 그녀의 왼뺨에 생긴 보조개가 낯설어 보였다. 김영중 의원의 가족사 몇 가지를 선희에게 확인하고, 김 의원이 그녀를 통해 옛날 기억의 일부를 회상한다는 기사를 쓰면 다른 매체들과는 확실히 차별화가 될 것이다.

간단한 질문 몇 개를 어제 오후에 이메일로 보냈는데 아직 답장이 없었다. 그녀가 '큰어머니'로 지칭하는 김 의원의 부인과 만나느라 경황이 없는 것 같았다. 휴대 전화가 울렸고 방주가 착 가라앉은 목소리로 선희의 실종을 알렸다. 어제 큰어머니를 만난다고 나간 이후에 연락이 되지 않는다며 실종신고를 하기 전 마지막으로 상의하려고 전화했다는 것이다. 어제 그녀를 회사 앞에서 잠깐 만났지만 곧 헤어졌다는 말을 하는 서준의 음성이 떨리고 있었다. 공연히 그녀의 실종이 자기 책임인 것 같았다.

방주가 전해 준 다른 소식은 신 장로님이 손준기 폭행 사건으로 경찰에 출석했는데 아무런 혐의가 없어서 조사를 끝내고 나오셨고, 준기도 문 교수님의 처벌불원서가 접수되면서 불구속 수사로 풀려났다는 것이다. 어제 오후 3시쯤 경찰서를 나왔다는데, 서준이 그녀를 만나기 1시간 전이었다. 두 사람 사이에 잠시 침묵이 흘렀다. 일단 실종 신고는 하는 게 좋겠다는 말에 방주가 동의하며 전화를 끊었다. 아무래도 손준기가 경찰서에서 나오자마자 선희를 만나 강제로 끌고 간 것 같다. 서준은 방주와 선희가 결혼한다는 말을 경찰서에서 그에게 한 게 몹시 후회가 됐다.

서준이 휴대 전화를 들고 손준기의 전화를 눌러보았다. 놀랍게도 신호가 한 번 울리자 귀에 익은 목소리가 들렸다.

"최 기자님, 그렇지 않아도 막 전화하려고 했습니다. 선희가 연락이 안 되고 집에도 없는데 어떻게 된 건가예?"

자신이 하려던 말을 대신하는 준기 때문에 잠시 말문이 막혔다.

"여보세요, 최 기자님. 제 말이 안 들리시나예?"

"아, 들려요. 손준기 씨. 고생 많았어요."

"그게 문제가 아니고 선희가 지금 어디 있나예?"

휴거도 아는 사람이 그것도 모르냐는 소리가 입안에서 맴돌았다.

"나도 조금 전에 신 목사 전화 받고 알았어요. 큰어머니 만나러 간다고 한 후 연락이 안 된다고 하던데…."

어제 선희를 만났다는 말은 하지 않았다. 준기가 길게 한숨을 내쉬고 다시 연락하겠다며 전화를 끊었다. 선희의 이메일 답변 없이 기사를 마무리해야 한다. 대부분의 질문은 이미 서준이 알고 있는 내용이라 기사를 작성하는 데는 별 문제가 없었다.

5분도 안 돼 휴대 전화를 다시 꺼내 들었다. 남대문경찰서의 우 계장은 그의 전화를 받지 않았다. 메시지를 남기라는 신호에 잠시 망설이다가 그냥 전화를 끊고 시계를 들여다봤다. 어제 선희와 3시쯤 헤어진 뒤로 24시간이 지났다. 납치 사건이 일어나면 이후 48시간 안에 생명을 잃는 경우가 60%가 넘는다는 통계를 본 기억이 났다. 입이 마르는 것 같아 반쯤 남은 생수 병을 병째 마셨다. 선희의 무사를 비는 기도가 절로 나왔다.

"하나님 지금 선희가 어디에 있는지 우리는 모릅니다. 하나님께서 보호해 주시고 눈동자처럼 보살펴주세요. 시편에 나오는 지팡이와 막대기로 그녀를 지켜주실 것을 믿습니다. 선희가 뱀을 드는 교회에 나간 것은 순전히 손준기를 위해서였고, 그러한 이단을 실제로 섬긴 것은 아니었습니다."

그녀를 위한 기도를 좀 더 하려는데 휴대 전화가 울렸다. 손준기였다.

"선희가 연락이 왔어예. 김승태 변호사와 같이 있다는데 저도 오라고 해서 지금 가는 중입니다. 아무한테도 말하지 말라고 했는데 최 기자님께만 말씀드립니다. 압구정동 큰믿음교회 앞으로 오라고 하네예. 다시 연락드리겠습니다."

서준이 무슨 질문을 하려는데 전화가 끊어졌다. 김영중 의원의 상속받는 자식들이 모두 한자리에 모이는 것이다. 서준은 기도를 계속 하기가 어려웠다.

*

광장처럼 넓은 큰믿음교회 입구에는 수요예배를 보러 오는 사람들이 삼삼오오 모여들고 있었다. 강남 고급 아파트 중심에 위치한 교회답게 신도들도 대부분 부유층이고 저명인사도 많았다. 교회를 세운 지 10년도 안 되었는데 교인 수가 폭발적으로 늘어나 제2성당 건축헌금을 대대적으로 모금하고 있었다. 준기가 교회 정문에 도착해 사방을 조심스레 둘러보며 서 있은 지 5분쯤 지나자, 키가 크고 선글라스를 낀 젊은 여성이 다가와 속삭이듯 말을 걸었다.

"손준기 씨. 저를 따라오세요."

그녀가 교회 안으로 먼저 들어갔고 서너 사람 뒤에 준기가 따라 들어갔다. 고딕식 건물로 천장이 높고 화려한 스테인드글라스까지 있어 중세 가톨릭 성당처럼 엄숙한 느낌이었다. 중앙 설교대 뒤에 있는 대형 파이프오르간에서 귀에 익은 찬송가 멜로디가 흘러나왔다. 준기가 어려서 열심히 불렀던 〈만세 반석〉이라는 찬송이었다. 준기가 속으로 따라 부르며 선글라스를 좇아 교회의 뒷문으로 나왔다. 썬팅이 되어 있는 링컨콘티넨탈이 미끄러지듯 다가와 준기를 태웠다. 운전석에 앉은 청와대 경호원같이 생긴 건장한 청년이 준기를 백미러로 잠시 바라보았다. 적막이 흘렀고 서로 아무 말도 하지 않았다. 자동차가 성수대교를 지나 장충단 공원을 돌아서 남산 순환도로로 향했다. 잠시 후 자동차는 H호텔을 끼고 경사가 심한 골목길로 내려갔다. 이태원 방향으로 구불거리는 길을 몇 번 돌더니 평범해 보이는 2층집 차고로 조용히 들어갔다. 검은 양복을 입은 젊은이 두 명이 양쪽에서 차문을 열었고 선글라스 여성이 준기의 휴대 전화를 압수한 후 집안으로 들여보냈다.

피아노소리가 은은히 들리는 현관을 지나니 널찍한 거실에 김승태 변호사와 선희가 앉아 있었다. 소파에서 와인을 마시고 있는 모습이 화목한 가족 모임처럼 느껴졌다.

"네가 준기로구나. 못 본 지 10년이 넘었지. 길거리에서 보면 못 알아보겠네."

김 변호사가 점잖게 손을 내밀어 악수를 하고 자리를 권했다.

"선희를 납치한 이유가 뭔가예?"

"납치라니, 무슨 말을 그렇게 하니. 오랜만에 남매가 같이 모였는데."

"큰오빠 말씀이 맞아. 내가 자진해서 온 거야."

"큰오빠라니! 피도 한 방울 안 섞인 사람을…."

김승태가 재미있다는 듯이 와인 잔을 오른손으로 들고 씩 웃었다. 벽 한쪽에 고급 양주를 진열해 놓은 장식장이 있었고, 검은 양복을 입은 건장한 청년이 차렷 자세로 그 앞에 서 있었다. 준기의 눈길을 의식했는지 승태가 검은 양복에게 나가라고 가볍게 손짓을 했다.

"우리 준기는 와인보다 양주를 좋아할 것 같아."

누런 도자기의 로얄살루트 한 병을 승태가 가지고 나와 한 잔씩 따랐다.

"자, 오랜만에 만난 가족의 행복을 위하여!"

단숨에 잔을 비운 승태와 준기의 눈동자가 부딪혔고 승태가 먼저 입을 열었다.

"준기야, 내가 질문 하나 할게. 예수님은 다윗의 자손이니? 아니면 동정녀 마리아가 낳은 하나님의 아들이니?"

얼른 대답을 못하는 준기를 보며 승태의 말이 이어졌다.

"너한테 김영중 의원의 피가 있다 해도 오늘날까지 이 가정을 키우고 지켜온 내가 이 집안의 외아들이란 말이야."

김승태의 얼굴이 분노로 벌게지면서 눈에 눈물이 고였다. 손등으로 슬쩍 닦으며 자리에서 일어나 음악을 바꿨다. 귀에 익은 〈결혼행진곡〉이 생뚱맞게 울려 나왔다.

"수많은 신부들이 누가 작곡했는지도 모르는 이 곡에 맞춰 하얀 웨딩드레스를 입고 입장하지. 바로 히틀러가 존경한 독일의 위대한 작곡가 바그너야. 그의 비극적 오페라 〈로엔그린[17]〉에 나오는 곡인데 나는 이 곡을 들으면 눈물이 나. 마지막에 여주인공 엘자가 죽는데, 신부들이 이 곡에 맞춰 행진하기 때문이지. 하지만 가장 숭고한 사랑은 결국 죽음으로 끝나야 하는 거야. 알겠니? 준기야?"

"박은하가 만든 〈결혼행진곡〉. 나도 알아요."

"박은하가 아니라 바그너. 리하르트 바그너란다. 준기야. 만약 2차 대전에서 독일이 이겼으면 세계 역사가 어떻게 바뀌었을까? 유대인 6백만을 학살한 인종 청소는 지구의 인류를 좀 더 우수한 품종으로 바꿔야 한다는 히틀러의 진화 휴머니즘에 근거했어. 당시 독일의 많은 기독교인이 지지했던 것처럼, 나는 언젠가는 그의 생각이 재평가 받는 날이 올 거라 생각해. 아무튼 우리 선희는 어젯밤에 이 곡에 맞춰 예행연습을 아주

17 Richard Wagner(1813~1883), Lohengrin

잘했단다. 아, 그전에 꽤 재미있는 이야기를 들었지. 준기, 네가 성경에 나와 있는 휴거를 믿고, 뱀을 들어 올리는 능력이 있다며?"

김승태가 비웃듯이 깔깔거렸다.

"난 선희에 대한 기억이 별로 없었는데 얼마 전 시사 잡지에 난 사진을 보고 깜짝 놀랐지. 심히 아름다운 여성으로 성장했더군. 그때 계시처럼 떠오른 생각은, 예수님이 다윗 왕의 자손이면서 하나님의 아들인 것처럼, 나도 선희와 결혼하면 아무도 나의 정통성을 부인할 수 없다는 거였어. 어때? 네가 생각해도 그럴듯한 발상이지? 나는 피가 안 섞였으니까."

"당신은 자신을 예수님이라 생각하는군요."

"그건 확실치 않지만 첫날밤에 선희가 향유를 내 발에 붓고 그녀의 긴 머리로 닦아줄 거야. 느닷없이 핏줄이라고 나타난 것들에게 재산을 뺏기는 것이 십자가에 달리는 고통보다 힘든 것은 알고 있겠지?"

"당신은 예수님이 아니라 로마 병정의 사생아요!"

손준기가 자리에서 벌떡 일어나며 소리쳤고 검은 양복을 입은 사내 두 명이 즉시 거실로 들어왔다.

부활의 기록들

오늘은 성금요일, 예수님이 십자가에 돌아가신 날이고 이번 주일이 부활주일이다. 21C기독교광장에 부활절에 대한 질문이 몇 개 있었다.

안녕하세요? 문 교수님
왜 부활절을 이스터라고 하는지 궁금합니다.
동쪽에서 해가 뜨니까, 해가 매일 이스트에서 부활해서 그런가요?
그리고 부활절 날짜는 매년 바뀌는 것 같은데, 왜 그런가요?
감사합니다.

- 해병대 모세 -

모세님
부활절을 뜻하는 영어 이스터(Easter)는 게르만 지역 튜튼족이 숭배하던 여신의 이름입니다.

이스터 여신을 기리는 의식이 4월에 있었고, 다신교 의식에서 출발한 축제가 오늘날의 부활절이 된 것이지요.

다신교 문화가 아직 많았던 4C 초, 예수님의 부활에 거부감이 없도록 이러한 축제와 접목했고 이후 여러 의식들이 섞였습니다.

날짜는 AD 325년의 춘분이었던 3월 21일 이후의 첫 보름, 다음 일요일로 부활절을 정하였습니다.

이에 따라 부활절은 3/22~4/25 사이에 정해집니다.

크리스마스인 12월 25일도 당시 로마 군인들이 많이 믿던 미트라 신의 탄생일과 같게 정했는데, 역시 다신교 문화에 거부감 없이 접목된 현상입니다.

- 문익진 드림 -

안녕하세요, 문 교수님

부활절을 맞아서 오랜만에 성경을 읽다가 깜짝 놀랐습니다.

마태복음에는 제자들이 부활하신 예수님을 갈릴리에서 만났는데, 누가복음은 예루살렘에서 만난 것으로 되어 있네요.

어떻게 된 건가요?

- 학부형 회장 삼지창 -

삼지창님

부활과 관련된 복음서에 나온 기록들은 서로 많이 다릅니다.

그것들이 왜 다르고 어느 기록이 맞는지를 따지는 것은 별로 의미가 없습니다.

성경을 문자 그대로 읽으면 이런 기록이 대단히 큰 문제지요.

문자주의에서 벗어나야 하는 이유가 여기에 있습니다.

아직도 많은 기독교인들이 성서 무오설을 믿고 있는데 그렇다면 마태복음과 마가복음 중 어느 하나가 틀린 것이 되지요.

심지어 누가복음에서는 예수님이 제자들에게 예루살렘을 떠나지 말라고 하셨습니다.

조금 길어지겠지만 4복음서를 중심으로 부활절 사건의 기록들을 간단히 비교해 보겠습니다.

우선 부활하신 예수님을 누가 처음 보았는지에 대한 글들이 모두 다르지요.

마가의 초기본에는 처음 본 사람이 안 나오고, 나중에 추가된 구절에 막달라 마리아가 예수님을 처음 보았다는 말이 나옵니다.

마태는 부활한 분을 처음 본 사람은 천사에 놀라 무덤을 떠난 여인들이라고 합니다.

한편 누가에서는 글로바와 또 한 사람이, 엠마오로 여행하는 도중 부활하신 예수님을 처음에는 모르다가 나중에 알아봤다고 했고, 요한은 막달라 마리아가 처음에는 동산지기로 생각했던 사람이 알고 보니 예수님이었다고 했습니다.

누가와 요한 모두 처음에 예수님을 본 사람들이 예수님을 못 알아본 것이 재미있습니다.

지금 여기에 오시는 예수님도 우리가 못 알아보기 쉽겠지요.

복음서들은 우리가 오늘날 부활, 승천, 오순절이라 부르는 사건이 발생한 순서에 대해서도 기록이 모두 다릅니다.

이렇듯 우리는 기독교 핵심에 있는 이러한 사건들의 복잡성을 은유와 상징으로 이해할 수밖에 없습니다.

- 문익진 드림 -

문 교수님, 기독교를 배경으로 성장한 후 이단으로 분류된 단체들이 많지요?

유독 우리나라에 이런 소종파들이 성공적으로 신도를 모으는 것 같습니다.

왜 신천지 같은 집단을 많은 사람들이 무분별하게 추종하고 있나요?

- 라라 필라테스 -

문선명의 통일교, 이만희의 신천지 등이 모두 성경을 독특하게 해석하여 신도를 모으는 데 크게 성공했습니다.

특히 신천지는 '종말에는 14만 4천 명이 죽지 않고 하늘로 바로 올라간다'는 요한계시록을 문자 그대로 받아들여 그 안에 들기 원하는 신도들을 경쟁시킵니다.

세계 최대 교회인 순복음 교회도 지금은 아니지만 이단논쟁이 있었습니다.

1981년 9월, 순복음 교회 신도인 서모 양이 사망한지 41시간 만에 부활

했다고 발표했다가 나중에 철회한 사건으로 당시에 상당한 사회적 문제가 되었지요.

대부분의 이단들은 카리스마가 강한 지도자가 신비주의와 종말론적 가르침으로 사람들을 끌어들입니다.

신도들이 그런 교회에 빠지는 이유는 사회 심리학적 용어로 '인지부조화' 때문입니다.

'믿음과 현실이 괴리할 때 믿음을 바꾸는 것이 아니라 현실을 왜곡하여 받아들인다는 이론'입니다.

어떠한 어려움이나 박해는 모두 자신들의 성장을 방해하는 마귀의 시험이라고 믿습니다.

더 중요한 문제는 신학적 문제이지요.

즉 한국교회가 건전한 신학적 사고를 교인들에게 가르치지 않았기 때문입니다.

교회의 강단에서는 대체로 성경 말씀에 무조건 문자 그대로 아멘하며 복종하라고 가르칩니다.

신천지 등은 이런 성경 문자주의를 교묘하게 자신들의 교리를 입증하는 데 사용합니다.

교회가 문자주의를 강조할수록 이들에게는 비빌 언덕이 많아집니다.

또한 이들은 세계 평화, 사회봉사 등 현실적인 이슈로 사람들의 마음을 사로잡습니다.

현재 한국에는 자칭 신 혹은 메시아라는 사람들이 40~50명 정도 있습니다.

많게는 몇 십만에서 적게는 몇 천 명의 신도를 거느리고 있지요.

혹세무민과 무지몽매의 환상적 결합입니다.

- 문익진 드림 -

광장의 질문 중 핵심을 찌르는 어려운 질문이 있었다.

문 교수님, 종교는 신에게 자신의 안전과 번영을 갈구하는 인간의 기본 욕구에서 출발합니다.

과연 교수님 말씀대로 과거의 교리를 떠나서 예수님만을 따르는 기독교가 가능할까요?

전통 종교의 내용이 죽어가는 것을 애도하고 떠나는 사람은 많지만,

여기서 어디로 가는지 아는 사람은 드뭅니다.

종교를 떠나서 하나님을 찾을 수 있을까요?

- 비비 주인 -

그렇습니다.

어제의 종교적 패러다임이 죽어가고 있는 것을 보면서, 우리에게 떠오르는 중요한 질문은 '여기서 어디로 가야 하나' 입니다.

성경을 패러디한다면 '보라, 옛 것은 지나가고 새로운 것은 왔는지 아직 모르겠다' 가 되겠지요.

고대 종교는 자의식과 함께 존재에 대한 불안을 느낀 인간이 초자연적이면서 인격적인 절대자, 즉 인간처럼 기쁘고 화내고 슬프고 칭찬하는 하

나님을 상정하면서부터 시작됐습니다. 종교인들에게는 불편한 진실이지만 이것이 종교의 역사입니다.

저 하늘 위 전능하신 하나님의 개념은 천문학, 물리학, 생물학의 새 장이 열리자 흔들렸지만 전통적 기독교는 이를 애써 무시하고 부인했습니다.

기독교인은 일주일에 6일은 과학의 세계에 살고 일요일은 교회에 가서 성경에 나온 이야기들을 문자 그대로 믿으려는 생활을 할 수밖에 없었지요.

이러한 정신적 이중 생활은 중세 시대 이후에는 정상적 삶이라 할 수 없습니다.

2015년 조사에 의하면 영국의 젊은이 중 70%가 무신론자이고 10%가 가톨릭, 7%가 성공회, 6%가 이슬람인데, 개신교를 믿는 젊은이는 2%밖에 되지 않습니다.

감리교를 창시한 영국의 존 웨슬리가 보면 얼마나 놀랄까요.

스웨덴이나 덴마크는 무신론자가 80%가 넘는데 사회 복지 제도가 잘되어 있는 나라일수록 더 그렇습니다.

과거 하늘 높은 곳에서 인간들의 복지를 보살펴 주시던 하나님은 이런 나라에서는 더 이상 제 기능을 하지 못하고 있습니다.

한국의 무신론자도 어느새 반이 훌쩍 넘었습니다.

무섭게 빠른 속도입니다.

우리는 여기서 어디로 가야 하나님을 찾을 수 있을까요?

우선 위에 계신 하나님보다는 안에 계신 하나님으로 방향을 전환하는 게 바람직한 길이라 생각합니다.

높이에서 깊이로의 전환이지요.

이런 과정에서 우리는 진리에 대한 탐구나 질문을 회피하고 종교 속으로 숨으면 안 됩니다.

숨는 것은 일단 편하지만 진지한 해결책이 아닙니다.

여기서 새사도신경이 새로운 방향을 어느 정도 보여줍니다.

새사도신경은 하나님과 예수님을 이해 가능한 언어로 표현했고, 예수님의 삶과 기독교의 중심 교리인 부활이나 영원한 삶에 대해 현대적으로 설명했습니다.

믿을 수 없는 것을 말로만 믿는 것이 아니라, 사랑과 생명을 확장시키는 문화 공동체를 지향합니다.

죄밖에 없는 인간이 오직 천국 가는 날을 기다리며 사는 그동안의 패러다임보다, 이 땅에서 살아있는 동안 생명 공동체를 만드는 것이 우리가 갈 방향이고, 그런 공동체의 이름은 교회가 아니라도 상관없습니다.

우리의 궁극적 도착점은 결코 종교적 인간이 되는 것이 아닙니다.

한때는 교리적 종교가 우리의 종착역이라 믿었지만, 이제 단지 우리가 초월해야 할 인생의 한 단계인 것입니다.

종교를 초월한 크리스천입니다.

유대교를 초월한 예수님의 생각이 아니었을까요?

대강의 방향은 어렴풋이 보이는데 아직 정리해야 할 부분이 많습니다.

좋은 질문 감사합니다.

- 문익진 드림 -

다른 질문을 읽으려 하는데 이메일이 들어왔다. 런던의 토마스 김이었다.

문 교수님

내주에 플로렌스에 가려던 계획을 앞당겨서 다녀왔습니다.

「막달라 마리아의 전설」을 직접 보고 싶어서 서울 본사의 허락도 없이 출장을 간 거죠.

결론부터 말씀드리면 그림에는 아무 이상이 없습니다.

문 교수가 안도의 한숨을 내쉬고 계속 읽어 내려갔다.

막달라 마리아 일행이 알렉산드리아에서 타고 온 배에 쓰여진 콥트어에는 덧칠한 흔적이 전혀 없습니다.

다만 이 그림을 그린 조반니의 사인에 덧칠이 발견돼 전문가들이 여러 가지 추측을 하고 있습니다. 그의 그림이 아닐 것이라고 주장하는 사람도 있어요.

12C 말에 플로렌스에서 활동하면서 성화를 많이 그리던 카마조라는 화가가 있는데, 그 사람의 작품과 붓 터치가 유사한 면이 약간 있습니다.

카마조는 성화를 많이 그렸고 특히 십자고상[18]으로 유명합니다.

이전까지는 동방교회의 영향으로 예수께서 양손과 양발에 하나씩, 모두 4개의 못이 박혀 있는 모습으로 그려졌는데, 12세기 카마조는 두 발이

18 가톨릭교회에서 많이 볼 수 있는 십자가에 달리신 예수님의 모습으로, 승리자 그리스도보다는 순종과 희생을 강조하는, 고통 받는 예수님의 인성을 주로 표현한다.

하나로 겹쳐진 곳에 못 하나만 써 3개의 못이 박힌 예수님의 모습을 그립니다. 만약 〈막달라 마리아의 전설〉이 그의 그림이라면 그림의 연대가 12C가 되는 것입니다.

하지만 이렇게 생각하는 사람은 이번에 모인 전문가 9명 중에 한 사람밖에 없었습니다.

큰 문제가 되지는 않을 것이고 영국 언론에서도 앞으로 다루지 않을 겁니다.

참고가 되길 바라고 다시 연락 드리겠습니다.

- 런던에서 토마스 드림 -

*

“호모 사피엔스의 유전자에 네안데르탈인의 유전자가 섞여있다는 사실을 어떻게 생각하니? 그들은 3만 년 전만 해도 지구상에 살아있었어. 우리에게도 네안데르탈인의 피가 적어도 2%가 흐른다는 거야. 맙소사!”

수요일 저녁에 김승태의 집에서 시작한 삼남매의 모임은 성금요일 저녁까지 이어지고 있었다. 낮에는 TV를 같이 보고, 저녁에는 로얄살루트를 마시며 고전 음악을 듣는 파티가 계속됐다. 준기는 술을 며칠째 마셔서 그런지 눈동자가 풀려 있었다.

“유치원 다닐 때부터 좀 이상하게 생긴 놈들이 있었어. 눈썹 뼈가 왕창 솟아있고 이마가 뒤로 넘어지고 입이 튀어나온 아이들이지. 애들은 아마 네안데르탈인의 피가 훨씬 많이 섞여 있을 거야. 자, 여기서 문제 하나 낼게. 우리 현생 인류, 호모 사피엔스와 네안데르탈인은 같은 종인가 다른 종인가?"

하얀 양복을 말끔하게 입은 준기가 게슴츠레하게 눈을 뜨고 말했다.

"모르겠습니다. 형님."

"그래. 너는 참 솔직해서 좋다. 내가 설명해줄 테니 잘 들어. 침팬지와 인간의 유전자 공유가 침팬지와 고릴라의 유전자 공유보다 더 많아. 생물학적으로 침팬지가 고릴라보다 인간에 더 가깝지만 같은 호모종은 아니지. 인간과 침팬지가 교배해서 2세가 나올 수 없기 때문이야. 그러면 나귀와 말은 같은 종일까 아닐까?"

"같은 종이요. 교배하면 노새가 나오니까요."

"준기야. 너는 공부를 제대로 했으면 훌륭한 판검사가 될 뻔했구나. 나는 검사 생활 오래 못 했는데, 나 대신 네가 할 걸 그랬다."

술을 마시지 않은 선희가 옆에서 묵묵히 두 사람의 대화를 듣고 있었다.

"하지만, 땡! 정답이 아니야. 노새는 번식 능력이 없거든. 두 종류가 교배해 나온 것이 번식 능력이 있어야 같은 종으로 분류해. 그러니까 호모 사피엔스와 네안데르탈인은 같은 종인 거야. 세계 인구가 70억이 넘으니까. 알겠니?"

"아프리카에서 시작된 현생 인류 호모 사피엔스는 5만 년 전쯤 중동에서 네안데르탈인과 교배를 시작하면서 유럽 쪽으로 진출했다는군. 네안데르탈인이란 이름 자체가 독일 네안데르 동굴에서 1856년 발굴된 두개골 때문이니까, 원래 유럽은 그들이 더 많았다고 봐야지. 지금 아프리카 사람들에게는 네안데르탈인의 유전자가 없어. 얼마나 놀라운 일이니?

그쪽 까만 사람들이 가장 순수한 호모 사피엔스의 혈통이라니…. 우리가 어렸을 때 배우기로는 인류가 직립 원인에서 북경 원인, 크로마뇽인, 네안데르탈인 그리고 호모 사피엔스의 순서로 진화했다고 들었는데 이것도 엉터리였어. 10만 년 전 지구상에는 이런 여러 종류의 유인원이 동시에 여기저기 살고 있었다는 거야. 내가 왜 이런 이야기를 하고 있는지 알겠니? 준기야?"

"모르겠습니다. 형님."

준기는 어느새 선희를 못 알아볼 만큼 많이 취해 있었다.

"음, 이 문제를 맞혀야 훌륭한 판검사가 될 수 있는데."

선희를 흘낏 쳐다본 후 승태가 다시 입을 열었다.

"내가 선희와 직접 교배하는 것보다 더 좋은 생각이 났어. 역시 나는 머리가 비상해. 호모 사피엔스와 네안데르탈인도 교배를 하는데 왜 피가 반밖에 안 섞인 남녀는 교배를 못 하냐 이거야. 오늘이 예수님이 십자가에 달리신 성금요일이니까 오늘밤 너희 둘이 그분의 고통을 생각하며 인류의 순수하고 진화된 종족을 만들도록 해라. 알겠니? 준기야?"

"네. 알겠습니다. 형님."

무릎 위에 놓인 선희의 손이 가늘게 떨리기 시작했고 준기는 계속 눈을 감고 있었다. 우퍼가 따로 달린 사람 키만 한 스피커에서는 바그너의 〈로엔그린 서곡〉이 흘러 나왔다.

"너무 걱정 안 해도 돼, 선희야. 이 큰오빠가 아무렴 너희 둘을 침팬지처럼 그냥 교배야 시키겠니. 간단하지만 여기서 결혼식을 올리고 신방이 차려진 안방으로 가면 돼. 예식 준비는 벌써 다 끝냈다. 사회는 변호사 김승태, 주례 선생님도 김승태. 신랑 신부는 주례 선생 말씀을 잘 따라야겠지?"

준기가 눈을 감은 채 고개를 크게 끄덕거렸다.

"그래서 나한테 하얀 드레스를 입혔군요. 결혼식 후에는 어떻게 되나요?"

선희의 목소리가 음악에 묻혀 작게 들렸고 승태의 눈동자가 위로 향했다.

"아. 그게 좀 궁금하겠구나. 사람들은 며칠 후 특종 뉴스를 보게 될 거야. 내가 아는 시사주간지 기자가 이런 기사를 잘 쓰는데, 제목은 '배다른 남매의 비극적 사랑, 동반 자살로 마감하다' 정도가 되겠다. 조금 진부하지만 내용은 아마 이럴 거야. '어제 오전, 이태원 H호텔 스위트룸에서 남녀의 시신이 유서와 함께 발견되었다. 유서의 주인공인 손모씨(27세)는 어려서부터 사랑했던 오모(22세) 여인이 자신과 배다른 남매라는 사실을 최근에 알았다. 드라마 같은 출생의 비밀이 현실로 다가오자 두 남녀는 비밀 결혼식을 올린 다음날 H호텔에서 극단적 선택을 했다. 국과수 부검 결과, 여인의 몸에서 정액이 검출되었고, 손씨가 다량의 수면제를 여인에게 먹이고 자신도 먹은 것으로 추정된다. 손모씨와 김모씨, 두 사람의 못 이룬 사랑이 하늘나라에서는 꽃피울 수 있을까?'"

음악소리가 점점 커지자 선희의 목소리도 높아졌다.

"술에 약을 탔나요?"

"빙고! 역시 우리 선희가 머리가 좋구나. 이 약은 돼지 발정제보다 약효가 강해. 다만 부작용으로 며칠 못 살게 되지. 준기는 어차피 이틀을 넘길 수 없어. 의사가 시신을 해부했을 때는 수면제 과다 복용으로 나타날 거야. 너도 물론 오늘밤 일반 수면제를 아주 많이 복용하게 될 거야."

"큰오빠, 그러면 안 돼요. 지금이라도 약속대로 우리를 놓아주고 없던 일로 해요."

"이미 늦었어. 준기는 곧 죽을 테고 네 실종 신고는 이미 며칠 전에 접수됐어. 오늘 저녁에 모든 일을 끝내야 해. 자, 슬슬 결혼식을 시작하자."

승태가 음악을 결혼행진곡으로 바꾸자 준기가 벌떡 일어나 차렷 자세를 취했다. 바로 그때, 문이 부서지는 소리와 함께 건장한 남자들이 뛰어들어왔다.

"납치 신고 받고 온 남대문경찰서 우 계장입니다."

곰 같은 덩치의 사내가 빠른 동작으로 김승태의 손에 수갑을 채웠다.

*

Y대학 교수 회의실에는 30명이 넘는 기자들이 노트북을 하나씩 책상 위에 열어놓고 문 교수를 기다리고 있었다. 벽면에는 〈새사도신경 발굴, Y대학의 자랑, 세계적 신학자 문익진 교수 기자 회견〉이라는 배너가 크게 붙어있었다. 연단의 앞쪽에는 긴 테이블과 의자 두 개가 준비되어 있었고, 뒤에 마련된 10여 개의 의자에는 교수들이 일렬로 앉아 오늘의 주인공을 기다리고 있었다. 잠시 후 문 교수와 이동구 학장이 들어오자 교수들이 일제히 자리에서 일어났다. 이 학장이 문 교수에게 먼저 자리를 권한 후 자신은 선 채로 마이크를 잡았다.

"존경하는 문익진 교수님 그리고 이 자리에 와주신 여러 기자님들 대단히 감사합니다. 진작 이런 자리를 마련했어야 했는데 여러 가지 사정으로, 오늘에서야 여러분을 모셨습니다. 넓으신 아량으로 용서해 주시고 오늘의 자리가 오직 하나님께 영광 돌리는 자리가 되기를 바랍니다. 저는 Y대 신학대 학장 겸 차기 S교단 총회장 후보인 이동구입니다. 앞으로 저희 S교단도 여러 기자님들의 많은 관심을 부탁 드립니다. 그럼 우리 대학의 자랑, 문익진 교수님을 소개하겠습니다."

문 교수에게 쏟아지는 박수 소리가 기자들이 치는 것치고는 상당히 컸다. 그동안의 발굴과정과 로빈슨 교수와 함께 한 기자 회견 내용을 중심으로 문 교수가 설명을 했고 기자들의 질문이 시작됐다.

"온나라신문 K기자입니다. 먼저 문 교수님의 눈에서 퍼런 멍이 없어진 것을 축하드립니다."

좌석에서 일시에 가벼운 웃음소리가 들렸다.

"새사도신경에 대한 반응이 무척 좋습니다. S교단에서도 곧 총회를 열어 현재의 사도신경과 새사도신경 중에서 선택할 수 있도록 한다고 들었습니다."

옆 좌석에 앉은 이 학장이 고개를 끄덕였다.

"새사도신경은 신학적으로 현대적이고 내용도 깊이가 있습니다. 문 교수님은 새사도신경이 21세기 기독교에 어떤 영향을 끼치리라 생각하시나요?"

"그 질문은 제가 나중에 학생들에게 시험 문제로 내려고 했는데 먼저 질문을 당했네요."

다시 가벼운 웃음소리가 들리며 분위기가 한결 부드러워졌다.

"이미 백 년 전 미국의 소설가 마크 트웨인은 '신앙이란 사실이 아님을 알고 있는 무언가를 믿는 것이다'라고 말했습니다. 20세기 초에는 이런 말이 풍자적으로 들렸지만 이제는 과학의 발달로 사실이 아닌 것을 진정으로 믿기 어려운 시대가 되었습니다. 새사도신경은 기독교의 새로운 패러다임인 '교리에서 자유로워진 하나님'을 정립하는 데 기여할 수 있습니다. 교회를 떠났던 기독교인, 떠나려고 하는 기독교인, 다른 종교로 발걸음을 돌린 기독교인들에게 신화에서 해방된 예수님을 다시 찾게 해 줄 것입니다."

문 교수 뒤에 일렬로 앉아있던 교수들이 가볍게 박수를 쳤고 이 학장도 얼른 그 대열에 동참했다. 다른 기자 한 명이 손을 들었다. 기자들 간에 미리 순서를 정한 듯싶었다.

"동양일보 K기자입니다. 문 교수님은 기독교 혁명을 원하시는군요. 새사도신경이 그동안 전통적 기독교 교리를 대체하는 새로운 신조가 되기를 바라시는 것 같은데, 그렇습니까?"

그녀의 질문은 날카롭고 도전적인 느낌이었다. 기자들의 시선이 일제히 문 교수의 입을 향했고 이 학장도 고개를 돌려 그를 바라봤다.

"기독교 패러다임의 변화가 혁명이라면 저는 혁명을 원합니다. 하지만 새사도신경이 새로운 신조가 되거나 교리가 되는 것을 바라지는 않습니다."

문 교수가 안경을 살짝 올린 후 다시 입을 열었다.

"새사도신경이 비록 21세기에 이해할 수 있는 언어로 기독교 신앙을 설명했지만 이것 역시 손가락일 뿐입니다. 달을 가리키는 손가락 말입니다. 새사도신경을 누가 썼던 간에 자체적인 한계가 있습니다. 인간이 쓴 어떠한 언어도 진리나 생명 자체는 아닌 것처럼 새사도신경도 그 자체를 우상화하면 안 됩니다. 만약 인간이 빅뱅의 원인을 밝혀낸다거나, 우주의 암흑 물질을 규명한다거나, 통합중력장 법칙을 발견하는 그러한 세대가 온다면, 새사도신경도 옛 것이 되고 말겠지요. 그 안에 인류가 핵전쟁이나 환경 파괴 혹은 운석의 충돌로 멸종하지 않는다는 전제가 있어야 되겠지만요."

분위기가 약간 숙연해지며 몇 사람이 더 질문을 했고 문 교수의 대답이 1시간 정도 이어졌다. 잠시 후 질문하기 위해 손을 드는 기자가 없자 이동구 학장이 자리에서 일어났다.

"오늘 기자 회견을 옆에서 보며 저는 큰 감명을 받았습니다. 바로 이런 식으로 대화를 하며 공감을 하는 것이 바람직한 신학 교육이라 믿습니다. 여기 배석한 교수들도 문 교수님과 기자분들에게 많이 배웠을 겁니다. 저는 Y대 학장 겸 차기 총회장 후보 이동구입니다. 그럼 이것으로 오늘의 일정을 모두 마치겠습니다."

이 학장의 말이 끝나자마자 옆에서 문 교수가 입을 열었다.

"잠깐만요. 제가 마지막으로 드릴 말씀이 있습니다."

이동구가 송구하다는 듯 문 교수에게 허리를 숙이며 자리에 앉았다.

"최근에 밝혀진 사실이 하나 있습니다. 새사도신경 작성 연대의 근거가 되었던 그림, 「막달라 마리아의 전설」의 작가 조반니의 사인에 덧칠이 발견되었습니다."

갑자기 장내 분위기가 어수선해지기 시작했고 이 학장도 눈을 크게 뜨고 문 교수를 쳐다보았다.

“그림이 위작일 수 있고 12세기에 많은 십자가상을 그린 카마조의 작품과 비슷하다는 소수의견이 있습니다. 하지만 대부분의 고미술 감정사들은 조반니가 이름을 바꾸기 전에 했던 사인을 나중에 고친 것으로 봅니다.”

“문 교수님. 만약 그 그림이 위작이라면 새사도신경이 막달라 마리아와 사도들의 작품이 아닐 수도 있겠네요?”

손을 들지도 않고 앞에 앉은 여기자가 물었다.

“네. 만약 그림이 위작이라면 그럴 가능성이 아주 없지는 않습니다.”

“로빈슨 박사도 알고 있나요?”

“박사님께서는 아직 모르십니다.”

기자들의 손이 노트북 위에서 바쁘게 움직였고 이 학장이 서둘러 일어나 큰소리로 말했다.

“오늘의 기자 회견은 이것으로 마치겠습니다.”

*

응급실에서 이틀간 있은 후 일반 병동으로 올라온 준기는 새끼 고양이처럼 하루에 20시간씩 잠만 잤다. 치사량이 넘는 수면제를 먹고도 생명을 건진 것은 기적이라며 담당의사가 고개를 갸우뚱했다. 위 세척을 할 때만 해도 준기의 상태가 위독해 포기했었는데 이틀 후 그의 혈압이 정상으로 회복되며 의식을 회복했다. 음독자살 기도를 한 사람들은 응급실에서 환영 받지 못한다. 그들 중 3분의 1은 왜 나를 살렸냐고 의사를 원망하고, 원망하는 사람들 중 3분의 1은 언젠가 그들의 목표를 달성한다. 간호사들은 준기도 수면제 과다복용 자살 시도로 알고 있었다.

준기의 병상은 늘 선희가 지켰다. 처음 깨어났을 때 선희를 알아보긴 했지만 김승태의 집에 도착한 첫날 이후로는 아무것도 기억하지 못했다. 미음을 먹기 시작하면서 회복 속도는 빨라졌어도 선희가 물어보는 말 외에는 거의 입을 열지 않았다.

김승태의 아지트를 경찰이 찾을 수 있었던 것은 휴대 전화 덕분이었다. 휴대 전화는 전원을 꺼도 기지국에서 이동경로가 추적되며, 이것을 피하려면 전원을 켠 채로 배터리를 빼야 한다는 게 우 계장의 설명이었다. 가장 많이 하는 실수가 전원을 먼저 끄고 배터리를 뺀 후에 안심하는 것인데, 김승태가 그렇게 하는 바람에 간신히 살아나게 된 것이다.

의식이 회복되고 3일째 되는 날, 준기가 입을 열고 휴거에 대한 말을 하기 시작했다. 혹시 휴거도 머릿속에서 지워졌나 했는데, 아니었다. 마지막 날에 인간은 공처럼 동그랗고 완전한 형태로 변해 투명해지고 빛을 내며 하늘로 올라간다는 얘기였다. 선희가 속으로 한숨을 쉬며 듣고 있는데 서준이 들어왔다. 준기는 서준도 잘 못 알아봤다.

"최 기자님이야. 이번에 경찰이 우리를 찾는 데 큰 도움을 주셨어."

준기가 누운 채로 고개를 까딱했다.

침대 옆 초록색 2인용 소파에 서준과 선희가 나란히 앉았다.

"김승태가 범행 일체를 부인하고 단순한 가족모임이었다고 주장한다네요. 경찰에서 피해자 조사를 위해 선희 씨를 내일 나오라고 했다는데,

연락 받았죠?"

선희가 고개를 끄덕였고 침대에 누워 있던 준기가 벌떡 일어나 앉았다.

"나도 같이 가야지. 지금 퇴원해야겠어."

"오빠는 입원 중이라 나만 간다고 했어. 걱정 안 해도 돼."

선희가 도움을 구하는 시선으로 서준을 바라봤다.

"그래. 준기 씨는 며칠 더 입원해야지."

"최 기자님이 선희 변호삽니까?"

"아니, 그건 아니지만…."

서준이 머쓱해하자 준기의 목소리가 커졌다.

"김승태는 이번에 철저히 응징해야 합니다. 제가 나가서 진술해야 살인 미수로 확실히 감옥에 보낼 수 있어예."

"오빠는 아무 기억도 안 나는데 무슨 진술을 해."

준기가 더 이야기하려는 찰나 간호사가 들어와 익숙한 솜씨로 혈압을 쟀다.

"혈압은 정상이네요. 그래도 내일까지는 이 약을 드실게요."

"난 오늘 퇴원합니다."

"체온 재실게요."

입안으로 체온계가 들어오자 준기가 더 말을 못했다.

"체온은 정상이네요. 어디 아프시면 간호사실로 연락하실게요."

언제부터 한글이 이 지경으로 쓰였나 하는 생각에 서준은 쓴웃음이 났다. 간호사가 문을 쾅 닫고 나갔고 잠시 어색한 침묵이 흘렀다. 서준이 슬슬 일어나 나가려는데 휴대 전화가 울렸다.

"최 기자님, 우순남 계장입니다."

우 계장의 목소리가 평소와 달리 톤이 높았다.

"김승태 변호사가 음독자살을 시도했는데 목숨은 구했습니다."

"경찰서에서 어떻게 그런 일이 일어나죠?"

서준의 톤도 높아졌다.

"긴급체포를 오래 끌 수 없어서 어제 일단 귀가시켰는데요. 집에서 약을 먹었답니다. 지금 강남 H병원에서 혈액 속에 퍼진 독을 빼려고 신장 투석을 하고 있는데, 회복 여부는 아직 확실치 않다네요. 선희 양 전화가 꺼져 있던데, 혹시라도 연락이 되시면 내일 경찰서에 안와도 된다고 말해주세요. 대질심문을 하려 했는데 피의자가 의식이 없어서 안되겠습니다."

"네, 그렇게 전하겠습니다."

서준이 전화를 끊고 김승태의 음독을 선희에게 전했다.

*

며칠 후 선희가 차에서 내려 강남 H병원 11층 투석실로 올라갔다. 넓은 병실에는 침대가 나란히 놓여 있었는데, 얼굴이 동그랗게 부은 어린 아이들도 간혹 눈에 띄었다. 간호사에게 환자의 이름을 대고서야 구석에 있는 김승태를 찾을 수 있었다.

어제 오후, 병원으로부터 김승태의 상태를 전해들은 선희는 잠을 이룰 수 없었다. 그의 상태가 악화되어 구속 집행은커녕 당장 신장 이식을 하지 않으면 4~5일을 넘기기도 어렵다는 것이다. 김승태의 얼굴은 마치 찐빵처럼 부풀어 올라 눈을 뜨고 있는지 감고 있는지 알 수 없을 지경이었다. 선희를 알아봤는지 바싹 마른 입술을 움직였지만 알아들을 수 없었다. 그의 손목에는 두 개의 굵은 주삿바늘이 꽂혀 있었고 바로 옆에서는 네모난 투석 기계가 돌아가고 있었다. 자세히 보니 주삿바늘 한 개로는 피가 빠져 나오고 다른 한 개로는 피가 몸으로 다시 들어가는 듯싶었다. 왼쪽에는 정수기 필터처럼 생긴 파란 통이 있는데 그 속에서 피가 걸러지는 것 같았다. 선희가 아래층으로 내려가 신장 전문의 전한철이라고 쓰인 의사의 방문을 두드렸다. 머리를 짧게 깎은 의사가 선희를 올려다본 후 자리를 권했다.

"어제 전화 주신 분이죠? 실례지만 환자와 어떤 관계죠?"

의사가 아닌 나무꾼 같은 인상이지만 얼굴에 선한 구석이 있었다. 선희가 어제 전 박사와 통화를 하면서 김승태에게 자신의 신장을 이식할 수 있냐고 물었을 때 전 박사의 대답은 부정적이었다. 설령 선희의 혈액형과 조직형이 환자와 맞다 하더라도 약물로 인한 신장 손상이 심해서 회복하기 어렵다는 이유였다.

"제 오빠예요."

그녀의 말에 의사가 선희를 잠시 쳐다보았다. 남편을 오빠라고 부르는 한국말 때문이었다. 전 박사가 환자의 차트를 들여다본 후 미혼이라고 되어 있는 것을 확인했다.

"친동생이면 일단 신장 공여자로서는 좋은 조건인데, 혈액형은 뭔가요?"

“혈액형은 B형인데 친동생은 아니에요.”

선희가 김승태와는 피가 섞이지 않은 남매라는 것을 설명하자 의사가 고개를 천천히 저었다.

“신장 공여자가 환자와 일란성 쌍둥이면 100% 맞고, 부모 중 한 명이라면 최소한 50%는 맞게 됩니다. 그래서 가족 중에 신장 이식술을 한 경우가 성공률이 높죠. 특히 지금 이 환자는 모든 조건이 잘 맞아도 수술을 결정하기 어려워요.”

“네. 하지만 오빠를 저렇게 놔둘 수는 없어요. 제 조직형을 검사해 주시고 가능하면 수술을 해 주세요.”

선희의 눈에 고인 눈물을 보고 전 박사가 입을 열었다.

“환자와 조직형이 맞는지도 중요하지만 공여자가 신장 한쪽이 없어도 건강한 생활을 할 수 있는지가 더 중요해요.”

“네. 저는 어려서부터 너무 건강해서 감기도 걸리지 않았어요.”

나무꾼이 빙그레 웃은 후 간호사를 불러 피 검사를 지시했다.

선희가 자신의 신장을 주겠다는 결심을 주위에 밝혔을 때 아무도 찬성하지 않았다. 방주도 물론 반대했다. 예수님이 원수를 사랑하라고는 하셨지만, 신장을 준다는 것은 아직 너무 젊은 선희에게 큰 부담이라는 것이다. 수술비용 3천만 원을 김승태가 나중에 줄 사람도 아니고, 무엇보다 앞으로 선희에게 어떤 일이 닥칠지 모르는데 신장이 하나밖에 없으면 불안하다는 것이다. 또 인터넷을 찾아보니 신장을 기증한 사람들 중 부작용으로 간혹 혈압이 오르고 우울증이 생기는 사람도 있다고 했다.

간호사가 먼저 선희의 피를 뽑았다. 바늘을 꽂은 후 자일리톨 껌통만 한 주사통을 바꿔가며 5번 정도 피를 뽑는데, 피 색깔이 투석을 하는 사람보다 어쩐지 더 검게 느껴졌다. 잠시 기다리니 피검사 결과는 합격이라며 나이가 지긋한 간호사의 설명이 이어졌다.

"신장을 주는 사람과 받는 사람 간에 근육 조직 검사를 포함한 수술 가능 여부를 판단하기 위해 3일 정도 입원하셔야 합니다. 검사 비용이 400만 원 정도 되는데 계속 진행하시겠어요?"

선희가 고개를 끄덕인 후 물었다.

"수술 가능 여부는 언제 알 수 있나요?"

"약 열흘 후 검사 결과를 보고 판단합니다. 공여자 신장 두 개 중 어느 쪽 신장을 이식할지, 어떻게 절개하고 수술을 어떻게 진행할 것인지 선생님이 설명해주실 거예요."

흔들리는 새사도신경

'새사도신경, 막달라 마리아와 관련 없는가'

'새사도신경, 중세 신학자들의 작품일 수도'

'새사도신경, 연대 확실치 않다고, 문익진 교수 폭탄 선언'

다음 날 조간신문 문화면 톱에 나온 제목들이었다. 종편 뉴스에도 새사도신경에 대한 문 교수의 발언이 반복적으로 나왔다. 저녁 9시 뉴스에서는 단발머리의 저음 여자 앵커가 어제 인터뷰를 자세히 보도했다. 문익진 교수가 직접 새사도신경 작성 연대의 근거가 되는 「막달라 마리아의 전설」이라는 그림이 위작일 가능성이 있다고 밝혔고, 이에 따라 권위를 인정받던 새사도신경의 위상이 흔들릴 것으로 예상된다는 내용이었다. 언론은 새로운 정보를 전달해야 경쟁에서 살아남고, 그 정보는 튈수록 잘 팔린다. 문 교수의 인터뷰 발언도 그것을 가장 자극적으로 포장해 언론 상품으로 내보낸 것이다. 기사 말미에 적힌 '그림의 사인에 덧칠이 있다고 위작이라고 생각하는 고미술 전문가는 거의 없고 대부분 진품으로 생각한다'는 내용을 주목하는 사람은 없었다.

로빈슨 박사에게 기사 내용을 이메일로 보내고 나니 건강도 안 좋은 분에게 공연한 짓을 했나 걱정이 됐다. 토마스 김의 말대로 중요한 문제도 아닌데 공연히 기자 회견에서 언급을 했다는 후회가 밀려왔다. 하지만 한편으로는 새사도신경의 작성 연대가 콥트어와 직결되어 있고, 콥트어에 대한 작은 문제라도 정확히 밝히는 것이 학자로서의 올바른 자세라고 생각했다. 휴대 전화가 울렸고 방주의 이름이 떴다.

"교수님. 신문에서 너무 일방적인 보도를 하는데 정정 보도를 요청하셔야겠습니다. 제가 최서준 기자와 준비를 해서 각 언론에 돌리겠습니다. 우선 이번 주 『주간시사』에 새사도신경의 작성 연대가 1세기일 가능성이 훨씬 더 크다는 미술 평론가들의 견해를 실을 겁니다."

"나도 이런 식으로 언론에 나올 줄은 몰랐네. 신 목사가 수고 좀 해 주게."

방주와 전화를 끊고 문 교수는 21C기독교광장에 들어갔다. 광장 안에는 벌써 여러 토론자들이 들어와 의견 교환을 하고 있었다.

혹시 새사도신경 연대가 8C라 하더라도 그 내용이 예수님의 뜻에 더 가까우면 누가 만든 것이라도 상관없죠. 마가복음이나 마태복음도 사실 그들이 쓴 것은 아니니까요. - A -

하지만 예수님 시대나 지금이나 사람들은 표적을 원하고 있어요. 사실이 아닌 것을 알면서도 믿음이라는 말로 포장을 하고 여러 사람이 같이 모여 절대화하고 신앙화하면 사람들은 그것을 따르죠. 마가복음보다 먼저 써진 도마복음이 대단히 참신하고 깊이 있는데도 정경에 들어가지 못한 것은 20C에 발견됐기 때문입니다. - B -

네. 저는 지금이라도 신약성경에 도마복음을 넣어야 한다고 생각합니다. 요한계시록 같은 묵시 문학은 잘못 읽으면 부작용이 크죠. 성경을 다시 편찬해야 한다는 용기 있는 신학자가 나올 때가 되었습니다. 교보문고에 〈사람이 책을 만들고 책이 사람을 만든다〉는 표어가 붙어 있죠. 이것은 진행형입니다. 사람과 책이 서로 발전하는 모양이죠. 〈사람이 종교를 만들고 종교가 사람을 만든다〉는 표어를 교회에서는 따를 수 없는 것이 문제입니다. - C -

비판적인 대화도 있었다.

어제 저녁 뉴스를 보고 '올 것이 왔구나' 했어요. 새사도신경은 처음 볼 때부터 현대 신학자들이 모여서 만든 작품처럼 보였어요. 사람들이 이런 새로운 발굴에 열광하는 자체가 우상 숭배예요. 하나님은 천지를 만드신 분이고 초자연적인 분이어야 합니다. 성경에서 기적을 빼면 남는 것은 윤리와 도덕뿐이죠. - D -

네. 저는 새사도신경이 막달라 마리아의 작품이 아닐 수 있다는 말을 듣고 이상하게 안심이 되었어요. 그동안 외웠던 사도신경으로 다시 돌아가야겠어요.
- E -

이런 글들을 보니 그동안 사람들이 새사도신경에 은근히 부담을 느끼고 있었다는 것을 알 수 있었다. 신학계에서는 아직 아무런 반응이 없는데 S교단도 마찬가지였다. 하루걸러 안부 전화를 하던 이 학장도 4~5일째 연락이 없었다. 이메일이 왔다는 사인이 떴고 기다리던 로빈슨 선생이었다.

친애하는 문 교수께
메일 잘 보았소.
작은 일이라도 정직하게 밝히는 것이 학자의 양심이요.
문 교수가 내 제자라는 것이 자랑스럽소.
새사도신경의 발굴은 도마복음처럼 예수님의 작은 발자취일 뿐이오.
앞으로 나보다 더 큰 업적을 남기기 바라오.
- 폴 로빈슨 -

*

방주는 오른쪽 옆구리를 손가락으로 눌러보았다. 인체도감에는 신장이 허리가 아니라 약간 등 쪽으로 올라와 있었고, 주먹만 한 크기의 완두콩 모양으로 2개가 마주보고 있었다. 극구 반대를 했는데도 선희가 신장을 김승태에게 주겠다는 결심을 굽히지 않자, 방주의 고민이 시작됐다. 만약 이식이 어렵다면 더 이상 설득하지 않아도 될 일이고, 두 사람이 피가 섞이지 않았으니 그럴 가능성이 높았다. 하지만 어제 오후, 병원에서 걸려온 전화를 선희 대신 받은 방주는 크게 실망했다. 선희의 조직 검사 결과가 김승태와 마치 친형제처럼 잘 맞는다는 통보였다. 신장 공여에 대한 결심을 확인하는 서류에 곧 서명을 해야 한다면서 상담 간호사가 수술 비용에 대한 몇 가지 설명을 더 했다. 선희의 보험으로는 본인의 검사비와 수술비 등 보험 혜택을 받지 못하고 수혜자인 김승태의 보험으로 청구해야 혜택을 받을 수 있다는 것이었다. 김승태가 보험이 있는지는 알 수 없지만 설령 있다 하더라도 의식이 몽롱한 상태에서 수술 후 결과는 물론 비용에 대해 보험 처리 해줄 거란 보장은 없었다. 선희가 신장을 줄 수 없는 가장 좋은 방법은 김승태가 하루 속히 숨을 거두는 것인데 병원에서 조치를 잘 해서인지 벌써 2주째 생명을 유지하고 있었다.

이런 생각을 하고 있는 자신을 발견하자 방주는 고개를 절레절레 흔들었다. 아무리 상대가 나쁜 사람이라 해도 그가 진심으로 죽기를 바라고 있는 목사 신방주에게 스스로 경악했다. 입만 열면 예수님을 숭배만 하지 말고 그분을 따라야 한다고 했던 자신이 부끄러웠다. 문익진 목사님이 말씀하시던 생사에 대한 정의가 생각났다.

"생사라는 것이 자기가 아니고 자기의 것이 되어야 한다. 생명보다 더 높은 것 그것이 '나'라는 것이 되어야 한다. 나는 그것을 버릴 권한도 있고 찾을 권한도 있다. 죽은 후 언젠가 부활은 희망이지만 생사를 초월하는 부활은 신앙이다."

두 눈이 촉촉해지면서 방주는 일어나 외출 준비를 했다. 잠시 후 S대 병원의 전 박사와 마주 앉은 방주는 선희 대신 자신이 신장을 주고 싶다는 의사를 밝혔다.

"환자와 어떤 관계입니까?"

"그냥 아는 사이인데 같은 남자끼리가 더 이식이 쉽고 부작용이 없지 않을까요?"

의사가 싱긋 웃으며 방주에게 말했다.

"20년간 신장 이식 수술을 했는데 아직 그런 말은 못 들어봤습니다. 지금 환자의 상태가 위중해서 수술을 빨리 하지 않으면 안돼요. 다른 사람 조직 검사 할 시간이 없습니다."

순간적으로 안도의 한숨이 방주의 입에서 나왔다. 무의식적으로 수술을 안 해도 된다는 생각 때문이리라. 생사를 초월하기는커녕 수술도 초월이 안 되는 것이다. 짧은 침묵이 흐른 후 방주가 다시 질문했다.

"신장이 하나 없어도 아무 문제가 없는 건가요? 특히 여성으로서 앞으로 출산도 해야 하고…."

"신장이 하나일 경우 임신중독증이 생기면 문제가 될 수도 있죠. 여성 공여 희망자 이름이 뭐였죠?"

"선희, 오선희입니다."

"네, 지난번 만났을 때 오선희 씨에게도 알린 내용입니다. 또 기증 후에는 건강 보험 가입이 어려울 수 있습니다."

방주가 아무 말이 없자 전 박사가 다시 물었다.

"본인은 혈액형이 뭔가요?"

"네. 저는 O형입니다. 누구에게나 수혈 할 수 있다고 알고 있습니다."

"예전에는 혈액형이 같아야 수술을 했는데, 몇 년 전부터 혈액형이 달라도 수술 성공률이 아주 높아요. 물론 같은 혈액형이 더 좋긴 하죠."

방주가 더 이상 할 말이 없어 그만 인사를 하고 나가려 하는데 간호사가 문을 열고 들어왔다. 그 뒤로 선희가 따라 들어오며 방주와 눈이 마주쳤다.

"어머, 여긴 웬일로…?"

"아. 박사님께 신장 이식에 대해 좀 여쭤볼 게 있어서."

날카로운 선희의 눈길이 방주와 전 박사를 한 번씩 스쳐 지났다.

방주가 제 발이 저려 뒤통수를 어색하게 만졌다.

"신장공여 의향서에 최종 서명하러 왔습니다."

그녀의 목소리가 적십자에 헌혈하러 온 사람 같았다.

선희가 신장공여 의향서에 사인을 했다. 곧이어 보호자동의서를 방주 앞으로 밀어놓았다. 그러지 않아도 부탁하려 했는데, 목사님이 미리 와서 대기하고 있다면서 선희가 해맑게 웃었다. 모든 큰 수술이 그렇듯 환자와 보호자는 병원의 의료사고에 대해 책임을 묻지 않는다는 각서에 사인을 해야 수술을 받을 수 있다. 마취 문제도 시비를 걸지 않는다는 사인을 해야 한다. 방주는 사인을 안 하겠다는 말이 목구멍까지 올라왔지만 곧 3~4장의 각서에 천천히 사인을 하고 선희를 따라 병원 로비를 나섰다.

줄을 서서 기다리고 있는 택시에 올라탄 두 사람에게 기사 아저씨가 물었다.

“어디로 모실까요?”

“충무로 엘리제호텔로 가주세요.”

호텔 맞은편 골목에 이탈리아 음식점 베로나가 있었다. 1시 조금 넘은 시각이라 식당 안은 근처 회사원들로 붐볐다. 5분쯤 서서 기다리자 다행히 두 사람 좌석이 비었다. 얼굴이 동그란 여종업원이 선희를 알아보고 다가와 물었다.

“오늘도 같은 거 드실 거죠?”

“네, 명란파스타 둘 주세요. 어니언수프 하고요.”

선희가 방주에게 묻지도 않고 음식을 시킨 후 다시 입을 열었다.

“오늘이 8천 일이에요. 축하해주세요.”

선희의 미소 사이에 방주의 속눈썹이 몇 번 움직였다.

“아, 오늘이 태어난 지 8천 일 되는 날이군. 축하해. 나는 오늘까지 얼마를 살았는지 기록하지 않은지 꽤 됐어.”

방주의 고개가 숙여졌다.

“목사님이 저 고등학교 2학년 때 오늘을 살라고, 오늘은 영원 속의 오늘을 사는 거라고 하셨는데 목사님이 안 지키시면 어떡해요.”

방주가 아무 대답이 없자 선희가 계속 말했다.

“아마 예수님은 12,000일 정도 사셨겠죠? 사역을 하신 햇수가 1년인지 3년인지 모르지만 참 짧은 삶이었어요. 그래도 그분의 삶은 영원을 사신 것과 같아요. 영원은 시간 속에서 영원히 사는 것이 아니라 무한한 순간 속에서 시간에 앞서 사는 거라고 누가 저에게 말해줬어요.”

"내가 했었지. 여기서 선희에게 포로포즈하면서…."

선희가 무슨 말을 하려는데 방주의 목소리가 커졌다.

"영원이고 뭐고, 우리 수술하지 말자. 우리가 예수님도 아니고 김승태 같은 사람에게 선희가 그런 희생을 할 필요는 없어."

종업원이 가져다준 어니언 수프를 굳은 표정으로 반쯤 먹은 선희가 다시 입을 열었다.

"제가 성경을 보면서 가장 궁금한 사람은 막달라 마리아였어요. 그녀가 창녀 중 한 사람인지, 예수님의 여인 혹은 부인이었는지는 알 수 없어요. 하지만 그녀는 예수님의 제자 중 가장 뛰어난 사람이었다고 생각해요. 왜냐하면 마리아는 예수님의 십자가 처형과 부활의 현장에 항상 있었던 유일한 사람이거든요. 저는 처음 성경을 읽을 때 '원수를 사랑하라'는 말을 보고 가슴이 떨렸어요. 그분의 제자 중 아무도 그 말을 실천하지 못했고 지금 우리도 마찬가지예요. 어쩌면 예수님이 하나님과 동격인 건 인간이 할 수 없는 말씀을 하셔서 그런지도 몰라요. 저는 김승태 변호사가 나의 원수라고 생각했어요. 그 사람은 저와 준기 오빠가 없어지면 자신이 많은 재산을 상속한다는 생각에 그런 터무니없는 일을 저질렀죠. 제가 준기 오빠가 오기 하루 전에 그 집에 납치되었을 때 어떤 일이 있었는지 말해줄게요."

명란파스타가 나왔고 선희의 말이 잠시 멈췄다.

베로나 천장에 달린 스피커에서 슈만의 〈오보에를 위한 3개의 로맨스

[19]〉가 흘러나오기 시작했다. 이 곡은 슈만 특유의 흔들리는 사랑의 모양을, 짧고 독립적인 3악장으로 그려낸 작품이다. 방주의 마음이 잠시 슈만의 멜로디를 따라 움직였다.

"그날, 승태 오빠는 저를 갖고 싶어 했어요."

"원래 계획은 저를 먼저 처치하고 다음날 준기 오빠를 불러 없애는 거였는데, 저를 보고 생각이 바뀐 거죠. 제가 마리아처럼 자신의 발에 향유를 부어주는 사람이라며 자신이 예수님의 현신이라고 했어요. 그날 저는 머리카락으로 승태 오빠의 발을 닦은 후 그와 동침을 했어요. 준기 오빠를 부르지 않고 큰어머니와의 재산 문제도 원만하게 해결하는 조건으로 제 몸을 허락한 거죠. 이 일은 신장 이식과 관계없이 결혼 전에 목사님께 알리려고 했어요."

짧은 침묵이 흘렀다. 방주가 파스타가 감겨 있는 은색 포크를 접시 위로 내려놓았다.

"목사님이 이 일 때문에 저와 결혼을 파기하셔도 할 수 없는 일이에요. 여하튼 승태 오빠는 저와의 약속을 지키지 않고 준기 오빠를 불렀고, 결국 배다른 남매의 치정에 얽힌 자살 사건으로 끝내려 했어요."

"나는 선희가 그런 상황에서 그런 선택을 한 것을 비난할 수 없어. 따라서 우리의 약속도 변할 수 없고."

"고마워요. 목사님은 그러실 줄 알았어요. 그리고 이제, 제가 예수님의 말씀을 실천할 수 있도록 도와주세요. 저는 제 몸에서 신장 하나를

19 Robert Alexander Schumann(1810~1856), Drei Romanzen für Oboe und Klavier Op.94

다른 사람에게 줌으로써 그가 누구든, 사실 우연히 승태 오빠가 되었지만, 그의 생명을 살린다면 제 평생 그 이상의 일을 할 수 없을 거예요. 더욱이 만약 승태 오빠가 나의 원수라면, 지금은 그렇게 생각도 안 하지만, 저는 예수님의 진정한 제자가 되는 거예요. 오늘을 영원히 사는 그분의 제자가 되고 싶어요."

*

며칠 후 신장 이식 수술이 시작되었다.

"다른 사람을 위해, 보이지 않는 장기의 한쪽을 기증하는 것은 신성한 사랑의 실천입니다."

전한철 박사가 수술실에 들어가기 전 방주에게 넌지시 한 말이다. 검사 결과, 선희의 왼쪽 신장을 떼기로 결정했다. 양쪽 신장이 모두 건강하지만 사구체 상태가 약간 더 좋은 왼쪽 신장을 주겠다고 결심한 것도 선희였다. 김승태는 그동안 기적적으로 생명을 유지했고 이틀 전부터 의식이 회복됐다. 선희가 신장을 주기로 했다는 말을 전 박사에게 들으며 눈물을 흘렸다. 하얀 수술 가운과 머리에는 파란 비닐 모자, 왼팔에 수액을 꽂은 채로 이동식 침대에 누워 수술실로 들어가는 선희에게 방주가 말했다.

"내가 열심히 기도할게. 아무 걱정 말고 한잠 푹 잔다고 생각해."

"목사님이 기도하시면 하나도 안 아플 것 같아요. 근데 여기 누워서 이렇게 수술하러 들어가니까 영화 속 주인공 같네요."

침대가 약간 덜컹거리며 수술실 문이 양쪽으로 열렸고 방주가 손가락으로 하트를 만들었다.

선희가 활짝 웃으며 안으로 사라졌다. 방주의 눈에 습기가 찼다. 수술실 앞 복도의 긴 의자로 자리를 옮긴 방주의 귀에 벽시계의 초침 소리가 크게 들렸다. 선희가 먼저 수술실에서 신장을 꺼내야 하기 때문에 김승태는 약 30분 후 수술실로 들어갔다. 태연하고 편안한 얼굴로 이동식 침대에 누워 수술실로 들어가는 김승태를 보니 따라가서 목을 조르고 싶도록 미웠다. 지금 선희는 이 고약한 놈을 위해 수술대에 누워서 배를 가르고 신장 하나를 꺼내고 있을 것이다.

방주는 기도를 할 수 없는 자신을 깨달았다. 거짓말로 시를 쓸 수 없듯이 증오하는 마음으로 기도를 할 수는 없는 것이다. 방주는 그동안 자신을 앞서 나가는 사람으로 생각했고 그렇게 설교했다. 비운사 불상 훼손도 교회 장로님을 대신해 사과했다. 앞으로 기독교는 교리적 예수보다는 역사적 예수를 찾아야 하고 이웃 종교와 함께 가는 기독교가 되어야 한다고 했다. 맞는 말이지만 말로는 말을 다 할 수 없다는 것을 몰랐다. 성경의 경은 '거울 경(鏡)'일 수도 있다. 나를 비추는 거울로 보면서 2천 년 전의 예수가 오늘의 나라고 생각해야 예수를 따를 수 있는 것을 알았다. 어제 아침부터 금식기도를 했지만 배는 고프지 않았다.

잠시 후 덜컹하는 소리와 함께 수술실 문이 열렸고 푸른 옷의 간호사가 급히 나오는 모습이 보였다. 졸음에 겨워 소파에 몸을 반쯤 파묻고 있던 방주가 정신이 번쩍 났다. 시계를 보니 수술을 시작한 지 2시간이 조금 지났다. 간호사가 그에게 다가오며 급하게 말했다.

"오선희 님 보호자 되시죠?"

안 좋은 예감에 '네'라는 말이 간신히 목구멍을 타고 나왔다.

"지금 오선희 씨의 혈압이 떨어지고 있는데 수혈이 안 돼요."

"아니 병원에서 수혈이 안 된다니, 그게 무슨 소리입니까?"

"혈액형이 Rh-인데 우리가 가지고 있는 재고가 없어요. 컴퓨터상으로는 이틀치가 있는데 며칠 전 수술 후 업데이트를 안 했나 봐요."

간호사가 급히 복도 한쪽으로 사라졌고 방주의 입안이 타들어갔다. 심장이 벌떡벌떡 뛰며 귀를 쿵쿵 울렸다. 방주는 눈을 감고 기도를 했다.

"하느님, 살려주세요. 지금 선희가 수혈이 절실히 필요합니다. 선희 같이 착한 사람은 하나님이 반드시 살려주셔야 합니다!"

방주는 숨이 막혀서 더 이상 다른 말을 할 수가 없었다. 시간은 얼어붙었는데 몸이 떨렸다. 예리한 통증이 머리를 관통했고 공허한 절규가 심장을 울렸다. 십자가의 예수님이 선희의 모습과 겹치며 떠올랐다. 엠마오 가는 길에서 글로버가 만난 나그네가 바로 선희였다. 막달라 마리아가 무덤가에서 만난 청지기가 바로 선희였다. 내가 만난 선희가 바로 예수였다.

〈유언장〉

유언자: 오선희 (960515-20063XX)

*장기와 시신 기증

본인 오선희는 죽음을 맞이하였을 때 안구와 기증할 수 있는 장기를 모두 기증합니다.

*장례

장례식은 따로 하지 마시고 엄마가 좋아하던 찬송가 〈만세 반석 열리니〉 등을 부르시고 시신은 화장해 엄마의 수목장 나무 옆에 안장해 주세요.

*재산

제 이름으로 되어 있는 현재 거주하고 있는 아파트는 새빛교회에 기증하고자 합니다. 신방주 목사님께서 유언집행자로서 수고해주시면 감사하겠습니다.

*주의사항

제가 의학적 소생이 불가능한 식물인간일 때 기계적 소생 방법은 원하지 않습니다.

*좋아하는 찬송

〈주 음성 외에는〉, 〈저 장미꽃 위에 이슬〉, 〈내 영혼에 햇빛 비치니〉

2018년 1월 1일 오선희

그녀가 사망한 후 휴대 전화 커버 속에서 이러한 유언장이 발견됐다. 그녀의 엄마가 교통사고로 세상을 떠난 지 반년 만이었다. 그녀가 세상에서 산 기간은 8005일이었다.

*

두 달 후 방주의 1심 재판 결과가 무죄로 나왔다. 키스를 했다는 자수서를 제출한 것이 오히려 재판에 도움이 되었다. 요즘은 미투 열풍이 불고 있고 이것은 우리 사회의 자정 능력을 회복하는 바람직한 캠페인이지만 옥석을 구분해야 한다는 판결문이었다. 검찰도 항소를 하지 않았고 방주가 구속되었던 43일간 하루에 10만 원씩 430만 원을 국가에서 보상받을 수 있게 됐다. 신 장로 주변의 여러 사람들이 축하를 해줬다. 신 목사가 그런 짓을 했다고는 추호도 생각하지 않았다며 하나님의 오묘하신 섭리를 찬양했다. 하루에 10만 원이면 썩 좋은 대우는 아니지만, 숙식을 제공받고 그만하면 괜찮다는 우스갯소리도 있었다. 방주는 예상 밖의 좋은 결과에 안도하면서도 교회에서 계속 일을 해야 할지 고민이었다. 법정 구속은 안 되더라도 집행 유예나 벌금이 나와서 유죄가 되면 자연스럽게 교회를 떠나려고 했는데, 계획에 차질이 생겼다. 기독교 신문에서 방주의 무죄 선고를 비교적 크게 다뤘다.

방주가 고전음악감상실 필하모니에 약속 시간보다 조금 일찍 도착했다. 어려서부터 생각의 실타래가 풀리지 않거나 어려운 결정을 앞두고 음악을 듣는 습관이 있었다. 얼굴을 아는 DJ에게 푸르트벵글러가 지휘하는 베를린 심포니의 연주로 브람스 교향곡 1번[20]을 신청했다. 작년 여름 선희와 베로나에서 만나던 날 서준과 여기서 잠깐 만났던 기억이 났다. 성경에 예수님 할아버지 이름이 다르다며 눈을 동그랗게 뜨고 묻던 그의 얼굴이 떠올라 슬며시 웃음이 나왔다.

가슴을 때리는 팀파니 소리가 천천히 울리며 푸르트벵글러의 브람스

20 Johannes Brahms(1833~1897), Symphony No. 1 C minor op. 68

1번이 흐르기 시작했다. 대중가요도 그렇지만 음악은 느리게 연주하기가 어렵다. 자칫 잘못하다가 음악이 처지고 맥이 없기 때문이다. 브람스가 처음 구상으로부터 20여 년이 지나 완성한 〈교향곡 1번〉은 베토벤 10번이라는 찬사를 받았다. 당시 최고의 지휘자 한스 폰 뷜로는 "브람스 1번은 고난을 극복하고 승리로 향하는 숭고한 인간 정신의 표출로 베토벤의 맥을 이었다. 마치 베토벤에게 10번째 교향곡이 생긴 것 같다."고 말했다. 휘몰아치는 운명의 물결을 멀리서 관조하는 듯한 1악장이 거의 끝나갈 무렵 서준의 모습이 보였다. 방주가 손을 들었고 서준이 다가와 앞자리에 앉았다.

"이 음악 듣고 있을 것 같더라."

언젠가 서준에게 브람스 교향곡 1번을 좋아하는 이유를 말해주었다. 머리가 복잡하고 고민이 많을 때 자신보다 더 힘든 사람의 이야기를 들으면 상대적으로 위안이 되듯이 브람스의 음악에는 자신을 푸근히 품어주는 감동의 깊이가 있었다.

"바쁜 사람을 나오라고 했네."

"천만에. 무죄판결을 축하해줘야 하는데 어떻게 하지?"

방주가 대답 대신 커피를 입으로 가져갔다.

"한 가지 물어볼게. 목사로서 남녀의 사랑에 대해 어떻게 생각하나?"

서준의 질문에 방주는 잠시 침묵했다.

"남녀 간의 사랑은 지순한 신앙과 맥이 통하지. 인간의 지극한 소망을 파고들면 결국 종교적 단계에 도달하는 것처럼, 사랑을 할 때 순수해지고 자기를 잊는 경지에 도달하니까. 예수님도 그런 경험이 있으셨겠지."

"예수님은 결혼을 안 하셨잖아?"

"그건 확실히 알 수 없어. 당시 신체 건강한 랍비는 나이가 20살이 넘으면 대부분 결혼을 했어. 물론 그분의 결혼에 대해 성경에 아무 기록이 없어서 결혼을 안 하셨다고 주장하는 사람들도 있지만 절대적인 것은 아니야. 만일 예수님이 결혼을 하지 않았다면 당시의 관습상 아주 특별한 일로써 오히려 성경에 언급이 되었을지도 모르지."

"그럼 어느 소설에 나오는 것처럼 막달라 마리아가 예수의 부인이라고 생각해?"

"그럴 가능성이 전혀 없지는 않지. 왜냐하면 성경에 베드로가 제자들 중 맨 앞에 있듯이 막달라 마리아가 여성들 중 맨 앞에 기록되고 십자가 처형 때나 무덤에 찾아갈 때도 막달라 마리아가 제일 앞장섰다고 기록되어 있잖아. 막달라 마리아는 갈릴리부터 유대 지방까지 시녀처럼 예수를 따라다녔는데, 당시의 유대 지방 관습으로는 결혼하지 않은 여인이 남자와 장거리 여행을 하는 것은 생각하기 어려운 일이었지. 물론 그녀가 부인이었다고 단정할 수는 없어."

*

"성경 공부 쉽게 하는 방법을 알려드릴게요. 제 설교만 받아 적고 외우고 주구장창 반복하세요. 또 주일날 설교한 거, 주보 뒤에 요약 나오지요? 이걸 다시 보고 그 말씀을 3번 이상 다시 나누도록 하세요. 성경이나 주석 찾아서 보면 시험 들어요. 그냥 '믿습니다' 하고 믿으세요. 그러니까 제가 하라는 대로 순종하세요. 이해되시지요?"

이동구 학장이 Y 신학대 채플 시간에 설교하면서 강조한 내용이다. 예배당은 문 교수가 떠난 후 신도가 조금씩 줄더니 이제 빈자리가 여기저기 보였다. 이 학장은 코미디언 같은 모션과 말투로 사람들을 웃기길 좋아한다. 젊은 학생들 대신 동네 어르신들이 많이 참석했다.

"또 어떤 사람들은 십일조에 대해 은근히 거부감이 있는데, 그럼 못써요. 오늘 내가 십일조에 대해 확실하게 알려줄게요. 말라기 3장 10절 말씀에 이렇게 나와 있습니다. '만군의 여호와가 이르노라. 너희의 온전한 십일조를 창고에 들여 나의 집에 양식이 있게 하고 그것으로 나를 시험하여, 내가 하늘 문을 열고 너희에게 복을 쌓을 곳이 없도록 붓지 아니하나 보라'라고 말입니다. 하나님께서는 이스라엘이라는 하나님의 교회가 건실하게 전진해 나갈 수 있도록 구약시대에 십일조 제도를 세우셨습니다. 그리고 말라기에서 '내가 세운 십일조 제도를 회복하는 행함을 보임으로써 회개의 증거를 드러내라'라고 하신 것입니다. 바로 이것, 회개가 십일조의 주제입니다."

이동구가 옆으로 늘어진 머리카락을 조심스레 올리며 이어나갔다.

"십일조가 처음 기록된 것은 아브라함이 멜기세덱에게 드린 것입니다. 잘 들어보세요. 창세기 14장 19~20절입니다. '19 그가 아브람에게 축복하여 가로되 천지의 주재시요, 지극히 높으신 하나님이여 아브람에게 복을 주옵소서 20 너희 대적을 네 손에 붙이신 지극히 높으신 하나님을 찬송할찌로다 하매 아브람이 그 얻은 것에서 십분의 일을 멜기세덱에게 주었더라' 이제 확실히 아시겠지요? 십일조는 하나님의 복음사업에 사용키 위한 것으로 하나님의 사업에 동참한다는 의미이며 천국 백성의 의무가 되는 것입니다. 쉽게 설명하면 국민의 4대 의무와 같은 겁니다. 세금은 누구를 위한 것인가요? 이 나라와 국민을 위해 쓰이는 것입니다. 십일조도 마찬가지입니다. 십일조를 내지 않으면 교회를 어떻게 운영합니까? 선교는 어떻게 합니까? 목사님들 월급은 어떻게 줍니까?"

이동구 학장의 목소리가 살짝 울먹였다.

"그러니까 십일조는 꼭 하셔야겠습니다. 확실히 이해되시지요? 또 어떤 사람들은 연말 정산할 때 십일조 영수증을 달라고 해요. 그런데 이 사람들 중 여기 교회 등록 교인이 아닌 사람들도 있어요. 십일조를 하나님께 순수한 마음으로 드리지 않고 세금 감면이 목적인 사람들 역시 많습니다. 하나님이 기뻐하시지 않겠지요. 또 가끔 공부 좀 했다는 사람들이 과학과 다른 성경의 내용을 신화나 상징이라고 적당히 생각합니다. 하지만 과학도 깨지고 변합니다. 추측이나 가정을 옳은 것으로 발표해서는 안 되지요. 원숭이가 사람이 되었다면 지금의 원숭이 중 왜 사람이 되는 것은 한 마리도 없을까요?"

이 학장이 스스로 고개를 몇 번 끄덕이고 계속 말했다.

"이는 확증된 과학 이론이 아니기 때문입니다. 맞아, 안 맞아요?"

또 어떤 신학자들은 외국에서 공부 좀 했다고 하나님보다 인간 위주의 신학을 합니다. 그걸 어떻게 알 수 있느냐 하면, 예수님을 자꾸 인간 쪽으로 가깝게 하는 거예요. 만약 사람의 씨에서 예수님이 태어나셨다면 구세주가 될 수 없죠. 어찌하여 성령이 오셨는데 모든 것을 그분께 맡기지 않고 사람 머리를 씁니까. 나는 그런 사람들에게 묻고 싶습니다. 그렇게 지옥이 가고 싶은가? 이제 마귀 노릇 그만하고 하나님께로 돌아오시오. 진실로 회개하고 예수님을 만나세요. 할렐루야~ 사도 바울도 예수 믿는 사람들 죽이러 다니다 예수님 만났잖아요. 당신도 아직 죽지 않고 살아 있으니 기회가 있습니다. 바알세불 노릇 하는 신학자들은 회개하시오. 아멘! 할렐루야~"

분위기에 취해서 이동구 학장의 목소리가 높아졌다.

"예수님 좋아하시는 분, '아멘' 하시고~"

예배당에 있는 사람들 중 반 정도가 아멘 소리를 냈다.

"하나님 좋아하시는 분, '아멘' 하시고~"

아멘 소리가 약간 더 크게 울렸다.

*

브람스 교향곡 1번의 끝자락에 팀파니가 멀리서 다시 등장하고, 바이올린의 화려한 리드를 따라 현악기 전체가 약동하며 음악은 클라이맥스를 향해 큰 볼륨으로 솟구치고 있었다. 두 사람은 대화를 멈추고 브람스가 끝나기를 기다렸다. 잠시 후 음악의 여운이 사라지자 서준이 차분한 목소리로 이야기를 꺼냈다.

"이제 무죄가 되었으니 자네는 목회를 계속 해야겠지?"

"나는 목사지만 전능하신 초자연적 하나님을 의지하지는 않네. 기존의 기독교 예배 방식은 초자연적 신을 기쁘게 하기 위한 여흥 순서와 비슷하지. 불안에서 벗어나기 위한 자기기만, 사실이 아닌 것을 알면서 입으로는 '믿습니다'를 외치는 위선 아닌가. 하늘에서 그들을 돌봐줄 초자연적 하나님께 기도하는 것을 전통 기독교라 한다면, 진리가 그들의 제일 목표가 아닌 것은 확실하네."

가볍게 한숨을 내쉬고 서준이 반문했다.

"음, 21세기 이후에는 과연 어떤 종교가 살아남을까? 1세기 유대 땅에서 생기고, 4세기 로마를 점령하고, 13세기 서구 문명을 지배하고 16세기 종교 개혁의 진통을 겪고, 21세기 이후 교세가 급격히 줄어드는 전통 기독교는 앞으로 어떻게 될까? 유럽의 선진국 중 기독교 인구가 10%도 안 되는 나라가 많고 우리나라도 이제 20% 정도밖에 안 될 거야. 난 그래도 어린 시절 어머니 손을 붙잡고 다니던 교회가 좋더라."

"나도 그럴 때가 있어. 하지만 이제 어린 시절의 익숙하고 평안한 하나님으로 돌아가기는 힘들지. 이러한 하늘의 하나님은 우리를 수동적 의존 상태에 끝없이 머물게 하지. 전통 기독교의 가장 큰 모순은 주장의 근거를 자신에게 둔다는 거야. 즉 성경이 하나님의 말씀이라는 것을 믿어야 하는 이유는 오직 성경에 그렇게 나와 있기 때문이라는 건데… 그래서 근본주의자들은 성경이 일점일획도 틀림없는 하나님의 말씀이라고 아직도 주장하고 있네. 하지만 부분적인 어떤 글귀 하나에 매달려 위안을 받는 것은 오래 가지 못해. 참된 종교는 인생의 불완전성을 끌어안은 채 용기를 가지고 사는 힘, 그 자체가 아닐까?"

"나는 어려서 읽은 파스칼의 팡세가 아직도 기억나. 그중에 소위 '파스칼의 내기'라는 것을 자네도 잘 알지? 과연 신이 있느냐 없느냐의 내기에서 신을 믿었다면 다행이지만 만일 신을 믿지 않고 죽으면 지옥에 가니까… 확률상으로 볼 때 신이 있다는 쪽에 거는 편이 내기에서 이길 확률이 높다는 주장이지. 죽은 후는 어차피 모르니까 밑져야 본전이라는 건데, 일리 있지 않나?"

방주가 빙긋이 웃었다.

"응, 나도 고등학생 때는 그럴 듯하다고 생각했었어. 하지만 파스칼이 말하는 그 신은 오직 가톨릭의 신을 믿는 사람들만 천국으로 받아들이고 다른 사람들의 생명은 영원한 지옥으로 가게 내버려두는 상당히 속좁은 신이야. 더욱이 아직 프랑스에서는 가톨릭이 개신교를 별로 인정하지 않을 때였어. 따라서 '파스칼의 내기' 자체가 허술한 가정 위에 세워진 것이지."

"그런 면이 있군."

서준이 고개를 끄덕였고 방주의 말이 계속됐다.

"영생을 바라는 인간은 최근 다른 내기를 개발했지. 바로 냉동 보존술인데, 몸을 얼려뒀다가 완치 가능한 미래에 다시 깨워 치유를 받는 쪽에 내기를 거는 거야. 20만 달러 정도 비용이 든다는데 돈이 많으면 별로 아깝지 않겠지. 왜냐하면 이는 불확실한 천국이 아닌 지구상에서 계속적인 생명을 보장받는 거니까. 그런데 만약 영혼은 천국에 있는데, 냉동된 몸이 깨어나면 어떻게 되는 거지? 소설 소재로 재미있을 것 같지 않아? 물론 현재의 인체의 냉동 보존 기술에 대한 얘기들, 특히 뇌를 다시 살리는 것은 의학이 아무리 발달해도 불가능하다는 의견이 많지만, 무신론자들에게는 파스칼의 내기보다 매력적일 거야. 물론 유신론에 내기를 걸든 무신론에 내기를 걸든 우리 스스로의 영생에 대한 집착에 지나지 않는 거지만 말야."

"맞아. 전도서에도 '인간은 영원을 사모하지만 그 시종을 알 수 없게 하나님이 만드셨다'고 했지. 어쩌면 파스칼의 내기와 인체 냉동술은 유무신론을 떠나서 같은 종류의 보험 같은 거 아닐까? 전능하신 여호와 하나님과 미래의 의술 중 어느 쪽이 더 좋은 보험 회사인지… 아니면 두 가지 보험에 다 들면 어떨까?"

서준의 농담에 방주가 환하게 웃었다.

"작년 봄, 자네가 주동했던 비운사 불상 복원 사업은 잘 마무리 됐다고 들었어. 앞으로 종교 간의 대화 모임도 계속 추진할 거지?"

"사실 우리는 종교 간의 대화, 그 이상을 해야지. 다른 종교에 대해 우리가 잘못 알고 있는 부분도 있었다고 솔직하게 인정할 수 있는 용기가 필요해. 내 종교만 옳다는 것은 종교의 근본정신에 어긋나지 않을까? 성숙한 신앙에 없어서는 안 될 핵심적인 요소는 바로 어느 정도의 불확실성이지. 이것은 말로 할 수 없지만 스스로 드러나는 것 같아. 불확실성의 신비…."

*

서울 제일 감리교단 15대 총회장에 이동구 학장이 선출됐다. 기독교 주간 신문 1면에 활짝 웃는 둥그런 얼굴과 함께 인터뷰 기사가 크게 났다.

기자: 이동구 총회장님, 당선 소감 한 말씀 해 주시죠.

이 학장: 모든 영광을 하나님께 돌립니다.

기자: 앞으로 최고 교단을 이끌어 가시는 중요한 책임을 맡으셨

는데 어떤 구상과 각오를 하시나요?
이 학장: 우선 저부터 그간의 잘못을 자복하고, '죽으면 죽으리라'의 일념으로 금식하며 기도하겠습니다. 그리하여 이 나라, 이 민족, 모든 교회와 성도의 삶에 부흥과 기적을 경험하도록 간구하겠습니다. 교단 차원에서는 우선 바른 신앙을 한 발자국도 양보하지 않는 기본을 굳세게 지키겠습니다. 이러한 굳건한 믿음을 바탕으로 천이백만 성도님들, 삼십만 목회자님들과 함께 우리 교단을 하나님께 바치겠습니다.
기자: 개신 교회에 대한 신뢰도가 몇 년 새 급격히 떨어졌습니다. 어떻게 생각하시는지요?
이 학장: 모든 게 저를 비롯한 목회자들의 탓입니다. 하지만 이러한 위기감이 너무 부풀려진 면도 없지 않습니다. 너무 자책성 비판을 심하게 하는 것도 은혜가 안 되지요. 최근 우리나라의 기독교 성장세가 약간 주춤하긴 하지만 아직도 한국은 미국 다음으로 세계 여러 나라에 선교사를 많이 파견하고 있습니다. 저는 우리 기독교의 앞날에 무궁한 발전과 영광이 예비되어 있다고 분명히 믿습니다.
기자: 국내외 정세가 최근 10년 사이 엄청나게 변하고 있습니다. 많은 기독교인들은 작금의 상황을 위기로 인식하고 있는데 총회장님은 여유가 있으시네요. 특히 정치사회적인 변화가 보수적 기독교의 가치와 충돌하고 있습니다.
이 학장: 네 무슨 말씀인지 알겠습니다. 우리 기독교는 이 세상

의 악과 싸우는 마지막 보루로서 '빛과 소금'의 직분을 끝까지 다해야 합니다. 가족과 사회 공동체의 미덕이 붕괴되어 가는 가운데, 우리 기독교인은 사랑으로 더불어 같이 사는 가치관을 회복하고, 세상에 파송된 선교사로서의 역할을 감당하기 위한 솔로몬의 지혜를 모아야 합니다.

기자: 최근 새사도신경이 발굴되었는데 교단의 입장은 어떠신가요?

이 학장: 그 문제에 대해서는 좀 더 시간이 필요합니다. 다만 작성 시기가 1세기의 것이 아니라면 교회 입장에서는 재검토를 해봐야겠지요.

기자: 마지막으로 총회장님은 Y대학의 학장도 겸임하실 생각이신가요?

이 학장: 아니지요. 학교 일은 문익진 교수님 같은 능력 있고 저명하신 분이 해주셔야지요. 저는 감리 교단 일만 열심히 하겠습니다.

인터뷰는 이렇게 끝나 있었다.

신문을 읽은 방주가 문 교수에게 물었다.

"교수님이 이제 우리 대학 학장을 하시는 건가요?"

대답 대신 책상 위에 있는 누런 봉투를 문 교수가 내밀었다. 내용증명으로 배달된 등기 서류였다.

문익진 교수님

그동안 Y대학을 위해 헌신적으로 애써주신 것에 진심으로 감사 드립니다.
이번 학기를 끝으로 더 이상 모시지 못하게 되어서 유감입니다.
문 교수님의 앞날에 하나님의 은혜가 함께 하시기를 기원합니다.
Y대 학장 이동구 드림

고개를 숙인 방주의 입에서 가벼운 한숨이 새어 나왔고 문 교수가 화제를 바꾸었다.

"신 목사는 앞으로 새빛교회에서 계속 사역을 할 건가?"

"네, 교회를 떠나지는 않으려 합니다."

방주의 목소리가 밝았다.

"잘 생각했네. 신 장로님이 좋아하시겠구만. 무죄가 됐으니 학교에서도 계속 강의할 수 있을 거야."

"학교는 작년에 비운사 불상 훼손 모금을 제가 주도했기 때문에 재계약에서 이미 탈락했습니다. 소송을 걸자는 사람도 있었지만 그럴 생각은 없고요. 문 교수님이 학장이 되시면 혹 모르죠."

"내가 도와줄 게 아무 것도 없어서 미안하네."

"아닙니다. 제가 새빛교회에 다시 나가기로 결정한 이유는 새사도신경 때문입니다. 교회를 떠날까 고심하다가, 새사도신경을 알리기 위해서라도 전통 교회 속으로 다시 들어가기로 했습니다."

문 교수가 입가에 얇은 미소를 띠며 말했다.

"복음주의 교회는 자칫 근본주의에 빠지기 쉽지. 그 안에서 실망하고 기독교를 떠나려는 사람들에게 이런 사도신경도 있다는 것을 알려주면 도움이 될 거야. 안식일이 사람을 위해 있는 것처럼 사도신경도 사람을 위해 있어야 해. 2천 년 전 성경의 결론은 요한계시록 마지막 대목이었지. '내가 진실로 속히 오리라' 하신 예수님의 말씀이네. 하지만 2천 년이 지난 지금, 하늘로부터 구름과 함께 내려오시는 예수님의 모습을 보여주면 대부분의 젊은이들은 웃는다네. 이제 기독교는 재림을 기다리며 현실을 외면하고 천당에 가자는 기다림 공동체에서, 오늘 여기서 우리의 삶을 서로 사랑하자는 생명문화공동체로 방향이 바뀌어야 하네. 이해 안 되는 문자주의에서 해방되는 큰 기쁨을 누리며, 오늘을 위한 그리스도를 탐구하는 좁은 길을 계속 걸어 나가세. 새사도신경은 이러한 교리와 종교를 초월한 기독교, 예수님을 바로 아는 기독교로 나가는 디딤돌이 될 거야."

"네, 저도 기존 교회를 떠나지는 않으면서, 교수님과 21C기독교광장에서 새사도신경에 대한 의미를 계속 탐구하고 싶습니다. 그러다 보면 사도신경 대신 새사도신경을 외우는 젊은이들이 생겨나겠지요."

내가 바라보는 예수님

올봄 서울 최고의 이탈리안 레스토랑으로 '베로나'가 뽑혔다. 『주간시사』 담당 기자가 주방장에게 음식 맛의 비결을 물었다.

"요즘은 워낙 경쟁이 심해서 단순히 음식 맛으로는 서울 최고의 식당이 될 수 없어요. 손님들은 대부분 까다롭기 때문에 맛은 물론이고 인테리어를 비롯한 환경에 예민하죠. 너무 화려한 샹들리에나 빛나는 금빛 가구는 식사에 도움이 안 되고, 강한 향수나 꽃 냄새도 미각에 방해가 됩니다. 파스타는 동그랗게 약간 모자란 듯 하얀 그릇에 담고, 그 위에 소스를 흐르는 느낌으로 부어주는 것이 중요합니다. 피자도 도우를 얇게 만들고 토핑을 과다하지 않게 해야 좋습니다. 맥주같이 차게 마시는 음료는 혀를 마비시켜 음식 맛을 느끼기 어렵게 만들기 때문에 우리는 여름이 지나면 제공하지 않습니다. 또 스트로도 사용하지 않는데, 이것으로 마시면 음료수의 냄새를 잘 못 맡기 때문이죠."

최서준은 자신의 후임 기자가 쓴 기사를 읽으며 치즈케이크 한쪽을 다 먹었다. 손준기가 전 천년설에 의거해 믿었던 휴거는 오지 않았고, 하늘은 계속 파랗고 흰 구름도 둥실 떠다녔다. 미세먼지와 중국발 황사가 심한 날은 있었지만 하늘에서 누가 내려오는 기미는 없었다. 준기가 심히 고심하다가 내린 결론은 다음과 같았다.

'사실은 내가 김승태를 만난 날 이미 휴거는 일어난 것이다. 그날 예수님은 오셨고, 아무도 모르게 오신 것은 우리의 신앙을 시험하기 위해서이다. 알곡과 가라지를 거르는 과정이 시작된 것이다. 눈에 보이는 것을 믿는 자들은 패배자고, 안 보이는 것을 믿는 자들은 승리자다. 이제 지상에서 남녀가 결혼할 필요도 없고, 선택받은 14만 4천 명은 죽음을 맛보지 않을 것이다.'

김승태는 성공적인 신장 이식 수술을 받은 후 동부구치소에 수감돼 재판을 받고 있다. 신방주는 새빛교회에 평신도로 다시 나가면서 21C기독교광장에 글을 올렸다.

내가 바라보는 예수

로마 기독교는 우리에게 왜곡된 예수님을 전달했다.

이러한 교리적 기독교는 이해 불가능한 언어와 문자주의로 오히려 우리를 그의 가르침에서 멀어지게 한다.

이제 예수님을 교리에서 해방시킴으로써 생명의 충만함으로 우리에게 다가오는 그분의 목소리를 들을 수 있다.

그분은 온전한 인간성으로 하나님의 의미를 전달했기에 당시의 제자들

은 하나님이 그리스도 안에 계셨다고 외친 것이다.

예수님의 이야기에서 삶이 죽음을 변화시킨 것은 인간 예수 안에 펼쳐진 신성으로 말미암은 것이고 신성은 곧 온전한 인간성이다.

그의 글에 댓글이 많이 달렸고 어느 시인의 시와 새사도신경을 방주가 차례로 첨부하였다.

오소서 갈릴리의 예수여

2천 년 전 갈리리 호숫가에서 '마음이 가난한 자는 복이 있다' 고 하신 예수여

지금 갈라진 우리 마음에 은혜로 오소서

제자들에게 나보다 더 큰일도 하리라 말씀하신 예수여

지금 우리가 더 큰일을 해야 하니 사랑의 능력으로 오소서

우리는 당신을 언제 잃어버렸습니까

당신을 하나님으로 숭배하고, 유대인을 저주하고, 상대방을 이단이라며 화형에 처하고, 선교와 개종이 비극과 폭력이 되고, 종교가 다르다고 전쟁을 일으킨 때입니까

아니면 당신이 물 위를 걸은 것이 우리의 과학과 충돌하여 더 이상 문자 그대로 믿을 수 없고, 창세기 신화가 우리는 죄인이고 인간의 본성이 악하다고 강요한 때입니까

이런 일들은 당신이 원하는 것이 아니었는데, 우리는 당신을 왜곡하고 매장하여, 이제까지 당신의 부활을 방해하였습니다.

이제 당신은 사랑의 원천, 생명의 근원, 존재의 근본으로 우리에게 오소서

우리 한 사람 한 사람의 발자국이 하나님으로 향하는 당신의 걸음을 따르게 하소서

새사도신경

존재의 근원이신 하나님을 내가 믿사오며 선한 목자 예수님을 따르오니

이는 병든 자를 고쳐주시고 마음이 가난한 자는 복이 있다 하시고

안식일이 사람을 위해 있다 하시고 원수를 용서하셨는데

이를 용서할 수 없는 사람들에게 고난을 받으사

십자가에 못 박혀 죽으시고 장사한지 사흘 만에 제자들에게 다시 살아나시어

생명의 확장과 사랑의 충만으로 하나님의 빛을 온 세상에 비추셨나이다.

이제 예수님이 내 안에 계시어 내가 부활의 증인이 되는 것과

모든 생명이 서로 통하는 것과 우리가 이 땅에 사는 동안

서로 사랑함으로 영원히 사는 것을 믿사옵나이다. 아멘.

클라우디우스 5년, 예수님의 제자 마리아, 수산나, 도마, 시몬, 빌립

끝

갈릴리 호수

주요 참고문헌

33인에게 배우는 설교 - 문성모

A new christianity for a new world - john shelby Spong

Here I stand - john shelby Spong

가난한 예수 - 김근수

고통의 시대 자비를 생각한다 - 서공석 외

광신자 치유 - 아모스 오즈

교회 다시 살리기 - 존 캅

교회의 종말 - 버틀러 배스

구원이란 무엇인가 - 김세윤

그리스도교의 아주 큰 전환 - 프리초프 카프라

그리스도를 본받아 - 토마스 아 켐피스

급진적 자유주의자들 - 김진호

기도가 당신의 인생을 바꾼다 - 윌리암 파커

기독교 초대교회 형성사 - 루돌프 불트만

기독교의 역사 - 알리스터 맥그래스

길에서 주운 생각들 - 이현주

길은 달라도 같은 산을 오른다 - 길희성

깊은 강 - 엔도 슈사쿠

나를 만지지 마라 - 장 뤽 낭시

내게 찾아온 은총 - 김경재 외

내면세계의 질서와 영적 성장 - 고든 맥도날드

너희도 신처럼 되리라 - 에리히 프롬

놀라운 하나님의 은혜 - 필립 얀시

도마복음 한글 역주 - 도올

또 다른 예수 - 오강남

마이스터 에크하르트 - 블래크니

만들어진 예수 참 사람 예수 - 스퐁

무신론자들의 망상 - 데이비드 하트

물 밑에서 숨쉬기 - 리차드 로어

미국의 반지성주의 - 리차드 호프스테터

바벨탑과 떠돌이 - 문동환

바울 - 귄터 보른캄

본회퍼의 선데이 - 본회퍼

불교 기독교를 논하다 - 이제열

비종교적 삶의 길 - 이영희

빈탕 한데 맞혀 놀이 - 이정배

빌라도와 예수 - 조르조 아감벤

빛 힘 숨 - 김흥호

사도신경 살아내기 - 홍정수

사람의 아들 예수 - 칼릴 지브란

사해두루마리의 미스터리와 의미 - 허셜 생크스

삶을 긍정하는 허무주의 - 박이문 정수복

성서 역사와 만나다 - 야로슬라프 펠리칸

세속도시 - 하비콕스

신구약 중간사 - 조병호

신 없이 어떻게 죽을 것인가 - 크리스토퍼 히친스

신에게 솔직히 - 존 로빈슨

신을 옹호하다 - 테리 이글턴

신자들도 모르는 종교에 관한 50가지 오해 - 존 모리얼 타마라 손

신화와 인생 - 조지프 캠벨

아시모프의 바이블 - 아시모프

아직도 교회 다니십니까 - 길희성

예루살렘 전기 - 몬티피오리

예수 선생으로 만나다 - 한인철

예수의 역사 - J D 크로산

예수냐 바울이냐 - 문동환

예수는 실제로 무슨 말씀을 하셨을까 - 크리거

예수는 어떻게 신이 되었나 - 바트 어만

예수님의 숨겨진 메시지 - 브라이언 맥클라렌

예수복음 - 주제 사라마구

예수에 대한 다양한 이해 - 마크 앨런 파울

예수에게 솔직히 - 로버크 펑크

예수와 다석 - 박영호

예수의 비폭력 저항 - 월터 윙크

예수의 생애 - 에르네스트 르낭

예언자들 - 아브라함 헤셸

왜 나는 아직도 기독교를 믿는가 - 한스 큉

요한 제바스티안 바하를 묻고 답하다 - 문성모

우상의 황혼 - 니체

이현주의 생각대로 성경읽기 - 이현주

이단논쟁 - 목창균

젤롯 - 레자 아슬란

존재의 용기 - 폴 틸리히

종교 다원주의의 유형 - 한인철

종교 바깥에서 의미를 찾다 - 앤드류 커노한

종교 심층을 보다 - 오강남

종교개혁 그리고 이후 5백년 - 라은성 외

종교시장의 이해 - 유광석

종교신학 입문 - 폴 니터

종교와 인간 - 서광선

종교의 미래 - 하비 콕스

종교의 종말 - 샘 해리스

초기 그리스도교의 사회사 - 에케하르트 슈테게만

최후의 유혹 - 니코스 카잔차키스

카렌 암스트롱의 바울 다시 읽기 - 암스트롱

켄 윌버와 신학 - 이정배

크리스찬이 본 중근동 - 이시호

톨스토이 요약복음서 - 톨스토이

폴 틸리히와 칼 바르트의 대화 - 정성민

하나님은 어떻게 예수가 되셨나 - 마이클 버드 외

현대 종교의 다양성 - 찰스 테일러

현대신학논쟁 - 목창균

예수의 할아버지

초판 1쇄 발행 2020년 8월 25일
3쇄 발행 2023년 1월 31일

지은이 최원영
펴낸이 이기봉
편집 좋은땅 편집팀
펴낸곳 도서출판 좋은땅
주소 서울특별시 마포구 양화로12길 26 지월드빌딩 (서교동 395-7)
전화 02)374-8616~7
팩스 02)374-8614
이메일 gworldbook@naver.com
홈페이지 www.g-world.co.kr

ISBN 979-11-6536-670-4 (03810)

이 도서의 국립중앙도서관 출판예정도서목록(CIP)은 서지정보유통지원시스템 홈페이지(http://seoji.nl.go.kr)와 국가자료공동목록시스템(http://www.nl.go.kr/kolisnet)에서 이용하실 수 있습니다. (CIP제어번호 : CIP2020032443)